GODDESS OF FURY
Dein Herz so steinern

Teresa Sporrer hegte schon ihr ganzes Leben lang eine große Leidenschaft für Bücher: zunächst als Leserin, später auch als Bloggerin und mittlerweile ist sie selbst eine erfolgreiche Autorin. Ihre Reihe über verwegene Rockstars spielte sich in die Herzen vieler Leser:innen. Neben witzig-romantischen Lovestorys schreibt sie außerdem Fantasy-Romane über Antihelden wie ruchlose Piraten oder giftige Hexen.

Weitere Bücher der Autorin:

Unwritten Love

Bd. 1: Queen of the Wicked
Die giftige Königin

Bd. 2: Queen of the Wicked
Der untote Prinz

Für mehr Informationen über Teresa Sporrer und ihre Bücher folgt der Autorin auf **Instagram und TikTok @teresasporrer**

Mehr über Loomlight und unsere Autor:innen unter:
www.thienemann.de/unsere-verlage/loomlight und
auf Instagram **@thienemann_booklove** und
auf TikTok **@thienemannverlage**

TERESA SPORRER

GODDESS OF FURY

DEIN HERZ SO STEINERN

LOOMLIGHT

Liebe Leser:innen,

bei *Goddess of Fury – Dein Herz so steinern* handelt es sich um einen fiktiven Fantasyroman, angesiedelt in einem vom viktorianischen London inspirierten Setting.

Ein Glossar für Götter, Monster und Gegenstände findest du am Ende des Buches. Die Content Warnings auf der vorletzten Seite.

Teresa und das Loomlight-Team

Für alle,
die den Mut haben,
zu lieben.

Bluttriefend beieinander, hoch erhoben,
An Wuchs und Haltung Weibern gleich, so standen
Die höllischen drei Furien stracks dort oben.
Giftgrüne Hydern ihre Gürtel banden,
Als Haupthaar Nattern sich den Unholdinnen
Und Vipern um die Schläfen dräuend wanden.

Die Göttliche Komödie – Dante Alighieri

PROLOG

DIE REISE UNSERER HELDIN BEGINNT …

Als ich von oben bis unten klitschnass und mit drei abgeschlagenen Köpfen einer Hydra in der Höhle meiner Tanten erschien, erhellten sich sofort ihre alterslosen Gesichter.

Ihr begeistertes Gekreische hallte von den nackten Steinwänden wider und bohrte sich wie Eiszapfen in meinen Gehörgang.

Von ihrem Platz auf einer hohen Klippe segelte sofort meine jüngste Tante Tisi mit ihren ledrigen Fledermausschwingen herab. Sie landete nur eine Handbreit von mir entfernt, ihr kühler Atem streifte mich kurz an der Wange und augenblicklich überzog eine Gänsehaut meinen ganzen Körper. »Nur drei Köpfe?«, fragte sie mit weitaus weniger Freude und packte einen davon mit ihren Klauen.

»Es gibt nicht viele Abkömmlinge der Hydra. Ich wollte noch etwas für andere Abenteurer übrig lassen.«

Sie schnaubte und verdrehte die Augen, ehe sie den abgeschlagenen Kopf einer ihrer Schwestern zuwarf. »Als gäbe es heutzutage noch Abenteurer.«

Unter Schmerzen, die ich auf keinen Fall offen vor den Tanten zeigen wollte, steuerte ich mit den restlichen Köpfen und meinem Schwert einen bequem aussehenden flachen Stein an.

Zu meinen Füßen stoben die Aberhunderten von Haustier-schlangen meiner Ziehfamilie in alle Richtungen davon. Nor-malerweise waren sie – trotz Giftzähnen – anschmiegsame kleine Biester, aber sie spürten, dass ich mit aller Macht ver-suchte, die Blessuren, die mir mein letzter Auftrag beschert hatte, zu verbergen.

Wenn ich mich heilte, würde das den dreien sofort auf-fallen.

Bevor ich mich setzen konnte, hatte sich schon meine an-dere Tante an mich herangeschlichen.

»Die großen Helden wie Herakles, Orion und Odysseus sind lange von uns gegangen, mein liebstes Kind.« Tante Meggy, wie ich die mittlere Schwester liebevoll nannte, legte mir ihre kraftvollen Arme um den Brustkorb und drückte mich an ihren muskulösen Körper, der mich um zwei ganze Köpfe überragte. Ihre langen Krallen glänzten dunkel wie frisch vergossenes Blut, ein scharfer Kontrast zu meinem wei-ßen Kleid. »Es gibt nur noch Monster wie uns.«

Monster wie uns.

Es war nicht mein gebrochenes Schlüsselbein und der Druck darauf, der mir im Moment den Atem raubte, sondern die Bedeutung ihrer nur so dahingesagten Worte.

Auch wenn ich im Gegensatz zu den drei Schwestern wie ein normaler Mensch aussehen mochte, so war mein Äußeres und meine Mortalität das Einzige, was mich mit den Sterb-lichen verband. Auf Letzteres hätte ich auch gut und gerne verzichten können, aber das war die längste Zeit mein Pro-blem gewesen ...

Ich sehnte mich regelrecht danach, mehr wie meine Tanten zu sein und weniger wie die Menschen, die instinktiv wuss-ten, dass ich nicht zu ihnen gehörte. Menschen *hassten* das, was ich war, weil sie sich vor uns fürchteten. Diese Furcht kompensierten sie mit Wut und Hass, weshalb schon so viele, die wie ich waren, ihr Leben auf grauslichste Art lassen mussten: aufgespießt, enthauptet, bei lebendigem Leibe verbrannt ... Seltsamerweise traf dieses Schicksal meistens nur uns Frauen, während die dummen Menschen den Männern unvergessliche Oden und Epen widmeten.

»Du willst doch keine Abenteurerin sein wie diese närrischen Männer, oder?«, bohrte Tante Meggy nach, als könnte sie meine Gedanken lesen und drückte mich fester an sich. So fest, dass ich fürchtete, sie würde mir noch eine Rippe brechen. »Sie alle waren durchtriebene Kreaturen, geblendet von Stolz und Gier. Sie taten alles für Ruhm und Macht. Muss ich dir in Erinnerung rufen, was Perseus verbrochen hat? Das kannst du doch nicht vergessen haben!«

»Nein«, ächzte ich mit kaum Luft in den Lungen. Nicht einmal ein Hieb vom Schwanz der Hydra war so mächtig wie Meggys rasiermesserscharfe Zunge.

Zwar hatten meine Tanten mich aufgenommen, um mein Training zu überwachen, aufgewachsen war ich an einem anderen Ort. Nicht bei meiner leiblichen Mutter, sondern bei zwei wunderbaren Frauen, die man aufgrund ihres Aussehens Monster schimpfte. Vor langer Zeit waren sie mal zu dritt gewesen, bis einer jener Abenteurer die Jüngste und einzig Sterbliche der Schwestern getötet hatte. Und die Menschen hatten ihn für diese Tat als Held gepriesen. *Pah!* Held! Dass ich nicht lache!

Er hatte es nicht einmal allein bewerkstelligt. Zwei Götter und eine Gruppe wohlgesonnener Nymphen hatten ihn mit allerlei wunderbaren Gaben beschenkt, dass er sie auslöschen konnte.

Helden waren alle gleich ...

»Ich will wie ihr sein«, sagte ich und versuchte den Kloß in meinem Hals herunterzuschlucken.

Ich wollte so sein wie meine drei Tanten.

Mächtig.

Unsterblich.

Über dieses menschliche Leben *erhaben*.

Ich wollte niemand sein, den man jagen und verbrennen konnte.

Ich wollte eine Jägerin sein.

»Natürlich willst du das, meine Kleine«, sagte Tante Meggy und wiegte mich wie einen Säugling sanft hin und her. In ihren Augen war ich auch nicht mehr als ein Kleinkind, denn während sie mit ihren Schwestern schon Jahrtausende auf der Welt wandelte, hatte ich gerade mein zwanzigstes Jahr auf der Erde verlebt.

»Lass sie los«, kommandierte die älteste Tante. Ihre Fledermausflügel streiften meinen unbedeckten Hals, als sie den Griff ihrer Schwester lockerte, damit ich ihr direkt vor die Füße stolpern konnte. Sie nahm mir sofort das Schwert und die anderen Köpfe aus den Händen. Hatte sie bemerkt, dass ich mich kaum noch auf den Beinen halten konnte? War ich blass im Gesicht? War die Wunde auf meinen Bauch aufgebrochen und sickerte nun Blut durch meinen Chiton?

»Gab es irgendwelche Probleme?«, befragte mich Tante Alecs und musterte das Schwert akribisch. Angeekelt verzog ich das Gesicht, als sie das Blut der Hydra mit ihrer geteilten Zunge von dem Metall leckte. »Außer, dass du unsere Anweisung, uns die Köpfe der Hydra zu bringen, anders ausgelegt hast. Eigentlich wollten wir alle Köpfe, aber das muss ich dir nicht sagen. Du hast es dir leicht gemacht.«

Als meine Tante das ansprach, blitzten die Bilder der letzten Stunden vor meinem inneren Auge auf: Tagelang hatte ich nach der Kreatur gesucht, hatte nach verendetem Vieh und zerstörtem Land Aussicht gehalten, bis ich nahe einer abgelegenen Moorlandschaft auf eine Fährte gestoßen war. Anders als ein bestimmter Held wollte ich diese Hydra in ihrem Schlupfwinkel überfallen, damit ich unbemerkt von den Menschen mein Werk vollenden konnte. Und dies war der Fehler gewesen, der mir beinahe den Hals gekostet hätte. Kaum hatte ich die versteckte Höhle der Hydra betreten, hatte mich das Mistvieh von hinten überrascht. Bevor ich mit meinem Schwert ausholen oder nach meinem Athame greifen konnte, hatte es mich mit ihrem Schwanz am Knöchel gepackt und mit voller Kraft gegen eine Höhlenwand geschleudert.

Als sie mich für bewegungsunfähig hielt und sich gerade meinen Schädel aufschlagen wollte, hatte ich ihr blitzschnell mein Athame ins Auge gerammt. Der Schmerz hatte das Monster kurz ablenken können, sodass ich endlich die Oberhand in der blutigen Auseinandersetzung zurückgewinnen konnte. Allerdings war etwas Gift durch eine offene Wunde in meinen Körper gelangt und mir war davon schwindelig und übel geworden. Keine gute Voraussetzung für einen gerechten Kampf, nichtsdestotrotz hatte ich es taumelnd und schwitzend geschafft, drei Köpfe abzuschlagen und die blutenden Wunden mit magischem Feuer zu versengen, sodass sie nicht nachwachsen konnten. Danach war mir nichts anderes übrig geblieben, als wie ein Feigling vor der Schlange zu fliehen und mich in Sicherheit zu bringen, bis Schwindel und der Schmerz gebrochener Knochen nachließen und ich wieder klar denken konnte.

Drei Köpfe.

Nicht mehr als drei Köpfe hatte ich von dem Mistvieh ergattern können, weil es mich sonst eiskalt umgebracht hätte. Am Ende war ich dann doch sterblicher, als es mir lieb war. Sterblich und schwächer als die so von mir verachteten Helden der Geschichte. Selbst Herakles hatte eine Hydra erledigen können und dieser besaß nicht die vererbten Fähigkeiten meiner Mutter.

Ich konnte von Glück sprechen, dass das Blut meiner Mutter stark in mir war und ich selbst ohne Magie sehr schnell heilte. Auch wenn ich das gebrochene Schlüsselbein, die angeknacksten Rippen und die zerschmetterte Kniescheibe immer noch bei jedem Atemzug spürte.

»Die Hydra hat mich vergiftet«, gestand ich meinen Tanten dann schlussendlich doch. »Dadurch konnte sie mir entkommen.«

Normalen Menschen war es fast unmöglich, meine Tanten zu belügen, aber da ich, schon seit ich sechs war, bei ihnen lebte, konnte ich meinen Puls und Atmung so kontrollieren, dass Lügen wie die Wahrheit klangen.

»Du bist immun gegen fast alle Gifte«, warf Tante Alecs ein. Die geteilten Pupillen lagen aufmerksam auf mir. »Dafür haben wir gesorgt.«

Mit einem Schaudern erinnerte ich mich an ihre Methode, mich gegen beinah jedes Gift zu wappnen: die stetig größeren Dosen Gift, die sie mir bereits als Kind verabreicht hatten, von denen ich mich regelmäßig übergeben musste oder gar bewusstlos wurde.

Für meine Tanten war Gnade ein Fremdwort. Stattdessen diskutierten sie jedes Mal lautstark darüber, wie Prometheus Menschen als solch fragile Wesen erschaffen konnte, während ich in einem schier nie endenden Albtraum zwischen Leben

und Tod gefangen war, mein Körper abwechselnd von Fieber-
krämpfen und Schüttelfrost heimgesucht wurde.

»Dennoch kann bestimmtes Gift Nebenwirkungen her-
beiführen. Nur weil ich daran nicht sterbe, bedeutet das
nicht, dass es mich nicht schwächt«, erinnerte ich die drei.
»Ich wollte noch die restlichen Köpfe einsacken, aber das
Monstrum ist geflüchtet.«

Was die Wahrheit war, wenn man das Monstrum in diesem Fall mit mir gleichsetzte.

Mit einem koketten Lächeln auf den spröden Lippen ließ
ich mich auf den Stein plumpsen. Der Schmerz explodierte
hinter meinen Augen und nur mit Mühe konnte ich mich bei
Bewusstsein halten. »Wenn ihr die restlichen Köpfe wollt,
muss ich es erneut aufspüren«, sagte ich kühl. »Das wird jedoch wieder einige Tage in Anspruch nehmen und es hat sich
so angehört, als wäre der nächste Auftrag dringend.«

Immer noch lächelnd verschränkte ich die Arme vor der
Brust. Mein ganzer Körper schrie nach einem Heilzauber –
oder zumindest einem warmen Bad.

»Dann los«, meinte Tante Meggy und bohrte mir auffor-
dernd den Griff des Schwertes in die Brust. »Bringe uns die
übrigen sechs Köpfe.«

Mit einem Schlag wich das Blut aus meinem Gesicht und
meine Finger begannen zu zittern. Ich konnte das nicht noch
einmal tun. Ich konnte nicht noch einmal fünf Tage durch
halb Griechenland wandern, in jede Höhle kriechen und hoffen, dass der Dung, in dem meine nackten Füße versanken,
von einer menschenfressenden Wasserschlange stammte.

»Na, jetzt hab dich nicht so!« Tante Tisi entriss ihrer
Schwester das Schwert und schleuderte es achtlos gegen die
Höhlenwand, wo es wie eine Nadel in einem Nadelkissen

einfach stecken blieb.»Du hast den Auftrag auch wirklich schwammig formuliert, meine Liebe. Unsere kleine Kriegerin hat uns drei Köpfe gebracht und die Hydra ist vor ihr geflohen. Das reicht doch vollkommen aus. Was würde uns auch eine tote Hydra nutzen? Das war doch alles nur eine Prüfung.«

Bei der Erwähnung der Prüfung horchte ich auf. Mein Herz begann schneller zu schlagen und die Angst und die Schmerzen waren auf einmal wie weggewischt. Mein göttliches Blut summte euphorisch in meinen Adern.

Schon seit meine drei Tanten auf einer Bewährungsprüfung für meine nächste Aufgabe bestanden haben, wusste ich, dass dies mein letzter Auftrag dieser Art sein würde. Mir wurde heiß, wenn ich daran dachte, dass ich bald für immer eine der Ihren sein würde.

»Na gut«, lenkte Tante Meggy ein. »Da magst du wohl recht haben. Hol Feuerholz und mach einen Eintopf damit«, befahl sie ihrer stillen Schwester, die sie daraufhin nur erbost anfauchte.»Heute Abend feiern wir, dass unsere Kleine den letzten Auftrag ihres sterblichen Lebens antreten wird.«

Letzter Auftrag, hallte es in meinem Kopf wider. *Mein letzter Auftrag!*

Das war das, was ich wollte.

Jahrelang hatte ich auf diese Worte aus dem Mund meiner strengen Tante gewartet.

Die Aufregung ließ mich jeden Schmerz vergessen, als ich aufsprang und mich vor meinen Tanten in den Dreck kniete.

»Ich dan–«

Mit einer Handbewegung schnitt mir Tante Alecs die Worte ab.»Dein Dank ist hier fehl am Platz«, stellte sie mit kalter Stimme klar.»Das ist deine letzte Aufgabe als Anwärterin. Das bedeutet auch, dass sie schwieriger ist als alles andere, was du bis jetzt tun musstest. Dein Versagen könnte ernsthafte Konsequenzen mit sich bringen.«

Eifrig nickte ich. »Das ist mir durchaus bewusst.«

Meine Tante legte ihre Stirn in tiefe Falten. »Für meinen Geschmack strahlst du mir dafür etwas zu sehr. Das ist kein Spaß. Ganz im Gegenteil, das ist –«

»Eine Aufgabe, wie geschaffen für unsere Kleine«, unterbrach Meggy ihre Schwester. »Das wolltest du doch sagen, oder irre ich mich da?«

Zischend erwachten die dunkelvioletten Schlangenhaare von Alecs zum Leben. Aufgebracht schnappten die Köpfe der Reptilien in die Richtung der mittleren Schwester.

Diese zeigte sich von dem giftigen Speichel, der in ihre Richtung flog, mehr als unbeeindruckt. »Spar dir die ganzen Belehrungen und erkläre ihr einfach, was sie tun muss. Hab etwas mehr Vertrauen in unsere kleine Kriegerin!«

Tatsächlich brachte diese Aufforderung Alecs' mich kurz zum Zögern.

Bis auf meinen kleinen Fauxpas mit der Hydra hatte ich meine Tanten noch nie enttäuscht: Ich war im Kaukasusgebirge zu Prometheus' letztem Ruheort hochgeklettert, um für meine Tanten nachzusehen, ob dort oben noch irgendwelche Besitztümer des Titanen lagen. Die Sinnhaftigkeit dieser Aufgabe hatte ich nie infrage gestellt. Ich tat, was man von mir erwartete.

»Nun gut.« Tante Alecs faltete die klauenbehafteten Hände vor der Brust. »Hör mir gut zu: Du wirst morgen früh mit einem Passagierschiff weit hoch nach England reisen.«

Es war nicht das erste Mal, dass mich ein Auftrag aus meiner Heimat führte, aber noch nie hatte ich einen Schritt über das Meer gesetzt. Was mich wohl für eine Aufgabe erwartete? Was sollte ich auf einer Insel, die die Götter meiner Heimat nicht einmal aufsuchen konnten?

Tante Tisi raunte mir ins Ohr: »Meinen herzlichen Glückwunsch: Ab heute bist du eine vornehme Lady der englischen Gesellschaft, meine allerliebste Euryale.«

1. Kapitel

UNSERE HELDIN IST AUF ABWEGE GERATEN

Ein halbes Jahr später ...

Ich erwachte in einem mir unbekannten Raum.

Schon bevor ich die Augen aufschlug, drangen mir fremde Gerüche in die Nase, die mich vorwarnten, dass ich mich nicht in Callistos Anwesen befand. In ihrem Haus roch es stets nach Lilien, Stechapfel und Tollkirsche, sosehr sie auch den Geruch der zwei Giftpflanzen mit teurem importiertem Parfüm aus Frankreich zu übertünchen versuchte. Dieser Raum beherbergte ein zartes, aber dennoch intensives Odeur nach verbranntem Holz.

Mein Körper lag auf einer weichen Matratze und eine teure Daunendecke hüllte mich wärmend ein.

Keine direkte Gefahr.

Ohne jegliche Hast öffnete ich meine Augen.

Innerhalb weniger Wimpernschläge erfasste ich meine Lage: Ich befand mich in einem riesigen Bett mit Baldachin aus burgunderrotem Brokatstoff, welches in einem noch viel opulenterem Schlafzimmer stand: Die dunkle Einrichtung wirkte massiv und war stilvoll mit reichlich Blattgold verziert. Die eindrucksvollen Ornamente waren handgefertigt in das dunkle Holz gekerbt.

Zugegeben, dieses Zimmer ähnelte meinem vorübergehenden Reich sehr und ich fragte mich zum wiederholten Male, warum jeder diese albernen Porzellanfiguren sammelte. Die Figuren in meinem Schlafzimmer waren noch viel unheimlicher, sodass ich ihre Köpfe zur Wand gedreht hatte.

Mir fehlten in diesem Raum auch die Schwerter und Äxte, die ich an der Wand angebracht und womit ich Callisto beinahe in die Ohnmacht getrieben hatte. Stattdessen hingen dort jetzt die schrecklichsten Tapeten: hellblaue Pfaue auf hellrotem Hintergrund? Pfui!

Selbst der blinde Seher Teiresias hätte eine passendere Farbkombination gewählt!

Oh, und diese große Hand an meiner Hüfte schien auch nicht zu mir zu gehören.

Langsam erinnerte ich mich auch wieder an die Geschehnisse der letzten Nacht: Nach viel zu viel Absinth war ich nach der gestrigen Mumienparty irgendeinem Lord in sein opulentes Anwesen gefolgt und den Rest der Geschichte erzählte das zerknüllte Kleid auf dem Boden und der warme nackte Körper, der sich für meinen Geschmack etwas zu eng an meinen schmiegte.

Dem gleichmäßigen Atem nach schlief mein Bettgenosse noch, weshalb ich beschloss, ihn etwas länger in Morpheus' Reich zu belassen.

Es war ein Leichtes, unbemerkt aus dem Bett zu schlüpfen. Jemand wie ich, der sich schon an einem Zentauren und Zyklopen vorbeigeschummelt hatte, schaffte es doch locker an einem alkoholisierten Menschen vorbei!

Während ich mein viel zu langes, viel zu enges und viel zu teures Kleid und all diese unnötigen Accessoires in Gestalt von Handschuhen und Fächer aufsammelte, welche mehr als Verkleidung fungierten, rügte ich mich in Gedanken selbst.

Das war kein Ausrutscher. Das war bei Weitem nicht zum ersten Mal passiert – und wie ich mich kannte, würde es nicht das letzte Mal bleiben.

Nur hatte ich mir geschworen, in Zukunft noch etwas vorsichtiger zu sein, weil Callisto mir unentwegt in den Ohren lag, dass anständige Frauen so etwas nicht tun würden.

Aber ich war nun einmal keine *anständige* Frau.

Allerdings musste ich momentan die anständige Tochter aus gutem Hause spielen, weshalb ich mich auch wieder in das burgunderrote Kleid zwängte, obwohl ich am liebsten nackt aus dem Raum marschiert wäre und mich für die nächsten Stunden in eine Badewanne gelegt hätte.

Als ich mich herabbeugte, um meine Schuhe aufzusammeln, hätte ich beinahe laut aufgestöhnt: Irgendwie hatte ich es in der gestrigen romantischen Rangelei wohl fertiggebracht, den ganzen Inhalt meines Ridiküls auf den Boden auszuleeren. Schnell steckte ich Kamm und Spiegel zurück an ihren Platz, bevor meine Hand viel zu lange auf meinem Athame verharrte.

Mein Magen verkrampfte sich. War ich dieses Mal vielleicht doch zu waghalsig gewesen? Hatte mein namenloses Abenteuer das Messer bemerkt?

Wenn ich eines in den letzten Wochen gelernt hatte, dann, dass englische Männer Schnappatmung bekamen, wenn Frauen einen anderen spitzen Gegenstand in der Hand hielten als eine Nähnadel.

Ich wollte gerade in meine Schnürstiefel schlüpfen, als ich

unerfreuliche Geräusche vernahm. Zwei aufgeregte Frauen-
stimmen steuerten direkt dieses Zimmer an.

»... hat wohl eine Frau mitgebracht ...«

»... ein Freudenmädchen? Dass er sich so etwas traut!«

»Danach sah sie zwar nicht aus ...«

Im gleichen Moment, als an der Tür geklopft wurde, warf
ich mich rücklings aus dem Fenster. Die Angestellten mussten wohl noch die Spitze meines nackten Fußes erblickt haben, denn sie kreischten erschrocken auf.

Noch bevor die zwei Hausmädchen die Köpfe aus dem
Fenster recken konnten, hatte ich mich schon geschickt hinter einem Erker versteckt und linste zu den Frauen hinauf.
Nicht auszudenken, welchen Wirbel sie erst veranstalten würden, wenn sie mich erwischt hätten!

»War ... War das etwa ein Geist?«, kreischte eine der
Frauen, die kaum älter als ich sein konnte. Beide trugen langweilige dunkelblaue Dienstmädchenuniformen, die ihre weiße
Haut und blonden Haare betonten. Bei den weißen Häubchen
musste ich mir immer noch ein Lachen verkneifen. Ich konnte
fast das Gegacker meiner Tanten hören.

»Du meinst ... Doch nicht etwa die Graue Frau von Blackthorn Hall!«

Die zweite Hausangestellte nickte mit erbleichtem Gesicht,
als sie düster erzählte: »Im Jahre 1694 nach Rechnung unseres Herren und Erlösers«, um die Situation noch dramatischer
zu machen, bekreuzigte sie sich, »lebte hier Hausherr Blackthorn mit seiner Frau. Diese betrog den Adeligen mit einem
einfachen Diener, worauf Lord Blackthorn seine Frau angeb-
lich bei lebendigem Leib einmauerte.«

Nun bekam ich auch ein mulmiges Gefühl im Bauch. Geister waren realer, als so mancher Mensch es sich vorstellen

mochte. Ich hatte auf Geheiß meiner Tanten schon den ein oder anderen Poltergeist ausgetrieben und war dabei nicht selten ganz schön zugerichtet worden.

»Was soll dieses nervige Geschrei am Morgen?«

Die männliche Stimme war mein Zeichen, die zwei restlichen Stockwerke zu Boden zu hüpfen und mich hinter der Statue einer Nymphe zu verstecken.

»Halt das mal, Cousinchen«, meinte ich zu der Steinfigur und hängte ihr mein Ridikül um, während ich in meine Schuhe schlüpfte. Danach fischte ich Kamm und Spiegel heraus, um die verräterischen Anzeichen der gestrigen Nacht zu beseitigen.

Den unerlässlich bohrenden Blick der Steinnymphe spürte ich die ganze Zeit über, während ich mein dickes gelocktes schwarzes Haar mit einem zarten Elfenbeinkamm zu bändigen versuchte.

»Ich weiß, was du jetzt sagen willst«, plauderte ich nett mit der Figur der Nymphe. »Du willst sagen: Du bettelst ja förmlich darum, dass du erwischt wirst.«

Wenn mir dieser Auftrag misslang, dann würde ich vielleicht erst in einem oder zwei Jahrzehnten wieder die Möglichkeit bekommen, mich als würdig zu beweisen.

»Wenn Callisto nicht absolut unzuverlässig wäre«, brummte ich missmutig. »Was soll ich auch die ganze Zeit tun? Sticken? Ich bitte dich. Ich bin eine Schwertmeisterin! Oh, oder soll ich Schach spielen? Warum macht es noch mal Spaß, so kleine Figuren herumzuschieben? Lesen? Ja, mit wem soll ich mich über das Gelesene unterhalten? Mit Deacon?« Ich lachte laut auf. »Partys und Sex sind das Einzige, was mir hier Spaß bringt.«

Die Nymphe blieb stumm.

»Ich frage mich ja, ob eine der Gorgonen dich in Stein verwandelt hat oder ob du wirklich nur eine gewöhnliche Statue bist.« Ich legte den Kopf schief und musterte sie in der
Hoffnung, einen verräterischen Riss zu erkennen. »Du musst
wissen, ich kenne die beiden sehr, sehr gut.«

Bevor mein Herz noch schwerer durch Heimweh – oder ich
wirklich noch von einem Angestellten des Hauses erwischt –
wurde, kletterte ich an einer der Hecken hoch und sprang
sprichwörtlich in das städtische Leben zurück.

2. Kapitel

DIE MUTIGE HELDIN UND
IHRE TREUE FREUNDIN

Schneller als mir lieb war, ließ ich die zumindest teils von
Grün durchzogene Vorstadt Londons hinter mir. Der Himmel
der Metropole begrüßte mich gewohnt grau, was mich dazu
brachte, die strahlendblauen Morgen in Griechenland zu vermissen. Beinahe konnte ich die wärmenden Sonnenstrahlen
auf meinem Gesicht fühlen, weshalb ich lächelnd das Haupt
hob. Die Ernüchterung folgte zugleich, als eine Kutsche mich
fast über den Haufen fuhr. Im letzten Moment konnte ich ret-
tend zur Straßenseite springen.

»Pass doch auf, dummes Weibsstück!«, wurde ich sofort
von dem freundlichen Kutscher angepöbelt.

Durch diesen Vorfall kehrte ich wieder in die triste Wirklichkeit zurück: Ich befand mich immer noch in London und
auf den morgendlichen Straßen herrschte bereits reges Treiben. Die Arbeiter verließen ihre Häuser, um ihrer Beschäftigung in den Fabriken nachzugehen. Die gehobenere Schicht
lag noch im Bett und wurde erst jetzt von ihren Angestellten geweckt.

Völlig unbeeindruckt von dem Starren der Menschen marschierte ich die Straßen entlang. Der Geruch nach Pferd,

Kohle und Rauch vertrieb auch noch die letzten Erinnerungen an meine sonnengeküsste Heimat.

Ich wedelte den ekelhaften Gestank mit meinem Fächer weg.

Wie lange war ich schon hier im grauen, tristen, stinkenden London? Sechs Monate? Und wie lange würden mich meine Tanten hier noch versauern lassen, wenn nicht bald etwas geschah? Callisto war als Orakel genauso unbrauchbar wie die menschlichen Prophetinnen von Apollo, vielleicht sogar noch schlimmer, weil sie andauernd an mir herummäkelte.

Da ich nicht den Wunsch hegte, besagtem Orakel nach meiner Liebesnacht zu begegnen, führte mich mein Weg gleich zu einem anderen Anwesen in der Nähe.

Galt es als unhöflich, wenn ich schon so früh am Morgen vor der Tür stand? War das etwas, das diese »anständigen Damen« nach deren Bild Callisto mich formen wollte, taten?

Nein, sagte ich mir. *Im Gegensatz zu Callisto wusste Cecilia meine Anwesenheit zu würdigen* und *Cecilia war sehr wohl eine anständige Dame. Ihr guter Ruf würde auf mich abfärben.*

Zögernd hob ich den Metallring des Löwenkopfs hoch. »Du erinnerst mich an den stolzen nemeischen Löwen. Du bist einfach wunderschön«, flüsterte ich dem eisernen Antlitz zu, bevor ich den Griff mehrmals gegen das Holz der Tür schlug.

Etwas zu stark, denn eine ordentliche Delle blieb zurück.

Ich trat einen Schritt zurück und setzte ein unschuldiges Lächeln auf. »Ich bin nur eine schwache menschliche Frau. Diese Tür war schon beschädigt, als ich hier eintraf.«

Einige Minuten vergingen, ehe ein Mann mit schütterem grauem Haar mir öffnete. Der Butler trug einen schwarzen Frack und weiße Handschuhe.

26

Er schien überrascht über mein Auftauchen zu sein, denn eine Augenbraue wanderte steil nach oben. »Sie wünschen?«

»Guten Morgen«, sagte ich und knickste. Menschen mochten es, wenn man vor ihnen knickste. »Mein Name ist Euryale Kalos. Ich bin eine gute Freundin von Cecilia. Ist sie zufällig schon wach?«

»Sind Sie wirklich eine Freundin der jungen Herrin?«, kam prompt die misstrauische Gegenfrage. »Wo steht Ihre Kutsche?«

»Ich bin zu Fuß gegangen.«

»Ohne Begleitung?« Der Butler japste wie vom Schlag getroffen. »Eine Frau Ihres Standes?«

Was sollte mir schon auf den Straßen von London passieren? Mir tat jeder Straßendieb leid, der an mich geriet. »Gnade« war ein Wort, dass weder meine Tanten noch ich kannten.

»Ein bisschen Lustwandeln am frühen Morgen vertreibt Kummer und Sorgen.«

Ich versuchte, sein Herz mit einem hellen Kichern zu erweichen, wenn ich schon nicht mein Athame zücken und es ihm an den Hals halten konnte. Diese Überzeugungstaktik hatte ich schon einmal ausprobiert und seitdem ergriff einer von diesen wohlhabenden Snobs der Londoner Gesellschaft, die mich als heiratsfähig betrachteten, immer sofort die Flucht, wenn er mich sah. Sein Name war mir leider entfallen ...

»Mister Martin, wer ist denn da an der Tür?«

Mein Herz schlug schneller, als ich Cecilias glockenhelle Stimme hörte. Auch wenn sie etwas schwächer als sonst klang, verzog sich mein Mund zu einem ehrlichen Lächeln. Wenigstens ein Lichtblick an diesem grauen Morgen!

»Euryale?«

Kurz darauf tauchte schon ihre zierliche Gestalt in einem hellblauen Kleid auf, als wollte sie mich an den strahlenden Himmel in meiner Heimat erinnern.

»Mi-Miss Bailey. Ich bitte vielmals um Entschuldigung. Ich ... Sie sieht nicht aus wie ...«

Auf einmal klang der Butler ziemlich kleinlaut, ja fast schon verängstigt, obwohl Cecilia keiner Fliege etwas zuleide tun konnte.

Man musste sie sich doch nur einmal ansehen! Sie war mehr als einen Kopf kleiner als ich, schmächtig und ihre Porzellanhaut ließ sie zerbrechlich wie eine Puppe wirken.

»Kommen Sie doch herein, Lady Kalos.« Der Butler wich vor seiner Herrin zurück, als sie nach meinen Händen griff und mich ins Innere des Gebäudes zog. »Sie frieren bestimmt!«

Kälte machte mir nicht viel aus, aber ihre höfliche Einladung wollte ich selbstverständlich nicht ausschlagen.

Zum ersten Mal sah ich das Anwesen von Cecilias verreisten Eltern von innen und mir kam es so vor, als wäre es mindestens so prunkvoll wie Callistos Domizil. Während mich meine Freundin durch die riesige Eingangshalle ins Innere führte, bewunderte ich die hohen Decken mit den aufwendigen Verzierungen. Ich wusste immer noch nicht, ob ich sie für wunderschön oder für unnötigen Firlefanz halten sollte. Die Sonne kämpfte sich inzwischen durch die grauen Wolken hindurch, sodass Strahlen gefärbt von den riesigen Buntglasfenstern ins Innere des Hauses fielen.

»Hach. Muss die Sonne heute rauskommen?«, murmelte Cecilia, bevor sie sich an mich wandte. »Darf ich dir Tee anbieten? Entschuldige, dass ich dich vorhin so förmlich angesprochen habe. Mister Martin ist ... ist alt.«

Sie wartete meine Antwort nicht ab, sondern führte mich geradewegs in das Teezimmer, wo eine weitere Hausangestellte mit diesem albernen weißen Häubchen auf uns wartete.

»Würdest du unserem Gast auch Tee servieren?«, fragte sie die Frau, die mindestens schon um die dreißig sein musste.

Ihre Lippen zitterten, während ihr Blick lange an mir hängen blieb. Da ich heute keine Schlacht geschlagen hatte, konnte es unmöglich an Blutspritzern in meinem Gesicht liegen.

»N-Natürlich, Miss. Alles, was sie verlangen.«

Nickend verschwand die Frau.

»Es tut mir leid, wenn Mister Martin unhöflich war«, sagte meine Freundin. Seufzend ließ sie sich auf einem Mahagoni-Stuhl nieder und bedeutete mir, es ihr gleichzutun. »Manchmal kommt es mir so vor, als hätten die Angestellten Angst vor mir«, erklärte Cecilia und seufzte erneut. »Weshalb sie all meinen Gästen mit Misstrauen begegnen.«

»Du irrst«, versicherte ich ihr. »Warum sollte man vor dir Angst haben? Du bist der freundlichste Mensch in ganz England.«

Endlich hatte ich Zeit, sie näher zu betrachten und ... In meinen Eingeweiden breitete sich ein seltsames, kaltes Gefühl aus.

Cecilia war normalerweise der personifizierte Sonnenschein, aber gerade war sie blass und leblos. Die blauen Augen wirkten dunkel wie eine Mondfinsternis auf mich.

»Du siehst ...«

»Schrecklich aus?«, vollendete sie meinen Satz.

Als sie erneut lächelte, fürchtete ich, dass ihre spröden Lippen aufplatzen würden.

»Nein ...«

»Ach, du bist eine schlechte Lügnerin, Riri.«

Nun, dem mochte ich widersprechen.

»Mir geht es gut«, beruhigte sie mich, beugte sich zu mir herüber und drückte aufmunternd meine Hände. »Du bist wahrlich eine gute Freundin. Dich plagen diese schlimmen Sorgen wegen deiner Eltern, oder irre ich mich da? Wenn ich so direkt sein darf.«

»Meine Eltern?«

»Weil du beide erst vor Kurzem verloren hast und deshalb bei deiner Schwester leben musst. Du vermisst sie trotzdem sehr.«

»Genau.«

Euryale Kalos war eine Waise, die beide Elternteile bei einem schrecklichen Kutschunfall verloren hatte und deshalb etwas verspätet in die Londoner Gesellschaft eingeführt wurde. Sie lebte bei ihrer verwitweten Schwester Callisto.

»Morgens ist mir meistens übel. Das legt sich spätestens, wenn die Nacht anbricht. Ich bin wohl kein Frühaufsteher. Doch die Nächte sind viel zu wertvoll, um sie zu verschwenden.«

Meine Mundwinkel zuckten leicht nach oben. »So kann man es auch formulieren, wenn man keinen Ball der Saison auslässt.«

Sie warf die Hände in die Luft. »Ich liebe nun mal das Tanzen! Ich fühle mich so lebendig dabei!«

Meine Sorge um ihren Gesundheitszustand schwand, als sie sich in ihrem Stuhl hin und her wiegte und das blonde Haar nach hinten warf.

Aber Menschen waren nun einmal zerbrechlich.

Zerbrechlich und unwissend.

Zurzeit machten sie Dämpfe und Sternenkonstellationen

für eine grässliche Krankheit verantwortlich, welcher man mit frischem Wasser und etwas mehr Sauberkeit sehr gut entgegenwirken konnte. Es wirkte aber nicht so, als würde Cecilia an dieser Seuche leiden, die Menschen innerhalb eines Tages dahinraffen konnte.

In diesem Moment kam die Angestellte mit heißem Wasser und frischer Milch zurück. Sie platzierte eine fast schon lächerlich winzige Keramiktasse mit Rosenornamenten vor mich und goss schweigend Tee ein.

Sogleich füllte sich der Raum mit einem herrlich würzigen Aroma.

»Nun erzähl!«, wandte sich meine Freundin wieder an mich. »Was machst du denn schon so früh auf den Straßen? Und das ganz allein! Hast du denn keine Angst, was die Leute von dir denken?«

»Die Leute denken viel, wenn sie nichts wissen«, entgegnete ich. »Aber um auf die Frage zurückzukommen: Callisto ist wieder einmal nicht zum Aushalten«, erklärte ich ihr und nippte an dem dampfenden Getränk.

Hmm. Diesen würzigen Schwarztee mit Milch würde ich in Griechenland vermissen. Diesen Tee und andere Sachen ...

»Was hat sie nun schon wieder getan?«, fragte Cecilia und schob mir einen Teller köstlich aussehender Scones mit Marmelade und Butter über den Tisch zu. »Iss, wenn du willst. Ich muss dich nur vorwarnen, dass sie von gestern sind. Und Agnes? Würdest du die Vorhänge zuziehen? Das Sonnenlicht verschlimmert meine Kopfschmerzen. Danach kannst du gehen. Ich möchte ungestört mit meiner lieben Freundin plaudern.«

Das Dienstmädchen zog die schweren Vorhänge schwungvoll zu, wobei etwas mit einem leisen Geräusch auf dem Boden neben meinem Stuhl landete. Dort lag ein einfacher

Rosenkranz, wie ich ihn schon zuhauf gesehen hatte. Nichts ahnend hob ich ihn auf und Agnes riss ihn mir förmlich aus der Hand. In ihrem Gesicht spiegelten sich in wenigen Augenblicken viele Emotionen wider: Ärger, Besorgnis, ... *Angst?*

Cecilia beobachtete das Schauspiel mit dunklen Augen.

»Scones?«, wiederholte sie und lenkte meine Aufmerksamkeit wieder auf die Geschehnisse am Tisch.

»Vielen Dank.«

Der Geschmack überraschte meine Geschmacksknospen so sehr, dass der Vorfall mit Agnes sofort in Vergessenheit geriet.

»Ambrosia!«, rief ich aus und schob mir gleich zwei von den weichen Köstlichkeiten in den Mund. »Die Speise der Götter.«

»Du hast da was.«

Ihre Finger waren kalt, als sie meine Wange berührte und etwas von der Marmelade wegwischte.

»Wift du wifklif keine? So guuut!«

»Ich habe keinen Hunger«, lehnte Cecilia ab. »Ich esse lieber warme Mahlzeiten.«

Es war sicher unhöflich, wenn ich das Essen verschwendete, also verleibte ich mir – anständige junge Dame, die ich war – einen Scone nach dem anderen schmatzend ein.

Wenigstens brauchte man hierfür kein lästiges Besteck. Ich mochte scharfe spitze Gegenstände wie jede Kriegerin, aber warum man Hunderte Gabeln benötigte, wenn man auch alles mit einem Messer aufspießen konnte, erschloss sich mir nach wie vor nicht.

»Was wolltest du mir jetzt über unsere liebe Callisto erzählen?«, fragte Cecilia. »Geht ... Entschuldige die Frage, aber geht es ihr gut?«

»Sehr gut sogar!«

Ich erzählte, wie Callisto mir gestern vorgeschlagen hatte, meine angestaute Energie in hässliche Stickarbeiten zu stecken.

»Hast du schon mal einen so kleinen Faden durch ein schmales Nadelöhr gezwängt? Dafür habe ich nun wirklich keine Nerven. Weißt du, wie man den Gordischen Knoten gelöst hat? Man hat ihn mit einem Schwert durchtrennt. So löst man Probleme richtig.«

Cecilia lachte laut auf. »Deine Vergleiche sind immer so ungewöhnlich!«

Ich grummelte laut.

»Hast du es schon einmal mit Stricken versucht?«

»Was ist Stricken?«, fragte ich neugierig.

»Beim Stricken benutzt du zwei lange Nadeln als Werkzeuge.«

»Könnte man mit denen jemandem ein Auge ausstechen?«

»Ja.«

»Sicher?«

»Ziemlich sicher.«

»Mhm. Das hört sich besser als Sticken an.«

»Versuch es doch mal.«

Ehe ich michs versah, war es schon weit nach Mittag.

»Ich sollte so langsam aufbrechen«, sagte ich mit Blick auf die große Standuhr. »Irgendwann muss ich ja schließlich zu Callisto.«

Cecilia konnte nicht wissen, dass der Streit noch viel länger zurücklag und ich die Nacht nicht in meinem Zuhause verbracht hatte.

»Nimm doch noch ein paar Scones mit!«

»Aber du hast noch gar nichts gegessen.«

»Ich habe keinen Appetit, das wäre nur Verschwendung.«

Da ich das süße Gebäck nicht schlecht werden lassen wollte, griff ich natürlich zu und stopfte ein paar in mein Ridikül. Für was trug man denn sonst so ein furchtbar hinderliches Teil mit sich herum?

»Wir sehen uns dann heute Abend auf dem Ball im Stewart Anwesen, nehme ich an.«

»Auf dem Ball?«, wiederholte ich nahezu ungläubig. Die letzten Stunden schienen meiner Freundin noch mehr ihrer Farbe geraubt zu haben, sodass ihre Haut nun aschfahl erschien.

»Dir geht es doch nicht gut! Wäre es nicht besser, wenn du für die nächsten Tage das Bett hütest?«

»Bis dahin werde ich mich erholt haben.« Cecilia faltete die Hände im Schoß und reckte ihr Kinn in die Höhe. Ihr Körper erschien geschwächt, aber in ihren blauen Augen brannte ein helles Feuer. »Vertrau mir.«

3. KAPITEL

UNSERE HELDIN MUSS IHRE AUFGABE FINDEN

In meinem vorläufigen Zuhause angekommen, wurde ich sofort *überschwänglich* von der Hausherrin Callisto persönlich begrüßt.

Mit ausdruckslosen Augen blickte sie vom ersten Stock auf mich herab, als ich durch die großen Flügeltüren trat.

Kein Wunder, dass man uns auf den ersten Blick für Schwestern hielt: Wir beide besaßen den gleichen »verpönten« sonnengeküssten Hautton. Ihr schwarzes Haar war lockig und ebenfalls schwer zu bändigen. Kleine Löckchen kringelten sich aus ihren Haarkämmen.

Dennoch gab es bedeutende Unterschiede: Obwohl sie nur vier Jahre älter war, ließen ihre steife Haltung und der strenge Haarknoten sie mindestens zehn Jahre älter erscheinen.

Sie stand genau in der Mitte der Brüstung und ich fragte mich, wie lange sie dort schon wartete, um mir eine Standpauke zu halten. Das lange Ausharren hatte sie sich sicher in ihrer Kindheit bei den Plejaden abgeschaut.

»Guten Morgen, liebes Schwesterchen«, begrüßte ich sie unter dem Deckmantel der Lüge, die mir ein Leben in England ermöglichte.

»Wo warst du?« Callistos Stimme klang dunkel. »Und was heißt hier ›Guten Morgen‹? Es ist fast Teezeit!«

Ich wollte an ihr vorbei in mein Zimmer in der zweiten Etage huschen, aber meine »Schwester« verstellte mir blitzschnell den Weg.

»Bei *wem* warst du, Euryale?«

»Ich habe es dir schon einmal gesagt: Jemand wie du hat mir nichts zu sagen«, brummte ich, als ich mich dieser übertriebenen Kleidung mit den viel zu vielen Schichten entledigte. Wenn sie mich nicht in mein Zimmer ließ, würde ich mich eben gleich hier auszuziehen. Mehrere Unterröcke, meine Handschuhe und Hut landeten auf den Treppen. »Ich werde ein langes Bad nehmen und mich dann für den Ball am Abend zurechtmachen. Störe mich dabei nicht.«

»Caroline«, rief Callisto über meine Schulter. »Lass Euryale ein Bad ein.«

»Das kann ich gerade noch selbst.«

Normalerweise endeten unsere Meinungsverschiedenheiten an dieser Stelle, doch heute griff Callisto nach meinem Arm und hielt mich fest. So fest, dass es wehtat.

»Du scheinst es vergessen zu haben, aber du bist auch nur ein Mensch, Euryale. Egal, welches Blut sonst noch in deinen Adern fließt. Und Menschen haben sich an gewisse Regeln und Konventionen zu halten. Du kannst nicht herumlaufen und so tun, als seist du Aphrodite höchstpersönlich.«

»Wie du siehst, tue ich es.«

»Und wie lange denkst du, dass das gut geht?«

Trotzig reckte ich das Kinn in die Höhe. »So lange ich es will.«

Mit einer Spur Resignation schüttelte Callisto den Kopf. »Du bist nicht unantastbar, auch wenn du stärker als ein

Mensch bist. Das magische Blut in deinen Adern kann dich nicht vor allem beschützen. Vor nicht allzu langer Zeit wurden Frauen wie du noch bei lebendigem Leib auf dem Scheiterhaufen verbrannt.«

»Frauen wie *wir*«, verbesserte ich sie. »Du kannst nicht leugnen, wer oder *was* du bist, Callisto.«

Traurigkeit schlich sich in die dunklen Augen der anderen Halbgöttin. »Das … Das weiß i-ich selbst.«

Ein eisiger Schauer kroch mir direkt in Mark und Bein, als Callistos Stimme brach. Ohne Zweifel befand ich mich bei dieser Angelegenheit im Recht. Dennoch …

Der trauernde Ton schwang lediglich kurz mit. Mit einem Wimpernschlag glätteten sich die Falten um ihren Mund.

»Wenn du nicht aufhörst, werde ich deinen drei Tanten erzählen, was du treibst«, drohte sie mir mit purer Gleichgültigkeit. »Du bist nicht zum Vergnügen hier.«

»Ach ja? Dann sag mir doch endlich, was ich machen soll. Seit sechs Monaten hältst du mich hier auf Abruf fest und bis auf ein paar alte Steinnymphen und dekorativen nemeischen Löwen an Türen ist mir noch nichts aufgefallen, was nur im Geringsten mit dem Hades zu tun hat. Ich bin nicht zu deiner Unterhaltung da.«

Das brachte das aufschneiderische Orakel endlich zum Schweigen.

»Ich darf dann ins Bad, ja?«

»Nein.«

»Waru–«

»Deine Tanten wollen mit dir reden. Sie erwarten dich in den Flammen«, ließ mich Callisto wissen. »Ich habe ihnen erzählt, dass du gerade einen Rundgang durch die Stadt machst und alle möglichen Anomalitäten überprüfst.«

Ich biss mir auf die Wange, bis ich mein Blut in meinem Mund schmeckte. »Danke«, würgte ich hervor.

Mein Gegenüber verzog keine Miene. »Zieh dir etwas über und begib dich zum Kamin, außer du willst nackt vor deinen Tanten auftreten. Mir soll es gleich sein.«

Auch wenn ich mich innerlich dagegen sträubte, streifte ich mir mein Unterkleid über und marschierte in mein Schlafzimmer.

Der große Kamin war bereits von einem Zimmermädchen angeheizt worden. Das Knistern des Holzes erfüllte den Raum.

Ich tat noch einen langen Atemzug, bevor ich vor das Feuer trat.

Dort in den Flammen blickten mir drei Fratzen entgegen, die man mit Müh und Not meinen Tanten zuordnen konnte.

»Es freut mich, dass ihr euch nach meinem Wohlbefinden erkundigt«, sagte ich und kniete mich vor sie. »Meine Verspätung tut mir leid. Ich befand mich gerade auf Pa–«

Tante Alecs ließ mich den Satz nicht beenden: *Gibt es neue Entwicklungen?*

»Nein«, erzählte ich den Flammenfratzen und schüttelte den Kopf. »Callistos Weissagung ist immer noch nicht eingetroffen. Ich kann leider keine Neuigkeiten überbringen.«

Pah! Wie lange soll Euryale noch in diesem nassen Loch festsitzen?!, regte sich Tante Meggy lautstark auf. *Wenn wir das gewusst hätten, hätten wir sie besser hierbehalten.«*

Das war die Gelegenheit!

»Vielleicht liegt Callisto mit ihrer Einschätzung falsch«, warf ich ein. »Vielleicht war es nur ein Traum. Eine Halluzination. Ihre menschlichen Emotionen sind sehr stark ausgeprägt.«

Selbst Tante Tisi zweifelte an Callistos Macht: *Nun, jemand der von den Plejaden großgezogen wurde und meint, Weissagungen über die Unterwelt treffen zu können, läuft unweigerlich Gefahr, großspurig zu sein.*

Auch ihr geistiger Zustand lässt zu wünschen übrig, ergänzte Meggy. *Sie hätte sich niemals in einen zerbrechlichen Menschen verlieben dürfen. Natürlich fühlt sie sich jetzt allein. Vielleicht will sie zu den Plejaden zurück.*

GENUG. Eine Flamme stob aus dem Kamin heraus und versengte eine meine Haarspitzen, als Tante Alecs ein Machtwort sprach. *Ich vertraue der Weissagung von Callisto. Das Orakel von Delphi wäre in Anbetracht ihrer Weissagungen vor Neid ganz grün geworden. Du bleibst dort, bis deine Aufgabe erledigt ist.*

Mein Haupt war gesenkt. Ich sagte mir selbst, dass es daran lag, dass ich nicht noch mehr meiner Locken opfern wollte, doch das Zittern meiner Finger verriet mich.

»Ich ... Ab–« Der Einwurf lag mir schon auf der Zunge, aber dann lenkte ich im letzten Moment doch ein. »Selbstverständlich. Verlasst euch auf mich.«

Und wie lautet diese Aufgabe?, forderte Meggy von mir zu erfahren. *Erinnere dich, mein Kind. Nicht, dass du es in den letzten Monaten vergessen hast.*

Ich biss mir auf die Lippen, weil ich mir vor diesen jahrtausendealten Gestalten mal wieder wie ein kleines Kind vorkam.

»Finde den Riss im Hades und bestrafe den Übeltäter, wie ihr es mich gelehrt habt.« Ich hob meinen Kopf und sah in ihre Gesichter. Gelbe Augen, schlitzförmige Pupillen und Schlangenhaar. »Nur dann werde ich endlich eine Furie wie ihr.«

4. KAPITEL

DIE HELDIN BRAUCHT DOCH KEINE AUFPASSERIN!

Als meine Kutsche im Halbdunkeln an der Themse vorbei-
ratterte, musste ich unwillkürlich an den Styx denken. Die
beiden Flüsse hatten nichts gemein: Der Fluss der Stadt war
eine stinkende Kloake voller Unrat, während der Styx sich fast
schon erhaben wie die Göttin, die er einst war, durch die Unterwelt schlängelte. Nur Charon, der Fährmann der Toten, konnte
den Fluss mit seiner Barke befahren und die frisch Verstorbenen sicher in den Hades geleiten. Wohingegen sich auf der
Themse Schiffe aus aller Herren Länder tummelten, um Menschen, Tiere und Kostbarkeiten in die Metropole zu bringen.

Wie mich – eine Furie in Ausbildung – vor sechs Monaten, die eigentlich herausfinden sollte, warum der Fluss der
Toten ausgerechnet auf dieser verregneten Insel in das Reich
der Lebenden blutete und alles vergiftete.

Falls Callisto wirklich eine Vision empfangen hatte, fiel
mir als Grund dafür nur die Gier mancher Engländer nach
exotischen Schätzen wie verfluchten Mumien aus Ägypten
ein. Womöglich forderte die nun ihren Tribut. Menschen
sollten nicht mit Dingen spielen, denen sie nicht gewachsen
waren. Sie eiferten zu sehr den Göttern nach, die sie vor so
vielen Jahrhunderten verraten hatten.

»*Die ehemalige Anwärterin der Plejaden, Callisto, hatte eine besorgniserregende Vision*«, klang mir Tante Alectos schrille Stimme immer noch in den Ohren. »*Der Styx ist ausgerechnet in England durchlässig geworden – außerhalb unseres Gebiets!*« »*Wie konnte das geschehen?*«

Meine Tante hatte desinteressiert mit den Schultern gezuckt. »*Das ist ohne Belang. Wir interessieren uns nicht für die Gründe. Wir bestrafen nur.*«

Dann war eine Stimme aus den Tiefen der Unterwelt ertönt, süß wie Blütenhonig und gleichzeitig kalt wie der Hauch der Toten: »*Du findest doch den Schuldigen für mich, mein liebstes Kind?*«

Ein Schauer überlief meinen ganzen Körper bei der Erinnerung. »Nun liegt es an mir, diese Dinge zu richten«, murmelte ich und ließ meinen Kopf gegen das kühle Glas des Kutschenfensters sinken. »Ich werde bestrafen wie eine richtige Furie.«

»Wie bitte?«

Die Stimme brachte mich dazu aufzusehen. Beinahe hätte ich vergessen, dass ich nicht allein zum Ball reiste.

Eine ältere Dame betrachtete mich mit geschürzten Lippen.

Mrs Balfour war nun schon die vierte Gouvernante, die Callisto mir aufdrängte.

»*Du bist nun einmal eine junge, unverheiratete Frau*«, hatte sie mir zugezischt, als ich mich über das neue Anhängsel beschweren wollte. »*Wenn du dich unauffällig in der feinen Gesellschaft bewegen willst, brauchst du sie.*«

Ich nahm an, dass Callisto nur verhindern wollte, dass ich die Nacht wieder in dem Bett eines »Gentleman« verbrachte und mein Verhalten auf sie zurückfiel.

»Nichts«, sagte ich und wedelte mit meinem Fächer den Gestank des Flusses fort. »Brauchen wir noch lange?«

»Sicherlich einige Minuten. Das Anwesen liegt weit außerhalb der Stadt. Die Heimfahrt wird eine Qual.« Sie seufzte schwer. »Allerdings sind es die Bälle der Stewarts wert. Das wird eine unvergessliche Nacht, Euryale. Vertrau mir.«

»Wenn Sie das sagen.«

»Nun.« Ein selbstbewusstes Lächeln schlich sich in ihr Gesicht und sie reckte das Kinn. »Sie wissen ja, dass ich reichlich Erfahrung gesammelt habe.«

Die Gouvernante war eine Dame in ihren späten Vierzigern, die sehr früh geheiratet und ihren Mann kurz darauf an eine Krankheit verloren hatte. Das hatte sie mir zumindest bei der einseitigen Vorstellung erzählt. Ihr blieb zwar eine eigene Familie verwehrt, dafür rühmte sie sich, von ihren gut einem halben Dutzend Schützlingen bis jetzt jede innerhalb kürzester Zeit an den Mann gebracht zu haben.

»Bei einigen war es sogar eine Liebesheirat«, brüstete sie sich wie ein stolzer Pfau. »Wäre doch gelacht, wenn ich nicht auch eine gute Partie für Sie finden kann.«

»Sie werden sehen, die Zeit vergeht wie im Flug«, sagte Mrs Balfour, die auf einmal ganz erpicht darauf war, sich mit mir zu unterhalten. »Ihre Schwester erzählte mir, dass sie viele Bewunderer haben.«

»Das stimmt.«

An Liebhabern mangelte es mir tatsächlich nicht.

»Mal ganz unter uns: Wollen Sie einem der Herren denn näherkommen?«

»Kann ich nicht alle haben?«

»Wie bitte?«

»Es ist eine Qual, nur einen zu wählen«, tönte ich wehleidig herum. »Muss ich mich denn entscheiden?«

Mein Gegenüber blinzelte. »Natürlich müssen Sie das.

»Ich ... Eine ...«

Mit einer Handbewegung klappte ich den Fächer zusammen und tippte an mein Kinn. »Aber ein Mann darf mehrere Frauen haben?«

»Was? Nein! Natürlich nicht!«

»Warum gibt es dann Freudenhäuser?«, fragte ich mit einem herausfordernden Grinsen, während die Anstandsdame um Fassung rang. »Oder zwielichtige Herrenclubs? Oder hat mich das nicht zu interessieren?«

»Eine Dame wie Sie muss sich doch über so etwas keine Gedanken machen«, versuchte sie mir ihre schwachen Argumente zu unterbreiten. »Wenn Sie erst mal einen Mann gefunden und mit ihm eine Familie gegründet haben, dann –«

»Dann habe ich meinen Zweck ohnehin erfüllt?«

Obwohl ich die ersten zwei Jahrzehnte meines Lebens fast ausschließlich mit nichtmenschlichen Kreaturen verbracht hatte, war es ein Leichtes gewesen, herauszufinden, was man in dieser ach-so-feinen Gesellschaft von Frauen verlangte.

Jede Faser meines Seins sträubte sich gegen diese Zwänge.

Ich war dankbar, dass ich »Euryale Kalos« nur spielte.

Mit einem Ruck kam die Kutsche zum Stehen. Die Pferde wieherten laut.

Bevor der Kutscher vom Bock klettern konnte, hatte ich bereits die Tür aufgestoßen und war aus der Kabine gesprungen.

»Lady Kalos!«, rief meine Aufpasserin. »Lady Kalos! Wohin wollen Sie?«

Ich drehte mich noch einmal um und winkte ihr mit meinem Fächer zu.

Wenn sie wirklich so gewissenhaft war, sollte sie mich bis zum Ende des Balles wiedergefunden haben.

5. Kapitel

Unsere Heldin kämpft nun andere Schlachten

Es gab sehr vieles, was ich an meiner göttlichen Aufgabe als Furie in diesem Drecksloch verabscheute: Da wäre zum einen, dass ich auf Wunsch meiner Herrin jemandem wie Callisto unterstellt war. Zum anderen war mein feiner Geruchssinn durch die ekelhaften Dämpfe der Stadt abgestumpft und kaum noch zu gebrauchen. Zu guter Letzt ... Vielleicht vermisste ich mein Heimatland mehr, als ich es mir eingestehen wollte. Auch wenn ich keine Fledermausschwingen wie meine Tanten besaß, so fühlte ich mich dennoch die meiste Zeit über so, als hätte man mir die Flügel gestutzt und mich in einen Käfig gesperrt. Meine Tanten hatten heute wieder einmal betont, dass ich nicht zu ihnen zurückdurfte, ehe ich meine Aufgabe nicht erfüllt hatte. Die Aufgabe, nach der ich seit Monaten suchte und bereits jeden Stein danach umgedreht hatte.

Dennoch existierten Augenblicke, die mich *frei* fühlen ließen. Momente, in denen das Blut in meinen Adern vor Aufregung surrte.

Die ausschweifenden und dekadenten Bälle, die atemberaubenden Aufführungen, die es hier gab, bescherten mir ein Gefühl von Freiheit.

Oder zumindest erschufen sie eine Illusion, an der ich mich festklammern konnte.

Ich konnte machen, was ich wollte. Niemand war meine Herrin. Wenn mir danach war, dann verbrachte ich den ganzen Abend auf der Tanzfläche oder unterhielt mich mit Menschen mal über exotische Orte oder gruselige Geisterbeschwörungen.

Für wenige Stunden konnte ich frei entscheiden. Dann war ich weder Furie in Vorbereitung noch Adelige aus gutem Hause.

Einfach nur Euryale.

Raschen Blickes verschaffte ich mir einen Überblick: Aus dem gigantischen Ballsaal ertönte eine Mischung aus ruhiger Klaviermusik und aufgeregten Geigenklängen. Es wurde sowohl prickelnder Sekt als auch fruchtiger Punsch gereicht. Angeregte Gespräche im hellen Schein dieses neumodischen elektrischen Lichts drangen an mein Ohr ebenso wie erregte Küsse im Schutze der Dunkelheit.

Ich legte zwei Finger an meine Lippen. Letzteres klang nach etwas, wonach mir heute Nacht ebenso der Sinn stand.

Mit einem hungrigen Herzen in der Brust und purer Aufregung in den Adern ließ ich mich eine Zeit lang treiben. Ich kostete vom Sekt und Champagner, die in Kristallgläsern auf Goldtabletts serviert wurden, obwohl es sich meiner Meinung nach nur um prickelndes Wasser mit komischem Geschmack handelte. Die Trifles mit Erdbeeren und Sahne entsprachen schon viel mehr meinem Geschmack. Komisch nur, dass keiner sie so recht anrühren wollte.

Bei meinen Tanten gab es immer nur Fleisch, Fleisch und noch mehr Fleisch zu essen. Fleisch von Wesen, welche ich auch noch erlegen musste, bevor meine Tanten sie in einen verbeulten Messingtopf mit ein paar Kräutern plumpsen ließen.

Gesättigt vom süßen Biskuitteig und exotischen Erdbeeren war ich auf der Suche nach Konversation oder einem schnellen Tanz mit einem Edelmann. Ein kleines Tänzchen oder etwas mehr ...

Bis etwas meine Aufmerksamkeit erregte.

Ich traute meinen Sinnen kaum, als ein helles und vor allem bekanntes Kichern an meine Ohren drang. Das war unmöglich!

Ohne auf meine Umgebung zu achten, schlängelte ich mich durch die Menschen und erblickte alsbald den Quell des Lachens.

Sie war eine wahrliche Lichtgestalt in ihrem azurblauen Kleid. Eine normale junge Frau ihrer Statur hätte der enorme Glockenrock verschluckt, aber nicht sie.

Cecilia *über*strahlte alles und jeden.

Wie gewöhnlich hatten sich ein paar junge Frauen um sie geschart. Lachend warf Cecilia ihre honigblonden Locken zurück und entblößte dabei zart rosige Haut.

Nur mit Mühe unterdrückte ich den Drang, nach ihr zu greifen. Ihre Wangen waren rot – und das ganz ohne Rogue. Ihre Haare fielen ihr in goldgelben Locken bis zur Hüfte.

Sie war ein Anblick, der Aphrodite rasend vor Eifersucht gemacht hätte. Zum Glück war die narzisstische Liebesgöttin wie der Rest des Pantheons an Griechenland gebunden.

Als sie merkte, dass ich sie anstarrte, drehte sie ihren Kopf in meine Richtung und eilte mit dem größten Lächeln auf mich zu.

»Riri!«, strahlte Cecilia mich nun direkt an. Ihre schiere Lebenskraft blendete mich, sodass ich sie nur verwirrt anblinzeln konnte. »Dein Kleid ist wahrlich zauberhaft! Der Goldton schmeichelt deiner Haut! Du musst mir unbedingt deinen Schneider nennen. Oh! Wir könnten uns doch einmal ähnliche Kleider aus den gleichen Stoffen anfertigen lassen, wäre das nicht wunderbar?«

In ihrer Stimme lag kein Funken Schwäche mehr. Wenn ich sie nicht heute Morgen mit meinen eigenen Augen gesehen hätte, dann würde ich nie auf den Gedanken kommen, sie könnte unpässlich gewesen sein, weil das Leben aus jeder Faser ihres Seins hervorquoll.

»Dir geht es ... gut?«

»Du warst krank?«, schrie eine der Frauen, deren Anwesenheit ich beinah wieder vergessen hatte.

Nun umringten mich ein halbes Dutzend junger blaublütiger Damen, deren hochgezogene Brauen und abschätzige Blicke mir verrieten, dass mein Ruf mir bereits vorausgeeilt war.

Meine Freundin biss sich auf die Unterlippe.

»Nein. Nein. Ich war nur etwas wetterfühlig«, speiste Cecilia ihr Publikum rasch ab. »Ich erfreue mich bester Gesundheit.«

Cecilia legte ihre Hände auf meinen Arm und führte mich wenige Schritte von den tuschelnden Frauen weg. Ich spürte ihre bohrenden Blicke in meinem Rücken und fragte mich, ob ich dieses Problem mit Stricknadeln lösen konnte.

»Es tut mir leid, wenn ich dir Ärger bereitet habe«, entschuldigte ich mich sofort bei meiner Freundin. »Ich wollte kein schlechtes Licht auf dich werfen.«

Wenn ich wieder in mein altes Leben zurückkehrte, wollte ich Cecilia in guter Gesellschaft wissen. Selbst wenn ich wenig Sympathien für Menschen hegte, so wusste ich dennoch, dass es für andere umso wichtiger war. Es war Cecilia wichtig, ein Teil der Londoner Gesellschaft zu sein.

Ich hatte niemals vorgehabt, hier Freundschaften zu schließen.

In den ersten Wochen in der Metropole hatte ich jeden menschlichen Kontakt tunlichst gemieden, bis Callisto meinte, dass die Saison anstand und es auffällig sei, wenn eine Lady meines Standes und Alters nicht auf einigen Bällen auftauchte.

Ich hatte so lange protestiert, bis ich auf meinem ersten Ball Cecilia begegnet war. Cecilia, einer Lady mit zehn Verehrern an jedem Finger, jegliche Form von Etikette verinnerlicht und ich war mir sicher, dass sie auch wusste, worum es sich bei dieser ominösen »Spitzenbordüre« handelte, über die sich Callisto und andere Frauen stundenlang unterhalten konnten. Jeder Mann wollte sie und jede Frau wollte so sein wie sie.

Wenn ich ehrlich sein durfte: Ihr Auftritt auf meinem ersten Ball hatte mich ebenfalls in Staunen versetzt. So wie sie sich durch die Menge bewegte und elegant von einem Tanzpartner zum anderen wechselte, hatte sie mich irgendwie an meine Tanten erinnert. In jeder ihrer Bewegungen lag so viel Anmut und zugleich rohe Macht, dass mir der Mund weit offen gestanden hatte. Diese blank polierte Tanzfläche war ihr Schlachtfeld.

Ich hatte mich in dieser Nacht zurückgezogen: So viele Menschen. Lichter. Düfte.

Beim ersten Mal hatten mich diese ganzen Sinneseindrücke schlicht überwältigt und ich musste den Großteil des Abends in einer stillen Ecke verbringen. Zudem ging mir Englisch immer noch recht schwer über die Lippen.

Mich zu verstecken stellte sich als ein schwieriges Unterfangen dar, weil jeder wusste, dass ich Callistos »Mündel« aus Griechenland war und jeder sich mit mir unterhalten wollte, um ein paar Informationen über meine »große Schwester«, der todtraurigen, aber skandalös jungen Witwe, aus mir herauszubekommen.

Cecilia hatte mit einem pikierten Hüsteln all jene vertrieben, die mich umringt hatten, und sich neben mir auf einen Stuhl fallen lassen. Meine Zurückhaltung hatte sie jedoch mehr als falsch aufgefasst: »*Sie brauchen keine kalten Füße zu haben. Jede Debütantin ist nervös, wenn man bedenkt, dass sie jeden Abend ihrem zukünftigen Ehemann begegnen kann.*«

»*Ich brauche aber keinen Ehemann*«, hatte ich sie eiskalt zurechtgewiesen. Eine Spur zu scharf, aber meine hämmernden Kopfschmerzen ließen mich aggressiver als eine hungrige Harpyie werden.

Als Reaktion hatte ich einen furios-wütenden Blick oder eine bestürzte Flucht erwartet, doch die blonde Adelige hatte ihren Fächer vor den Mund gehalten und gelacht.

»*Ehemänner werden überschätzt, da stimme ich dir vollkommen zu, meine Liebe.*«

Seitdem zählte ich mich als Gast bei jedem Ball, den Cecilia aufsuchte.

»Ärger?«, wiederholte Cecilia und lachte – wie in meiner Erinnerung – laut auf. »Du bist doch diejenige, die sich Sorgen um mich gemacht hat! Doch wie ich bereits sagte – es war lediglich ein kleiner Schwächeanfall. Ich habe etwas zu wenig gegessen, um in mein neues Kleid zu passen.«

Schwächeanfall?

Jetzt hatte ich einen Beweis, dass ihre Worte heute Morgen nur eine Ausrede waren.

Sie *war* krank gewesen. Cecilia musste an irgendeiner Menschenkrankheit leiden.

Die Heilkunst war mir fremd, aber ich hatte mal aus Langeweile einige Schriften von Asclepius höchstpersönlich studiert. Menschliche Gebrechen waren so zahlreich und vielfältig, dass ich mich nur an weniges erinnerte. Mein göttliches Blut verhinderte, dass ich mir gewöhnliche Krankheiten einfing.

Knochenbrüche waren mir leider sehr gut bekannt, doch mit einem Hauch Magie konnte ich sie innerhalb weniger Tage vollständig verheilen lassen.

»Cecilia, wenn du kra–«

»Wo ist denn deine Gouvernante?«, fragte mich Cecilia und reckte ihren Kopf. Die Saphire und Topase ihrer Halskette glänzten im Licht.

Ich zuckte mit den Schultern, was ihr ein Kichern entlockte.

»Wie schade, Miss Barlow hätte heute gut Gesellschaft vertragen.«

Meine Freundin deutete auf eine Person etwas abseits des Treibens.

Cecilias Gouvernante war etwas, das man in der gehobenen Gesellschaft missbilligend als »alte Jungfer« bezeichnete: Eine Frau, gerade mal zehn Jahre älter als Cecilia, und doch bereits von der Gesellschaft abgestempelt. Sie wirkte totenbleich im Kerzenlicht.

»Exotische Früchte sollen ja schlimme Krankheiten auslösen«, erzählte mir Cecilia beiläufig. »Ich glaube, sie hat vorgestern zu viele Erdbeeren gegessen.«

Die Trifles in meinem Bauch lagen mir einen Moment schwer im Magen. Nur so lange, bis mir wieder einfiel, dass ich eben gegen solche Krankheiten von Natur aus gefeit war.

Vielleicht rührten auch Cecilias Symptome von irgendwelchen Früchten, wenn es ihrer Gouvernante ebenfalls so schlecht erging.

»Sehen wir uns später noch?«, fragte Cecilia hoffnungsvoll.

Ich bedachte sie mit einem langen Lächeln. »Wie du weißt, bin ich für gewöhnlich eine der Letzten, die eine Feierlichkeit verlässt.«

Eine Furie blieb immer bis zum bitteren Ende auf dem Schlachtfeld.

Während ich mich nach einer weiteren Beschäftigung für den Abend umsah, kehrte Cecilia zu ihren Freundinnen zurück. Meine feinen Ohren schnappten Fetzen des Gespräches auf.

»... und mit so jemandem gibst du dich freiwillig ab?«

»Ich bitte dich, meine liebe Angelica, wo hast du denn nur diese üblen Gerüchte aufgeschnappt? Wir jungen Damen sollten uns nicht mit solch üblem Gerede auseinandersetzen. Stell dir vor, wenn jemand solche haarsträubenden Sachen über dich erzählte.«

Mit einem kleinen Grinsen auf den Lippen, aber einem lodernden Feuer im Brustkorb warf ich mich ins Tanzgetümmel.

6. Kapitel

DIE HELDIN IST AUF NIEMANDEN ANGEWIESEN

Ich tanzte mit jemandem, der sich als Earl Irgendwer vorstellte und dessen Mundgeruch so penetrant war, dass ich für einen quälend langen Walzer nur durch den Mund atmete. Ich freute mich, als Viscount Irgendwas ihm auf die Schulter tippte, um ihn abzulösen. Der Earl zischte eine Verwünschung, die der andere Edelmann entweder überhörte oder geflissentlich ignorierte.

Ehe ich michs versah, fand ich mich an einer Männerbrust wieder. Ein Arm wurde um mich geschlungen und meine Hand angehoben.

Der Viscount entsprach mit seinem Aussehen schon etwas mehr meinem Geschmack: Dunkle Haare rahmten ein attraktives Gesicht mit markantem Kinn ein. Seine Augen waren olivengrün.

Sein Alter dürfte meiner Ersteinschätzung nach auch nahe an meinem liegen und er war zudem ein recht guter Tänzer, weshalb ich mich dazu hinreißen ließ, ein Glas Sekt nach unserem Tanz anzunehmen und uns von der Menge zurückzuziehen.

Leider öffnete er irgendwann seinen Mund ...

»Warum ist eine so wunderschöne Lady wie Sie noch nicht

verheiratet?«, fragte er mich mit säuselnder Stimme, die ein ungutes Gefühl in meinem Bauch hervorbeschwor. Dennoch ließ ich mich davon nicht verunsichern.

Mit einem zuckersüßen Lächeln antwortete ich:»Pures Glück, würde ich behaupten.«

Die Gesichtszüge meines Gegenübers entgleisten für einen kurzen Moment.

Ich musterte den Viscount mit scharfen Augen. Er trug einen Gehrock in einer Farbe, die hier als wenig modisch galt, wie ich durch Cecilias reiches Wissen über Kleidung wusste. Zudem erspähte ich eine schlecht geflickte Stelle an seinem Hemd.

Mir wurde recht schnell klar, dass er es auf Callistos enormes Vermögen abgesehen hatte – ich hingegen suchte nur einen netten Zeitvertreib. Anstandsdamen wie Mrs Balfour waren nicht nur dazu da, unerfahrene Frauen vor Situationen zu bewahren, die ihren guten Ruf bedrohten, sondern auch hinter ihrem Vermögen her waren. Liebesheiraten waren selten. Die meisten Paare gingen den Bund der Ehe aus monetären oder gesellschaftlichen Gründen ein.

Und ich schien es mir nun mit genau so einem Adeligen verscherzt zu haben.

»Vielleicht begegnet man sich heute zur späten Stunde noch einmal«, verabschiedete er sich mit einem feuchten Kuss auf meine Hand.»Ich würde Sie gerne näher kennenlernen.«

»Wenn die Schicksalsgöttinnen uns gewogen sind, dann werden wir uns sicher noch einmal sehen.«

Die Moira hatten sicher bessere Lebensgeschichten zu weben, als meine romantische Liaison mit einem verarmten Viscount, weshalb ich mir nicht viel Gedanken um ein Wiedersehen machte.

Schon bevor er aus meinem Sichtfeld verschwand, wischte ich meine Hand an einem Vorhang ab und damit war auch der letzte Gedanke an den Viscount bereits aus meinem Kopf entschwunden.

Mit einem Seufzen lehnte ich mich gegen eine Wand und blickte der Decke entgegen. Ernüchterung lähmte meine anfängliche Euphorie. Mit ihr kamen die altbekannten Zweifel in mein Herz: Wie lange würde ich meine Abende noch auf diese Art gestalten? Wie oft würde ich mir meinen Magen mit süßem Teig vollschlagen und mit fremden Männern tanzen?

Und was würde mich erwarten, wenn ich meine Aufgabe hier endlich erfüllt hatte?

Würde Cecilia mir glauben, wenn ich ihr erzählte, dass ich mit einem Edelmann aufs Festland zog?

Callisto war der festen Überzeugung, dass ich meine Freundin mit einer Lüge abspeisen konnte, aber ich wusste es besser. Ich würde ihr eine ähnlich fadenscheinige Ausrede auch nicht glauben, weil sie ihre Nächte am liebsten in der Gesellschaft von anderen Frauen verbrachte.

Ich stellte das leere Sektglas auf eine Fensterbank und warf dabei noch einen schnellen Blick durch das Glas. Draußen war es bereits dunkel. Ein paar Gaslampen glommen wie unheimliche Augen in der Schwärze.

Was meine Tanten wohl gerade taten?

Seit die Menschen nicht mehr an die Mythen glaubten, wurden sie viel weniger angerufen und traten nur noch selten in Erscheinung. Heutzutage hatten wir Furien kaum noch etwas zu tun.

Aber wenigstens hatten wir uns. *Für immer.*

Ich wollte ins Getümmel zurückkehren, als mein Herz unerwartet ins Stolpern kam.

Oh nein. Nicht auch noch er …
Aber was hatte ich bitte schön anderes erwartet?
Schon bevor ich ihn sah, konnte ich seine Anwesenheit tief
in Mark und Bein spüren.

Kurz darauf ertönten seine selbstsicheren Schritte in meinem Rücken, bevor er den Mund öffnete und seine dunkle
Stimme an mein Ohr drang:»Wie ich sehe, amüsieren Sie
sich wieder einmal prächtig, Lady Kalos.«

Wie von unsichtbaren Fäden gelenkt, drehte ich mich zu
der dunklen Stimme um. Meine Gliedmaßen gehorchten nicht
mehr mir, denn sonst hätte ich ihn einfach ignoriert. Ich war
hier, um mich zu amüsieren und nicht mit Deacon Haworth
zu diskutieren.

Lord Blödgesicht, lag mir schon auf den rot geschminkten
Lippen. Doch ich war eine anständige Dame, die sich stets auf
ihre guten Manieren besann. Je öfter ich es mir sagte, desto
mehr war ich davon überzeugt.»Earl Hawthraft.«

Ich lächelte, als die Züge meines Gegenübers völlig entgleisten.

»Das ist doch kein Nachname«, sprudelte es aus Deacon
hervor.»Zudem wird mein Vater Earl Haworth angeredet.«
Er stieß ein lang gezogenes Seufzen aus.»Wir sind uns in
den letzten Monaten über ein Dutzend Mal begegnet, Euryale. Wie kann es sein, dass du meinen Nachnamen immer
noch nicht kennst?«

Ich legte meine Hände an meinen Rock und hob ihn so
weit hoch, dass er meine sandfarbenen Seidenschuhe sehen
konnte. Ich knickste entschuldigend vor ihm.»Es fällt mir
schwer, Namen von flüchtigen Bekannten in Erinnerung zu
behalten. Das tut mir so leid, Earl Hogwhats.«

Deacons Kopf ruckte in die Höhe, als hätte ich ihn bei

etwas Verbotenem ertappt. Ach ja, war es nicht verpönt, auch nur etwas Bein zu zeigen? Das war so lächerlich, dass es mir entfallen war.

»Ich bin kein Earl – und heiße auch nicht Hogwhats.« Meine Augen blitzten kampfeslustig auf. »Seit wann nennen wir uns eigentlich beim Vornamen?«

Er seufzte schwer. Nein, gequält! »Euryale.«

»Deacon.«

Ich reckte das Kinn und hielt seinem bohrenden Blick stand.

Unter den englischen Frauen galt ich als hochgewachsen, aber natürlich überragte mich Deacon um wenige Zoll, sodass ich meinen Kopf leicht heben musste, um ihm in die Augen zu blicken. Sie waren von so einem hellen Braun, dass sie mir im passenden Licht golden erschienen. Auch heute erstrahlten sie in einem so unwirklichen Ton, dass ich mich fragte, ob seine Anwesenheit nur ein Hirngespinst war.

Doch spätestens als sein herber Geruch mich umhüllte, konnte ich seine körperliche Präsenz nicht mehr leugnen. Keiner der anderen Männer roch so wie er: Würziges Sandelholz vermischt mit Leder und einer mir unbekannten Note.

Auch seine Gesichtszüge waren mir vertraut geworden. Angefangen von den dichten Brauen über die dunklen Haare, die ich noch nie ordentlich gekämmt erblicken durfte, hinunter zu seinen hohen Wangenknochen.

Keine einzige Pockennarbe zierte seine helle Haut.

Die Arme hinter dem Rücken verschränkt, stand er vor mir, einen unlesbaren Ausdruck im Gesicht.

Selbst nach Monaten auf dieser verregneten und verrauchten Insel verstand ich nicht, was es mit Deacon Haworth auf sich hatte.

»Halte dich den Rest der Nacht von Viscount Beaumount fern«, sprach er mit fast schon kalter Arroganz in der Stimme, wäre da nicht sein zweiter Satz. »Ich bitte dich, Euryale. Dies dient nur zu deinem Wohlergehen.«

Ich brauchte einen Moment, um das Gesagte zu verarbeiten. Meine Zunge klebte an meinem Gaumen, als ich endlich die treffenden Worte fand: »Mein lieber Deacon, du musst mir bei einer Frage helfen«, säuselte ich mit geneigtem Kopf und gesenkten Lidern.

»Selbstverständlich!« Er tat einen Schritt auf mich zu.

»Wann haben wir uns vermählt?«

»Wie bitte?«

Mein Ton änderte sich schlagartig und mein Kopf schoss in die Höhe. Wütend funkelte ich mein Gegenüber an. »Ich frage dich, wann wir den Bund der Ehe eingegangen sind, wenn du schon meinst, dass du über mich bestimmen kannst«, fauchte ich ihn an. »Falls es dir entfallen sein sollte: *Ich* tue *das*, was *ich* will.«

Mit dem Zeigefinger stach ich ihm in die Brust. Ich zügelte meine Stärke nicht, trotzdem verzog Deacon nicht einmal den Mundwinkel. Seinem Stand entsprechend kleidete er sich elegant in mehrere Lagen: Hemd, Weste und ein dunkler Mantel aus festem Stoff. Kein Wunder, dass er kein Piken spürte.

Deacon öffnete den Mund und hob zeitgleich eine Hand.

Meine freie Hand zuckte hoch.

In weiser Voraussicht hatte ich mein Athame griffbereit an einem Strumpfband befestigt. Die »feinen« englischen Herren waren für meinen Geschmack manchmal etwas zu aufdringlich, weshalb ich nicht zögern würde, seine Handfläche mit dem Messer zu durchbohren.

Doch dann ließ er plötzlich seinen Arm sinken und schüttelte langsam den Kopf. »Du entschuldigst mich.«

Das Lächeln kehrte auf meine Lippen zurück. »Da gibt es doch nichts zum Entschuldigen.«

Damit wandte sich Deacon von mir ab und ließ mich mit der Büchse der Pandora an Emotionen, die er in seiner Ignoranz geöffnet hatte, zurück. Mein Herz tobte wie eine verletzte Kreatur wild in meiner Brust herum. Warum verlor ich bei ihm stets die Kontrolle?

Ich fuhr mir mit beiden Händen übers Gesicht. Ich hasste es hier. Sosehr ich es mir auch schönreden wollte. Ich hasste jeden unnötigen Ball. Jede sinnlose Unterhaltung.

Und ich hasste Deacon Haworth.

»Was wollte er denn nun schon wieder von dir?«

Mit einem erschrockenen Laut fuhr ich herum.

Cecilia war unbemerkt an mich herangeschlichen. Sie hielt ein Glas in der einen und ein lustig aussehendes Stück Backwerk in der anderen Hand, welches sie mir reichte.

»Du wirkst furchtbar aufgewühlt. Hier, probier' das. Es ist ein Petit Four. Ich denke, dass es dir schmecken wird. Ich ... Ich habe auch schon welche gegessen.«

Ich mochte zumindest die englische Backkunst, wobei das wundervolle Ding dem Namen nach aus Frankreich stammte.

Mir entging nicht, dass Cecilia mich mit gerunzelter Stirn musterte, nachdem ich die Süßspeise mit zwei Bissen verschlang.

»Es ziemt sich nicht für eine Dame, in der Öffentlichkeit zu essen, oder?« Ich versuchte mit den Fingern etwas Schokolade von meinem Mundwinkel zu wischen.

»Genau«, stimmte mir Cecilia zu und reichte mir ein Stofftaschentuch, welches mit ihren Initialen C. B. bestickt war.

»Ein Wunder, dass wir überhaupt atmen dürfen«, murrte ich. »Um auf deine Frage zurückzukommen, *Lord Haworth*«, vermied ich tunlichst, ihn beim Vornamen zu nennen, »hat sich nur höflich nach meinem Befinden erkundigt. Da es mir sichtlich gut geht, ist er gegangen.«

»Hat er das?«

»Hat er.«

»Ihr scheint euch ... Ich habe nicht den blassesten Schimmer, wie ich euer Verhältnis beschreiben soll.« Sie nippte vorsichtig an ihrem Sekt. »Jedes Mal, wenn ich euch sehe, habe ich Angst, dass etwas zwischen euch passiert.«

»Willst du andeuten, dass du dich davor fürchtest, dass ich ihm ein Auge mit einer Stricknadel aussteche?«

Cecilia hielt sich die Hand vor den Mund und kicherte.

»Möglich. Aber unter uns: Warum reagierst du immer so gereizt auf Deacon?«, fragte sie mich direkt. »Gibt es da ein pikantes Detail, welches du mir bis jetzt nicht verraten hast? Du weißt, dass du mir alles erzählen kannst. Und wenn es da einen Vorfall gab, dann musst du mir davon berichten, bevor ich vor Neugier vergehe.« Sie legte ihren Handrücken auf ihre Stirn und versuchte eine recht theatralische Pose einzunehmen. »Ich dachte, unsere Freundschaft geht tiefer.«

»Das würde ich wirklich, meine liebe Freundin«, versicherte ich ihr. »Nur gibt es rein gar nichts zu erzählen. Wir verkehren nur in denselben Kreisen. Da läuft man sich über den Weg. Dir war Dea– Lord Haworth doch auch schon lange bekannt.«

»Man läuft sich über den Weg«, wiederholte Cecilia mit reichlich Zweifel in ihrer Stimme.

Ich konnte ihr ihre Bedenken nicht verübeln ...

Seit meiner ersten Begegnung mit Deacon Haworth mussten inzwischen vier Monate vergangen sein. Wieder einmal war es Callisto geschuldet, denn sie hielt es für eine brillante Idee, mich mit einer Anstandsdame auf eine Soiree zu schicken, nachdem ich aus Frust alle Gabeln im Haus für Wurfübungen benutzt hatte.

Die Gastgeber waren ein junges Ehepaar. Die Frau erzählte mir innerhalb einer Viertelstunde drei Mal, dass dies die erste Vergnügung nach Geburt ihres Kindes war und ich versuchte so zu tun, als würde ich mich für etwas anderes interessieren als ein kleines nächtliches Abenteuer.

»Wissen Sie, wen Sie unbedingt kennenlernen müssen?«, fragte mich die junge Lady mit unheimlicher Begeisterung.

»Den Scharfrichter?«, murmelte ich, weil ich ernsthaft in Erwägung zog, mich aus dem nächstbesten Fenster zu stürzen.

»Was haben Sie gesagt? Nun, sicher haben sie schon von Deacon Haworth gehört. Sie müssen wissen, dass Lord Haworth angehender Geschichtsprofessor ist. Er wartet nur darauf, dass ein Lehrstuhl an der Universität frei wird«, hatte sie mir gegen meinen Willen Deacons halbe Lebensgeschichte aufgedrängt. *»Sein Spezialgebiet ist doch tatsächlich das antike Griechenland. Sein Vater war vor seiner Krankheit lange selbst Archäologe. Ist das nicht wundervoll? Ich meine … natürlich nicht die Krankheit von Lord Haworth. Das hat ein guter Mann wie er nicht verdient. Sie haben sicher viel mit Deacon zu bereden. Nur machen Sie sich keine Hoffnungen. Er ist seit Kurzem verlobt. Endlich. Sein Vater hatte schon furchtbare Angst, dass er verstirbt, bevor Deacon seine Zukünftige findet.«*

Bevor ich ihr nett sagen konnte, dass ich mich sicher nicht mit irgendeinem Mann unterhielt, der sein Wissen über meine Heimat nur aus Büchern bezog, zog sie mich in einen gut gefüllten Salon. Der penetrante Zigarrenrauch brachte mich augenblicklich zum Husten.

»Lord Haworth!«, schrie die Gastgeberin durch den ganzen Saal und zog dabei alle Blicke auf sich. »Kennen Sie schon Euryale Kalos? Sie stammt aus Griechenland, aber nun wohnt sie bei ihrer Schwester Callisto, der Witwe, weil ihre Eltern bei einem schrecklichen Unfall ums Leben gekommen sind.« Das war nur eine Geschichte und trotzdem fühlte ich mich unwohl dabei. Sofort murmelten die Leute »*Arme junge Frau!*« Jeder im Raum war sofort in Getratsche ausgebrochen. Die einzige Ausnahme war ein junger Mann, der mich unverwandt anstarrte.

Er war wirklich gut aussehend – zumindest von außen betrachtet.

Doch dann fing er an, die Odyssee von Homer abwechselnd auf Griechisch und auf Englisch frei vorzutragen. Sofort bildete sich eine begeisterte Menschentraube um ihn herum – und in meinem Hals ein dicker Kloß. Odysseus war zwar nur ein Mensch, aber ich hasste ihn genauso wie die anderen halbgöttlichen Helden zutiefst.

»*Mein Name ist Deacon Haworth*«, stellte sich der junge Lord nach seiner Einlage bei mir vor und streckte seine Hand aus.

Die Menschen um uns herum schwärmten von Deacons Erzählung und wie leidenschaftlich er sie vorgetragen hatte. Ich hatte nichts davon mitbekommen. In meinen Ohren hatte es die ganze Zeit über nur gerauscht, als hätte man mir den Kopf gewaltsam unter Wasser gedrückt.

Deshalb schien er auch nicht zu verstehen, als ich die Arme vor meiner Brust verschränkte und ihn mit einem finsteren Blick abstrafte.

Deacon fasste das wiederum als Verständigungsproblem

auf und wechselte ins Griechische: »*Ihr Name lautet also Euryale Kalos? Ein wahrlich unpassender Vorname für so eine reizende Dame, wie Sie es sind.*«

Euryale.

Er sprach es als Einziger korrekt aus. Jeder einzelne Vokal und Konsonant rollte perfekt über seine Lippen. So als wäre ihm mein Name so vertraut wie der Kosename einer Geliebten.

Wie konnte er es wagen, den Namen meiner Ziehmutter in den Mund zu nehmen? Wie konnte er es nur wagen, mir so schlimmes Heimweh zu bereiten?

An jenem Abend wechselte ich kein einziges Wort mit Lord Haworth, sooft er auch ein Gespräch mit mir suchte.

Wie man sah, waren wir jetzt an den Punkt angelangt, an dem ich durchaus mit ihm plauderte, aber auch ernsthaft in Erwägung zog, seine Lunge mit meiner Faust zu punktieren.

»Wollen wir dann?«, fragte Cecilia und bot mir ihren Arm an. »In wenigen Stunden geht schon wieder die Sonne auf.«

Ich schüttelte den Kopf. »Ich muss mich ein wenig ausruhen«, sagte ich zu Cecilia. »Ich fühle mich etwas unwohl. Ich denke, der Alkohol tut mir nicht gut.«

Man sah mir die Lüge an, aber so wie ich Cecilias »Wetterfühligkeit« hinnahm, so akzeptierte sie auch meine Ausflucht mit einem Nicken.

Damit war ich mit meinen Gedanken und Gefühlen endlich wieder allein.

7. Kapitel

UNSERE HELDIN ÄHNELT IHRER FRAU MUTTER DOCH SEHR

Wie schwer war es denn bitte schön, eine ältere Dame wie Mrs Balfour wiederzufinden? Es erschien mir fast so, als wollte sie gar nicht von mir entdeckt werden! Gab es in dieser ach-so-gesitteten Gesellschaft denn keine Anstandsdamen für Anstandsdamen? Ich war mir fast sicher, dass sie in irgendeiner dunklen Ecke ausgelassen mit den Hausangestellten flirtete und dabei ausgiebig Bowle trank.

Natürlich konnte ich auch ohne sie heimkehren, aber ausnahmsweise legte ich es mal nicht auf einen Streit mit Callisto an.

Ich fühlte mich *müde*.

Diese Müdigkeit rächte sich, denn meine Sinne wurden schwächer, bis sie denen von einfachen Menschen ähnelten. Wenigstens musste ich so mal nicht die Gespräche der anderen überhören.

Während ich jeden geschmacklosen Perserteppich nach der Frau umdrehte, kam ich an zahlreichen Gemälden der Besitzer und deren Vorfahren vorbei. Ich merkte zunächst gar nicht, dass ich immer tiefer in die Privatgemächer vordrang und ehrlich gesagt, störte es mich auch nicht. Ich war inmitten von Kreaturen mit Schlangenhaaren und Klauen aufgewachsen, hatte mich als kleines Mädchen mit einem Pegasus um einen Apfel geprügelt und war auf Cerberus geritten. Es gab absolut nichts, das mich schockieren konnte.

Dann, ganz plötzlich und unerwartet, spürte ich eine Hand auf meiner Schulter. War doch klar, dass er mich nicht in Ruhe lassen würde. Ich sah in diesem Kleid auch wirklich zu gut aus, um nicht zumindest ein kleines Kompliment dafür zu erhaschen.

Mit aller Kraft zog ich meine Mundwinkel herab, damit er mein Grinsen nicht sah, und schüttelte seine Hand ab.

»Ich habe es dir letztes Mal schon gesagt, Deacon, ich habe keine Lust, mit dir über die haarsträubenden Veränderungen der Römer an den griechischen Mythen zu disku–«

Bevor ich mich ganz umdrehen konnte, lag die Hand auf meiner Hüfte. Ich wurde herumgewirbelt und fordernde Lippen pressten sich hart auf meinen Mund.

Er *roch* nicht nach Deacon.

Mit einem empörten Schnauben stieß ich den Flegel von mir weg. *Was zum Hades?!*

Vor mir stand nicht der Geschichtsprofessor. Es hätte mich auch stark verwundert, da es Deacon wohl zuwider war, mich auch nur zu berühren. Stattdessen war mir ein anderer Edelmann mit rotbraunen Haaren bis hierhin gefolgt, der mir irgendwie vertraut erschien. Woher kannte ich ihn nur?

Dann öffnete der Mann seinen Mund – und ich erstarrte: »Gestern Nacht warst du doch auch nicht so zaghaft, meine wunderschöne Blume.«

Oh, daher also! Das war dieser junge Lord mit dem Haus voller rachsüchtiger Geister und meiner versteinerten Cousine im Vorgarten.

Jonathan war sein Name, meinte ich mich dunkel zu erinnern.

Obwohl ich die Nacht mit ihm durchaus genossen hatte, war mir nicht danach, mehr Zeit mit ihm zu verbringen. Im Moment wollte ich nur meine Anstandsdame finden und nach Hause gebracht werden.

»Es tut mir leid, Sie verwechseln mich wohl mit jemandem«, sagte ich und versuchte mit gesenktem Kopf eilig an ihm vorbeizuhuschen.

Erneut packte er mich am Handgelenk und erdreistete sich, seine Arme um mich zu legen. »Ich hatte gehofft, dass du länger als die Nacht bei mir bleibst«, säuselte er eindeutig angetrunken in mein Ohr und versuchte, einen weiteren Kuss zu stehlen.

Mein Körper erstarrte zu Eis, aber in meinem Herzen brodelte die Wut gefährlich wie der Vulkan Nisyros bei seinem letzten Ausbruch.

»Lass. Mich. *Sofort*. Los.«

Meine Stimme war ruhig. *Noch.*

Mein Aufbegehren gefiel ihm nicht. Sein Körper versteifte sich merklich und seine Finger gruben sich tiefer in mein Fleisch. Ich sah in seinen wässrig-geröteten Augen, wie seine Laune umschlug.

»Sonst was?«, fragte er mich herausfordernd, als besäße er irgendeine unsichtbare Macht.

»Sonst wirst du es bitter bereuen.«

Er legte den Kopf in den Nacken und lachte laut. »Was willst du tun? Ich kann dir verraten, was ich machen werde, wenn du dich sträubst: Ich werde hier jeden auf der Party wissen lassen, dass du billiger als eine Hure bist. So wie du dich gestern Nacht verhalten hast, warst du schon mit sehr vielen Männern im Bett. Wer würde eine wertlose Frau wie dich noch wollen?«

Das war genug.

Dass ich meine Magie herbeirief, bemerkte ich erst, als es bereits viel zu spät war. Ein süßer Geruch drang in meine Nase, füllte meine Lungen und ging dann in mein Blut über. Ich spürte, wie die uralte Magie der Götter in meinen Adern pulsierte. Ein einziges Mal konnte nicht schaden. Außerdem tat ich niemanden unrecht. Dieser Mann hatte es verdient, bestraft zu werden.

Ich befreite meine Arme und griff nach seinem Kragen. Dann zog ich sein Gesicht ganz nah an meines. Niemals sollte er die Fratze einer wütenden Furie vergessen. Ich würde ihn bis in seine Träume heimsuchen und wenn er voller Furcht im Herzen verstarb, würde ich ihn mit den Schlangen meiner Tanten im Tartarus quälen.

Ich war stärker als ein gewöhnlicher menschlicher Mann, womit Jonathan nicht im Geringsten gerechnet haben durfte.

»Wa-wa.« Seine Lippen bebten. »Du!«

Als er mir schließlich richtig ins Gesicht schaute, erbleichte er. Er sah aus wie eine schlecht bemalte Porzellanfigur.

»Wenn du *ein* Wort über unsere gemeinsame Nacht verlierst, dann verwandle ich dich von Kopf bis Fuß in ein Schwein und verscherble dich an den nächstbesten Schlachthof«, drohte ich ihm mit kühler Stimme. »Haben wir uns verstanden?«

Ich sollte das hier nicht tun.

Meine Tanten wollten nicht, dass ich die Magie meiner Mutter einsetzte und eigentlich hatten sie recht. Ich brauchte die Magie nicht, schließlich war ich eine kampferprobte Kriegerin.

Ich war besser als meine Mutter und meine anderen Verwandten im Olymp. Die Macht der Götter brachte nur Leid über Unschuldige, wie der Trojanische Krieg selbst Jahrtausende später immer noch eindrucksvoll bewies.

Dennoch trug ich das Athame meiner Mutter stets bei mir, weil mir sonst so war, als würde ein wichtiger Teil von mir fehlen. Trotzdem war ich so naiv zu hoffen, dass ich es niemals einsetzen musste.

Jonathan stieß ein Lachen aus. »Was bist du nur für ein verrücktes Weibsstück«, höhnte er. »Kein Wunde-AAAAH!«

Ein lauter Schrei entfuhr seiner Kehle, als er seinen Arm hob. Statt einer Hand war dort nur noch eine Schweinshaxe zu sehen. Die Finger waren zu dunklen Hufen verformt und die Haut glänzte hellrosa.

Mich brachte seine Reaktion dazu, hämisch zu kichern. Warum tat ich das eigentlich nicht öfters? Es gab so viele Männer, die es verdient hatten, in Schweine verwandelt zu werden.

Seine Antwort fiel erwartungsgemäß hysterisch aus: »Du bist eine Hexe! Ein Mo-Monster!«

»Richtig. Und *du* bist *nur* ein Mensch«, rief ich ihm in Erinnerung und tat einen forschen Schritt auf ihn zu. Meine Mundwinkel zuckten erfreut nach oben, als Jonathan verängstigt nach hinten auswich. »Du ahnst nicht einmal, wen du dir gerade zum Feind gemacht hast.«

»Das erzähle ich meinem Vater!«, versuchte er mich einzuschüchtern. »Dann weiß bald die ganze Stadt, dass du ein Hexenweib bist!«

»Dann soll ich euch also alle in grunzende Schweinchen verwandeln? Denn: Das wäre mir wahrlich ein großes Vergnügen.«

Vor Angst gelähmt, starrte Jonathan mich lange an. Ich labte mich an der puren Panik in seinen Augen, bis mir das ganze Schauspiel zu langweilig wurde und ich beschloss, es zu beenden.

»Wie gefällt dir eigentlich dein Ringelschwanz?« Blitzschnell griff er sich mit beiden behuften Händen an den Allerwertesten. Die kurze Unaufmerksamkeit nutzte ich, um einen Satz nach vorne zu machen.

»Buh!«, sagte ich nur, woraufhin er schreiend davonrannte. Mit einer einzigen Handbewegung zog ich die Verwünschung zurück, bevor es handfeste Beweise für meine Tat gab.

Ich war immer wieder verwundert, wie intuitiv Magie doch war. Ich musste es mir nur vorstellen und schon konnte ich Menschen in Tiere verwandeln.

Weil ich nun einmal die Tochter meiner Mutter war.

Die Geschichte würde sich auch bei mir wiederholen.

Ich blieb also allein im Gang zurück. Allein mit Dutzenden, wenn nicht sogar Hunderten von weißen Blütenblättern, die verrieten, was ich gerade vollbracht hatte.

Wenn Callisto davon Wind bekam, würde sie mich sicher nicht mehr rauslassen. Mein »unzüchtiger« Lebensstil war ihr bereits länger ein Dorn im Auge und nun benutzte ich auch noch meine Magie, obwohl ich ihr gesagt hatte, dass ich das niemals tun würde.

»Verdammt!«, fluchte ich laut, als mir das Ausmaß meines Wutanfalls klar wurde. Es gab nun einen Adeligen, der wusste, dass ich kein Mensch war. Zwar hatte ich ihm ziemlich eindrucksvoll vorgeführt, zu was ich imstande war, wenn man es sich mit mir verscherzte, aber Menschen konnten zu ihrem eigenen Pech manchmal solche Narren sein. Ja, die

Magie der Götter hatte den Trojanischen Krieg entzündet, aber hätte Paris eine bessere Entscheidung getroffen, wäre der Konflikt niemals eskaliert.

Ich zertrat einige der weißen Blütenblätter mit meinen Schuhen, ehe ich eilig das Weite suchte. Kopflos stürmte ich durch Glastüren in den Garten des Anwesens.

Hier draußen war es ruhig und die frische Nachtluft kühlte meine erhitzte Haut. Zwar vernahm ich einige Menschen, die im Dunklen der Nacht herumstreiften, allerdings schienen diese ganz mit sich selbst beschäftig zu sein. Irgendwo im Garten plätscherte ein Springbrunnen, Frösche quakten und in der Ferne heulten Eulen.

Und auf einer Bank saß eine dunkle Gestalt und las mutterseelenallein ein Buch. Seine attraktiven Züge wurden lediglich spärlich von einer Fackel erhellt.

Deacon.

Hier steckte er also.

Als jemand, der seine eigene Verlobung kurz vor der Hochzeit aufgelöst hatte, um weiterhin als Junggeselle über die Bälle zu geistern, schien er mir ziemlich desinteressiert an dem Treiben im Inneren des Anwesens zu sein.

Ich wollte einen vorsichtigen Schritt nach hinten machen, um unbemerkt zu verschwinden, doch Deacons Kopf ruckte in die Höhe und seine Augen fanden mich selbst in der Dunkelheit.

»Euryale?«

»Verfolgst du mich etwa?«, blaffte ich den jungen Lord an.

Deacon kniff die Augen zusammen und legte den Kopf schief. »Ich war schon hier, bevor *Sie* gekommen sind.«

Ich wusste nicht, was mich mehr in Rage versetzte: Dass ich Deacon erneut über den Weg laufen musste oder dass er meinte, mich gerade jetzt wieder höflich und distanziert Siezen zu müssen.

Mein Schnauben klang dementsprechend etwas zu ... aufgebracht.

Das Aufeinandertreffen mit Jonathan hatte mir anscheinend doch mehr zugesetzt, als ich mir eingestehen wollte. Warum waren Menschen nur so?

Sofort klappte er das Buch zu und stand auf. »Geht es di– Ihnen gut?«

»Mir geht es *blendend*«, zischte ich ihn an. »Sieht man mir das nicht an?«

Warum suchte Deacon nicht das Weite?

Jeder normale Mensch müsste spüren, dass ich fuchsteufelswild war und Angst vor mir haben. Doch Deacon schaute mich nur abwartend an. Nach einer gefühlten Ewigkeit fuhr er sich ratlos durch das dunkle Haar und sah danach so furchtbar zerzaust aus, dass ich tatsächlich kichern musste.

Auch Deacons Mundwinkel hoben sich leicht.

Mit glühenden Wangen stampfte ich an ihm vorbei. »Was ist das denn für eine hässliche Hecke?«, begann ich ein neues Gespräch. »Was zäumt sie ein?«

Nur mit Mühe konnte Deacon sein Lachen mit einem lauten Räuspern überspielen. »Das ist ein Gartenlabyrinth oder Irrgarten.«

Fassungslos starrte ich ihn an. »Warum will man ein Labyrinth in seinen Garten integrieren?«

Wussten diese Leute denn nicht, wofür man solche überhaupt erst geschaffen hatte? Also wenn sich da drin nicht mindestens ein Minotaurus aufhielt, war ich zutiefst enttäuscht.

Deacons Antwort kam zögerlich. »Es ist sehr beliebt bei Liebespaaren.«

»Ach ja? Warum? Kann man sich gegen die Hecke lehnen, wenn ma-ah!«

Ich wollte nur ausprobieren, ob es möglich wäre, sich beim Liebesakt gegen das Grün zu lehnen, aber der Strauch gab sofort nach. Selbstverständlich reagierte mein Körper reflexartig und mein Bein schoss nach vorne, um mich wieder zu stabilisieren. Ich brauchte auf keinen Fall zwei überraschend starke Hände, die sich um meine Taille schlossen. Ein Daumen lag unweit meines Bauchnabels entfernt.

»Sie können mich gerne wieder loslassen, Lord Haworth«, erinnerte ich Deacon mit schwacher Stimme. »Ich werde schon nicht gleich umfallen.«

»Entschuldigen Sie«, murmelte er und wandte den Kopf schnell ab.

Er vermied nach wie vor, mich zu berühren. Allein, daran, wie er jetzt seine Hände hinter seinem Rücken verschränkte und seinen Blick in die Ferne richtete, erkannte man dies.

Ich räusperte mich. »Ich bin mir sicher, dass dieses Labyrinth keinen Spaß macht«, kehrte ich zum eigentlichen Gesprächsthema zurück. »Das ist nur eine langwierige Beschäftigung für den armen Gärtner und eine unnötige Geldausgabe.«

»Wollen Sie es sich vielleicht trotzdem ansehen, Lady Kalos?«, fragte mich der junge Lord direkt. »Selbstverständlich nur, um sich von Ihrer These selbst zu überzeugen.«

Ich sollte gar nicht mit Deacon reden.

Seine Nähe brachte mich nur auf und wenn ich mich an Callistos langweilige Bücher über Anstand und Etikette erinnerte, dann sollten sich feine Damen von solchen Männern gänzlich fernhalten.

»Wollen Sie mir dann nicht Ihren Arm anbieten?«, fragte ich mit erhobenen Brauen.

»Wollen Sie denn, dass ich es Ihnen anbiete?«

Bei Zeus im Olymp!

Dieser Mann raubte mir noch den allerletzten Nerv! Wirklich zaghaft veränderte er die Position seines Armes, damit ich mich einhaken konnte. So nahe war ich Deacon noch nie gekommen und es fühlte sich reichlich seltsam an. Wie von selbst legte ich meine freie Hand ebenfalls an seinen Arm. Ich spürte, wie er sich vor Abscheu anspannte, aber dies hatte er ganz allein sich selbst zuzuschreiben.

»Kennen Sie eigentlich die Geschichte des Minotaurus?«, fragte er mich, als wir uns Arm an Arm in das Innere wagten.

»Sie können Sie mir gerne erzählen, Lord However.«

»Jetzt versuchen Sie gar nicht mehr nur zu tun, als würde Ihnen mein Name entfallen. Zudem haben Sie mich heute schon bei meinem richtigen Namen genannt.«

»Wie können Sie es nur wagen, einer anständigen Dame Lug und Trug zu unterstellen?«

Suchend sah Deacon sich um. »Von welcher anständigen Dame reden Sie da nur?«

Bevor er angemessen reagieren konnte, hatte ich meinen Fächer aus meiner Tasche geholt und ihm damit eins über den Hinterkopf gezogen. Er konnte froh sein, dass ich ihn nicht auch in ein Schwein verwandelte. Oder besser: in ein haariges, quiekendes Meerschweinchen.

»Anständige Damen schlagen ihre Gesellschaft nicht mit einem Fächer«, merkte Deacon an, der sein Grinsen nicht mal mehr mit allergrößter Mühe verbergen konnte. »Aber das ist besser, als von Ihrem Sonnenschirm gepikst zu werden.«

»Ich habe Sie nie mit meinem Sonnenschirm gepikst.«

»Doch, vor zwei Monaten, als ich gerade mit einem Kollegen der Universität über die Oper *Iphigenie auf Tauris* redete. Sie haben mir drei Mal in die Rippen gestochen und es auf das blendende Sonnenlicht geschoben.«

Ah.

Vage vermochte ich mich daran zu erinnern. In meiner Familie redete man nun einmal nicht gerne über die unglückliche Iphigenie und ihre Geschwister, allen voran natürlich Orestes, den meine Tanten jahrzehntelang verfolgt und in den Wahnsinn getrieben hatten. Sie hassten es, dass er von seiner Schuld freigesprochen wurde und sie ihn schlussendlich gehen lassen mussten.

»Ich erinnere mich nicht und wenn Sie andauernd vom Thema ablenken, muss ich davon ausgehen, dass Sie die Geschichte des Minotaurus nicht kennen und nur nach Ausreden suchen, damit ich nicht misstrauisch werde.« Gespielt angewidert schüttelte ich den Kopf. »Und so etwas schimpft sich also Geschichtsprofessor.«

Deacon stieß einen empörten Laut aus und richtete sich die dunkelrote Krawatte mit seiner freien Hand, bevor er sich aufgebracht durch die Haare fuhr. »Unsere Geschichte beginnt auf der Insel Kreta«, fing er dann ohne Umschweife an zu erzählen. Seine Stimme war schön tief und ich konnte mir gut vorstellen, wie seine Studenten ihm aufmerksam zuhörten, obwohl er in ihrem Alter oder sogar um einiges jünger war.

»Minos war einer der vielen Söhne des Zeus, den er mit Europa gezeugt hatte. Sein göttliches Blut genügte ihm jedoch nicht, weshalb er seinen Onkel Poseidon bat, ihm bei der Thronbesteigung zu helfen. Der Gott hatte nur eine Bedingung: Egal, was er dem Anwärter aus dem Meer sandte, Minos musste es ihm später opfern. So entstieg dem Meer ein prächtiger Stier, der Minos zum Thron verhalf.«

Schnaubend verdrehte ich die Augen.

Selbstverständlich war mir die Sage des Minotaurus bekannt, aber ich ließ Deacon erzählen. Seine honigfarbenen Augen glänzten vor Aufregung, wenn die Flamme einer Fackel sein Gesicht für einen kurzen Moment erleuchtete.

Da ließ ich sogar die Sage über einen Halbgott wie Minos und seine Abscheulichkeiten kommentarlos über mich ergehen.

Ich sagte ihm auch nicht, dass Griechenland immer noch von einigen dieser Kreaturen heimgesucht wurde. Ich versuchte selbst nicht zu oft daran zu denken, wie sie sich bloß vermehren konnten.

»Lady Kalos?«, unterbrach Deacon meine Gedanken. Seine Stirn lag in tiefen Falten.

»Hm? Was ist denn?«

»Waren Sie schon mal auf Kreta?«, fragte Deacon, was ich kopfschüttelnd verneinte.

»Aber meine Mutter stammt von der Insel«, erzählte ich ihm gedankenverloren.

»Interessant.«

Mein Magen zog sich zusammen und meine Haut prickelte auf eine sehr unangenehme Art. Er konnte – Nein, das war nahezu lächerlich. Er hielt mich immerhin für eine Dame aus feinem Hause. Er würde nie auf die Idee kommen, dass ich göttliches Blut besaß. Er würde die Identität meiner Mutter trotz dieser Information nie erraten.

Ich ließ mich von Deacon in eine Sackgasse nach der anderen führen. Manchmal begrüßten mich weitere Nymphen und ich knickste höflich vor ihnen. Man konnte sich ja nie sicher sein, ob sie nicht doch zur Familie gehörten.

»Die Geschichte endet natürlich nicht mit der Thronbesteigung von Minos«, erzählte Deacon weiter. »Weil er so ein wunderschönes Tier nicht mehr missen wollte, opferte er dem Meeresgott einen gewöhnlichen Stier. Aber so leicht ließ sich Poseidon nicht täuschen. Er verführte Minos' Frau Pasiphaë mit dem Wunsch ... Nun ... Der Stier ...«

»Sie wollte sich von dem Stier begatten lassen«, half ich Deacon in seiner Not aus. »Darum ließ sie sich von Daidalos ein Gestell bauen, damit sie den Akt ausführen können. Lord Halton, Sie sind doch Professor für das Antike Griechenland. Warum werden Sie rot, wenn es um die romantischen Liaisons geht? Die ganze Mythologie besteht fast ausschließlich aus Zeus' Affären.«

Mit einem Hüsteln versuchte er seine Scham zu überspielen. »Sie sind schließlich eine junge Dame ...«

»Ach, wenn es um Sex geht, bin ich plötzlich wieder eine Dame?«

Deacon blieb stehen und zwang mich so, ebenfalls zu halten.

»Was ist denn nun schon wieder?«, verlangte ich zu erfahren.

Der Rest der Geschichte war zwar wenig überraschend, da sich jeder denken konnte, dass Pasiphaë, die ebenfalls göttliches Blut in den Adern hatte, den Minotaurus namens Asterion daraufhin gebar und Minos ihn umgehend in das eigens von Daidalos gebaute Labyrinth steckte.

Meine Zunge klebte am Gaumen fest, als mir zum ersten Mal in meinem Leben bewusst wurde, dass wir in Wahrheit ebenfalls verwandt waren – wenn auch Jahrtausende voneinander getrennt geboren.

»Es ist nun mal so, dass –«

Alles, was folgte, ging im Rauschen meiner Ohren unter.

Den Geruch von frischem Blut bemerkte ich viel zu spät. Ich wusste ja, dass auf meinen Geruchssinn kein Verlass mehr war, aber dass ich nicht einmal ein seltsames Geräusch vernommen oder irgendetwas gespürt hatte, alarmierte mich zunehmend.

Nahezu zeitgleich durchbrach ein markerschütternder Schrei die stille Nacht und ließ meinen Puls in die Höhe schnellen.

Ich riss mich von Deacon los und ignorierte seinen Protest.

Nein, nein, nein.

Warum hier? Warum jetzt?

Warum mit ihm?

Ohne Deacon an meiner Seite durchquerte ich das Labyrinth in Windeseile und fand mich am Ende auf einem großen Platz wieder.

Innerhalb weniger Sekunden erfassten meine Augen und mein Geist die Situation: ein zerfetzter Männerkörper auf dem Boden.

Eine junge Dame, die sich voller Todesangst an den steinernen Springbrunnen klammerte und entsetzlich schluchzte.

Und in der Mitte des Labyrinths wartete eine wütende Chimäre auf mich.

8. Kapitel

DIE HELDIN KÄMPFT MIT DIESER ENTHÜLLUNG

»Du bist schon mal nicht Cousin Asterion«, stellte ich trocken fest. »Du bist nämlich ein noch viel hässlicheres Vieh.« Wenigstens blieb mir so ein Kampf mit jemandem meines Blutes erspart.

Die Chimäre schien ähnlich erleichtert zu sein, denn sie stieß ein lautes Gebrüll mit ihrem Löwenkopf aus und schlug mit ihren Tatzen erfreut in meine Richtung. Der Ziegenkopf auf dem Rücken der Kreatur blökte fröhlich vor sich hin.

Mit Leichtigkeit wich ich den trägen Angriffen aus.

Nach den Ereignissen der letzten Stunde fühlte es sich gut an, meinen Instinkten die Kontrolle zu überlassen.

Der Schlangenschwanz der Kreatur schnellte hervor, aber statt ihm auszuweichen, bückte ich mich und schlug ihr von unten gegen den Kiefer. Die anderen zwei Köpfe heulten vor Schmerz. Beleidigt schnappte die Schlange in Richtung der Ziege und des Löwen. Das Blöken mischte sich mit dem Zischen und dem Löwengebrüll.

Ich grinste.

Ich würde sie selbst in meinem schweren Ballkleid erledigen und das ohne eine verrutschte Strähne oder verschmierten Kohlestift zu riskieren.

Wie bei der Hydra hatte ich es mit einem mehrköpfigen Wesen zu tun, nur dass die drei Häupter in einem ständigen Zwist miteinander zu stehen schienen – und genau das konnte ich mir zunutze machen.

Knurrend machte die Chimäre einen Schritt auf mich zu. Die Löwentatzen stiegen auf den Leichnam und ich hörte, wie die Knochen unter dem Gewicht brachen. Ein unangenehmes Geräusch.

Die junge Dame beim Springbrunnen schrie laut auf.

Ach ja, da war ja noch was ...

Ich warf einen großen Stein einmal quer über den Platz und sofort blökte die Ziege. Sie zog den Körper des Monsters in eine ganz andere Richtung.

Während die drei Köpfe einen Streit miteinander ausfochten, kümmerte ich mich um die junge Dame, die mir im Weg war. Ich schlang meinen Arm um ihre Hüfte, zog sie auf die Beine und stieß sie aus dem Labyrinth. Sie stolperte ein paar Fuß nach vorne, hielt sich jedoch halbwegs aufrecht.

»Renn!«, zischte ich ihr zu. »Und hol ja keine Hilfe!«

Ohnehin gab es in ganz London niemanden, der gegen eine Chimäre etwas ausrichten konnte. Mit der Ausnahme von Callisto und ihren unliebsamen, leider wirkungsvollen Fähigkeiten. Aber lieber ließ ich mich von diesem Wesen in den Hades schicken, als sie um Hilfe zu bitten.

Zudem würde das Mischwesen noch eine Spur der Zerstörung und des Todes hinterlassen, bis ich die andere Halbgöttin als Verstärkung herbeigeholt hätte.

Ich schaffte das hier allein.

Die Chimäre war vielleicht kein Genie wie Daidalos, dennoch durfte ich nicht unvorsichtig werden. Wie wir Halblinge verfügten Monster wie die Chimäre über starke Regenerationsfähigkeiten und eine Besonderheit, die mir leider entfallen war.

Der Held Bellablabla oder wie auch immer hatte gegen eine Chimäre gekämpft, dummerweise erinnerte ich mich beim besten Willen nicht mehr daran, wie der Kampf verlaufen war.

Es gab Hunderte, wenn nicht Tausende von Geschichten und nicht alle entsprachen der Wahrheit. Manche waren durch die Römer stark verändert worden.

An ihn – an *die Mythen* zu denken, war gerade eher hinderlich.

Ich zog mein Athame hervor und stürmte wie die Furie, die ich im Herzen war, auf die Chimäre zu. Der Tatzenschlag von rechts kam wenig überraschend, sodass ich leicht ausweichen konnte. Ich warf mich auf den Boden und rutschte unter ihrem Bauch hindurch. Kaum war ich wieder auf den Beinen, wechselte meine Klinge die Hand und ich zielte auf das Auge des Löwenkopfes. Mit einem Hauch Magie müsste ich in der Lage sein, ihn so zu verletzen, dass zumindest der Löwenkopf erledigt war. Wenn ich nur die Spitze tief ins Auge rammte ...

Oh nein.

Ich sah die Katastrophe kommen, als das blöde Ziegenvieh einen markerschütternden spitzen Schrei ausstieß, während ich mich gerade mitten im Angriffssprung befand.

Der Ziegenbock rammte mir den harten Kopf in den Bauch. Ein erstickter Schrei befreite sich aus meiner Kehle.

Ich spürte noch, wie mein Körper durch die Luft gewirbelt wurde – und dann nichts mehr.

Ich konnte nicht sagen, wie lange ich weggetreten war. Selbst Tage schienen im Bereich des Möglichen, obwohl es in Wirklichkeit nur wenige Minuten gewesen sein dürften.

Mein Instinkt schrie mir zu, dass ich aufwachen musste. Mein Leben hing davon ab, dass ich schnell wieder auf die Beine kam und mich der Chimäre wie eine richtige Furie stellte.

Aber ich war einfach ...

Ich war so müde.

Eine kurze Rast dürfte mir doch noch vergönnt sein – oder etwa nicht?

Ein bekannter Geruch holte mich in die Wirklichkeit zurück. Herb und würzig, so *vertraut*, dass meine Züge unbewusst weicher wurden und ich mich der Wärme entgegenwölbte.

Meine Augen flatterten.

Deacon stützte mich mit einem Arm. Mein Kopf lag geschützt an seiner Brust. Sein goldener Blick war auf die Chimäre gerichtet, die sich schmatzend an der Leiche verging und uns ihr Hinterteil zugewandt hatte.

Sie erachtete mich nicht einmal als richtige Herausforderung, was mich normalerweise fuchsteufelswild gemacht hätte, würde sich mein Körper nicht so schwerelos anfühlen.

Zwei halbe Hecken trennten uns von dem Wesen.

Wie war ich hierhergekommen?

Ach ja! Hierbei handelte es sich nur um meine Einbildung, was Deacons Anwesenheit mir zeigte. Kein Mensch wäre so töricht, sich für mich in Gefahr zu begeben. Deshalb hielt ich seine Gestalt für eine Wunschbild meiner Fantasie. Verwirrt – und neugierig – streckte ich meinen Arm aus und betastete seine Wange. Ich wollte schon immer mal herausfinden, ob seine Wangenknochen wirklich so scharf waren, wie es den Anschein machte.

Zumindest im Traum konnte ich meinen unklugen Begierden endlich ohne Konsequenzen nachgeben.

Auf meine Berührung hin neigte er den Kopf.

»Wie fühlst du dich? Bist du verletzt?«

Seine goldenen Augen hielten meinen Blick fest, als er eine Hand über meine schob. Seine Oberlippe kräuselte sich zu einem zarten Lächeln, welches weder seine Augen und erst recht nicht seine Stirnfalten erreichte.

Natürlich war das ein Traum. Was sollte es sonst sein, wenn Deacon mich ohne Zögern berührte?

Sein warmer Atem streichelte über meine Wange.

Es kribbelte von meiner Wirbelsäule aus. Seltsam. Dort hatte ich mich doch gar nicht verletzt, oder etwa doch?

Moment mal!

Da erst wurde mir eines bewusst: Deacon war wirklich hier. Bei mir.

»Was machst du hier?«, fragte ich ihn und blinzelte verwirrt, versuchte mühsam meine Gedanken zu fassen. Die Verwirrung sorgte dafür, dass ich ihn nicht mit voller Inbrunst anschrie, wie ich es eigentlich hätte tun sollen.

Ich schluckte – und schmeckte etwas Blut. Mit dem eisernen Geschmack kam mit einem Mal auch der Schmerz und ich krümmte mich.

So viel zu Deacons Frage.

Zum Glück hatten mich die Hörner nicht erwischt. Eine gerissene Milz schloss ich auch einfach mal aus, als ich mich stöhnend aufsetzte.

»Versuch dich nicht zu viel zu beweg–«

»Was zum Hades machst du hier?«, schnitt ich Deacon harsch die Worte ab.

Nun klang ich schon wieder mehr nach mir selbst.

Nur wenige Fuß von uns entfernt wütete ein Monstrum, das Deacon nur aus Erzählungen kannte. Ein normaler Mensch wäre nicht mal für alles Gold der Welt zu mir gerannt, aber der junge Lord hockte neben mir.

Abwartend. Wachsam.

Unterstützend.

»Ich –«

Ich weiß es nicht, wollte Deacon sagen.

Das erkannte ich an der Art, wie seine Schultern nach vorn sackten und er den Blick senkte.

»Was ich allerdings weiß, ist, dass wir hier wegmüssen«, sagte Deacon dann und ließ seine Augen kurz über die geschundene Leiche schweifen. Ein Muskel in seinem Kiefer zuckte, aber er reagierte sehr gefasst.

Ein bisschen zu gefasst für meinen Geschmack.

»Warum sollte ich auf dich hören? Du bist nicht mein Mann.«

»Müssen wir die alberne Plänkelei von eben ausgerechnet jetzt fortsetzen?«, brummte er schlecht gelaunt.

Ich entzog mich seiner Umarmung.

Meine Bauchmuskeln brannten, aber ich ließ mir vor Deacon nichts anmerken. Er sollte sich keine Sorgen um mich machen, weil mir das mehr als unangenehm war. Schlimm genug, dass er mich gestützt hatte, als ich ohnmächtig war.

Ohnmächtig! Ich!

»Nun, du bist ein einfacher schwafelnder Geschichtsprofessor und ich bin nun mal eine kampfer–«

Ich verstummte sofort, als Deacons Brauen neugierig in die Höhe schossen. »Du bist?«

»Das hat dich nicht zu interessieren.«

»Hat mich das riesige Ungeheuer aus der griechischen Mythologie, welches meinen Leib und Leben bedroht, dann zu interessieren?«, gab er schroff zurück. »Hat es mich zu interessieren, dass du mit einem goldenen Dolch herumrennst und auf besagtes Monster einstichst?«

»Frauen können mehr, als nur sticken und hübsch aussehen.«

»Oh, dessen bin ich mir durchaus bewusst.«

»Ich *muss* mich um die Chimäre kümmern«, sagte ich mit Nachdruck in der Stimme.

Eine schiere Unendlichkeit verweilte Deacons goldener Blick auf mir.

Sah er meine Mutter in mir?

Ich wusste, dass ich ihr bis aufs Haar glich, und meine Magie verriet alles über meine Herkunft.

Während ich mühsam auf die Beine kam, beobachtete ich jede einzelne Bewegung von Deacon genau. Er klebte förmlich an meiner Seite, so als wollte er mich auffangen, sollte ich erneut das Bewusstsein verlieren. Ich verstand diesen Mann nicht.

Doch dies sollte im Moment meine geringste Sorge sein.

Ich knurrte das Scheusal vor mir an.

»Hast du einen Plan, wie du es töten kannst?«

»Darauf einstechen, bis es tot ist.«

»Euryale!«

»Deacon!«, spie ich seinen Namen mindestens genauso gefrustet aus wie er.

In Wahrheit war ich ziemlich ratlos. Noch nie zuvor in meinem Leben hatte ich gegen eine Chimäre gekämpft und mir fiel nicht mehr ein, wie Bellablabla dem Vieh das erste Mal den Garaus gemacht hat.

Deacon räusperte sich. »Der Held Bellerophon ritt auf

einem Pegasus und stach mit einem Speer aus Blei auf die Feuerspeiende Chimäre ein.« Er sah auf mein goldenes Athame. Das Messer hatte ich selbst nach der Attacke fest umklammert in meiner Hand gehalten. »Das Blei schmolz im Hals der Kreatur und brachte sie so um.«

»Ich kenne Bellerophon«, schnappte ich in seine Richtung. Er war ein Sohn des Poseidon. Ein Held. Eine dieser Kreaturen, die ich mehr verabscheute als das mordende Monstrum vor uns.

Mir war anscheinend auch entfallen, dass die Chimäre in der Lage war, Feuer zu speien. Wie überaus praktisch, dass wir uns in einem sehr gut brennbaren Labyrinth befanden.

»Du trägst kein Blei bei dir, oder etwa doch?«, fragte mich Deacon.

»Ach, das ist in meinem anderen Ridikül«, antwortete ich und verdrehte die Augen. »Mit einem Granatapfel aus dem Hades und Prometheus' Leber.«

»Wahrlich schlecht. Wir sollten −«

Als Deacon merkte, dass ich nur sarkastisch war, zischte er leise.

»Besitzt du etwa einen Pegasus?«, fragte ich ihn mit zusammengekniffenen Augen.

»Nein.«

»Ich auch nicht.« Seufzend strich ich mir ein paar Strähnen aus dem Gesicht. Meine Frisur war sicher stark in Mitleidenschaft gezogen. »Die geflügelten Pferde mögen mich nicht so sehr, seit ich mal eines gebissen habe.«

»Du ... Du hast ein Pferd gebissen?«

»Wir hatten einen lebhaften Streit um einen Apfel.«

»Du hast einen Pegasus gebissen.«

»Ansonsten hätte er sicher mich gebissen!«

Amüsiert schüttelte Deacon den Kopf.

Ich schürzte die Lippen über seinen Spott, bis mir die Grübchen in seinem Gesicht auffielen. Der Schauder, der von meinen Körper Besitz ergriff, behagte mir nicht, weshalb ich auf die einzige Weise reagierte, die ich kannte.

»Verschwinde von hier«, zischte ich so unfreundlich es ging.

Sofort verschwanden die kleinen Einbuchtungen aus seinem Gesicht. »Ich werde dich nicht mit dem Monstrum allein lassen. Ich habe – Euryale!«

Genug geschwafelt!

Ich rannte davon, kletterte über eine Hecke und sprang der Chimäre auf den Buckel. Mein Dolch bohrte sich in den Hals der dummen Ziege und endlich verstummte dieses nervige Blöken ein für alle Mal.

Dunkelrotes Blut floss zäh aus der Wunde.

Verdammt! Das Biest heilte viel zu schnell!

Bevor ich zu einem erneuten Hieb ansetzen konnte, bäumte es sich unter mir auf. Glühende Hitze waberte mir entgegen. Ich sprang von dem Rücken und landete sicher auf beiden Füßen.

Das Astwerk vor mir war nicht so glimpflich davongekommen: Es war vollständig abgebrannt.

Hektisch blickte ich mich um – und mir fiel ein großer Stein vom Herzen, als ich Deacon erblickte. Er starrte in die Dunkelheit, die Hände fuhren herum, als würde er in der Luft nach etwas suchen.

Genau deshalb wollte ich nicht, dass er hier war: Er war nur ein Klotz am Bein.

»Kannst du mit deinem Messer den Faden durchtrennen?«, schrie er mir zu.

»Welchen Faden?«, brüllte ich über das Geschrei des Monsters zurück.

Verlor er jetzt doch noch komplett seinen Verstand? Es würde mich nicht wundern, wenn der Rausch des Neuen langsam abebbte und Panik seinen Geist vernebelte. Er hielt seine Hände erhoben, als würde er etwas dazwischen tragen und – Moment mal!

Für einen winzigen Augenblick glänzte etwas im Mondschein. Es schien ein hauchdünner goldener Faden zu sein, aber das war unmöglich.

Ein Satz von seinen Lippen ließ mich jeglichen Vorbehalt verlieren: »Vertrau mir, *agápi mou*.«

Ich hechtete auf Deacon zu und mit einem Hauch Magie durchdrang ich den Faden in seinen Händen mit meiner Klinge.

Ich wirbelte herum und sah zu, wie die Chimäre sich vor meinen Augen im wahrsten Sinne des Wortes in Rauch auflöste. Es klang friedvoller, als es war, denn in den dunklen Löwenaugen erkannte ich den stummen Todeskampf des Wesens. Nur ein Blinzeln später war alles vorbei und lediglich die zerstörten Hecken und die menschlichen Überreste erinnerten an den Kampf.

»Ein Lebensfaden«, hauchte ich mit kraftloser Stimme.

Automatisch wich ich einen Schritt zurück, wo ich prompt gegen etwas stieß, was kalt und nass durch meine Seidenschuhe sickerte.

Bei der Leiche zu meinen Füßen handelte es sich um niemand Geringeres als Viscount Wie-auch-immer. Der Viscount, vor dem Deacon mich nur wenige Stunden vorher gewarnt hatte. Sein Gesicht war völlig zerfleischt, aber sein hässlicher Gehrock hatte sich in mein Gehirn gebrannt.

Deacon hatte gewusst, dass er sein Leben in dieser Nacht verlieren würde.

Mir wurde übel bei jedem weiteren Gedanken, der sich in meinem Kopf formte. Das Gift der Hydra war nichts gegen das lähmende Gefühl, das sich gerade in meinem Körper breitmachte.

Waren die letzten Wochen nur eine Farce gewesen? In meinen Ohren dröhnten seine Worte von eben nach.

Agápi mou.

Meine Liebe.

»Geht es dir gut?«, fragte Deacon mich erneut mit besorgter Stimme.

Zumindest sollte sie auf mich besorgt wirken, wie die tiefe Falte zwischen seinen Brauen.

Aus dem Augenwinkel bemerkte ich, wie Deacon seine Arm nach mir ausstreckte.

Ich schoss nach vorne, eine Hand landete auf seiner Schulter und stieß ihn mit voller Wucht gegen die Hecke.

»Wer bist du?«, knurrte ich ihn an und streichelte mit der Klinge meines Athame wenig liebevoll über seine Halsschlagader.

Eine falsche Bewegung und er hauchte hier sein Leben aus. Das erschien mir nur gerecht, nachdem ich erfahren musste, dass er mein Leben mit einem einzigen Handgriff beendigen konnte.

Wenn er den Lebensfaden einer Kreatur wie die der Chimäre erkennen konnte, dann mit Sicherheit auch meinen. Diese Gabe machte ihn zu einer tödlichen Bedrohung.

Ach, was dachte ich da?

Deacon Haworth war womöglich das tödlichste Geschöpf auf Erden.

Endlich ergab es Sinn, warum sein Äußeres so verlockend auf mich wirkte. Wäre die Situation nicht so unvorteilhaft für mich, hätte ich laut aufgelacht.

»Du kennst mich, Euryale.«

»LÜG MICH NICHT AN!«, schrie ich.

Ich wandte mich von ihm ab, sammelte mein Ridikül mit dem Fächer vom Boden auf, während mein Herzschlag gnadenlos in meinen Ohren pochte. Dennoch hörte ich seine Schritte, die auf mich zukamen.

Ich streckte mein Athame in seine Richtung. Meine Augen blieben allerdings auf den Boden gerichtet. Ich ertrug es nicht, ihn anzusehen.

»Bleib weit weg von mir oder ich schlitze deinen Bauch auf.«

Meine Drohung zeigte keinerlei Wirkung.

»Lass uns miteinander reden, Euryale.«

Ein raues Lachen tanzte aus meinem Mund. »Nein.«

»Bitte.«

Es war flehend.

Noch nie hatte ich Deacon flehen gehört. Mit seinem guten Aussehen, seinem scharfen Verstand und dem nicht unerheblichen Vermögen seiner Familie musste so etwas wie Bitten ihm völlig fremd sein.

»Wenn du mich noch einmal anfasst, dann hacke ich dir beide Hände ab und stopfe sie dir in den Mund«, verabschiedete ich mich herzlich bei ihm, bevor ich mich umdrehte und zwischen den verwinkelten Hecken entschwand.

Ich hörte keine Schritte und trotzdem lief ich schneller. Nein. Ich *rannte* vor Deacon *weg.*

Ich war stärker als ein Mensch, sowohl in körperlicher Hinsicht als auch, wenn ich die Magie meiner Mutter anrief.

Mein ganzes Leben lang hatte ich mit mächtigen Kreaturen zugebracht, die mir geholfen hatten, meine Sinne zu schärfen und meine Kampfkünste zu schulen.

Und für was?

Deacon konnte mich jederzeit töten.

Meine Gedanken nahmen mich so ein, dass ich zu spät merkte, dass ich geradewegs in jemanden reinlief. Jemand, deren tadelnde Stimme mir vertraut war.

»Wie sehen Sie denn aus?« Mrs Balfour warf die Hände in die Luft. »Oh. Ich weiß genau, was Sie getrieben haben!«

Mein Mund klappte sprachlos auf. »Ich ... Ich ...«

»Sie haben zu viel Alkohol getrunken und sich in einen Busch übergeben.« Meine Einwände ignorierend, schüttelte Mrs Balfour den Kopf. »Keine Ausflüchte, Lady Kalos. Aber das muss unser Geheimnis bleiben. Kein Mann will eine Frau, die sich ihrer Grenzen, was Genussmittel angeht, nicht bewusst ist. Jetzt lassen Sie mich Sie zurück zu Ihrer Schwester bringen. Das war eine lange Nacht für uns beide. Sie sind bleicher als der Tod höchstselbst. Und der Geruch! Rauchen Sie etwa auch?«

Ohne einen Kommentar ließ ich mir von meiner Anstandsdame ein paar Blätter und Äste aus den Haaren entfernen, während sie mir eine geschönte Fassung des heutigen Balles für Callisto ins Ohr soufflierte.

Ich hörte ihr nicht zu.

Stattdessen lehnte ich mit geschlossenen Augen am Fenster der Kutsche und versuchte vergeblich den verzweifelten Ausdruck in Deacons goldenen Augen aus meinen Erinnerungen zu verdrängen.

9. Kapitel

DIE HELDIN STEHT VOR EINEM NEUEN PROBLEM

Allmählich vermutete ich, dass Callisto niemals schlief.

Ihre ganz in Trauerschwarz gekleidete Gestalt beobachtete mich und Mrs Balfour aus einem großen Erkerfenster, als die Kutsche vor dem Stadthaus haltmachte. Ich sah zu ihr hoch, die Lippen zu einem geraden Strich zusammengepresst, weil ich wusste, dass die folgende Unterhaltung mit ihr alles andere als angenehm verlaufen würde.

Als ich mit meiner Anstandsdame das Haus betrat, verabschiedete sich die ältere Dame laut gähnend von mir in ihre neuen Gemächer. Nur einen Moment später huschte Callistos liebstes Dienstmädchen Caroline leise wie eine Maus aus einem dunklen Gang. Trotz der späten Uhrzeit trug sie noch ihre Dienstkleidung. Die dunklen Schatten unter ihren Augen verrieten mir, dass sie die letzten Tage nicht viel Schlaf gefunden hatte.

»Kann ich Ihnen behilflich sein, Lady Kalos?«, fragte sie mich. Sie musterte mich kurz, ehe sie schnell den Kopf senkte.

»Hier«, sagte ich, schlüpfte aus meinen blutgetränkten Schuhen und übergab sie ihr. Der Fußboden war eiskalt, aber das war mir im Moment egal.

Beim Anblick des getrockneten Blutes weiteten sich die

eisblauen Augen des Dienstmädchens. Nur mit Mühe unterdrückte sie ein lautes Keuchen.

»Oh, keine Sorge. Das ist nicht mein Blut. Nur *blutige* Anfänger verlieren so eine große Menge.«

Seltsamerweise schien mein kleiner Scherz sie nicht zu beruhigen. Sie nickte, ein grünlicher Ton auf der Haut, und eilte gehorsam davon.

Ich wusste nicht, ob Callisto die Angestellten mit Geld bestach oder mit Magie auf sie einwirkte, doch niemand stellte hier Fragen zu nächtlichen Eskapaden oder blutgetränkter Kleidung.

Mein Körper fühlte sich immer noch nicht wieder ganz wie meiner an, als ich die Stufen zu Callistos Arbeitszimmer im zweiten Stockwerk erklomm. Jede meiner Bewegungen war steif und kostete mich ungemein viel Kraft. In meinem Nacken hatte sich kalter Schweiß gesammelt.

Ich hob meinen Arm, um anzuklopfen, starrte dann aber meine Hand lange an. Blut und Dreck klebten an meinen Fingern und bewiesen, dass das alles wirklich geschehen war.

Ein Teil meines Geistes befand sich wohl immer noch in dem Gartenlabyrinth und versuchte sich zu erklären, was genau vorgefallen war. Warum konnte Deacon diese feinen Fäden sehen? Die zarten Lebensfäden, die die drei Moiren zur Lebensgeschichte jedes Wesens verwoben?

Es musste eine logische Erklärung dafür geben, denn Deacon war schließlich nur ein gewöhnlicher Mensch.

»Deacon ist nur ein gewöhnlicher Mensch«, murmelte ich und hoffte, dass die Worte sich ausgesprochen wahrer anfühlten. Doch das genaue Gegenteil war der Fall. Stattdessen schlug mein Herz schneller und das Blut rauschte in meinen Ohren.

Lüge. Lüge. Lüge!, schallte es in meinem Kopf.

»Herein«, tönte Callistos ungeduldige Stimme durch die Tür.

»Dämliches Orakel«, murrte ich leise und trat ein. Insgeheim war ich jedoch froh, dass ich nicht mehr länger mit meinen Gedanken allein sein musste.

Die Hausherrin saß an einem massiven Eichentisch, auf dem sich Hunderte, wenn nicht sogar Tausende Blätter Papier stapelten. Sie reichten bis zu ihrem Kopf hoch. Eine Petroleumlampe neben Callisto spendete dem Raum nur spärlich Licht.

Ich wollte es nicht direkt zugeben, aber die Schatten auf ihrem Gesicht betonten ihre unterweltliche Schönheit. Ihr langes dunkles Haar trug sie ausnahmsweise einmal offen, sodass die kleinen Locken bei jeder Bewegung über das Papier tanzten. Ihre Augen wirkten in dem dämmrigen Licht dunkel und schwarz, wie die Tinte, mit der sie die vor ihr liegenden Unterlagen bearbeitete.

Wenn mich nicht alles täuschte, dann gehörten der Familie ihres verstorbenen Mannes väterlicherseits mehrere Fabriken für Stahlherstellung – und das neben dem enormen Landbesitz der Mutter ihres Gatten. Von dieser Seite kam auch der Adelstitel.

»Wie schön«, begrüßte sie mich mit kühler Stimme, ohne von ihren Unterlagen aufzusehen. Die Schreibfeder flog beinahe über die Seiten. Hin und wieder setzte sie an, um ein paar Buchstaben aufs Papier zu bannen. »Du schläfst also heute unter meinem Dach. Entsprachen die jungen Herren auf der Abendveranstaltung nicht deinem exquisiten Geschmack?«

Normalerweise hätte mich ihr spitzer Kommentar aufgeregt, aber heute sank ich schlaff in einem Sessel zusammen. Mein Körper schmerzte nicht länger, doch mein Geist hatte die Geschehnisse immer noch nicht ganz verwunden: Der Riss existierte. Irgendwo auf dieser götterverdammten Insel sickerte alles Miasma des Hades in jede verdreckte Gasse.

Das war nicht eine Chimäre gewesen, das war *die* Chimäre. Eine Kreatur, die die Helden des Altertums schon längst beseitigt hatten.

»Geht es dir gut?«

Eine Frage, die ich heute schon unzählige Male gehört hatte und die ich nicht mehr bejahen konnte.

Ich hob den Kopf und versuchte, möglichst gleichgültig zu wirken. »Ich wurde heute Abend von einer Chimäre angegriffen.«

In einem winzigen Augenblick erstarrte Callisto zu einer Marmorstatue. Ihre Haut wurde ausgehend von ihrem Gesicht kalkweiß und die Feder fiel ihr aus den verkrampften Fingern. Die kleinen, schimmernden Flecken, die die Tinte auf den weißen Blättern hinterließ, erinnerte an frisches Blut.

Callisto glaubte mir sofort, dennoch fiel ihre Antwort gewohnt nüchtern aus: »Das ist schlecht.«

»Freust du dich nicht?«, fragte ich sie. »Ich hielt deine Visionen für ein Hirngespinst, aber das Monster hat mich bekehrt.«

»Wie jede Hellseherin wünsche ich mir, dass manche Visionen nur Schall und Rauch sind. Ich wollte diese Visionen schließlich nie haben«, fügte sie schnell hinzu und senkte den Blick. »Was genau ist heute Nacht vorgefallen? Berichte mir alles.«

Ich erzählte ihr von der Kreatur und dem toten Viscount. Bei der Erwähnung des Opfers stöhnte sie laut. »Das werden wir nicht wirklich vertuschen können. Die Leiche war in keinem guten Zustand, sagtest du?«

»Einen aufgerissenen Brustkorb und einen fehlenden Kopf empfinde ich jedenfalls nicht mehr als akzeptablen Zustand. Ich weiß allerdings nicht, ob du meine Einschätzung teilst.«

Callisto stöhnte lauter. Sie legte den Kopf in den Nacken und starrte mit weit aufgerissenen Augen eine Minute regungslos an die Decke.

Normalerweise empfand ich Callistos Schweigen als erholsam und wohltuend. Gerade jetzt wünschte ich mir ihr Gemecker herbei.

»Das ist noch nicht alles.«

Ihre Pupillen zuckten in meine Richtung. »Was denn noch?«

Ich musste es jemandem erzählen.

Es würde mir bestimmt besser gehen, wenn Callisto darüber lachte und das mit den Lebensfäden als bloßes Hirngespinst abtat. Ich hatte mir sicher durch die Erdbeeren eine komische Menschenkrankheit eingefangen und das Ganze nur fantasiert.

Ich atmete tief aus, bevor ich nur seinen Namen aussprach: »Deacon Haworth.«

»Dein neuster Liebhaber?«

Ich stieß eine Mischung aus lautem Schnauben und hysterischem Lachen aus. »Warum glaubt das jeder?«

»Wer glaubt das denn noch?«

»Cecilia.«

»Cecilia Bailey ist deine Freundin.«

Ich wusste genau, was sie damit andeuten wollte.

»Cecilia ist *eine* Freundin, aber sie weiß nicht einmal, dass ich kein Mensch bin. Sie kennt nur Lady Riri. Nicht Euryale, die Furie. Für sie ist es besser, wenn es so bleibt.«

Callisto glitt lautlos wie ein Schatten durch den Raum. Sie blieb vor einem Regal stehen und zog etwas heraus. Das Klimpern von Gläsern und ein leises Quietschen, als sie eine Flasche entkorkte, waren neben dem Ticken der riesigen Standuhr die einzigen Geräusche im Raum.

Sie goss eine dunkle Flüssigkeit in ein Glas ein, ehe sie sich gegen den Schreibtisch lehnte und das Gespräch wieder aufnahm.

»Ihr seid euch ähnlicher, als du denkst.« Callisto schwenkte das Glas in meine Richtung. »Danke, dass du mir den Namen deines neuen Liebhabers verraten hast. Wir sollten uns nun aber um den toten Mann kü–«

»Deacon kann Lebensfäden sehen.«

Bis jetzt hatten die Neuigkeiten Callisto beunruhigt, die neueste Enthüllung hingegen erschütterte sie. Das Glas in ihrer Hand zerbarst in Dutzende kleiner Scherben. Bernsteinfarbene Flüssigkeit, vermischt mit ihrem Blut, floss ihren Arm entlang und tropfte auf den hässlichen Perserteppich.

Zum ersten Mal in Monaten verlor sie vor meinen Augen die Beherrschung. Das vor mir war keine Adelsfrau, sondern die Tochter einer Göttin, die so dunkel und düster war wie der Tod selbst.

»Ich habe mich wohl verhört«, brummte sie, während sie ohne mit der Wimper zu zucken eine Glasscherbe nach der anderen aus ihrem Fleisch zog.

Endlich hatte ich ihre göttliche Seite hervorgekitzelt – und sie war verdammt unheimlich. »Nein, das hast du nicht.«

»Ein Gesegneter?«, fragte sie mich, woraufhin ich vorsichtig nickte.

»Das muss er wohl sein.«

Eigentlich traf es die Bezeichnung »Verfluchter« besser. Dabei handelte es sich um ganz normale Menschen, welche von Göttern besondere Gaben geschenkt bekommen haben. Die berühmteste und tragischste Gestalt von ihnen war die Seherin Cassandra. Gesegnet mit der Kraft der Voraussagung, war sie verflucht gewesen, weil niemand ihr jemals glauben mochte.

Die Götter taten so etwas nämlich nie aus Liebe oder Zuneigung. Tatsächlich war Liebe die Emotion, die uns am allermeisten von unseren Müttern und Vätern unterschied. Kein Gott war in der Lage, wirklich zu lieben; wir sterblichen Halbgötter schon. Manchmal – so kam es mir zumindest vor – liebten wir sogar zu stark.

»Ich weiß nicht, wie er an diese Fähigkeit gelangen konnte«, sagte ich zu Callisto.

»Besitzt er eine Reliquie?«

Unwillkürlich strichen meine Finger über die Klinge an meinem Bein.

»Er kann die Fäden nur sehen. Ich musste den Faden der Chimäre mit meinem Athame selbst durchtrennen.«

Beruhigt nickte Callisto.

Ich klammerte mich an meinen eigenen Worten fest.

»Manchmal geht diese göttergegebene Fähigkeit auch auf Nachkommen über«, erklärte sie mir. »Ich weiß, dass Deacons Vater vor der Geburt seines Sohnes archäologischen Grabungen in Griechenland beigewohnt hat. Es würde mich nicht wundern, wenn er diese Fähigkeit von einem Gott hat. Das würde erklären, warum er nun so krank ist.«

»Gab es in den letzten Jahrhunderten viele Gesegnete außerhalb Griechenlands?«

Callisto schnaubte. »Wer soll das schon wissen? Die Götter sind streitlustig wie eh und je. Es macht sie wahnsinnig, dass ihre Macht immer mehr versiegt. Allein dass sie immer noch Kinder wie uns zeugen, zeigt doch, dass sie alles tun, um ihre schwindende Macht zu festigen. Du hast Deacon doch nicht etwa verraten, dass deine Mutter C–«

»Nein«, unterbrach ich sie scharf. »Aber Deacon ist nicht dumm. Er ist Professor für griechische Geschichte.«

»Dann sollten wir ein Gespräch mit dem jungen Lord führen.«

Ich wollte schon mein Athame zücken, als Callisto sagte: »Eins der Dienstmädchen soll dir ein Bad einlassen. Du krümmst dich manchmal, weshalb ich annehme, dass du Schmerzen hast. Gut, dass ich noch Salbe aus Arnika vorrätig habe.«

»Ab–«

»*Keine Widerrede.*«

Immer noch blutend umrundete Callisto den Tisch. Sie blieb vor einem Gemälde stehen, das sie und ihren toten Ehemann zeigte. Mit einer Hand hängte sie das Bild ab und da ich zu neugierig war, erhaschte ich einen kurzen Blick auf das Geheimfach dahinter.

Dort stand eine goldene Waage.

»Was hast du vor?«

»Ich werde mich um ein paar Dinge kümmern«, antwortete Callisto kryptisch und ließ ihr Blut in eine Waagschale tropfen. »Du hast genug für heute getan.«

Vielleicht war es die Aussicht auf ein warmes Bad, doch schließlich gab ich Callistos Drängen nach. Allerdings nicht, ohne noch einmal im Türrahmen stehen zu bleiben. »Du hast den Angriff nicht kommen sehen. Habe ich recht?«

Obwohl ich mich nicht zu ihr umdrehte, verriet mir ihre kalte Stimme alles über ihren Gemütszustand.

»Lass uns ein anderes Mal darüber sprechen«, wich sie aus. »Das war eine lange Nacht für dich.«

Eine halbe Stunde später saß ich im warmen Wasser und ließ mir Schmutz und Blut von meinem Körper schrubben. Die Rosenblätter und die ätherischen Öle dufteten herrlich. Dennoch konnte ich nichts davon genießen. Sie konnten die Geschehnisse aus meinem Geist nicht löschen.

Der Schlaf übermannte mich erst, als die Sonne sich durch die Nebelwände kämpfte, und auch dann träumte ich nur von Monstern und Blut, Rauch und goldenen Fäden.

10. Kapitel

UNSERE HELDIN ERHÄLT EINEN LIEBESBRIEF

Frühmorgens schien mir der beste Zeitpunkt zu sein, um einem ahnungslosen Deacon Haworth in seinem Stadthaus aufzulauern.

Ich meinte natürlich: Frühmorgens schien mir der angemessene Zeitpunkt zu sein, um mich nach Deacon Haworths Wohlbefinden nach der gestrigen Nacht zu erkundigen – und gegebenenfalls meinen Dolch gegen seine Kehle zu drücken, wenn mir sein Gebaren hinsichtlich des Zwischenfalles nicht gefiel.

In einem dunkelroten Kleid wollte ich mich zur Residenz der Haworths aufmachen, doch ich kam nicht weit. Kaum hatte ich die Türen meiner Zuflucht aufgestoßen, füllte das Geräusch lauter Flügelschläge meine Ohren.

KRAH! KRAH! KRAH!

Dutzende schwarzer Krähen mit roten Augen flogen auf mich zu und pikten unter wütenden Schreien mit ihren spitzen Schnäbeln und scharfen Krallen nach mir.

Kreischend riss ich meine Arme hoch, um mich vor den Angriffen zu schützen. Mit dem Fuß stieß ich die Tür zu, die daraufhin krachend ins Schloss fiel.

Aufgebracht fuhr ich herum.

Natürlich stand Callisto mit verschränkten Armen hinter mir und beobachtete mich. Sie fragte nicht einmal, wo ich hinwollte, weil es auf der Hand lag.

In den letzten Stunden hatte sie sich noch weiter verändert: Sie war noch bleicher geworden, wirkte dadurch jedoch nicht schwächer. Ihre Züge waren hart und streng wie eine Totenmaske. Ihre ganze Haltung mutete majestätisch an. Nein, *göttinnen*gleich. Die Art, wie sie ihren Kopf erhoben hatte und wie ihre Augen mich keine Sekunde aus ihrem Bann ließen, wirkte einschüchternd.

Ihre Lippen waren rot wie Blut – und rot wie die Augen ihrer untoten Diener.

Ohne Umschweife fragte ich sie: »Was unternehmen wir wegen Deacon?«

»Dir auch einen schönen guten Morgen, *Schwesterherz.*«

Ihr ironischer Unterton reizte mich bis aufs Blut.

»Deine untoten Tierchen können mich nicht aufhalten, wenn du das vorhast.« Nun klang meine Stimme mehr nach einem Knurren. »Wenn es sein muss, dann bahne ich mir mit meinem Dolch eigenhändig einen Weg durch deine Dienerschaft.«

»Ich halte dich nur davon ab, unüberlegt zu handeln«, erklärte Callisto. »Du bist eine Kämpferin. Ich bin eine Strategin.«

Und ein mieses Orakel, dachte ich und verdrehte die Augen.

»Wir beide müssen besser zusammenarbeiten«, fuhr sie fort. Sie kam auf mich zu und ich konnte den süßlichen Geruch des Todes nun deutlich an ihr wahrnehmen. »Ich war die ganze Nacht damit beschäftigt, die Leichenteile eines Lords –«

»Er war ein Viscount«, unterbrach ich sie, worauf ihre Augen gefährlich aufblitzten.

»*Ich* habe die Leichenteile von Krähen abpicken lassen und dann habe *ich* ein Feuer entzündet, sodass anhand der verkokelten Überreste niemand den Viscount wird identifizieren können, nichtsdestotrotz wird sein Fehlen irgendwann auffallen. Ein verschwundener Adeliger, gleich, ob er nun verarmt war oder nicht, erregt viel mehr Aufmerksamkeit als jemand aus dem Arbeiterviertel.«

Bis jetzt hatte ich ihren stechenden Blick gut ertragen, aber nun musste ich wegblicken, weil ich nicht länger standhalten konnte.

Das waren alles Dinge, über die ich mir keinerlei Gedanken gemacht hatte. Ähnlich wie gestern Nacht kreiste in meinem Kopf immer noch alles um Deacon. In den letzten nächtlichen und den ersten morgendlichen Stunden hatte ich mir bis ins kleinste Detail ausgemalt, wie ich mir unerlaubten Zugang zu dem Anwesen der Haworths beschaffte. Überdeutlich sah ich vor mir, wie ich mir einen Weg durch Deacons Zuhause bahnte, welches genau so herrlich dunkel roch wie er und mit Büchern über Griechenland vollgestellt war. Hin und wieder fand man auch kleine dekorative Statuen, die mein Herz in Erinnerungen an meine Heimat wärmten.

Ich würde mich leise, aber unheilvoll wie der Tod selbst in sein Schlafgemach stehlen. Meine Klinge griffbereit. Mein Blutdurst ungezügelt.

Ich würde den Ausdruck in seinen goldenen Augen lieben, wenn er mich sah. Seine Mundwinkel würden erfreut nach oben zucken.

Deacon würde mich erwarten.

»Dennoch könnten wir Glück haben.«

Die Stimme der anderen Halbgöttin riss mich aus meinen Tagträumen. Ich brauchte einen Moment, um zu verstehen, dass ich immer noch in dem Haus meiner »Schwester« stand und der junge Lord womöglich noch ruhig und friedlich in seinen vier Wänden schlief.

Kalte Ernüchterung machte sich in meinem Körper breit. Ich musste meine Arme um meine Brust schlingen, weil mich ein ekelhaftes Gefühl überfallen hatte. Was war nur los mit mir?

»Was?«, fragte ich Callisto verwirrt und räusperte mich. »Wobei könnten wir Glück haben?«

»Die letzte Mordserie, die die Londoner Bevölkerung tief erschüttert hat, ist noch nicht lange her«, erzählte mir Callisto. Sie merkte nicht einmal, dass ich nicht ganz anwesend war. »Wenn wir Glück haben, vertuscht Scotland Yard den Vorfall selbst, weil sie eine neue Massenhysterie vermeiden wollen. Ein Mörder, der Huren tötet, ist schlimm, aber ein Täter, der sich an der wohlhabenden Bevölkerung vergeht, würde London in Angst und Chaos stürzen.«

»Ich kann diese Unterschiede bei den Menschen nicht verstehen«, warf ich ein. »Was macht ein Leben weniger wert als ein anderes? Jeder muss an seinem Lebensende an Charon den gleichen Obolus entrichten.«

Callisto seufzte. »Das musst du auch nicht. Wenn das hier vorbei ist, bist du eine Furie. Dann musst du dich nicht weiter mit den mehr oder minder sinnigen Regeln der menschlichen Gesellschaft herumschlagen.«

Zwar sagte Callisto das mit reichlich Ironie in der Stimme, aber ich erkannte dennoch, dass sie sich mindestens genauso stark daran störte wie ich.

Wenn sie hier unglücklich war, dann konnte sie doch wieder zu den Plejaden zurückkehren. Die Nymphen würden sich freuen, wenn sie eine der Ihren zurückbekamen. Sie waren zwar eine Gruppierung jungfräulicher Halbgötter, aber das war nur eine Version des Mythos, die nicht der Wahrheit entsprechen musste. Eine von ihnen hatte sogar einen Sterblichen geheiratet – wie Callisto – und trotzdem war sie zu einem Stern geworden. Es gab keinen Grund, warum sie Callisto nicht mit einem herzlichen Funkeln empfangen würden. Oder was auch immer Sternbilder taten, wenn sie glücklich waren.

Callisto kam einen Schritt näher und stand mir nun genau gegenüber. »Wir müssen beide nun sehr bedacht vorgehen.«

»Müssen wir das?«

»Ja und aus diesem einfachen Grund besuchst du jetzt nicht den jungen Lord Haworth in diesem Kleid. Hast du die Farbe absichtlich gewählt?«

Ich schenkte ihr ein kleines Lächeln. »Man sieht die Blutspritzer darauf gar nicht.«

»Du bist so leicht zu durchschauen.«

»Und was machen wir nun? Warten, bis das nächste Monster aus dem Riss springt?«

Callisto schnalzte mit der Zunge. »Exakt.«

»Wie bitte?«

»Du musst doch verstehen, dass überstürztes Handeln uns hier nicht weiterbringen wird.« Resigniert schüttelte Callisto ihren Kopf. »Wir haben keine Anhaltspunkte, wo genau sich der Riss befindet. Ich habe das ganze Anwesen und den Garten abgesucht und nichts gefunden.«

»Ach und eine Chimäre kann unbemerkt durch ganz London laufen?«, warf ich ein. »Der Riss muss ganz in der Nähe sein. In einem Kellergewölbe oder –«

»Ich habe die Lage im Blick – und jetzt komm.« Sie drehte sich um und winkte mir zu. »Lass uns gemeinsam frühstücken.«

Nachdem ich noch einmal versuchte, die Tür zu öffnen und das gleiche Szenario erlebte, fand ich mich nur wenige Minuten später am reichlich gedeckten Frühstückstisch mit Callisto und meiner Anstandsdame wieder.

»Guten Morgen, junges Fräulein!«, begrüßte mich Mrs Balfour mit einem breiten Grinsen im Gesicht – und einem Stückchen Omelett am Mundwinkel. »Haben Sie gut geschlafen?«

»Nein«, antwortete ich ehrlich und griff nach geräuchertem Fisch. Das Besteck ignorierte ich wie immer geflissentlich, was Callisto mit einem Grummeln hinnahm.

»Wie war es denn gestern Abend?«, fragte Callisto, um die ältere Dame von meinen nichtexistenten Tischmanieren abzulenken.

»Eure Schwester war fürchterlich aufgeregt!«, log Mrs Balfour Callisto schamlos ins Gesicht. »Sie war sehr zurückhaltend.«

Ich sagte nichts, sondern genoss schmatzend den Fisch und das knusprige Toastbrot.

»Oh, denken Sie, dass meine liebe, kleine Schwester ein Mauerblümchen ist?« Callisto ließ enttäuscht die Schultern hängen. »Ich werde mir niemals verzeihen können, wenn wir keinen passenden Ehemann für sie finden. Ich habe es unseren Eltern doch versprochen!«

Da ich mein Athame nicht am Esstisch auf Callisto werfen konnte, erdolchte ich sie mit meinem Blick. Sie zog einen Mundwinkel nach oben, bevor sie ihr Gesicht laut schluchzend zwischen ihren Händen vergrub.

Ich wusste, dass dieses Theater eine Rache für mein unerträgliches Verhalten war.

Doch Mrs Balfour kaufte ihr die ganze Schmierenkomödie auch noch ab: »Aber aber! Ihre Schwester ist wunderschön!«

»Das bin ich!«, sagte ich und biss einem Fisch mit den Zähnen den Kopf ab. »Schön genug für zwei oder drei Männer.«

Bevor Mrs Balfour einen Nervenzusammenbruch erlitt, erschien ein junger Dienstbote und zog alle Aufmerksamkeit auf sich.

»Ein Brief für das junge Fräulein«, sagte der Angestellte und händigte mir einen Umschlag aus.

»Hmm?«, machte ich und leckte mir die Finger – und dann drang ein bekannter Geruch in meine Nasenlöcher.

Das »H« auf dem roten Wachsfleck registrierte ich nur am Rande, während ich den Brief eilig aufriss und entfaltete.

Callisto und die Anstandsdame reckten neugierig die Köpfe.

Meine teuerste Euryale,
ich hoffe, dieser Brief erreicht dich in bester Verfassung.
Nach unserem letzten Zusammentreffen auf dem Ball würde ich mich sehr freuen, wenn du mich im bescheidenen Stadthaus meiner Familie besuchen würdest. Es gibt so vieles, was ich mit dir bereden muss. Mein Herz kennt seitdem keine ruhige Minute mehr.

Dürfte ich dich am Samstag zu einem
Nachmittagstee einladen?
Dein dir treu ergebener Deacon HAWORTH

P.S.
Bitte vergiss nicht, deiner werten Schwester über
den Besuch Bescheid zu geben.

Ich spürte, wie sich mein ganzes Blut in meinem Kopf sammelte.

Seinen Nachnamen hatte er in Großbuchstaben geschrieben, als würde ich ihn nicht kennen! Und was sollte dieses »mein Herz kennt keine ruhige Minute mehr« bedeuten? Hatte er Angst, dass ich ihm auflauerte? Die sollte er wirklich haben!

»Was ist das für ein Brief?«, fragte Mrs Balfour neugierig.

»Hier«, brummte ich und ließ das Blatt Papier über den Tisch direkt in ihren Schoß segeln. Es stand schließlich nichts Skandalöses darin. Wirklich schade ...

Callisto erhob sich vom Tisch und las über Mrs Balfours Schulter gebeugt mit.

Ich war immer noch fassungslos!

Er war bald nicht mehr in »bester Verfassung«, wenn ich mit *ihm* fertig war! Pah!

Ich grummelte so laut wie ein Bär. Als ich nach einem weiteren Stück Toast griff, bemerkte ich, dass mich Mrs Balfour anstarrte.

Sie sagte: »Das ... Das ist ein Liebesbrief. Sie haben einen Liebesbrief erhalten.«

Der gestrige Punsch musste ziemlich stark gewesen sein ...

Angeekelt verzog ich das Gesicht. »Ist es nicht.«

»Oh doch«, widersprach sie mit Hingabe. »Es erinnert mich an die Briefe, die unsere hochgeschätzte Königin mit ihrem leider verstorbenen Gatten ausgetauscht hat.«

Ihre Augen schimmerten wässrig und ich wandte mich nahezu verzweifelt an Callisto.

»Wie wundervoll«, sagte diese mit dem süffisantesten Grinsen im Gesicht. »Meine Schwester ist doch kein Mauerblümchen.«

»Sehen Sie nur, wie rot ihre kleine Schwester im Gesicht wird!«, feixte die Anstandsdame im nächsten Moment mit Callisto. »Junge Liebe ist wundervoll, nicht?«

»Ich bin ...«

Na gut. Ich war sicher rot wie eine Erdbeere im Gesicht, aber nur, weil Deacons Worte mich erzürnten.

Mrs Balfour griff nach meiner Hand. »Mein liebes Kind, bist du interessiert an Lord Haworth?«

Nun, wenn man es genau nahm: Ja. Seine Fähigkeit, die Lebensfäden von anderen zu sehen, wäre mir sehr nützlich.

Das war alles, was mich an ihm interessierte. Mehr durfte ich mir auch nicht erlauben.

Callistos Augen ruhten auf mir. Instinktiv wusste ich, was sie sagen würde und auch wenn ich aus Trotz etwas Gegenteiliges antworten wollte, so ließ ich es bleiben.

Ich stand mit dem Rücken zur Wand.

»Ja, das bin ich.«

»Oh.« Die Anstandsdame blinzelte mich mehrmals an. »Das kommt ... sehr überraschend. Aber die Haworths sind eine angesehene Familie. Kaum Skandale, bis auf Lord

Haworths Cousin dritten Grades, der all sein Geld im Casino verspielt hat, weil er gleich drei Geliebte in drei verschiedenen Ländern unterhielt.«

»Und da darf ich nur einen Mann haben, ja-ah!«

Etwas hatte mich doch tatsächlich in den Fuß gebissen! Ich sah schnell unter den Tisch. Eine Ratte mit roten Augen funkelte mich an.

»Ich bin gleich wieder da!«

Mrs Balfour stürzte förmlich aus dem Raum und ließ Callisto und mich zurück. Meine »Schwester« setzte sich wieder an ihren Platz.

»Was planst du?«, fragte ich sie.

»Ich habe gar nichts gesagt.«

»Du hast mich dazu gedrängt, Ja zu sagen!«, wurde ich laut. »Du hast mich zu einer deiner Puppen gemacht!«

Mit einem Grinsen tippte sie sich an den Kopf. »Strategin, vergessen? Wir müssen früher oder später ohnehin mit Lord Haworth reden und das Ganze als romantische Annäherung zu tarnen ist für uns alle von Vorteil«, zischte Callisto mir zu. »Er kann uns helfen. Er kann *dir* helfen, eine Furie zu werden.«

Es wäre eine Lüge zu behaupten, dass ich daran nicht auch schon gedacht hatte.

Ausdiskutieren konnte ich es mit Callisto jedoch nicht, da meine Anstandsdame mit parfümiertem Briefpapier, Schreibfeder und Tinte zurückkam.

»Schreiben Sie Ihrem Liebsten sofort einen Brief!«, forderte mich Mrs Balfour aufgeregt auf. »So einen Prachtkerl dürfen Sie sich nicht entgehen lassen.«

Ich wusste nicht, was mich in diesem Moment mehr verstörte: Dass ich gezwungen war, Deacon zu antworten oder dass die Anstandsdame ihn gerade als »Prachtkerl« betitelt hatte. Sollte sie nicht *anständiger* sein?

»Er ist ni–«

Callisto räusperte sich laut.

Mit einer Grimasse schluckte ich meinen Protest herunter, der wie Galle schmeckte.

»Wenn es sein muss.«

Unter den wachsamen Augen von Mrs Balfour und Callisto schwang ich die Schreibfeder über das Blatt Papier.

Deacon,
ich werde kommen.
Euryale

»Ist das so in Ordnung?«, fragte ich genervt. Ich war versucht, seinen Namen komplett falsch zu schreiben, aber das würde diese Farce nur in die Länge ziehen.

»Das ist furchtbar!«, kreischte die ältere Dame. »Haben Sie kein Buch von Jane Austen gelesen? Viele junge Frauen lieben ihre Lektüre.«

»Nein. Habe ich nicht. Ich war zu sehr in die Lektüre von *Frankenstein* vertieft.«

»Das hört sich nicht besonders ... *passend* an.«

»Es geht darum, dass wir uns niemals gegen unsere Schöpfer auflehnen sollten«, murmelte ich und ich spürte, wie Callistos Blick noch durchdringender wurde.

Mit einem resignierten Seufzer fügte ich noch einen Satz hinzu:

P.S. Ich bin ganz verzückt über deine Einladung!

»Lord Haworth wird das schon verstehen«, sagte die Anstandsdame und tätschelte mir die Schulter, was ihr ein Fauchen meinerseits einbrachte. »Der erste Liebesbrief geht immer schwer von der Hand. Du wirst sehen, schon bald wird es dir leichter fallen.«

Mit einem großen Lächeln auf den blutroten Lippen versiegelte Callisto den Brief und gab ihn an den nächsten verfügbaren Dienstboten weiter.

Nachdem uns dann auch Mrs Balfour für einen Verdauungsspaziergang verlassen musste, konnte ich mich wieder ganz in Ruhe mit Callisto unterhalten.

»Was sollte das?«, fuhr ich Callisto wütend an.

»Was denn?«

»Dieses ganze alberne Spielchen mit dem Liebesbriefeschreiben an Deacon! Das war kein Liebesbrief! Er will mich sehen, um über die Chimäre zu reden.«

»Er will *uns* sehen«, korrigierte sie mich. Ihre Stimme war so kühl wie immer. »Und wir werden ihn sehen – und dann werden wir entscheiden, wie wir weiter mit ihm vorgehen.«

Am übernächsten Tag erreichte mich das unnötige Antwortschreiben von Deacon.

Mrs Balfour musste die Nase eines Bluthundes besitzen, denn sie kam in genau diesem Moment in den Salon spaziert, als mir der Brief zugestellt wurde. Sie ließ sich Tee und Kuchen servieren und sah mich erwartungsvoll an.

Callisto grinste hämisch, ehe sie die Treppen hoch ins Arbeitszimmer verschwand, um sich wieder ihren unzähligen Papierstapeln zu widmen.

Meine teuerste Euryale,
womit habe ich nur so viel Herzlichkeit und Liebe
verdient?
Ich bin doch nur ein einfacher Mann, der so
viel Zugewandtheit deinerseits niemals auch nur
erträumen dürfte.
In ewiger Zuneigung
Deacon

»Mistkerl«, fluchte ich so laut, dass Mrs Balfour fast an ihrem Tee erstickte.

»Fluchen Sie doch nicht wie ein Seemann!«, rügte sie mich mit dünner Stimme und ich musste mich unwillkürlich fragen, ob sie überhaupt jemals schon Schimpfwörter aus dem Mund eines Seefahrers gehört hatte.

Um sie zu beruhigen, steckte ich ihr Deacons Brief zu, der vor Sarkasmus und Ironie nur so triefte. Sie war so von der Idee besessen, dass er mir den Hof machte, dass sie all seine Worte für bare Münze nahm.

Nur ich wusste, dass er mich nie auf so eine Art lieben konnte. Schließlich war mein Herz aus Stein.

11. Kapitel

UNSERE HELDIN MUSS NETTIGKEIT
AN DEN TAG LEGEN

»Hör bitte auf, so zu zappeln. Die ganze Kutsche wackelt mit.«

»Ich zapple nicht«, widersprach ich Callisto sofort. Mein rechtes Bein wippte nervös auf und ab. Die dunkelgelben Samthandschuhe hatte ich nun schon mindestens drei Mal an- und wieder ausgezogen.

In wenigen Minuten würde die Kutsche vor dem Stadthaus der Haworths anhalten. Nur noch wenige Minuten, bis ich Deacon wiedersah. Dieses Mal würden wir uns nicht auf einer Soiree begegnen, wo ich in der Menge verschwinden konnte, wenn mir danach war. Als wäre das nicht bereits schlimm genug, hatte sich auf Deacons Wunsch hin Callisto als meine Begleitung auserkoren. Sie war nicht so blauäugig wie Mrs Balfour und sie ließ sich sicher nicht von leckerem Punsch oder exquisiten Törtchen ablenken. Stattdessen spürte ich Dutzende von untoten Augen in meinem Nacken, die jede Bewegung meines kleinen Fingers und jedes Erzittern meiner Beine mit Argwohn aufnahmen.

Die letzten Tage hatte ich in Vorbereitung auf die Teestunde eine tägliche Lektion in Anstand und Etikette von Mrs

Balfour beinah wortlos über mich ergehen lassen. Ich wusste nun, welche Themen ich mit Deacon bereden durfte – alle langweilig – und wie nahe ich ihm kommen durfte – nicht sehr nahe.

»Nehmen Sie es dem jungen Lord nicht übel, wenn er Ihnen nicht den Hof machen will«, richtete die Anstandsdame zum Abschied aufmunternde Worte an mich, als ich mich mit Callisto auf den Weg machte. »Sie werden noch viele weitere Verehrer anlocken. Wir finden einen passenden Ehemann.«

Mich beschlich die Vermutung, dass ich ein paar der Lehrstunden nicht zu ihrer vollen Zufriedenheit absolviert hatte. Wenigstens hatte mich dieser unnötige Unterricht die vergangenen Tage gut beschäftigt. Man möchte meinen, dass eine Chimäre Chaos verbreiten würde, in welchem ich meiner wahren Natur ganz nachgehen konnte, aber nichts passierte. Nicht mal eine kleine Sirene, die die betrunkenen Seemänner im Hafenviertel terrorisierte, war mir vergönnt.

Callisto erschuf immer mehr untotes Getier, das durch die Stadt patrouillierte und jeden kleinsten Winkel ausspähte. Tag für Tag fragte ich nach einem Vorfall und erntete nur ein Kopfschütteln.

Der Ausflug zu Deacon war eine willkommene Abwechslung – und zugleich schlug mein Herz in einem unbarmherzigen Rhythmus.

Zum einen fand ich Deacons Briefe viel zu schwülstig. Keine Frage, dass er sie in diesem Stil verfasst hatte, um mich aufzuziehen, und wie man sah, zeigte es Wirkung. Meine Anstandsdame hielt ihn für meinen Verehrer!

Ich würde lügen, wenn nicht auch noch etwas Angst mich umtrieb. Es war reine Spekulation, dass Deacon die Lebensfäden lediglich sehen konnte.

Meine Menschenkenntnis, die mir sagte, dass Deacon mich in den letzten Monaten unzählige Male hätte töten können, vertraute ich kein Stück. Wie viele Menschen kannte ich denn schon?

Das war alles zu viel für mich.

Als ich den Auftrag meiner Tanten hier angenommen hatte, hatte ich das alles für einfach gehalten. Jetzt war es nur noch ... kompliziert und verwirrend.

Und dann überrumpelte mich Callisto völlig: »Man möchte fast meinen, dass du dich auf die Verabredung mit dem jungen Lord freust.«

Obwohl uns nur etwas mehr als eine Armlänge Raum trennte, steckte mein Athame fest im Holz. Hätte ich auf ihr Auge oder den Hals gezielt, hätte Callisto den grünen Samt in der Kabine mit ihrem Blut verschönert.

Mühelos – aber mit einer tiefen Furche zwischen ihren Augenbrauen – zog sie mein Athame heraus. »Könntest du es bitte unterlassen, meine schöne Kutsche zu verunstalten?«

Ich fing den Dolch im Flug ab, wirbelte die Klinge zwischen meinen Fingern herum und deutete mit der Spitze auf Callistos rechten Augapfel. »Dann hör auf, solche haarsträubenden Sachen zu sagen. Ich bin eine Furie.«

Unbeeindruckt wanderte eine Augenbraue nach oben, als wollte sie sagen: »Na und?«

»Kannst du wenigstens versuchen, heute nett zu Deacon Haworth zu sein?«

»Nett?«, wiederholte ich.

»Ja. Nett sein ist ein Verhalten, bei dem man nicht mit Dolchen, Messern oder anderen spitzen Gegenständen auf andere Menschen zielt.«

»So etwas kann ich nicht versprechen.«

»Muss ich es dir noch einmal sagen?« Callisto klang angesäuert, als sie die Hände in ihrem Schoß faltete. »Lord Haworth wird dir auf deiner Mission von überaus großem Nutzen sein. Er hat den Tod des Viscounts kommen sehen – und nur durch ihn konntest du die Chimäre töten. Es steht außer Frage, dass ihr zusammen mächtig seid: Er erkennt die Schwäche und du führst den tödlichen Schlag aus.«

Ich schnaubte. Hätte ich es ihr doch nicht erzählt!

»Es wäre deshalb ein kluger Schachzug, wenn du dich etwas freundlicher verhältst. So bekommen wir, was wir wollen.«

»Wenn ich ihm eine Klinge an den Hals halte, bekomme ich auch alles, was ich will.«

Sie musste nicht wissen, dass meine Drohungen keinerlei Wirkung bei Deacon zeigten. Ich hatte ihm mein Messer direkt an die Kehle gehalten und er schien sich in seiner prekären Situation nur Sorgen um mich gemacht zu haben.

Ich würde Deacon Haworth nie verstehen.

Mein Gegenüber schüttelte den Kopf. »Du musst aufhören, alles mit roher Gewalt lösen zu wollen.«

»Rohe Gewalt hat bis jetzt alles gelöst.«

Nahezu fassungslos starrte mich Callisto an, bevor sie ein gurgelndes Geräusch von sich gab. Es war das bemitleidenswerteste Lachen, welches ich jemals vernehmen durfte.

»Von allen Halbgöttern, die sich in Griechenland tummeln, mussten sie mir da ausgerechnet eine Furie schicken?«

»Wäre dir eine Harpyie lieber?«

Sie überlegte kurz. »Ich hatte mal eine glücklose Liaison mit einer Harpyie, weshalb ich dann doch eine Furie bevorzuge.« Sie machte eine Handbewegung und kam auf das eigentliche Thema zurück. »Du willst Deacon also drohen?«

»Wenn es sein muss. Oder hast du einen anderen Vorschlag, um ihn gefügig zu machen?«

»Ich werde ihm eine schöne Belohnung in Aussicht stellen. Gier hat die Menschheit bis jetzt immer noch am besten motiviert.«

»Und den meisten das Genick gebrochen«, murmelte ich und dachte dabei an König Midas, dessen Gier nach Gold ihm das für ihn Wertvollste auf Erden geraubt hatte. Wie bei Deacon hatte ein Gott ihn mit der Fähigkeit gesegnet, alles, was er berührte, in Gold zu verwandelt. Die Segnung hatte sich in einen Fluch verkehrt, als er durch eine simple Umarmung seine eigene Tochter tötete.

Es wäre gnädiger, wenn ich ihm damit drohte, sein Genick zu brechen, wenn er uns nicht half.

»Ob die Götter ihm seinen Wunsch am Ende erfüllen werden, ist natürlich eine ganz andere Sache.« Callisto zwinkerte mir verschwörerisch zu. »Aber die Aussicht auf eine Belohnung muss reichen.«

Kaum hatte sie den Satz ausgesprochen, ging ein Ruckeln durch die Kutsche und kündigte somit an, dass wir unser Ziel endlich erreicht hatten.

Mein Magen hob und senkte sich unwillkürlich und das seltsame neue Gefühl behagte mir nicht. Ich legte eine Hand auf meinen Bauch.

Callisto bekam davon nichts mit. »Pack dein Messer weg und lächle«, sagte sie streng. Sie gebärdete sich so, als wäre sie wirklich meine ältere Schwester.

Der Kutscher öffnete die Kabinentür und Callisto stieg als Erste aus. In der Ferne erklangen Schreie von Raben, die das drohende Unheil – uns – ankündigten. Ausnahmsweise stellte ich mich in ihren Schatten und folgte ihr stumm und hörig.

Zumindest wollte ich das, aber sie blieb so abrupt stehen, dass ich gegen ihren Rücken stieß.

»Was zum –«, begann ich und lief um die andere Halbgöttin herum. Diese starrte mit weit offenem Mund das riesige Gebäude vor uns an.

Das Stadthaus der Haworths erinnerte mich an das von Cecilia, obwohl es in der Breite mindestens doppelt so groß war wie das meiner Freundin. Das Gebäude umfasste vier Stockwerke mit zahlreichen riesigen Fenstern. Aus einem Kamin stieg dunkelgrauer Rauch, der sich mit den dunklen Wolken im Himmel vermischte.

Callisto räusperte sich. »Nun. Ich verstehe jetzt, warum Lord Haworth ein sehr, sehr, *sehr* begehrter Junggeselle war.«

Ich schluckte ein Knurren hinunter. »Ist er das nicht mehr? Warum war?«

Sie nickte. »Ich wurde nie offiziell in die Gesellschaft eingeführt, da ich von Anfang an mit Thomas verlobt war, aber ich habe dennoch jeden Klatsch und Tratsch von den anderen Damen aufgeschnappt.«

Interessiert an den hoffentlich wilden und skandalösen Geschichten über niemand Geringeres als Deacon spitzte ich die Ohren. Callisto erzählte fast nie von der Zeit, als ihr Ehemann – Lord Thomas Smythe – noch am Leben war und ich respektierte das.

»Ich habe ihn vielleicht auf der ein oder anderen Feierlichkeit sogar getroffen«, erinnerte Callisto sich und legte den Kopf schief. »Auch wenn ich mich an sein Gesicht nicht erinnere. Mit seinen 24 Jahren ist er genauso alt wie ich.«

»Und warum war er jetzt so begehrt?«

»Reicht dir das Anwesen als Erklärung nicht?«

»Das ist doch nur ein Haus.«

Callisto lachte. »Irgendwie hast du recht. Was bedeutet schon Geld? Egal wie viel man zu Lebzeiten hat, irgendwann ist es ohnehin nicht mehr von Bedeutung.«

Der traurige Ton in ihrer Stimme veranlasste mich beinahe dazu, eine Hand auszustrecken und sie ihr tröstend auf die Schulter zu legen.

Wir standen uns nicht nahe. Bis zu dem Chimären-Zwischenfall hatten wir bis auf die erste Vorstellung nie mehr als ein paar Sätze miteinander gewechselt und dann hatten wir uns ständig gegenseitig angegiftet.

»Manchmal vermisse ich es, unter den Sternen zu schlafen und meine Tanten am Nachthimmel zu sehen«, wisperte Callisto leise.

»Du weißt, dass du mit mir nach Griechenland zurückkehren kannst«, sprach ich mindestens genauso leise. »Niemand wird dich hier vermissen.«

Das mochte sich vielleicht kalt anhören, aber die andere Halbgöttin traf sich nie mit anderen Frauen und hatte sich seit dem Tod ihres Mannes auch noch keinen neuen Geliebten gesucht. Oder Geliebte. Sie saß tagein und tagaus in dem Geschäftszimmer ihres Mannes und brütete über Unterlagen.

»Dies ist meine letzte Aufgabe als Orakel«, sagte Callisto.

War das etwa ein Ja?

Sie klang nicht gerade euphorisch.

»Wo waren wir stehen geblieben?«, fragte sie mich dann und räusperte sich, um von ihrer belegten Stimme abzulenken. »Ach ja. Lord Haworth. Natürlich hat die gelöste Verlobung mit Miss Bentley seinem Ruf geschadet. Die meisten Eltern wollen für ihre Töchter keinen Mann, der es sich kurz vor der Hochzeit anders überlegt. Wobei es natürlich reichlich junge Frauen gibt, die so ein Verhalten durchaus anziehend finden.«

»Warum hat er die Verlobung überhaupt gelöst?«

»Sag du es mir. Deine Einschätzung ist genauso gut wie meine.« Sie neigte den Kopf in meine Richtung. »Es ist erst wenige Monate her. Hast du nichts davon mitbekommen? Es muss *das* Gesprächsthema auf jeder Abendveranstaltung gewesen sein.«

»Doch. Aber es hat mich nicht interessiert.«

Hoffentlich bemerkte sie meinen gereizten Unterton nicht. Höchstwahrscheinlich genoss Deacon es schlicht, frei und ungebunden zu sein. Das konnte ich nachvollziehen. Nur machte ich im Gegensatz zu ihm nie irgendwelche weitreichenden Versprechungen.

»*Ich würde niemals im Leben eine Verlobung mit so einer hinreißenden jungen Frau lösen*«, erinnerte ich mich an Cecilias Worte nach der skandalösen Trennung. Sie war fassungslos gewesen, aber keinesfalls sprachlos. »*Claire Bentley ist klug, nett und wunderschön. Die perfekte Ehefrau. Wofür hat Lord Haworth das nur aufgegeben? Ich dachte, dass er überaus intelligent ist!*«

»Ich muss sagen, dass ich nun doch etwas neugierig auf Lord Haworth bin«, sagte Callisto und setzte sich wieder in Bewegung.

Mein Blick glitt derweil zur Kutsche zurück.

Vielleicht sollten wir das Treffen absagen. Ich konnte auch ohne Deacon Monster jagen. Nein. Ich *musste* ohne Deacon kämpfen. Gabe hin oder her – am Ende war er nur ein einfacher Mensch.

»Komm jetzt!«, herrschte Callisto mich ungeduldig an. »Lord Haworth erwartet uns sicher schon.«

Das. dachte sie ...

Callisto klopfte an die Tür, die nur kurze Zeit später von einem Butler geöffnet wurde.

»Guten Tag«, grüßte sie Deacons Hausangestellten mit freundlicher Stimme und einem höflichen Lächeln. »Wir sind hier, um Lord Deacon einen Besuch abzustatten.«

»Der junge Herr empfängt keine Besucher.«

Und damit wurde uns die Tür vor der Nase zugeschlagen.

12. Kapitel

UNSERE HELDIN GEWINNT EINEN VERBÜNDETEN

Callisto und ich tauschten erstaunte Blicke.

»Wurde uns da –«

Unfähig, ihren Satz zu beenden, starrte sie die geschlossene Tür an. Die Wahrsagerin war vollkommen überrumpelt worden.

»Muss ich jetzt schon nett sein?«, fragte ich mit einem Knurren in der Stimme.

Die Frage war rein rhetorisch. Ich stampfte an Callisto vorbei und klopfte so stark gegen die Tür, dass das Holz absplitterte. So hatte Deacon ein schönes Andenken von mir direkt an seiner Haustür.

Der Butler öffnete die Tür. »Ich sagte do–«

»Und was ich sage, sollten Sie sich mal anhören: Lord Haworth wollte *unbedingt*, dass ich ihm heute einen Besuch abstatte, obwohl ich eine vielbeschäftigte Frau bin«, fuhr ich den Butler unwirsch an. »Also holen Sie ihn mir her oder *ich* hole ihn mir selbst her. Ob das in einem Stück passiert, wage ich gerade stark zu bezweifeln.«

Ein dunkles lautes Lachen drang aus dem Inneren des Hauses. »Die zweite Möglichkeit klingt nicht gerade verlockend.«

Seine Stimme reichte, dass ein kräftiger Ruck durch meinen Körper ging und mein Herz aus dem Käfig meines Brustkorbes ausbrechen wollte. Was war nur wieder los mit diesem dummen Körper?

Es musste an der verpesteten Luft liegen. Die setzte selbst meinem robusten Körper zu.

»Lassen Sie sie herein, Mister Brown«, wies Deacon den Hausangestellten unnötigerweise an, weil ich mich schon längst an ihm vorbeidrängte.

Callisto gab ein pikiertes Schnauben von sich, welches man nur beherrschte, wenn man die letzten sechs Jahre seines Lebens als Lady zugebracht hatte.

Derweilen eilte Deacon die Treppenstufen hinab, während er sich seine schwarzen Lederhandschuhe überzog. Seine dunklen Haare standen in alle Richtungen ab.

»Ich war noch in der Bibliothek«, entschuldigte er sich halbherzig. »Ich musste noch etwas für eine Vorlesung am Montag vorbereiten.«

Ach, was sagte ich da?

Er entschuldigte sich gar nicht.

Jedoch gab es keinen Grund für mich, an seinen Worten zu zweifeln: An seinen unbedeckten Unterarmen waren schwarze Tintenflecke zu sehen. Schnell zog er die weißen Hemdsärmel herunter.

»Aaah«, machte meine Begleitung und schnalzte mit der Zunge. »Deshalb waren die anderen jungen Frauen so angetan von ihm.«

»Angetan von was?«, fragte ich. »Dass er Verabredungen vergisst? Dass er den unhöflichsten Butler der ganzen Insel angestellt hat?«

Ich warf Mister Brown einen bösen Blick zu, während er zum Fuß der Treppe eilte und auf seinen Herren wartete. Die beiden tauschten ein paar schnelle Worte. Das Gesicht des Butlers wurde ganz rot. Ich vermutete, dass es nicht daran lag, dass ich in meinem smaragdgrünen Kleid einfach umwerfend aussah. Ich trug ein kleines, farblich passendes Hütchen mit Federn in meinen Haaren, welches ich zuerst als albern empfunden hatte, nun aber doch ganz schick fand.

Der Butler gestikulierte wild zur beschädigten Tür. Hatte ich mich verhört oder waren da Bezeichnungen wie »undamenhaft« und »tollwütig« gefallen?

Deacon lachte erneut und seine goldenen Augen huschten schnell zu mir. Als unsere Blicke sich begegneten, funkelte in seinen Augen der Schalk und wie von selbst zuckten meine Mundwinkel nach oben. In Deacons Gesicht spiegelte sich mein scheues Lächeln.

»Vielen Dank für die Einladung, Lord Haworth«, sagte Callisto, deren Anwesenheit ich in der Zwischenzeit fast verdrängt hatte. »Meine Schwester und ich freuen uns sehr, dass wir heute ausgiebig *und ungestört* miteinander plaudern können.«

Deacons Blick verharrte lange auf Callisto, insbesondere auf den Händen, die sie sittsam gefaltet vor ihrem Körper hielt. »Selbstverständlich«, sagte er geistesabwesend. »Die Freude ist ganz meinerseits.« Er deutete mit der Hand aus dem Vorzimmer. »Der Salon steht uns zur freien Verfügung. Ich werde uns Tee und Gurkensandwiches bringen lassen.«

Ich nutzte den kurzen Weg, um das Innere des Hauses auf mich wirken zu lassen: Die Möbel waren allesamt aus einem dunklen Holz gefertigt worden und wirkten so teuer, dass in mir sofort der Wunsch aufkam, weitere Zielübungen mit meinem Athame zu veranstalten. Über uns brannten riesige Kronleuchter, die schon mit Elektrizität betrieben wurden.

Das geschliffene Glas warf funkelnde Muster an die Holzwände. Es sah fast so aus, als würden dort Irrlichter tanzen. Das Schauspiel nahm mich so lange gefangen, bis wir den Salon betraten.

Bücher. So *viele* Bücher.

Bücherregal um Bücherregal bedeckte die Wände, sodass man die Blumentapete dahinter kaum ausmachen konnte. Durch die hohen Fenster fiel so viel Sonnenlicht herein, dass man sich gleich dazu eingeladen fühlte, ein Buch aus dem Regal zu ziehen und es sich auf einem mit grünem Samt bezogenen Sofa bequem zu machen. Ein Kamin sorgte für die nötige Wärme im Raum.

Ich wollte mich schon einem der Regale nähern, als ich etwas spürte. Deacons behandschuhte Finger berührten sanft mein unbedecktes Handgelenk.

Hatte er mich gerade etwas gefragt?

»Was?«

»Wünschen Sie sich etwas Besonderes, Lady Kalos?«

Ich biss mir auf die Unterlippe.

Es gab vieles, was ich mir wünschte, aber höchstwahrscheinlich war seine Frage nur auf das Essen bezogen, weshalb ich den Kopf schüttelte.

Meine Tasche fühlte sich auf einmal schwer an, obwohl ich neben meinem Fächer nur ein kleines Buch mit mir herumtrug.

In Deacons Gesicht stahl sich ein Ausdruck der Ernüchterung. »In Ordnung. Wollen Sie und Ihre *Schwester* dann schon einmal Platz nehmen?«

»Das ist sehr nett, Lord Haworth«, übernahm Callisto das Reden für mich. »Dürfte ich vielleicht so unhöflich sein und fragen, wo Ihre Eltern sind?«

»Mutter und Vater sind am Donnerstag zu unserem Landsitz aufgebrochen. Meinem Vater geht es gesundheitlich nicht gut, weshalb sie sich sehr selten in der Stadt aufhalten.«

Ein raubtierhaftes Lächeln schlich sich in Callistos bleiches Gesicht. »Sehr schön.«

Diese überfreundlich angehauchte Stimmung blieb so lange bestehen, bis mehrere Hausangestellte auf dem ovalen Tisch Tee und Brot serviert hatten. Kaum hatten sie das weiße Gedeck abgestellt, schickte Deacon sie fort.

»Ich wünsche keine Störung«, wies er an.

Deacon saß mir genau gegenüber, als er eine Hand ausstreckte, um Tee einzuschenken, schlich sich sein Duft in meine Nase. Unter den mir bekannten Geruch hatte sich eine neue Note beigemischt: Er roch nach Leim. Nach *Büchern*.

Das passte hervorragend zu Deacon.

»Nun denn«, sagte Deacon und sein Blick wanderte zwischen mir und Callisto hin und her. »Ich denke, wir haben einiges zu besprechen, Lady Smythe.«

»Du kannst mich gerne Callisto nennen«, bot die Halbgöttin Deacon freundlich an. Zumindest wollte sie Freundlichkeit ausstrahlen. »Du hast nichts von uns zu befürchten.«

Im Raum wurde es auf einmal nachtschwarz. Ich drehte meinen Kopf zu den Fenstern, wo Dutzende von Callistos rotäugigen Krähen gegen die Glasscheibe pickten.

Jegliche Nettigkeit war aus ihrer Stimme verbannt, als ihre Augen im Dunklen selbst rot glommen: »Solange kein Wort über unsere Herkunft über deinen Mund kommt, versteht sich.«

»Du bist also eine Nachkommin von Hecate«, sagte Deacon und setzte unbeeindruckt von dem Spektakel die Tasse Tee an seine Lippen. »Das heißt, dass all die Göttersagen zumindest einen wahren Kern besitzen müssen. Gibt es dann auch nordische Götter? Oder welche aus dem antiken Ägypten? Wie sieht es mit den römischen Gottheiten aus? Sie sind schließlich zum Großteil den griechischen Olympiern nachempfunden. Haben Menschen die Götter erschaffen oder die Götter uns Menschen?

Und würde es dir etwas ausmachen, die toten Vögel zurückzuziehen? Wenn das die gläubigen Hausangestellten sehen, bekommen sie einen Herzanfall. Für die meisten betreibe ich ohnehin schon Ketzerei, weil ich mich in meinem Studium der griechischen Mythologie verschrieben habe.«

Callistos Augen bohrten sich regelrecht in meinen Kopf.

»Ich habe ihm nichts verraten«, verteidigte ich mich gegen ihre stumme Anschuldigung.

Deacon brauchte nach dem Zwischenfall mit der Chimäre keine Erklärungen mehr. Er hatte gesehen, wie ich mich, ohne zu zögern in einen Kampf geworfen hatte. Das allein hatte ihm verraten, dass ich nicht zum ersten Mal gegen Monster aus den griechischen Sagen kämpfte. Ihm war sicher auch aufgefallen, wie schnell ich mich von der Attacke des Monsters erholt hatte. Als jemand, der all die Geschichten kannte und deshalb wusste, wie sehr die Götter es liebten, Menschen zu verführen und Nachkommen mit ihnen zu zeugen, lag es doch auf der Hand, dass ich zur Brut der Halbgötter gehörte.

»Das brauchte Euryale auch gar nicht.« Mit dem Kinn deutete Deacon auf Callistos Hände. »Ich sehe die schwarzen Lebensfäden zwischen deinen Fingern. Die Göttin Hecate ist nicht nur die Göttin der Hexerei, sondern auch die der Nekromantie.«

Meine Augenbrauen wanderten verwirrt nach oben, als

Deacon eine Hand hob. Die dampfende weiße Teetasse hielt er mit der anderen am Unterteller fest.

Vereinzelte Lichtstrahlen drangen durch das Fenster, während zugleich die schwarzen Kreaturen wie Blätter im Herbst herunterfielen.

All das geschah nur durch die Bewegung einer Hand. *Seiner* Hand.

Ich sprang vom Sofa auf. Die Spitze meines Dolches bohrte sich wie ein bluthungriger Löwe in meinen Zeigefinger. Warmes Blut tränkte meine Finger. »Du bist doch in der Lage, Lebensfäden zu durchtrennen?«

Damit war Deacon das tödlichste Geschöpf auf Erden und eine Bedrohung für jeden. Auch für mich. Ich sollte diese Bedrohung auf der Stelle auslöschen. Meine Tanten hatten mir jahrelang eingetrichtert, dass ich zuerst Gefahren ausschalten und mir erst danach Gedanken über mögliche Konsequenzen machen sollte.

Warum brachte ich es dann nicht über mich, mit der Klinge seine Halsschlagader zu durchtrennen? Warum tropfte nur mein Blut auf den Teppich?

»Euryale«, sagte Deacon und streckte eine Hand nach mir aus. Wie schon im Labyrinth vor einigen Nächten, wich ich nach hinten aus. Ich stieß mit dem Rücken gegen eins der Bücherregale.

»Beantworte die Frage, *Mensch*«, brauste Callisto auf.

Auch sie konnte die Panik in ihrer Stimme nur schwer verbergen. Ihre Finger zitterten leicht, weshalb sie sie zu Fäusten ballte. Ohne ihre Untoten war sie machtlos und dementsprechend ungefährlich.

Deacon wandte den Blick von mir ab und schüttelte den Kopf. »Nein. Aber da diese Kreaturen bereits tot sind, zerfallen sie, wenn ich die Fäden nur berühre. Ich kann niemanden töten, wenn dir das Angst macht, Euryale.«

»Pah!«, spie ich ihm ins Gesicht. Die Erleichterung über die Aussage gab mir neue Kraft. »Ich habe keine Angst. Angst ist etwas, das ich mir nicht leisten kann.«

»Bei der Chimäre war das aber nicht der Fall. Dort musste Euryale dir aushelfen«, murmelte Callisto mehr zu sich selbst. »Was bedeutet, dass sie nicht wiedererweckt wurde, sondern wirklich aus dem Tartaros ausgebrochen ist.«

»Es sind also mythische Wesen aus den Tiefen der Unterwelt entkommen?«

Nun war es auch an Deacon, Gesichtsfarbe zu verlieren.

Er wollte sein Unbehagen nicht offen zeigen, doch ich merkte es daran, wie der Tee aus seiner Tasse schwappte, bevor er das Geschirr auf den Tisch stellte. Er verschränkte die Arme vor der Brust.

»Schlimmer.« Meine Stimme klang rau. »Es wird Zeit, über alles zu reden«, sagte ich und wartete auf zustimmendes Nicken von Deacon und Callisto. »Keine Lügen. Keine Ausflüchte. Aber nicht jede Frage muss beantwortet werden.«

Damit ließ ich mir eine Hintertür offen, falls Deacon mich auf meine Mutter oder meine Herrin ansprechen sollte. Er musste nicht alles wissen. Er musste nicht wissen, dass ich bald nach Griechenland zurückkehren und den Rest meiner Menschlichkeit hinter mir lassen würde.

Als ich meine Aufmerksamkeit Deacon widmete, bedeutete er mir mit den Händen, mich wieder hinzusetzen. Wir sagten kein Wort, dafür sprach jede seiner Bewegungen Bände.

Er schob mir einen Teller mit Gurkensandwiches zu.

Und iss etwas. Du bist ganz blass im Gesicht.

Du bist nicht mein Ehemann.

Deacon verdrehte die Augen. *Wir hatten das Gespräch doch erst.* Der Teller wurde noch näher an mich herangeschoben. *Iss. Damit es mir auch besser geht.*

Ich nahm ein Sandwich und ahmte Deacons Verhalten nach, als ich den Teller über den Tisch zurückreichte. *Vielleicht würde es dir auch besser gehen, wenn du etwas isst.*

Ein interessiertes Funkeln lag in Deacons Augen, als er nach den Weißbrotscheiben griff.

Er biss ab. *Siehst du? Nicht vergiftet.*

Ich stopfte mir das ganze Brot in den Mund. *Als würde Gift mir etwas ausmachen ...*

Zu meinem Glück war Callisto mit dem Nachschenken von Tee und der Begutachtung des wertvollen Services beschäftigt. Sie interpretierte das Ganze sonst noch vollkommen falsch. Sie war so von den Gepflogenheiten der feinen englischen Gesellschaft indoktriniert, sie würde annehmen, dass ich mit Deacon vor den Traualtar treten wollte, nur weil ich darauf bestand, dass er auch etwas von seinen Sandwiches aß.

»Nun? Wer will anfangen?«, fragte Callisto. »Deacon?«

Er kaute langsamer. »Ich habe sehr viele Fragen.«

»Dann würde ich sie mal rasch stellen.«

»Was genau seid ihr? Was macht ihr hier in England? Was ist mit dem Tartaros? Gab es noch mehr dieser Vorfälle?«

»Als Nachkommen der Götter bewahren wir die Ordnung in dieser Welt«, begann Callisto, wurde aber dann sofort von Deacons Redeschwall unterbrochen: »Die Götter sind also in ihrem Handlungsspielraum stark eingeschränkt, wenn sie ihre Kinder vorschicken. Das ergibt Sinn, denn die Götter wären zu hochmütig, um ihre Existenz geheim zu halten. Deshalb sind Halbgötter unerlässlich, um ihre Macht zu sichern.«

Callisto warf mir einen Blick zu, den ich mit einem Schulterzucken erwiderte.

Ich hatte doch ausdrücklich betont, dass Deacon nicht auf den Kopf gefallen war. Er war schlau. Vielleicht etwas zu schlau für sein eigenes Wohlbefinden.

»Da liegst du richtig.« Callisto wurde deutlich vorsichtiger in ihrer Wortwahl. »Viele von uns Halbgöttern stehen in den Diensten anderer Gottheiten und führen deren Befehle aus. So ist es Euryales Aufgabe, herauszufinden, wer einen Riss im Hades verursacht hat, und den Schuldigen zu bestrafen.«

»Sie soll den Schuldigen bestrafen wie eine Harpyie?«

Das Brot in meinem Mund verwandelte sich zu Staub. Ich konnte es nicht herunterschlucken, während Deacon mich wie eins seiner Studienobjekte musterte.

Er legte den Kopf schief. »Nein, das passt nicht. Harpyien sind zwar Dienerinnen der Unterwelt, aber sie tragen die Seelen von Sündern in den Tartaros. Sie *peinigen*. Sie bestrafen keine Schuldigen.«

Nein. Nein. Nein! Konnte er es nicht dabei belassen?

»Eine Furie«, sagte er. *Zu spät.* »Du bist eine Furie.«

Ich schloss die Augen.

In diesem Moment fühlte ich mich vollkommen nackt. Entblößt. Wie ein Buch in dieser Bibliothek, das Deacon wahllos herauspicken und aufschlagen konnte.

Es half nicht, dass er mich gerade mit unverhohlener Neugier betrachtete, als sähe er mich zum ersten Mal.

Ich schämte mich nicht dafür, eine Furie werden zu wollen. Doch mein Blut kochte hoch, je länger er mich auf diese Weise anstarrte.

»Wenn du nur ein Wort darüber verlierst, wer ich wirklich

bin, dann reiße ich deine Eingeweide heraus und schneide sie in dünne Schei–«

»Euryale!«, zischte Callisto aufgebracht in meine Richtung. »Du sollst Lord Haworth doch keine Angst machen!«

»Schon gut.« Deacon lachte kurz – rau und dunkel. Keine Spur dieser ominösen Angst, die ich ihm nicht machen sollte. »Ich bin das von ihr gewohnt.«

Callisto stutzte: »Ist dem so?«

»Ich habe keine Absicht, etwas zu tun, das Euryale schadet.«

Die Atmosphäre im Raum veränderte sich deutlich.

Ich studierte die Buchrücken in den Regalen, weil ich Deacons und Callistos Blicke auf mir spüren konnte.

»Würdest du sie dann auch auf ihrer Mission unterstützen? Ich muss wohl nicht erwähnen, dass es durchaus gefährlich sein kann. Dass nicht alle eine Auseinandersetzung mit Monstern überleben, hast du bereits mit eigenen Augen sehen dürfen.«

»Selbstverständlich unterstütze ich Euryale so gut ich kann.«

Was redete Deacon denn da? Besaß dieser Mann denn keinen Selbsterhaltungstrieb?

Callisto neben mir keuchte überrascht auf. »Eigentlich dachte ich, dass mehr Überzeugungsarbeit vonnöten ist«, murmelte sie sehr leise. »Warum läuft er denn so blind in sein mögliches Verderben?«

»Natürlich sollst du dafür auch entlohnt werden. Gibt es etwas, das du dir von Herzen wünschst?«, säuselte Hecate. Ich sah nur die dunkle Göttin der Hexerei in Callistos Körper vor mir, als sie Zucker in ihren Tee mischte und umrührte, als wäre es ein Hexengebräu. »Womöglich erfüllen dir die

Götter selbst einen Wunsch. Verrate mir doch einfach, was du dir am meisten ersehnst.«

»Nein.«

»Nein? Du willst es mir nicht verraten?«

»Es gibt nun einmal nichts, das ich mir wünsche.«

»Geld scheint die Familie Haworth wirklich genug zu haben«, sprach Callisto zu sich, bevor sie es erneut mit Deacon versuchte. »Aber wie wäre es mit Macht?«

»Nein. Danke«, lehnte Deacon ebenfalls ab. »Ich wollte die Lebensfäden nie sehen. Mehr Macht klingt nicht verlockend.«

»Frauen?«

»Callisto«, zischte ich.

Jetzt wünschte ich mir die strenge Dame der Gesellschaft wieder. Jemand, der nicht versuchte, Deacon mit der Aussicht auf Mätressen auf eine lebensgefährliche Mission zu locken.

»Oder gerne auch Männer«, ergänzte Callisto.

»Ich kenne die Geschichte von Paris und seiner Wahl sehr gut.« Deacons Augen funkelten amüsiert. »Selbst wenn ich nicht wüsste, was ein solches Göttergeschenk für Folgen haben kann, besteht kein Bedarf. Ich hege kein Interesse an anderen Frauen.«

»Wissen?«

Zum ersten Mal veränderte sich etwas in seiner Haltung. Das war etwas, das er nicht ablehnen konnte.

»Du könntest alles Wissen der Welt besitzen. Wünschst du dir das?«

»Nein.« Deacon lachte. »Dann gäbe es nichts mehr, das ich noch erforschen könnte. Ich erwarte nichts im Gegenzug. Ich helfe Euryale gerne.«

Der Tee war so warm, dass er meinen ganzen Körper erhitzte. Meine Wangen glühten heißer als der Feuerstrom Phlegethon.

»Dürfte ich dann noch einen Wunsch äußern?«, fragte Callisto den jungen Lord. »Dein Vater war doch ein Archäologe. Gibt es Aufzeichnungen seiner Forschung? Tagebücher seiner Reise? Ich würde sie mir gerne ansehen, wenn es nicht zu viel verlangt ist.«

»Alles, was mein Vater erforscht hat, steht in der Bibliothek. Du kannst frei über die Bücher in der Bibliothek verfügen. Soll ich dir den Weg zeigen?«

Callisto erhob sich und schüttelte den Kopf. »Ich weiß, wo die Bibliothek sich befindet. Meine Krähen haben das Haus schon vor ein paar Tagen für mich ausgespäht. Euryale und du könnt in der Zwischenzeit noch etwas plaudern. Schließlich seid ihr ab heute Partner.«

13. Kapitel

UNSERE HELDIN BRAUCHT KEINE ÄRZTLICHE HILFE

Das Pendel der riesigen Standuhr im Salon war die nächsten Minuten das einzige Geräusch im Raum. Ich sah zu, wie der kleine Zeiger von der Vier zur Fünf wanderte und sich langsam, aber sicher der Sechs näherte.

Die Stille war zermürbend.

Ich wagte es nicht, Deacon einen Blick zuzuwerfen. Nach wie vor fühlte ich mich ... *schutzlos*. Das mochte vielleicht komisch wirken, weil ich meine Klinge innerhalb eines Wimpernschlages zücken und Deacon mit nur einer Handbewegung töten konnte.

Deacon als Lady Kalos zu begegnen war einfach, auch wenn wir uns meist unschöne Dinge beschönigt an den Kopf warfen. Immer, wenn wir uns trafen, ging mir Lord Deacon Haworth sofort unter die Haut. Seit unserer ersten Begegnung hatte ich deshalb meine Rolle als Lady Kalos dazu genutzt, um den nötigen Abstand zwischen uns zu wahren. Das gelang mir mal besser, mal schlechter, wie ich mir unter zusammengebissenen Zähnen eingestehen musste.

Dabei bewegte ich mich nicht zum ersten Mal mit einer falschen Identität unter Menschen. Auch wenn die englische

Großstadt mit ihren vielen Bewohnern und der damit einhergehenden Anonymität kaum Vergleich zu den kleinen Dörfern in Griechenland bot. In den kleinen Ortschaften hatte sich herumgesprochen, dass ich mit meiner Schönheit und Stärke von den Göttern abstammen musste. Es war ein offenes Geheimnis. Insbesondere weil es viele Menschen gab, die sich als Halbgötter ausgaben, um ein bisschen Anerkennung von naiven Dörflern zu erhaschen. Ich war dort eine Sagengestalt wie meine Mutter.

Doch zum ersten Mal seit Jahren hatte jemand erfahren, wer ich wirklich war. Kein Mensch wusste von meiner Herkunft. Ich hatte es niemandem mehr erzählt. Nicht nach dem, was Hector zugestoßen war ...

Unwillkürlich glitt meine Hand zu meiner Brust. So musste sich der unverwundbare Krieger Caeneus gefüllt haben, als er im Kampf gegen die Zentauren schlussendlich von Baumstämmen zerdrückt wurde. Niemand war wahrhaftig unverwundbar.

»Du blutest.«

Deacons Stimme riss mich aus meiner Starre.

Ich senkte den Kopf und blickte auf meine mit Blut besudelten Finger. »Ich *habe* geblutet«, beschwichtigte ich ihn. »Der Teppich hat auch etwas abbekommen.«

Wer war jetzt die »blutige Anfängerin«?

Ich schalt mich für meine eigene Dummheit. Ich hätte meinem Instinkt nachgeben und Deacon angreifen sollen. Jetzt waren meine Finger klebrig.

Wenigstens hatte ich in weiser Voraussicht die Samthandschuhe in der Kutsche abgelegt.

Deacon kniff die Augen zusammen. Ich konnte mir schon ausmalen, dass er eine Szene wegen des hässlichen Teppichs veranstalten würde, doch dann stand er einfach wortlos auf und verschwand aus dem Raum.

Mit der sauberen Hand griff ich nach einem weiteren Sandwich, um meinen Hunger zu stillen. Danach würde ich den Raum verwüsten, um die aufflammende Wut in meinem Bauch zu besänftigen.

Was erlaubte sich Lord Haworth nur! Ließ mich hier allein sitzen, weil ich einen Teppich ruiniert hatte, der so aussah, als hätte er bereits zur Zeit der Titanen dort gelegen.

Doch bevor ich eine Vase *aus Versehen* auf den Boden werfen konnte, kam Deacon zurück. Er schob den Tisch beiseite und kniete sich vor mich hin. Fragend hob er ein helles Tuch in meine Richtung.

»Darf ich? Das ist nur Baumwolle und Alkohol.«

»Alkohol?«

Zögerlich streckte ich ihm meine roten Finger entgegen.

»Um die Wunde zu säubern«, erklärte er mir. »Ich habe Schriften gelesen, in denen deutsche Forscher zu dem Schluss kommen, dass sogenannte Bakterien für Krankheiten verantwortlich sind. Kein giftiges Miasma oder ungünstige Planetenkonstellationen. Diese Bakterien sind so klein, dass man sie nur unter dem Mikroskop erkennen kann.«

»Interessant«, sagte ich. »Aber ich kann ohnehin nicht krank werden.«

Deacons Körper versteifte sich merklich. »Du warst noch nie krank?«

»Nein. Ich bin schließlich –«

Halbgöttin. Hexe. Furie. *Monster.*

Man hatte mir schon all diese Namen gegeben.

Ich war all das.

»Ich bin nicht wie du.«

136

»Du bist nicht wie ich.«

Ich mochte rot bluten wie er. Ich mochte so ähnlich aussehen wie er. Ich mochte sogar die gleiche Sprache sprechen und dieselben Bücher lesen. Die gleichen Partys besuchen. Doch in allem anderen waren wir grundverschieden. Ich war eine Furie, auch wenn ich die Bürde der Sterblichkeit trug. Er war ein Sterblicher, der die Bürde einer göttlichen Gabe schulterte. Es war eine dumme Idee, eine Partnerschaft einzugehen. Insbesondere da es für ihn keinen Vorteil hatte. Für was brachte er sich in Lebensgefahr? Sein Wissensdurst würde ihm noch zum Verhängnis werden.

»Hmm«, machte Deacon. »Alles sehr interessant.«

Fast schon übermäßig behutsam stützte er meine Hand mit seiner, während er das Blut mit dem Stoff abtupfte. Zwar hatte er noch immer seine schwarzen Lederhandschuhe an, doch ich konnte selbst durch den Stoff seine Wärme spüren.

»Alterst du?«, fragte er mich.

»Ja.«

Er wirkte erleichtert, weshalb ich ein »Warum?« knurrte. Die Sterblichkeit meines menschlichen Vaters war mein leidigster Makel.

»Ich fände es unpassend, wenn ich eine ältere Frau wie jemanden behandelt hätte, der ein paar Jahre jünger als ich ist.«

Ich schnaubte. »Ich bin trotzdem eine Furie.«

»Magst du sie? Die drei Erinnyen?«, lenkte Deacon das Gespräch in eine andere Richtung. Die Baumwolle in seiner Hand war schon ganz rosarot von meinem Blut. Ich hatte mich schlimmer geschnitten als angenommen.

»Die drei haben mich, seit ich fünf Jahre alt war, großgezogen«, erzählte ich ihm. »Sie sind meine Tanten.«

Als ich ihm das offenbarte, erstarrte er kurz in seinen Bewegungen. »Haben sie dich gut behandelt?«

Ich überlegte länger, als ich sollte. Natürlich hatten sie mich gut behandelt. Schließlich war ich noch am Leben und bei klarem Verstand. Ich war sogar in der vorteilhaften Lage, noch im Besitz all meiner Gliedmaßen, Finger und Zehen zu sein.

»Meine jüngste Tante Tisi ist –«

»Tisiphone?«

»Wer denn sonst?«, schnappte ich in seine Richtung. »Tante Tisi ist jung und obwohl sie mir Jahrtausende voraushat, ist sie manchmal etwas zu verspielt und ... und das zeigt sich in Anfällen von ... Grausamkeit.« Schnell verdrängte ich meine Erinnerungen an das »Festmahl« vor ein paar Jahren. »Tante Meggy ist am herzlichsten. Allerdings hat sie mir schon ein paar Quetschungen zugefügt oder die ein oder andere Rippe gebrochen, weil ich mich gegen ihre Umarmungen gewehrt habe.«

Deacons Hände verkrampften sich um meine.

»Und Tante Alecs ist sehr streng«, endete ich. »Alles muss nach ihrem Willen geschehen.«

»Man nennt sie nicht umsonst die ›Unaufhörliche‹, oder?«

»Die *unaufhörliche* Nörglerin vielleicht.«

Deacon lachte leise.

Nun war es an der Zeit, dass ich ihm mal eine Frage stellte: »Konntest du die Fäden schon immer sehen?«

Er nickte bejahend. »Ich war überrascht, als ich herausfand, dass andere sie nicht wahrnehmen können. Ich musste als Kind sogar eine Brille tragen, weil meine Mutter der Meinung war, dass ich unter einer Sehschwäche leide. Ich bin ständig gegen Schränke oder Türrahmen gelaufen. Danach habe ich aufgehört, mit ihr über die Fäden zu reden. Meine Mutter denkt bis heute, dass es eine Spinnerei ist, eine Methode, um Aufmerksamkeit zu erregen. Das ist besser als die Wahrheit.«

Der letzte Satz klang hart.

»Weil du weißt, wann und wie jemand sterben wird?«

»Ja. Über die Jahre habe ich gelernt, die einzelnen Fäden zu deuten. Auch wenn es hin und wieder noch Überraschungen gibt. Bei meinem Vater –« Deacon brach ab und ich horchte interessiert auf.

»Du kannst seinen Lebensfaden nicht sehen«, riet ich.

Deacons Brauen zogen sich zusammen, woraufhin ich erklärte: »Es liegt auf der Hand, dass dein Vater während seiner Zeit in Griechenland von einem Gott mit dieser Gabe verflucht wurde und sie auf dich übergegangen ist. Du weißt doch selbst, wie die Götter sind. Du kennst die Geschichten von Cassandra und Midas.«

Zwischen uns breitete sich Stille aus. Deacon hielt meine nun saubere Hand immer noch behutsam fest. Geistesabwesend streichelte er mit dem Daumen über die Unterseite meines Handgelenkes.

Dann wandte er plötzlich den Blick ab. »Als es meinem Vater noch besser ging und er von den Ausgrabungen in Griechenland erzählte, da habe ich sofort gemerkt, dass er mir Sachen verschweigt, wenn er wütend auf eine meiner Nachfragen wurde.«

»Hast du eine Vermutung, welcher Gott ihm diese Gabe gegeben hat?«

»Es gibt die Moira –«

Ich lachte laut auf, was Deacon gleich zum Schweigen brachte. »Entschuldige, aber du musst wissen, dass die

Moiren Menschen, Götter und alles dazwischen meiden – und umgekehrt. Sie sind noch eigenbrötlerischer als meine Tanten.«

Ich fragte mich, ob ich etwas Falsches gesagt haben mochte, denn Deacon zog seine Hände zurück. Er stand auf und ließ sich in seinen Stuhl sinken, als wäre nichts passiert. Die blutbesudelte Baumwolle warf er achtlos in seine leere Teetasse.

Mir wurde plötzlich ganz kalt. Diese englischen Häuser waren aber auch zugig!

Wie der Geschichtsprofessor, der er nun mal war, ließ sich Deacon nicht von seiner Hypothese abbringen: »Aber die Lebensfäden sind typisch für die drei Schicksalsgöttinnen.« Er hielt drei Finger hoch, als er mir unnötigerweise erklärte: »Sie treten entweder als eine Gottheit oder als Triade auf: Klotho, die Spinnerin der Lebensfäden, Lachesis, die die Fäden bemisst und schlussendlich Atropos, die in der Lage ist, sie zu durchtrennen.«

Ich lehnte mich auf dem Sofa zurück und reckte das Kinn rechthaberisch in die Luft. »Auch wenn Cassandra ihre Sehergabe von Apollo, einem Gott der Weissagung, erhielt. So bekam Midas die Fähigkeit, alles in Gold zu verwandeln, von Dionysus, ein Gott, der sich nur für Trinkgelage interessiert. Jeder Gott hätte deinem Vater diese Gabe zuteilwerden lassen können.«

Dass ich seine kleine These widerlegt hatte, schmeckte Lord Haworth überhaupt nicht. Er sah regelrecht gequält aus, als er die Augen schloss und die Arme vor der Brust verschränkte. Sein Mund war verkrampft. Falten bildeten sich um seine Augen.

»Schmollst du jetzt?«

»Nein«, presste er unter zusammengebissenen Zähnen hervor. »Ich schmolle nicht. Ich bin schließlich ein erwachsener Mann.«

»Der gerade schmollt wie ein kleines Kind.«

Er stöhnte gepeinigt und das brachte meine Lippen zum Zucken. Mein kleines Furienherz hüpfte vor Freude. Wie immer, wenn ich einen Menschen zur Verzweiflung und damit ein Stück näher in Richtung Wahnsinn trieb. Es hüpfte – bis es das nicht mehr tat und stattdessen noch mehr Kälte in meinen Körper ließ.

Um mich abzulenken, sagte ich das Erstbeste, das mir in den Sinn kam: »Ich habe das Buch gelesen, das du mir geschenkt hast.«

»*Frankenstein*?«, fragte Deacon.

Selbstverständlich erhellte ein Gespräch über Bücher sein Gemüt. Verschwunden waren die Falten, das Funkeln war in seine goldenen Augen zurückgekehrt.

»Schenkst du etwa noch mehr Frauen Bücher, weshalb du dich nicht mehr erinnern kannst?«, fragte ich und versuchte pikiert zu klingen. »Lord Haworth. Ich bin zutiefst bestürzt von Ihrem Verhalten.«

Mit einem breiten Grinsen im Gesicht holte ich das Buch aus meiner Tasche und schob es Deacon über den Tisch zu.

Ungefähr vor einem Monat hatte Deacon mir den Roman auf einem Ball überreicht, nachdem ich einen Abend zuvor auf einer sterbenslangweiligen Soiree zugegeben hatte, dass ich die Geschichte von Frankenstein und seinem Monster nicht kannte. Die jungen Herren, mit denen ich minutenlang angeregt plauderte – Deacon hatte ich ignoriert –, lachten über mich und meinten am Ende sogar, dass es »ohnehin nichts für eine Frau wie mich wäre«.

Und solch eingebildeten Fatzken waren nichts für mich, weshalb ich die Veranstaltung ausnahmsweise ohne männliche Begleitung verließ.

Am nächsten Tag überreichte mir Deacon das Buch. Ich nahm zuerst an, dass er sich über meine Wissenslücke lustig machen wollte, aber dies war nicht der Fall.

»Die Autorin des Werkes war eine Frau«, erzählte er mir. »Außerdem haben Bücher keine Präferenz beim Geschlecht. Sie sind für alle.«

»*Frankenstein oder der moderne Prometheus*«, nannte Deacon den etwas sperrigen Titel des Werkes, als er das Buch wieder an sich nahm. »Kennst du ihn? Den Titan Prometheus?«

»Ich kenne nur noch eine weitere Göttin«, rutschte es mir heraus.

»Deine Mutter«, sagte Deacon und wirkte ziemlich selbstsicher.

Ich schüttelte den Kopf. »Nein. Ich bin ihr noch nie begegnet. Elternschaft ist etwas für das sich Götter nicht interessieren. Da sind die ganzen Sagen mehr als zutreffend.«

Jetzt würde er mich fragen, wer sie war. Er hatte längst durchschaut, dass Callisto und ich nicht verwandt waren.

»Hat dir der Roman gefallen?«

Was?

»Ich ... Äh.« Etwas überrumpelt davon, dass er mir nicht die offensichtlichste Frage gestellt hatte, sortierte ich die passenden Wörter in meinem Kopf. »Es war interessant. Auch wenn mir das Ende nicht gefallen hat. Es ist sehr ... trostlos.«

»Würde dir ein Roman mit einem besseren Ende mehr zusagen?«

»Meine Anstandsdame hat von den Romanen von Jane Austen geschwärmt.«

Verwundert hob Deacon eine Augenbraue. »Ich hätte nie gedacht, dass du dich für solche Romane interessierst.«

»Was soll das nun wieder heißen?«

»Nichts«, sagte er und stand bereits am Bücherregal. »Ich würde dir *Stolz und Vorurteil* empfehlen.«

Genau in dem Moment, als ich das Büchlein entgegennahm, näherte sich Callistos schwarze Gestalt. Ich konnte das Buch noch in meinem Beutel verstauen, bevor sie mir deutete, mich zu erheben.

»Es ist Zeit, heimzukehren«, sagte sie zu Deacon. »Wir werden dich wissen lassen, wenn wir dich brauchen, Lord Haworth.«

Deacon sah die ganze Zeit nur mich an. »Es hat mich gefreut, dich kennenzulernen, Euryale, die Furie.«

14. KAPITEL

DIE HELDIN UND IHR PARTNER GEHEN AUF DIE JAGD

Wüsste ich nicht, dass Deacon ein riesiges Theater veranstalten würde, wenn ich sein Buch gegen die Wand warf und eine geknickte Seite riskierte, dann würde ich genau das in diesem Moment tun.

»Mister Darcy hat doch nicht allen Ernstes gesagt, dass Lizzy für einen Tanz nicht schön genug ist!« Ich schlug den Roman so fest zu, dass der Knall in meinen Ohren sekundenlang nachhallte. »Ich hoffe, sie schlitzt ihm zur Strafe mit einem zerbrochenen Glas die Kehle auf, damit er an seinem dummen Stolz – und eigenem Blut – jämmerlich erstickt.«

Ich legte das Buch auf meinem Nachttisch ab, dimmte das Feuer der Lampe – nur, um wenige Sekunden später erneut nach dem Buch zu greifen.

»Wenn Lizzy Darcy nicht vom Balkon schubst, muss ich Deacon sagen, dass sein Büchergeschmack miserabel ist. Wahrscheinlich erleidet er dann einen Herzanfall, aber das ist dann nicht mein Problem.« Ich rümpfte die Nase. »Ich würde gerne wissen, ob er Mister Darcy zustimmt. Wenn ja, dann muss ich den armen Deacon wohl von seinem Leid erlösen. Mieser Buchgeschmack und keine Ahnung davon, wie man Frauen behandelt.«

Ich spürte Callistos Hauch des Todes schon, bevor sie an die Tür klopfte.

»Was willst du von mir?«, begrüßte ich sie wenig erfreut. Ich hüpfte aus dem Bett und ließ das Buch dabei zwischen Nachtkästchen und Bett gleiten. Es würde nur nervige Fragen provozieren.

Skeptisch blickte sie sich im Raum um. »Habe ich dich bei etwas gestört?«

Ich schüttelte den Kopf. »Ich wollte heute früher ins Bett gehen.«

»Hast du nicht gerade noch mit jemandem geredet? Versteckst du einen Liebhaber vor mir?«

»Warum sollte ich?«

»Weil ich immer noch einen Ruf zu verlieren habe und –«

Sie hielt inne und blinzelte langsam. »Du hast recht. Das hat dich noch nie interessiert.«

Ein kleines Lächeln umspielte meine Mundwinkel. »Warum bist du hier? Wolltest du dich als Sittenwächterin aufspielen, nur weil ich mit mir selbst geredet habe?«

Mein Späßchen ließ sie kalt, was mich wiederum beunruhigte. Normalerweise würde jetzt ein Augenlid zucken oder sie grummelte laut.

Schließlich sagte sie: »Meine Krähen haben etwas wahrgenommen, das du untersuchen so–«

Weiter musste sie gar nicht reden. Sofort griff ich nach meinem Kopis, welches neben vielen anderen Waffen in einer Lederscheide an der Wand hing. Ein Abkömmling von Hephaistos hatte mir das Schwert vor ein paar Jahren angefertigt. Mir war sein Name entfallen. Auf jeden Fall wusste er mit seinen großen, schwieligen Händen umzugehen – und das nicht nur in Verwendung von Hammer, Amboss und Metall.

Die lebhafte Erinnerung an die heißen Nächte, die wir miteinander verbracht hatten, schob ich schnell zur Seite. Eilig zog ich mein mitternachtsschwarzes Korsett über mein Nachtkleid.

In den letzten Monaten hatte ich mich an das Kleidungsstück gewöhnt. Ich mochte, wie es meinen Körper formte und ihm einen gewissen Halt verlieh.

»Du willst doch so nicht rausgehen!«, kreischte Callisto entsetzt. »Wenn dich jemand so sieht!«

»Wenn mich niemand sieht, dann ist das doch kein Problem, oder? Ich hege nicht die Absicht, dass mich jemand bei meinem nächtlichen Ausflug zu Gesicht bekommt.«

Mit einem resignierten Seufzen gab Callisto auf. Sie half mir sogar dabei, die Schnürung des Korsetts festzuziehen, während ich ein paar in Gift getränkte Dolche zwischen die Stahlstäbe schob.

»Nun denn. Der junge Lord Haworth wird sich wohl auch nicht beschweren.«

Mein Körper erstarrte zu Eis. »Warum sollte Deacon mich so sehen?«, fragte ich, obwohl ich die Antwort schon kannte.

»Ich habe ihm eine untote Krähe geschickt. Ihr zwei arbeitet doch jetzt zusammen. Er ist mit einer Kutsche bereits unterwegs.«

Meine Zähne knirschten, als ich sie hart aufeinanderbiss. »Ich brauche Deacon nicht.«

Doch aus irgendeinem unerfindlichen Grund hatte ich ihm das bei unserem vorgestrigen Treffen nicht ins Gesicht gesagt.

»Stell dich nicht so an«, sagte Callisto. »Ich finde Lord Haworth durchaus interessant.«

Ich keuchte laut auf, als sie mit ihrer halbgöttlichen Stärke die Bänder fester zog.

»Willst du ... Willst du ihn heiraten?«, keuchte ich. Ich fühlte mich immer noch atemlos.

Die Witwe lachte gackernd. »Mach dich nicht lächerlich, Euryale. Ich will nur herausfinden, woher seine Kräfte stammen. Götter machen nie etwas grundlos. Sie mögen impulsiv sein und die Auswirkungen ihrer Taten sind ihnen gleichgültig, aber sie haben stets ihre Beweggründe. Ich muss wissen, was damals passiert ist.«

»Warum versteifst du dich so darauf? Es ist doch ohne Bedeutung.«

Callisto sagte nichts. Stattdessen bewegte sie sich zur Tür.

»Wenn du schnell bist, kannst du das Monstrum besiegen, bevor Lord Haworth am Ort eintrifft«, ließ Callisto fallen und schon war ich aus dem nächstbesten Fenster in die Dunkelheit gehüpft.

Ich rannte mit nackten Füßen über die Dächer der Stadt. Mein Blick war auf die rotäugige Kreatur geheftet, die vor mir durch die Luft segelte.

Wenn die Sonne sich durch die dichten Wolken kämpfte, konnte es selbst auf dieser Insel relativ warm sein, doch nun war es Nacht. Die Kälte kroch mir unter die Haut und direkt in meine Knochen. Ich musste meine Kiefer fest zusammenbeißen, damit niemand das peinliche Zähneklappern hörte.

Zäher Nebel füllte die nahezu leeren Gassen unter mir. Die Leute, die jetzt noch unterwegs waren, waren entweder auf dem Weg in einen Pub, ins Bordell oder in eine der zahlreichen Opiumhöhlen. Jeder, der sich jetzt noch auf den Straßen herumtrieb, war gefährlich. Das wusste ich, weil ich mich zu den Gefahren der Londoner Nacht dazuzählte.

Ich spürte die kalten unnachgiebigen Klingen meiner Dolche durch den dünnen Stoff. Im Takt meiner schnellen Schritte schlug die Lederscheide des Kopis gegen meinen Oberschenkel.

Ich war die größte Gefahr in der Nacht.

Es gab nichts und niemanden, den ich fürchten musste. Erst recht keine Monster aus dem Riss.

Was würde mich heute Nacht wohl erwarten? Ein Greif? Ein Zentaur? Hah! Ich würde gegen alles gewinnen.

Aber wer wusste schon, was aus dem Riss entkommen konnte. Bei der Chimäre hatte ich noch Glück gehabt, dass es sich nicht, wie anfänglich vermutet, um meinen halbtierischen Cousin Asterion gehandelt hatte. Nicht jeder, der aus dem Riss und damit dem Hades entkam, musste ein Feind sein.

Bitte, bitte. Lass es nur nicht sie sein ... Ich kann nicht gegen sie kämpfen.

In einem kurzen Moment der Unachtsamkeit blieb ich mit den Zehen an einer kaputten Dachschindel hängen. Ungeschickt stolperte ich einen Schritt nach vorne, rutschte auf dem nächsten feuchten Stein aus.

Ein erstickter Schrei schaffte es über meine Lippen, ehe ich mich im letzten Moment an der eisernen Dachrinne des Gebäudes festkrallen konnte. Meine Beine baumelten mehrere Yards über dem Boden. Fluchend schwang ich meinen Körper von rechts nach links, bis ich mit einem Fuß Halt fand und mich mühsam hochzog. Unterdessen stürzte die Dachrinne zu Boden und blieb dort liegen.

Das Blut rauschte in meinen Ohren, als ich langsam und vorsichtig wieder nach oben krabbelte. Das Dach dieses Hauses war schwer baufällig. Ein paar Schindeln rutschten herunter, während ich mich wie die Schlangen meiner Tanten bäuchlings fortbewegte.

Wieder oben an dem First angekommen, verharrte ich einen Moment, ehe ich die Hand zur Faust ballte und sie immer und immer wieder auf das marode Holz einschlug.

Schwach!, schalt ich mich selbst.

Menschlich. So menschlich!

Ein Sturz aus dieser Höhe hätte mich zwar nicht das Leben gekostet, mich jedoch sicher für einige Stunden bewegungsunfähig gemacht.

Ich musste meine Mission so schnell es ging zum Abschluss bringen. Dann war ich diese Verletzlichkeit endlich los.

Aber ...

Wenn ich den Riss heute fand, dann könnte das vorgestrige Treffen mit Deacon unser letztes gewesen sein. Auch Cecilia hatte ich seit einer Woche nicht mehr gesehen und ich fragte mich, ob es ihr gesundheitlich wieder besser erging. Ich würde nicht herausfinden, wie Elizabeth Mister Darcy für die Kränkung auf dem Ball bestrafte.

»KRAH! KRAAAAAH! KRAH!«

Woher kamen nur all diese Zweifel auf einmal?

Ich stand so kurz davor, das zu bekommen, was ich mir mein Leben lang wünschte. Ich stand so kurz davor, meinen Platz in dieser Welt voller Monster, Götter und Helden einzunehmen. Das hatte ich mir all die Jahre ausgemalt. Das hatte ich meinen Müttern vor all den Jahren versprochen.

»KRAAAAAAAAAH!«

»Halt endlich den Schnabel!«, zischte ich und holte aus.

Mit einem Klatschen grub sich mein giftiger Dolch in die Brust der Krähe. Ungerührt von der tödlichen Stichverletzung flatterte der Vogel einmal um mich herum.

Ich schüttelte den Kopf, um die Gedanken zu verdrängen. Stattdessen richtete ich meine volle Aufmerksamkeit auf Callistos untotes Biest vor mir. Dieses Mal rannte ich der Krähe gebückt nach, um nicht gleich wieder in die Tiefe zu stürzen. Wir befanden uns immer noch in der Stadt, allerdings nahm die Anzahl der Häuser ab. In der Ferne meinte ich etwas zu erkennen, was mich an ein Zelt erinnerte. Was hatte ein gigantisches Zelt mitten in London verloren? Steuerte die Krähe darauf zu?

Bevor ich mir darüber weiter Gedanken machen konnte, durchbrach das Geräusch von Kutschenrädern auf feuchten Steinen die nächtliche Stille.

In meiner Brust begann wieder dieses seltsame Ziehen, welches ich immer noch nicht zu deuten vermochte. Was ich allerdings wusste, war, dass es Deacons Kutsche sein musste, die über das Kopfsteinpflaster rumpelte und die Nachtruhe der Bewohner störte.

Ich rutschte zur Traufe hinab, sprang auf die Fensterbank des gegenüberliegenden Hauses und schlussendlich an die Hinterseite der Kutsche. Der Kutscher fluchte, merkte aber von der blinden Passagierin nichts.

Ein paar Yards ließ ich mich von der Kutsche mittragen. Nachdem ich mich an das Ziehen gewöhnt hatte und mein Herz wieder ruhig in meiner Brust schlug, klopfte ich drei Mal gegen die Kutsche.

Ich wartete Deacons Reaktion nicht ab, sondern verschwand im Schutz der Dunkelheit in einer Seitengasse und kletterte schnell an einer Wand hoch. Von dort beobachtete ich ihn.

»Sofort stehen bleiben!«, dröhnte Deacons Stimme aus dem Inneren. »Warten Sie hier, bis ich zurückkomme.«

»Sehr wohl, Lord Haworth.«

Der Tonfall des Kutschers klang nicht gerade begeistert – und ich konnte es nachvollziehen. Er zweifelte sicherlich an Deacons Geisteszustand, weil er den jungen Lord mitten in der Nacht in eine scheinbar wahllose Seitengasse bringen musste.

Deacon stieg aus der Kutsche. Eine Hand umfasste einen modischen Gehstock, mit der anderen tippte er sich an den Zylinder, als er seinen Blick suchend durch die Gegend schweifen ließ. »Euryale?«, rief er in die Nacht.

Wenn ich schwieg, dann setzte ich Deacon keinerlei Gefahr aus. Wenn ich jetzt schwieg, dann konnte und musste ich meine Aufgabe allein erledigen.

Wenn ich jetzt schwieg, dann hatte ich Deacon vielleicht wirklich zum letzten Mal gesehen.

»Folge meiner Stimme«, antwortete ich wie eine Sirene, um ihn zu mir in die Dunkelheit zu locken.

Als er in die Gasse bog, sprang ich von meinem Platz herunter und landete nur wenige Yards von Deacon entfernt.

Seine Lippen bewegten sich, aber ich verstand seltsamerweise kein Wort. »Was hast du gerade gesagt?«

»Gu-guten Abend, Lady Kalos.«

Dem armen Lord fiel das Sprechen schwer. Ich war versucht, Deacons Kinnlade zuzuklappen.

»Spiel nicht den Überraschten. Du hast sicherlich schon die ein oder andere Dame in ihren Nachtkleidern gesehen«, sagte ich und verdrehte die Augen.

Warum klang dieser Kommentar so spitzzüngig?

Ich fühlte mich dazu verpflichtet, ihm über meine Kleiderwahl aufzuklären:»Callisto hat mich förmlich aus dem Bett geworfen. Es tut mir leid, wenn ich Ihren Kleideranforderungen nicht entspreche.«

»Ich ... Ist dir nicht kalt?«

Ich lachte bellend.

Natürlich war mir kalt, aber meine Bedürfnisse waren nicht so wichtig wie meine Mission. Apropos ...

»Kannst du etwas wahrnehmen?«, wandte ich mich an Deacon.

Da er nun ohnehin schon anwesend war, konnte ich auch von seinen nützlichen Fähigkeiten Gebrauch machen. Zumal die untote Krähe samt ihrem Krächzen verschwunden war.

Er schüttelte den Kopf. »Du?«

In einem unaufmerksamen Moment schlich ich mich näher an ihn heran. Wenn ich wollte, konnte ich ihm einen vergifteten Dolch in die Seite rammen. Das Gift war so hoch dosiert, dass ein normaler Mensch den Schmerz kaum wahrnehmen würde und bereits mausetot wäre, ehe er auf dem Boden aufschlug.

Doch ich tat nichts dergleichen. Still und heimlich freute ich mich einfach darüber, dass er so warm war. Dass er hier war. Dass ich nicht allein sein musste.

»Vielleicht sollten wir uns das Zelt näher ansehen«, schlug Deacon vor und ich nickte lediglich, bevor ich ihm folgte.

Noch immer versuchte ich etwas von seiner Körperwärme zu erhaschen und mir nicht anmerken zu lassen, wie sehr ich fror.

Ich beäugte Deacons langen Mantel so neidisch, dass ich

zunächst nicht bemerkte, dass wir die Reihenhäuser hinter uns ließen.

Plötzlich – so war mir – befanden wir uns in einer anderen Welt.

Die Wägen und kleineren Zelte erinnerten mich an Wandervölker. In meiner Heimat hatte ich viele Nächte bei Fremden am Lagerfeuer verbracht. Wie selbstverständlich durfte ich mich beim würzigen Fleisch und vollmundigen Wein bedienen, während ich Gesängen in fremden Sprachen lauschte.

Doch hier sang keiner. Es roch nicht nach Fleisch oder Wein, stattdessen drang ein leicht faulig-süßiger Geruch in meine Nase.

In der Luft lag zudem noch etwas anderes, das mir die Kehle zuschnürte. Das Gefühl ließ sogar die Kälte zur Nebensache werden.

Der Riss musste sich hier befinden. Nur: Wo war »hier«?

»Was zum Hades ist das alles?«, fragte ich – ohne eine Antwort zu erwarten.

»Das ist ein Zirkus«, begann Deacon seiner Lieblingstätigkeit nachzugehen: Erklären. »Ein Wanderzirkus, wenn wir es genau nehmen.«

»Wander ... Zirkus ...«

Er hörte meine Frage heraus. »Zirkusse sind schon seit Jahrzehnten bei uns in England sehr beliebt. Dort treten unter anderem Akrobaten oder andere Schausteller auf.«

»Ich glaube, dass ich davon schon mal gehört habe«, sagte ich. »Das heißt, hier sind nur Me–«

Ich geriet ins Stocken, als leise, nicht-menschliche Geräusche in meiner Nähe erklangen.

Die schockierende Wahrheit ließ meine Nackenhaare sich

aufstellen: Das hier waren keine Wohnwägen, sondern viele Käfige auf Rädern.

Und darin ... Dutzende von Tieren. Einige schliefen, andere waren wach und beobachteten mich mal mit aufmerksamen Augen, dann mit resigniertem Blick.

Elefanten, Kamele, Zebras, Lamas, Giraffen und noch viele weitere Tiere, deren Aussehen ich nur aufgrund von Büchern Namen zuordnen konnte.

»Eingesperrte Tiere sind also ein netter Zeitvertreib?«, knurrte ich Deacon an. »Das gefällt dir also?«

Mein Herz brach beim Anblick der eingesperrten Lebewesen.

Wollte er dich in einen Käfig sperren, mein liebes Kind?, hörte ich meine Tante Alecto in mein Ohr säuseln. *Damit er dich vorführen kann? Damit er zeigen kann, was er besitzt? Willst du schon wieder darauf reinfallen?*

»Ich kann nur für mich sprechen und ich war noch nie im Zirkus«, sagte Deacon. Ich hörte, aber vor allem *spürte* ich, wie er näher kam. Irgendetwas in meinem Brustkorb vibrierte um mein Herz wie die Saiten einer Bouzouki mit jedem Schritt, den er sich näherte. »Ich ziehe die Gesellschaft von Büchern der von Menschen vor.«

»Und warum bist du jetzt nicht bei deinen Büchern?«, fragte ich. Meine spitze Zunge hatte sich am heutigen Abend noch nicht oft genug zu Wort gemeldet. »Wenn du sie lieber magst als andere Menschen.«

Wenn du sie lieber hast als mich.

Schweigen.

Eine Stille, die mich beinahe in den Wahnsinn trieb, breitete sich zwischen uns aus. Bereute er so sehr, dass er mit mir hier war?

154

Oder redete ich mir das alles nur selbst ein, weil die Wahrheit nur einen Rattenschwanz an Problemen mit sich ziehen würde.

Manchmal schadete uns die Wahrheit viel mehr als eine Lüge.

»Du weißt warum, *agápi mou*.«

Ein Schauer kroch ausgehend von meinem Nacken über meinen ganzen Körper. Anstatt noch mehr Kälte, die meinen Körper betäubte, prickelte meine Haut wie Champagner auf der Zunge. Selbst in meinen Zehen spürte ich unsere Beinahe-Berührung.

Er kam noch näher und legte eine Hand auf meine Hüfte. Sofort drehte ich mich um und schmiegte meinen Körper eng an seinen. Ich sog seinen Duft ein, bis ich ihn in meinem Mund schmecken konnte.

Ich konnte seine Wärme durch mein leichtes Nachtkleid spüren. Zwischen meinen Schenkeln war das Brennen nahezu unerträglich geworden.

Ich wusste, warum er bei mir war.

Ich wusste, warum er sich auf diese riskante Aufgabe eingelassen hatte.

Weil ich für ihn verdammt noch mal das Gleiche tun würde. Es gab keine Gefahr, in die ich mich nicht für ihn begeben würde. Ich würde alle zwölf Aufgaben des Herakles meistern. In die Tiefen des Hades hinabsteigen, wie Orpheus für seine Eurydice.

Mein Gesicht schmiegte ich an seine Halsbeuge, damit ich nicht in seine Augen blicken musste.

»Sag es«, forderte ich Deacon auf. »Sag es mir endlich, Deacon.«

Bitte lüg mich an.

Die Szenerie, die uns umgab, mochte unpassend wirken, aber vielleicht war dies meine letzte Nacht in England. Meine letzte Nacht mit Deacon. Uns rann die Zeit wie Sand in einem Stundenglas durch die Finger.

»Ich bin –«

»Wa mach 'ie hier?«, raunte ein Mann.

Er konnte nicht einmal mehr ordentlich die Konsonanten und Vokale formen, trotzdem stoben Deacon und ich erschrocken wie zwei Liebende, die man im Heu erwischt hatte, auseinander.

»Wollt ie wa klaun?«

Er fuchtelte drohend mit einer Weinflasche herum, was mich kaum beunruhigte. Ich hatte immer noch genug Giftdolche im Korsett, mein Schwert und mein Athame. Obwohl ich mir sicher war, dass ein Schlag mit der bloßen Faust ausreichen würde, um die Auseinandersetzung zu beenden.

Der Zirkusangestellte trat einen Schritt nach vorne – und torkelte dann zwei zur Seite.

Oder es reichte aus, wenn ich ihn mit dem Finger umschubste.

»Ich beende das«, sagte ich zu Deacon.

Gerade als ich mich um den Störenfried kümmern wollte, wurde er von irgendetwas erfasst und weggeschleudert. Ein ohrenbetäubendes Geräusch erschallte.

Sofort eilte Deacon an meine Seite. »Ist das etwa?«

Vor uns stand eine riesige Kreatur mit zwei gewaltigen Stoßzähnen und … einem Rüssel?

Es handelte sich dabei zweifelsfrei um einen Elefanten. Nur besaßen diese Tiere im Normalfall keine rötlichen Augen, die wie Feuer in der Nacht glommen. Der Gestank von verrottetem Fleisch war nun unmöglich zu ignorieren.

Wie angewurzelt stand ich neben Deacon. Aber nicht, weil mich die Angst lähmte. Oh nein!

Deshalb hatte Callisto so ungewohnt locker gewirkt.

Und ich war auch noch so naiv gewesen, ihr zu glauben, dass ihre Spione rein zufällig nur einen Tag nach dem Besuch bei Deacon den Riss gefunden hätten, obwohl ich seit Monaten ganz London danach absuchte.

»Ist das eine Falle?«, fragte mich Deacon, der ebenfalls bestens vertraut mit Callistos untoter Dienerschaft war.

Er klang gefasst. Im Gegensatz zu mir – in meinen Adern brodelte die Wut.

Ich schnaubte laut. »Nein. Das ist eine Prüfung.«

15. Kapitel

DIE HELDIN HASST PRÜFUNGEN

Eine Zeit lang starrte ich den wiederbelebten Elefanten einfach nur an und hoffte, dass er auf meinen bösen Blick hin tot umfiel und ich nach Hause gehen konnte, um irgendetwas zu zertrümmern, das Callisto am Herzen lag.

Stattdessen schrie der betrunkene Mann laut auf, bevor er auf allen vieren krabbelnd das Weite suchte.

Der Elefant starrte währenddessen Deacon und mich abwartend an. Allein wie er dastand erinnerte mich so an meine arrogante »Schwester«, dass ich am liebsten mit einem Dolch auf ihn eingestochen hätte, um meine Wut abzureagieren.

Mein Kopf – nein, mein ganzer Körper – schwirrte nach wie vor von den Gefühlen, die mich nur kurze Zeit vorher beherrscht hatten. Ich spürte jeden einzelnen von Deacons Fingern an meiner Haut, obwohl er sich schon längst von mir gelöst hatte.

Aber nicht mehr lange.

Das Gute an Wut war, dass diese Emotion die stärkste von allen in mir war und alles auslöschen konnte. Meine Wut war die mächtigste Kraft, die in mir als Furie schlummerte. Solange ich meine Wut hatte, an die ich mich klammern konnte, war ich in der Lage, jeden Kampf zu gewinnen.

Wut war das reinste Gefühl von allen. Sie war nicht so verräterisch wie Liebe.

»Zerstör den Lebensfaden und dann lass uns gehen«, sagte ich zu Deacon. Meine Stimme klang kälter als die Tiefen des Tartaros. »Auf mich wartet zu Hause ein Buch.« Aber zuerst würde ich Callistos hässliche Porzellanfiguren vom Regal werfen. Entweder das oder ich brach ihre Knochen einen nach dem anderen auf ähnliche Weise.

Deacons Zögern ließ mich eher Unerfreuliches vermuten. »Du hast doch behauptet, dass du Untote so leicht«, ich schnipste mit den Fingern, »ausschalten kannst.«

»Um es kurz zu machen: Jeder Lebensfaden ist anders. Die der Vögel waren leicht zu durchtrennen, weil ich ihnen körperlich überlegen bin. Hingegen der Lebensfaden eines Elefanten ...« Deacon zuckte mit den Schultern. »Ich kann den Faden selbstverständlich ausdünnen, nur dafür braucht es Zei– VORSICHT!«

Schon lange vor Deacons Schrei hatte ich bemerkt, dass der Elefant mit seinem Rüssel ein Fass umschlang und zum Wurf ansetzen wollte. Mit einem gezielten Fußtritt zerstörte ich das leere Fass. Doch noch bevor die ersten Holzsplitter zu Boden fielen, riss mich Deacon von den Beinen.

Im nächsten Moment fand ich mich auf dem dreckigen Boden wieder. Ein paar harte Strohhalme pikten durch mein Kleid direkt in meine Haut, aber das bemerkte ich nur am Rande. Meine ganze Aufmerksamkeit galt dem Körper, der mich zu Boden presste. Seine wohltuende Wärme und sein vertrauter Geruch betäubten meine Sinne und meine Wut wurde von einem anderen Gefühl verdrängt. Einem Gefühl, das sich viel unbeherrschter als meine Wut in meinem Herzen breitmachte.

Das Schleppen von Bücherstapeln hatte Deacon wahrlich gutgetan: Er war viel muskulöser und kräftiger, als ich anfangs angenommen hatte. Noch nie hatte es ein einfacher Mensch geschafft, mich – eine Furie – zu überwältigen.

Deacons muskulöser Körper schmiegte sich hart und unnachgiebig, gleichzeitig beschützend gegen meinen.

Sein Brustkorb lag eng an meinem, sodass ich jeden einzelnen Herzschlag fühlte.

Meine Wut flaute bei jedem Schlag seines Herzens mehr ab. *Bumm-Bumm. Bumm-Bumm.* Woher kam dieses seltsame Echo?

Schlug sein Herz etwa im gleichen Takt wie meines? *Nein.* Ich musste mich täuschen.

Ein Bein hatte sich zwischen meine geschoben. Sein Knie lag genau an meiner Mitte. Die Vorstellung war so verlockend, mein Becken zu heben und mich an ihm zu reiben, bis dieses Ziehen zwischen meinen eigenen Beinen zu einer Flut der Leidenschaft wurde. Mein Körper schrie nach Erlösung. Nur ein bisschen ... Nur ein bisschen, weil es so so so wehtat!

Meine steifen Brustwarzen streiften bei jedem Atemzug mein Kleid. Die Reibung war viel zu viel. Nur mit Mühe konnte ich ein Stöhnen unterdrücken.

Das hier war eine Position, die ich ansonsten *sehr* gerne einnahm, aber Deacon war weit zu beherzt herangegangen: Mit einem Mal brachen richtige Schmerzen über mich herein. Mein Rücken pochte warm und jetzt meldete sich auch mein Ellbogen, der ziemlich hart gegen einen Stein geknallt war. *AUA!*

»Was sollte das denn?«, grummelte ich genervt.

Die Lust wurde von meinen körperlichen Schmerzen zurückgedrängt und erlaubte mir wieder, klare Gedanken zu fassen. Obwohl mein Körper laut protestierte, rutschte ich unter Deacon hervor.

Mein Nachtkleid hatte von dem Sturz einige Schmutzflecken davongetragen. Darunter höchstwahrscheinlich auch Öl von diesen modernen Motorkutschen, welches man schwer aus dem Stoff entfernen konnte.

»Ich ... Ich dachte, dass ... du ...«, stammelte Deacon. Offensichtlich verstand er allmählich, dass er mich vor nichts gerettet hatte. Außer davor, einmal nicht blutbesudelt oder verdreckt nach Hause zu kommen. »Ich wollte dir helfen.«

Ich schnaubte laut. Empört.

Ich war keine Jungfrau in Nöten.

Ich war keine Jungfrau, sondern eine Furie und die einzige Person, die in Nöten war, war Callisto, wenn ich in ihr Haus zurückkehrte.

»Ich hatte Angst um dein Wohlergehen«, erklärte sich Deacon schwach.

Erneutes Schnauben. Dieses Mal klang ich gekränkt.

Ich musste nicht verteidigt werden. In mir war nichts Schwaches oder Liebliches.

Meine Tanten hatten all das ausgetrieben, worauf die Herren der englischen Adelsgesellschaft bei der Wahl ihrer Ehefrauen so viel Wert legten.

»Ich wollte dich beschützen.«

Ein letztes Schnauben. Dieses Mal klang es etwas ... wässrig. Ich raffte mein Kleid und kroch über den schmutzigen Boden zu dem Mann zurück, der töricht genug war, eine Furie beschützen zu wollen.

Doch bevor ich mich in seine Arme werfen konnte, ertönte hinter seinem Rücken aufgeregtes Geflatter. Meine Hände schnellten hoch und ein Blinzeln später hatte ich eine untote Krähe mit zwei Dolchen gegen eine Hauswand genagelt.

Womöglich wollte uns Callistos Kreatur nur ausspionieren. Doch sie würde dabei etwas sehen, das nicht für ihre – oder Callistos – Augen bestimmt wäre.

»Pass besser auf!«, zischte ich Deacon an. Ich krümmte meinen Oberkörper, damit er nicht sah, wie ich vergeblich versuchte, mein laut trommelndes Herz mit dem Druck meiner Hand zu beruhigen. »Ich will nicht, dass dir etwas passiert, Deacon.«

Der letzte Satz rutschte mir von den Lippen – und ich konnte ihn nicht mehr zurücknehmen.

»Und *ich* will nicht, dass *dir* etwas passiert.«

Ich schnaubte so laut, dass es sogar in meinen Ohren knirschte. »Ich bin eine Furie!«

Warum verstand er es nicht endlich? Warum verstand er nicht, dass das einzig angemessene Gefühl, das er mir gegenüber haben sollte, Furcht war?

»Aber du kannst verletzt werden«, warf er ein. »Ich habe gesehen, wie die Chimäre dich vor ein paar Tagen durch die Luft geworfen hat. Ich habe gedacht, du wärst tot!«

»Wie du siehst, bin ich quicklebendig.« Ich wedelte mit der Hand. »Es gibt keinen Knochen in meinem Körper, der nicht schon einmal gebrochen wurde. Ich bin Schmerz gewohnt.«

Ich war *jeglichen* Schmerz gewohnt.

Ich durfte mich glücklich schätzen, wenn die Pein nur meinen Körper betraf. Körperliche Wunden konnten heilen, seelische Schmerzen verschlimmerten sich mit der Zeit.

Im Moment fühlte sich mein ganzes Inneres wie eine entzündete Verletzung an.

»Euryale«, sagte Deacon meinen Namen mindestens so

schmerzverzerrt, wie ich mich gerade fühlte. »Es tut *mir* weh, wenn du Schmerzen erleidest.«

»Bitte sag das nicht.«

»Warum? Warum soll ich nicht aussprechen, was ich empfinde?«

Ich schloss für einen kurzen Moment die Augen. Wollte nicht sehen, wie Deacon mir näher kam und eine Hand auf meine Wange legte. Sein Daumen strich über meine Wange, glitt hinunter zu meinem Kinn und wanderte dann hoch, wo er auf meiner Unterlippe verharrte.

»Sieh mich an, *agápi mou*.«

Langsam hob ich meine Lider und – Moment! Was ist das? Meine geschärften Sinne lenkten meine Aufmerksamkeit sofort um. Aus den Augenwinkeln bemerkte ich eine weitere Gestalt im Dunkeln. Viel kleiner und länglicher mit –

Blitzschnell warf ich einen Dolch auf diese Kreatur, aber als ich meinen Oberkörper aufrichtete, befand sich an der Stelle nur mein Dolch, dessen Spitze in der Erde steckte. Hatte ich mir die Schlange nur eingebildet?

Aah! Ich musste mich endlich zusammenreißen!

Ich sprang auf die Beine. Meine Glieder so wackelig wie der Pudding, den Cecilia mir auf einem Ball aufgeschwatzt hatte.

»Wir haben uns genug ausgeruht, oder brauchen Sie noch mehr Zeit zum Verschnaufen, Lord Haworth?«

Deacon starrte mich verwirrt an. Wenigstens hatte mein überraschender Themenwechsel dafür gesorgt, dass er mir keine weiteren Fragen stellte.

»Die gute Sache ist, dass wir nicht in Lebensgefahr schweben«, sagte ich und nickte in Richtung des untoten Wesens, welches unsere nächsten Schritte abwartete. »Auch wenn ich Callisto am liebsten gerade den Olymp herunterschubsen würde, so weiß ich auch, dass sie mir nichts Böses will. Allein dass er uns nicht angreift, zeigt, dass dies nur eine Prüfung für uns ist. Allerdings kann ich den Elefanten nicht töten, da er als Untoter immer und immer wieder auferstehen würde.«

Deacon stand auf. Er richtete sich die Weste und den Zylinder mit einigen Handgriffen.

»Und warum macht Callisto das alles?«, fragte er.

»Sie will testen, ob wir als Partner harmonieren. Im Kampf«, fügte ich noch schnell hinzu, damit er diesen Satz nicht falsch verstand. »In einem Ernstfall müssen wir uns aufeinander verlassen können.«

Eigentlich war dies keine schlechte Idee von einer Strategin wie Callisto. Sie wusste, dass ich eine Einzelkämpferin war und deshalb meinen Partner vernachlässigen würde. Nur hatte sie Deacon nicht in ihren Plan einbezogen. Ein Versäumnis, welches ich nachvollziehen konnte. Vor sechs Monaten hatte ich auch noch nicht gedacht, dass jemand wie er alles verkomplizieren würde.

»Zeig mir den Lebensfaden, dann durchtrenne ich ihn wie bei der Chimäre und wir können nach Hause gehen.«

Das klang gut. Dann konnte ich auf Abstand zu Deacon gehen und meine Gedanken ordnen.

Doch Deacon zögerte erneut.

»Was ist jetzt wieder?«

»Auch wenn ich sie als Lebensfäden bezeichne, handelt es sich dabei nicht immer um einen einzelnen Faden und – Bitte atme, Euryale. Dein Gesicht ist schon ganz rot.«

Ich hob einen Finger.

Um meinen Frust rauszulassen, zog ich mein Kopis und rannte auf den Elefanten zu. Ich hackte und schlug so lange darauf ein, bis an einem Bein der Knochen zu erkennen war. Das untote Tier stürzte zu Boden, wo es liegen blieb.

Geronnenes Blut färbte mein Kleid rot, als ich zu Deacon zurückkehrte.

»Entschuldige. Ich war gerade etwas unpässlich.« Obwohl ich gerade ganz undamenhaft einen Dickhäuter zerhackt hatte, zuckte es um Deacons Mundwinkel.

»Ich dünne die Fäden aus und webe ihn so, dass du ihn zerschneiden kannst. Du musst mir in der Zwischenzeit Rückendeckung geben.«

»Wer bist du, der denkt, dass er einer Furie Befehle geben kann?«

»Hast du eine bessere Idee?«

Ich biss mir auf die Unterlippe. »Nein ... Nur ... Was ist dieses Rücken ... Deckung?«, fragte ich.

»Wenn ich an den Fäden arbeite, dann gilt meine Aufmerksamkeit nur dieser Arbeit. Es ist gefährlich, wenn ich mich nicht darauf konzentrie–«

»Warum?«, platzte ich dazwischen.

»Weil ich sonst vielleicht noch einen anderen Faden erwische.«

Ich zuckte zusammen, weil ich mir sofort vorstellte, dass er sich an meinem Lebensfaden zu schaffen machte.

»Darum brauche ich dich«, sagte er und da verstand ich, was er von mir wollte: Ich sollte ihn beschützen.

»Verlassen Sie sich auf mich, Lord Haworth.«

16. Kapitel

DIE HELDIN ERLEBT EINE ÜBERRASCHUNG

Callisto ließ ihre Bestie vor einer erneuten Erweckung stets ein paar Minuten ruhen. So langsam bekam ich Mitleid mit dem Wesen: Es hatte vielleicht sein ganzes Leben in diesem Zirkus verbracht, nur um nach seinem Tod für Callistos Spielchen herzuhalten.

Als ich dieses Mal fertig war, bot die Kreatur kaum noch Ähnlichkeiten mit lebenden Elefanten: Ich hatte sehr viel verwesendes Fleisch abgetrennt, einen Stoßzahn beschädigt und überall sah man Knochen hervorblitzen.

Allerdings hatte ich Skrupel davor, den Rüssel abzutrennen, obwohl sie regelmäßig versuchte, mich damit zu erwischen. Es fühlte sich einfach nicht richtig an, eine Leiche so zu verstümmeln.

Nachdem der Elefant ein weiteres Mal zu Boden ging, wandte ich mich ab und spazierte zu Deacon zurück. Ich rammte das Kopis in einen kleinen Erdhügel, legte meine Hände auf den Griff und bettete mein Kinn darauf. Eine Zeit lang beobachtete ich stumm, wie er auf dem Boden saß und seine Finger geschäftig durch die Luft bewegte.

Es war überaus faszinierend, wie er die Fäden wob, obwohl ich bis auf ein gelegentliches Aufblitzen nichts von der

Lebensessenz zu Gesicht bekam. Er sah so stoisch aus. Auf seiner Stirn hatte sich eine tiefe Furche gebildet und seine Lippen waren zu einem dünnen Strich zusammengepresst.

Obwohl er schwer beschäftigt war, hob er seinen Kopf und lächelte, als er merkte, dass ich ihn unverhohlen anstarrte. Ohne irgendetwas dagegen unternehmen zu können, verzogen sich meine Mundwinkel ebenfalls zu einem Lächeln. In meinem Bauch breitete sich wieder dieses flüssige warme Gefühl aus, welches meine Wut vorhin fast verdrängt hätte.

»Kannst du die Fäden ohne deine Handschuhe nicht berühren?«, fragte ich ihn und reckte das Kinn in die Richtung der schwarzen Lederhandschuhe. Wenn ich mich recht erinnerte, so hatte ich ihn noch nie ohne sie gesehen. War er auf sie angewiesen?

Seine Haltung veränderte sich. Das Lächeln auf seinen Zügen erlosch. »Doch.«

»Warum ziehst du sie dann nicht aus?«

Schränkte das Leder nicht seine Bewegungsfreiheit ein?

»Ich bin fertig«, kam es ungewöhnlich schroff von ihm. »Gib mir deinen Dolch, damit ich den Faden durchtrennen kann.«

Mit einem lauten Zischen wich ich vor ihm zurück.

Fragend runzelte er die Stirn »Was ist denn los?«

»Das ist meine Reliquie.«

»Und?«

Unbewusst strichen meine Finger über das kalte Metall meines Athame. Die Klinge surrte voller Magie unter meiner Berührung. Eine leise Stimme forderte mich auf, endlich von der Macht meiner Mutter Gebrauch zu machen.

Macht. Macht. Macht, wiederholte die Stimme leise in meinem Kopf, die ich – wie immer – zur Seite schob.

167

»Es tut mir leid, wenn ich eine Grenze überschritten habe«, sagte Deacon und senkte den Blick. »Ich wusste nicht, dass es dir so viel bedeutet.«

In dieser Situation wurde mir wieder einmal bewusst, dass wir beide aus unterschiedlichen Welten stammten. Er konnte nicht verstehen, warum ich mein Athame nicht weglegen konnte, obwohl ich keinerlei Gefühle für meine Mutter hegte.

Er musste es nicht wissen, aber ...

»Wie glaubst du, dass wir Halbgötter entstehen?«

Meine Frage überrumpelte ihn merklich. »Ich dachte ... Nun ja ...« Er rieb sich mit einer Hand verlegen über den Nacken. »In meiner Naivität dachte ich an den gewöhnlichen Akt.«

Ich nickte zustimmend. »Nein. Da liegst du vollkommen richtig. Es geschieht auf die herkömmliche Weise, allerdings sind Götter keine Menschen und körperlich nicht mit ihnen vereinbar. Du weißt doch selbst, wie spektakulär manche Geburten von Göttern waren. Sie verkörpern keine Naturgewalten. Sie *sind* Naturgewalten. Ihre Existenz mit der von Menschen zu vergleichen grenzt an Blasphemie.« Ich trat näher an ihn heran und zog dabei den Dolch aus meinem Strumpfband. Der Griff stellte ein aufgerissenes Löwenmaul dar und endete in einem Knauf, der geformt war wie eine Blüte. »Es gibt nur eine Möglichkeit, damit so eine Kreatur Nachkommen zeugen kann: Ein Gott oder eine Göttin nimmt für eine kurze Zeit eine menschliche Form an, um entweder eine Frau zu schwängern oder ein Kind auszutragen. Danach lassen sie den Körper, den sie nicht mehr benötigen, zurück und daraus wird eine Reliquie. Das hier ist ein Stück meiner Geburtsmutter«, beendete ich meine Erklärung. »Ein Überbleibsel ihrer göttlichen Essenz, welches außerhalb ihres Landes existieren kann.«

Ich enthielt Deacon die Information, dass ich mit dem Dolch besser Magie wirken konnte, vor. Je weniger er wusste, desto besser war es. Außerdem wollte ich ohnehin keine ernst zu nehmende Magie wirken. Der Vorfall mit dem Lord, der mich wegen einer Nacht bereits für seinen Besitz hielt, bildete nach wie vor die Ausnahme.

Allerdings gehörte Deacons Neugier zu ihm wie das Athame zu mir. »Und was passiert, wenn du den Dolch verlierst?«, bohrte er wissbegierig nach.

»Ich werde ihn nicht verlieren. Niemals.«

Nie *wieder.*

»Was wenn man ihn dir entwenden würde?«

Ich zuckte mit den Schultern. »Dann würde der Dieb nicht mehr lange leben. Aber ja, ich denke, man kann gut ohne die Reliquie leben«, beantwortete ich Deacons unausgesprochene Frage. »Man gewöhnt sich daran, so wie man sich daran gewöhnt, einen Arm oder ein Bein verloren zu haben.«

»Bist du dir ganz sicher, dass jeder Halbgott so einen Gegenstand besitzt? Was, wenn er zerstört wurde oder –«

»Hören Sie mir einmal gut zu, *Professor Haworth*«, fuhr ich ihm schneidend dazwischen. »Ich wurde als Halbgöttin geboren. Ich wurde von Monstern und anderen Göttern großgezogen. Ich weiß, wer und was ich bin. Ich würde mal behaupten, dass ich wohl am besten damit vertraut bin.«

Deacons goldene Augen blitzten gefährlich auf. Ich erwartete, dass er mich für meine aufmüpfige Art anschrie. Wenn ich ehrlich war, würde ich ihn sogar verstehen. Ich war nun einmal aufbrausend und laut, *verletzend*. Doch dann senkte er lediglich den Kopf und sagte: »Entschuldige. Das war unangebracht.«

Ich schnaubte laut.

Langsam näherte ich mich Deacon, ein Finger auf dem Messer. *Macht.*

»Niemand weiß, was die Verwendung von Reliquien langfristig mit Menschen macht, die keinen Tropfen göttlichen Blutes in sich tragen«, sagte ich und versuchte auf diese Art die Stimme der Magie in den Hintergrund zu drängen. »Ich will nicht, dass du mein Athame benutzt. Nicht einmal in einem Notfall.«

Deacon nickte grimmig. »Durchtrenne den Faden.«

Macht. Macht. Macht.

Normalerweise ignorierte ich das Flüstern der Magie, aber an dem heutigen Abend schenkte ich ihm viel mehr Aufmerksamkeit als sonst.

Ein wirklich dummer Fehler, für den ich schon bald bezahlen durfte: Ich bemerkte den Elefanten erst, als er mit dem Rüssel zum Schlag ausholte und ich für einen endlosen Moment in seine leblosen Augen blickte.

Mein Athame schwebte nur einen Fingerbreit vor dem unsichtbaren Faden zwischen Deacons Fingern, als ich mir eingestand, dass ich auf ganzer Linie versagt hatte.

Erneut.

Während ich die Muskeln anspannte, damit der Hieb der Kreatur nicht zu sehr schmerzen würde, griff Deacon blitzschnell nach etwas und riss eine Hand nach oben.

Platsch. Blut tropfte dickflüssig auf meine Wange.

Anfangs konnte ich mir nicht erklären, warum plötzlich Deacons Gehstock im Auge des Tieres steckte. Wie war das denn passiert?

»Der Faden ... er ist noch um das Messer gewickelt.« Deacon war kaum außer Atem, als er den Stock aus dem Augensockel zog. Seine andere Hand hatte er seltsam in die Luft gestreckt, als würde er mit den Fingern an einzelnen Fäden ziehen. »Schnell, Euryale!«

Mein Name aus seinem Mund rüttelte mich aus der Schockstarre. Mit aller Kraft zog ich mein Messer nach hinten, bis der unsichtbare Widerstand verschwunden war.

Der schwere Körper des Elefanten kippte im selben Augenblick leblos zur Seite und begrub mehrere Fässer und Kisten unter sich.

»Ich habe in meiner Jugend sehr viel gefochten«, sagte Deacon, als würde das das Geschehene in irgendeiner Weise erklären.

»Schön für Sie, Lord Haworth«, sagte ich in der zuckersüßesten Stimme. »Sie scheinen in bester körperlicher Verfassung zu sein.«

Ich entriss ihm seinen Gehstock und wischte das Blut des Elefanten mit meinem Kleid vom Holz. Mein Nachtgewand war durch all den Schmutz und die Löcher ohnehin nicht mehr zu gebrauchen. »Hier.«

»Danke ... Schön?«

Eine Zeit lang standen Deacon und ich uns schweigend gegenüber.

»Ich warte nach wie vor auf deine Geschichte«, ließ ich ihn wissen und wippte mit dem Oberkörper vor und zurück. »Willst du mir nicht erklären, was gerade geschehen ist?«

Er überlegte nicht lange: »Ein französischer Wissenschaftler hat eine Substanz nachgewiesen, welche der menschliche Körper in Notsituationen freisetzt.«

»Eine wirklich schöne Lehrstunde, Professor Haworth. Es

ist äußerst klug, einer Furie nicht direkt ins Gesicht zu lügen. Schließlich neigen wir dazu, ziemlich nachtragend zu agieren. Zum Beispiel würde ich dir im Gegenzug für eine Schwindelei das attraktive Antlitz von den Gesichtsknochen schälen.«

Auf meine Drohung hin schluckte Deacon schwer. Bis sich seine Oberlippe leicht kräuselte und ich erstarrte. »Du findest mich also attraktiv?«

»Ernsthaft, Deacon?«

»Du hast doch damit angefangen.«

Ich fuhr mir mit beiden Händen übers Gesicht. Hatte ich das wirklich gesagt? Bei den Göttern! Konnte mich bitte einer von Zeus' Blitzen auf der Stelle erschlagen?

Die Schmach war nicht zu ertragen!

Gerade, als ich mich elegant wie eine Schlange aus der Sache winden wollte, hörte ich es. Ein nicht-menschliches Knurren drang an meine Ohren: *Hilf mir.*

Der Hilferuf verstummte nicht in den nächsten Sekunden, stattdessen wurde er nur noch flehentlicher: *Hilf mir. Bitte. Hilf mir.*

»Wir reden später«, informierte ich Deacon knapp, ehe ich der leisen Stimme folgte.

»Wohin gehst du?«, rief er mir nach.

Das wusste ich nicht einmal selbst.

17. Kapitel

DIE HELDIN WIRD ENTTARNT

Ich folgte dem leisen Hilferuf durch die engen Gassen, die die Käfige und Wägen bildeten. Stroh und Fäkalien lagen überall herum, aber ich ignorierte den Schmutz – und so gut es ging auch das Elend, das von allen Seiten widerhallte.

Je weiter ich vordrang, desto mehr wuchs meine Abscheu gegenüber der Menschheit. Ich hatte schon vieles gesehen und leider auch einiges am eigenen Leib erlebt, aber das, was sie hier Tieren antaten, die eigentlich in die Wildnis gehörten, schlug dem Fass den Boden aus. Ich hatte es vorhin auf den vermeintlichen Riss der Unterwelt geschoben, aber die dunkle Aura, die diesen Ort umgab, stammte von all den gefangenen Tieren.

Hier. Hier bin ich ...

Die Stimme war sehr schwach, als ich vor einem weiteren Käfig zum Stehen kam. Wie die anderen besaß er Räder, damit sie den Gefangenen leicht transportieren konnten. Deacon hatte erwähnt, dass es sich um einen Wanderzirkus handelte und dies ließ mich vermuten, dass sie durch das ganze Land zogen.

Ich näherte mich den Eisenstäben und linste ins Innere.

In einer Ecke vergammelte Fleisch. Meine Augen schweif-

173

ten über den zerkratzten Boden des Käfigs, bis ich in der Dunkelheit eine zusammengekauerte Gestalt ausmachen konnte. Träge hob diese den Kopf. Gelbe Augen starrten mich direkt an.

»Bei den Göttern, nein«, wimmerte ich und schlug mir die Hände vor dem Mund zusammen. »Hat es jemanden wie dich auch erwischt?«

Hinter den Gitterstäben kauerte eine Löwin. Ihr Fell hatte jeglichen Glanz verloren und darunter zeichneten sich ihre Rippen ab. Das einst so starke Tier hatte in der Gefangenschaft all seine Kraft und Lebensmut einbüßen müssen. Alles, bis auf die Flamme, die ihre klugen Augen erhellte.

»Hallo. Mein Name ist Euryale«, stellte ich mich der Löwin vor und streckte meine Hand durch das Gitter.

Die Löwin trabte langsam näher. Mit letzter Kraft schmiegte sie ihre Schnauze in meine Handfläche.

Hinter meinem Rücken hörte ich jemanden scharf einatmen, aber ich ignorierte es. Meine ganze Aufmerksamkeit galt der hilflosen Kreatur vor mir. Ich schloss die Augen und ließ etwas von meiner Magie auf sie wirken. Ich beanspruchte nur so viel von meiner Macht, dass sie sich besser fühlte.

Sofort fing sie an zu schnurren. Ihre raue Zunge leckte über die Innenfläche meiner Hände und ich musste laut lachen. Es fühlte sich nicht gut an, eher das Gegenteil, weil ich befürchtete, sie würde mir die Haut vom Fleisch lecken, aber dieser Funken Lebenswillen machte mich glücklich.

»Alles ist gut. Ich bin bei dir«, sagte ich und schenkte ihr ein aufmunterndes Lächeln. »Du hast um Hilfe gebeten und wir mit göttlichem Blut erhören eure Rufe.«

Mein Blick glitt über die Stäbe. Sie waren zu dick, um sie mit meinem Dolch oder Schwert zu zerstören. Ich war auch nicht so stark wie Herakles, dass ich sie mit bloßen Händen verbiegen konnte.

»Kannst du mir vielleicht verraten, wie ich dir hier raushelfen kann?«, fragte ich das Tier.

Vor meinen Augen tauchte ein Bild auf: Der betrunkene Mann von vorhin besaß die Schlüssel für die ganzen Käfige – und eine Peitsche, wenn sich jemand von den Gefangenen gegen ihn wehrte.

Verdammt! Ich biss die Zähne aufeinander.

Wahrscheinlich suchte er gerade in einem zwielichtigen Pub oder billigem Bordell Zuflucht. Die Leute würden ihm die Geschichte mit einem toten Elefanten und einer jungen Lady in schickem Nachtkleid und Korsett, bewaffnet mit einem Schwert, aufgrund seines Alkoholatems sicher nicht glauben. Ansonsten wäre sicher schon ein Mob aufgetaucht, um mich für mein unzüchtiges Verhalten an einen Pfahl zu binden und ein Feuer zu entfachen.

Aber es könnte bis zum Morgen dauern, bis ich den Mann fand. Hier gab es mehr Spelunken, als Tempel in Griechenland. Ein schneller Blick in den Himmel bestätigte meine Vermutung: Die Nacht war fast vorüber und damit endete auch der Schutz der Dunkelheit. Schon bald würden die Arbeiter ihre Häuser in der Nähe verlassen, um ihren Tätigkeiten nachzugehen. So gerne ich auch erhobenen Hauptes und dem Herzen voller Zorn mit all diesen Tieren durch die Straßen gezogen wäre, mir war klar, dass wir in der Unterzahl waren. Mir waren die Hände gebunden.

Zumindest vorerst.

»Ich komme bald zurück«, versprach ich der Löwin. »Heute Abend. Ich werde dich befreien. Ich werde euch alle befreien.«

Danke schön.

Ich kam auf die Beine, drehte mich um – und stand prompt Deacon gegenüber. Seine Anwesenheit hatte ich ganz kurz vergessen.

»Du kannst also mit Tieren reden?«, fragte er erstaunt.

»Jeder kann mit Tieren reden. Nur hören sie meistens nicht auf Menschen – und sind erst recht nicht gewillt, mit ihnen auf Augenhöhe zu kommunizieren.«

»Interessant.« Er nickte langsam. »Ich dachte schon, es läge daran, dass Circe deine Mutter ist.«

Überrumpelt wich ich einen Schritt zurück. Dabei rieselten verräterische weiße Blütenblätter von meiner Kleidung herunter.

Mein Herz setzte einen Schlag aus, als die letzte schneeweiße Blüte auf den dreckigen Boden segelte und Deacon meine wahre Natur in allen Facetten bewies: Euryale war niemand anderes als die Tochter der Zauberin Circe.

Es war mir nicht möglich, direkt in seine Augen zu blicken, als ich meine Stimme wiederfand: »Da liegen Sie wohl richtig, Professor Haworth.«

»Ab und zu habe ich weiße Blumenblätter genau da gefunden, wo du standest«, erzählte Deacon mir unaufgefordert. Ich wollte ihn nicht ansehen, aber er hatte sich hingekniet und sammelte die am Boden liegenden Blüten ein, als wären sie kostbare Münzen. Eine nach der anderen. »Ich konnte sie keiner Blumenart zuordnen und da wurde mir klar, dass es sich um Moly handeln muss. Die Blume, die Odysseus benutzt hat, um sich vor Circes Einfluss zu schützen. Man sagt, dass kein Mensch sie pflücken kann. Wenig verwunderlich, wenn sie aus purer Magie besteht.«

Ich versuchte den Kopf zu heben und Deacon von oben herab anzusehen. Schließlich war ich die Tochter einer Göttin, die nicht gerade für ihre Freundlichkeit bekannt war. Nein, meine Mutter wurde gefürchtet.

Ich war mir bewusst, dass ich genauso war wie sie. Dass ich aufbrausend wurde, wenn sich mir jemand in den Weg stellte und am liebsten alles und jeden in Schweine verwandelte, um sie Löwen oder Wölfen zum Fraß vorzuwerfen.

»Du siehst ihr so ähnlich«, hauchte Deacon, als er mir in die Augen sah. Seine Hand war noch fest um die Blumen geschlossen.

Mein Gesicht verzog sich zu einer Grimasse.

Es war ein Fortschritt, dass Deacon endlich erkannte, dass ich nicht wie er war. Schließlich endete es nie gut zwischen Sterblichen und Unsterblichen.

Nur warum tat mein Herz bei diesem Gedanken so weh? Warum zitterte meine Unterlippe? Warum entschlüpfte mir ein verräterisches Schluchzen?

Wenn Deacon in der Nähe war, dann fühlte ich mich so schrecklich menschlich, dass es schmerzte. Ich wollte das nicht und es sollte aufhören.

»Ich muss gehen.«

Gerade als ich in den Schatten entschwinden wollte, packte mich Deacon am Handgelenk.

»Nicht«, hauchte ich heiser. Mein Gesicht war bereits der Dunkelheit zugeneigt, in die ich mich retten wollte.

Deacons Stimme war sanft und sein Griff fest, aber er setzte nicht all seine Kraft ein. »Ich habe etwas Falsches gesagt, oder täusche ich mich?«

»Du hast nur das Offensichtliche ausgesprochen«, zischte ich. »Du hast nur die Wahrheit gesagt. Was soll daran falsch sein?«

Deacon schwieg, doch sein Griff lockerte sich nicht.

Die Wahrheit war: Ich wollte nicht, dass man meine Mutter in mir sah. Ich wollte nicht, dass Deacon mich für sie hielt.

Ich war ich.

Euryale.

Oder etwa nicht?

Mein Leben gehörte doch nicht einmal mir.

Meine Mutter hatte mich zur Welt gebracht und kurz darauf das Interesse an ihrer sterblichen Spielfigur verloren. Ohne meine zwei Ziehmütter hätte ich wahrscheinlich nicht einmal mein erstes Lebensjahr überstanden. Doch die beiden brachten es nicht übers Herz, erneut eine Sterbliche zu verlieren.

Sie meinten es sicher nur gut, als sie mich zu den Menschen brachten, doch ich war nun einmal kein Mensch. Ich war zu stark. Ich war zu schnell. Aufmüpfig. Streitsüchtig. *Bezirzend.*

Eine Halbgöttin, die weder zu den Menschen noch zu den Göttern und Monstern gehörte.

Eine Zeit lang streifte ich allein und ziellos umher, bis ich meiner Herrin und ihren Furien in die Arme gelaufen war. Auf einmal gab es eine Möglichkeit zu zeigen, dass ich nicht wie die Zauberin Circe war.

Und ich stellte meine Bestimmung als Furie infrage für was genau? Für flüchtige Berührungen von einem Menschen, der nicht einmal die Handschuhe ablegte? Für jemanden, der Geheimnisse vor mir hatte und mir nicht einmal seine Haut zeigte?

Ich wollte mich gerade von ihm losreißen, als er mich von sich aus losließ. Doch statt der kalten Dunkelheit, umfing mich Wärme.

Körperwärme.

Deacons Hände lösten sich von meinem Rücken und wanderten über meinem Hals hoch zu meiner Wange, wo er sie ruhen ließ. In seinen goldenen Augen lag solch ein liebevoller Ausdruck, der mich sprachlos machte.

»Geht es dir wieder besser?«, fragte er und ich nickte mechanisch.

»Ich ... Wieso ...«

»Ich würde mal sagen, dass auch Furien manchmal mit einer Situation überfordert sind. Du darfst auch mal Schwäche zeigen, Euryale.«

Ich schüttelte den Kopf. »Nein. Das darf ich nun mal nicht. Das könnte mich im besten Fall nur den Kopf kosten.«

In meiner Welt voller Götter und Monster existierten nun einmal viel schlimmere Schicksale als ein gnädiger Tod. Der ganze Tartaros war voll mit Seelen, die für immer gepeinigt werden würden.

»Wenn du bei mir bist, *darfst* du Schwäche zeigen«, sagte Deacon und strich mir mit den Fingern eine Strähne aus dem Gesicht. »Wir sind doch Partner. Ich gebe auf dich acht.«

Ich sah mich selbst in Deacons Pupillen gespiegelt: die Haare zerzaust, mein Kleid zerfleddert und meine Haut stellenweise mit Blut verschmiert.

Jeder andere Mann hätte schon längst die Flucht ergriffen – entweder aus Angst oder Abscheu – aber Deacon nicht.

Er sah *mich*.

Bevor er nur einmal blinzeln konnte, warf ich mich mit der Kraft einer Furie gegen ihn. Ein erstaunter Laut kam über seine Lippen, aber er stieß mich nicht von sich. Stattdessen schloss er mich wortlos erneut in seine Arme.

Ich sog all seine Wärme und seinen Geruch in den wenigen Augenblicken ein, die ich an ihn geschmiegt verbrachte. Meine Arme wanderten seinen Rücken hoch, über seine Schultern, bevor ich mich Halt suchend an seiner Weste festkrallte, damit ich mein Gesicht eng an seinen Hals schmiegen konnte.

Da war wieder dieses Gefühl in meiner Brust, als würden unsere Herzen in ein und demselben Rhythmus pulsieren.

Was war nur in mich gefahren?

Ich stieß mich von ihm weg.

»Ich ... « Ich hob eine Hand und ließ sie sofort wieder sinken. Ich schüttelte den Kopf in der Hoffnung, dass sich meine wirren Gedanken sortieren würden. Doch ich brachte nur einzelne Worte zusammen: »Ich ... Das ... Entschuldige.«

Deacons Hand streifte meinen Arm. Diese kleine Berührung brachte mein Herz zum Rasen. »Da gibt es nichts zu entschuldigen.«

»Ich ... Ich gehe nun nach Hause. Die Nacht war lang.« Ungewohnt ungelenk knickste ich vor Deacon. »Ich wünsche Ihnen eine geruhsame Nacht, Lord Haworth.«

»Es ist kalt«, warf er ein. Ich wusste sofort, worauf er hinauswollte.

»Eine sehr interessante Hypothese, Professor. Sind Sie sich sicher?«

Er verdrehte die Augen über meinen triefenden Sarkasmus. »*Mir* ist kalt. Ich bin mir sicher, dass dir auch kalt ist. Lass mich dich bitte nach Hause fahren.«

»Du höchstpersönlich oder dein Kutscher?«

»Nun. Ich würde dich liebend gerne selbst nach Hause fahren, allerdings war ich schon immer ein miserabler Reiter.«

»Hast du keine Angst, dass er herumerzählt, mit welchen seltsamen Frauen du verkehrst?«

»Ich habe sogar sehr viel Angst davor, dass er verrät, dass ich einer Furie helfe. Rachegöttinnen haben nicht die höchste Stellung in unserer Gesellschaft.« Kurz darauf wurde er wieder ernst. »Er wird nichts sagen. In dieser Stadt ist so gut wie jeder käuflich. Darf ich eine Furcht einflößende Furie nach Hause begleiten?«, fragte Deacon mich.

»Ausnahmsweise.«

Seine goldenen Augen funkelten.

Er bot mir seinen Arm an und ich kam der Einladung nach. Mir war nach wie vor kalt und den genauen Rückweg kannte ich schließlich auch nicht.

»Du nicht«, sagte ich und spielte auf unser letztes Treffen an. »Du bist nicht käuflich.«

»Ich hatte das Glück, in ein sehr privilegiertes Leben geboren worden zu sein.«

»Es ist sehr selten, dass ein junger Lord eine Professur anstrebt.«

Er nickte. »Sehr selten«, pflichtete er mir bei. »Eigentlich sollte ich mich um eine passende Ehefrau und dann schnellstmöglich um einen Erben kümmern, statt all meine Zeit und Kraft in die Suche nach den perfekten Zeitschriften für meine Publikationen zu stecken.«

»Wie. Schön«, presste ich mit zusammengebissenen Zähnen hervor.

»Es gibt weniges, das ich wirklich von Herzen begehre.«

»Aber es gibt Sachen, die du willst.«

Ein zögerndes Nicken. »Selbstverständlich.«

Zwischen uns lagen so viele unausgesprochene Dinge. Bei jedem unserer Treffen wurden es mehr.

Heute Nacht hätte ich beinahe meinem Verlangen nach Deacon nachgegeben, weil ich es für meine letzte Nacht als Mensch gehalten hatte.

Zeit war grausam: Man meinte immer, dass man noch reichlich davon hatte, bis man merkte, wie verschwenderisch man mit ihr umgegangen war.

Deacon schlüpfte aus seinem Mantel und legte ihn mir um die Schultern. Offenbar hatte er mein Zittern falsch gedeutet.

»Danke ... schön«, kam es mir zögerlich über die Lippen. Ich zog den Stoff enger um mich.

Kurz darauf tauchte bereits die Kutsche auf.

Ich mochte mir gar nicht vorstellen, welches Bild wir für Außenstehende abgaben: Meine Haare waren wild zerzaust. Schweiß trocknete auf meiner erhitzten Haut. Göttliches Blut hin oder her, das schützte mich auch nicht vor roten Flecken auf meinem Dekolleté oder am Hals.

Ich knurrte den Kutscher bedrohlich an.

Deacons Hand lag an meiner Hüfte. »Ein Pfund mehr, wenn du nie ein Wort über diese Nacht verlierst.«

Seine Augen hafteten an mir. Etwas Angst war darin zu erkennen. Sehr gut. Angst war das beste Mittel, um jemanden zum Schweigen zu bringen.

»Sehr wohl, Lord Haworth«, nickte der Kutscher artig.

»Dann bringen Sie uns bitte zum Stadthaus der Familie Smythe.«

Wenn Deacon schon den englischen Gentleman spielte, ließ ich mir von ihm gleich in die Kutsche helfen.

Kaum hatten wir uns in Bewegung gesetzt, merkte ich, dass die Ereignisse der letzten Stunden an mir gezehrt hatten. Meine Lider wurden so bleischwer, dass Deacons Gestalt vor mir zu einem dunklen Fleck verschwamm.

»Ich will dich nur wissen lassen, dass ich nicht müde bin«, sagte ich und gähnte laut. »Wir Furien befinden uns stets in Alarmbereitschaft.«

»Schlaf, *agápi mou*. Ich wecke dich, wenn wir da sind.«

Und dann dämmerte ich in meinen Albtraum hinein.

18. Kapitel

DIE HELDIN WIRD MIT IHRER VERGANGENHEIT KONFRONTIERT

Obwohl ich genau wusste, dass ich in Morpheus' Reich der Träume verweilte, gelang es mir trotz aller Mühe nicht, aufzuwachen. Die Szenerie vor mir blieb unverändert: Viel zu bekannte nackte Steinwände, die das Haus im warmen Klima kühl hielten. Es roch nach Stroh und Lehm, was ich auf ein frisches Loch im Dach zurückführte. In einer Ecke stand ein alter Herd mit abgenutzten Töpfen und Pfannen und davor ein karger Holztisch mit zwei Tellern und Stühlen. Durch die kleinen Fenster fiel kaum Licht in das Innere. Nur eine fast vollständig abgebrannte Kerze kämpfte gegen die Dunkelheit.

Einmal hatte sich das hier ähnlich luxuriös angefühlt wie Deacons prächtiges Stadthaus, aber diese Zeit war lange vorbei.

Jetzt war ich gefangen in meiner persönlichen Hölle.

War das hier eine Falle? Hielt mich der Herr des Schlafens, Hypnos, höchstpersönlich gefangen?

Nein. Das konnte nicht sein. Ich befand mich schließlich nicht in Griechenland und somit außerhalb seines Einflussgebietes. Ich war mir zudem ziemlich sicher, dass ich *diesen* Gott noch nie verärgert hatte.

Plötzlich huschte ein Schatten draußen an den Fenstern vorbei und ich wich einen Schritt zurück. Prompt stieß ich mit jemandem zusammen. Warmer Atem strich über meinen Hals.

Ich drehte mich mit gezücktem Dolch um – und erstarrte zu Eis. Das Athame glitt mir aus der Hand und fiel zu Boden.

Hector.

Hector stand vor mir.

Er sah noch genauso aus, wie ich ihn in Erinnerung hatte: Gebräunte Haut, dunkle Locken und schlammgrüne Augen.

Er war genauso groß wie ich und für sein junges Alter kräftig gebaut. Sein ganzes Leben hatte er auf einem Fischerboot verbracht und deshalb sah er mit siebzehn schon aus wie jemand in seinen frühen Zwanzigern.

Er trug eine traditionelle griechische Foustanélla und über einem weißen Leinenhemd eine mit Blumen bestickte Fermeli, welche schon seit Jahren in seiner Familie weitergereicht wurde.

Er sah genauso aus wie vor fünf Jahren, als ich ihn das letzte Mal gesehen hatte – und ich hatte ihn nicht mehr gesehen, seit er wegen mir gestorben war.

»Bist du aus dem Hades entstiegen, um dich an mir zu rächen?«, fragte ich den Jungen, den ich einst geliebt hatte. Meine Zunge klebte am Gaumen. »Sta-stammst du auch aus dem Riss? Kann ich deshalb nicht aufwachen?«

Er schenkte mir ein breites Lächeln. Es begann in meinem Nacken kalt zu prickeln. Früher hatte ich es für ein Zeichen seiner Zuneigung gehalten, aber jetzt wusste ich, dass er mich verhöhnte. Dabei hatte er mich als sein Eigentum betrachtet.

Hector legte eine Hand an meine Wange. Ich war so perplex, dass ein Toter sich so warm und lebendig anfühlte, dass ich vorerst nicht reagierte. »Du sagst so seltsame Dinge, Euryale. Wenn wir einmal verheiratet sind, musst du damit aufhören.«

Das war genug.

Blitzschnell griff ich nach meiner Klinge, um Hector ein zweites Mal umzubringen, doch als ich nach oben schnellte, steckte meine Hand auf einmal zwischen zwei Gitterstäben.

Ich ließ einen wilden Schrei los.

»Ich will nicht, dass meine Frau kämpft«, sagte Hector und blickte fast schon mitleidig auf mich herab. Warum war er auf einmal so groß? Oder war ich geschrumpft?

»Ich bin nicht deine Frau«, zischte ich. »Und das würde ich auch niemals werden. Selbst wenn du wieder am Leben wärst.«

Immer und immer wieder ließ ich meine Klinge auf die Stäbe niedersausen, in der Hoffnung, dass ich sie doch irgendwie zerstören konnte. Das hier war schließlich nur ein Traum, was der Tote vor mir deutlich bewies.

Bei den Göttern! Ich konnte ihm nicht einmal ins Gesicht sehen, weil es so viele Gefühle in mir auslöste. Am stärksten war die Wut, die meine Tanten in mir geschürt hatten. Dennoch spürte ich ein paar weniger angenehme Emotionen darunter brodeln.

»Du hast gesagt, dass du mich liebst«, sagte Hector und trat näher. »Hast du mich angelogen?«

»Nein. Ich habe dich geliebt, aber ich habe mich nun einmal geirrt.«

Ein humorloses Lächeln erschien auf meinen Lippen. Irren war menschlich, hm?

»Ja, du bist ein Mensch, Euryale. Du gehörst zu uns. Wir

können ein gemeinsames Leben führen. Ich will dich als meine Frau haben. Du gehörst zu mir.«

Das hatte er stets betont.

Er sagte, dass er mich zu seiner Frau machen wollte. Dass er Kinder von mir wollte. Dass er mit mir zusammen alt werden wollte.

Dass er sich wie Odysseus fühlte, wenn er bei mir war.

Er redete über mich, aber nicht mit mir. Es war ihm egal, was ich wollte. Ihm war egal, dass ich mir nicht vorstellen konnte, Mutter zu werden. Ihm war egal, dass ich mich wie eine Furie fühlte. Er konnte und wollte nicht verstehen, dass ich mich zu meinen Tanten hingezogen fühlte, obwohl sie in den Augen der Welt Monster waren.

Viel zu lange hatte ich in blinder Verliebtheit alles ertragen und mir eingeredet, dass ich für ihn jemand anders sein konnte.

»Ich gehöre niemandem«, giftete ich ihn an. »Nur mir selbst.«

Hector legte die Hände an die Stäbe. Sein Gesicht schwebte einen Arm breit von meinem entfernt. »Du hast einen anderen.«

Ein lautes Knurren drang aus meiner Kehle.

Ich hatte ganz vergessen, wie grundlos eifersüchtig Hector war. Als Tochter der Circe besaß ich ein Talent dafür, Menschen um meinen kleinen Finger zu wickeln, aber ich war Hector stets treu gewesen. Es gab Männer die besser aussahen als er. Männer, die mehr Reichtum besaßen. Doch Hector gab mir das Gefühl, etwas Besonderes zu sein.

Obwohl ich ihm das hundert Mal mit Worten und tausend Mal mit Küssen versicherte, schlug er einmal einen anderen jungen Mann zusammen, nur weil ich mit ihm getanzt hatte.

An jenem Abend hatte ich gemerkt, dass ich Hector nicht kannte. Ich musste erkennen, dass der Mann, mit dem ich seit Monaten das Bett teilte, nur eine Ausgeburt meiner Fantasie war.

Und trotzdem hatte ich ihn nicht verlassen.

Meine unangenehme Lage hatte ich mir wahrlich selbst zuzuschreiben.

»Sag mir seinen Namen«, forderte mich Hector auf. Ungeduld schwang in jeder Silbe mit.

Ich ignorierte ihn und schlug unaufhörlich auf die Gitterstäbe ein. Ich schuldete einem Toten keine Erklärungen!

Doch er gab sich mit meinem Schweigen nicht zufrieden: »Sag mir, was ich tun soll, damit du zu mir zurückkommst.«

Meine Augenbraue wanderte fragend nach oben. Wusste er etwa nicht, dass er tot war? War er zu einem rastlosen Schatten geworden? Das war nicht möglich – der Fluss Lethe verleibte sich diese ein und löschte ihre Existenz für alle Ewigkeit aus. Hector war kein guter Mensch gewesen. Trotzdem waren die Seelen im Tartaros von einem anderen Kaliber und das Elysium hatte jemand wie er ganz sicher nicht verdient. Woher stammte seine Seele?

»Das ist nur ein Traum«, erinnerte ich mich selbst. »Er ist nicht wirklich da. Ich habe diesen dummen Traum nur, weil ich wegen Deacon viel zu oft an Hector denken musste.«

»Was hast du gerade gesagt?« Nun war Hectors Stimme dunkel und kalt. Mit seinem Stimmungswandel wurde der ganze Raum gleich viel düsterer. Das Kerzenlicht erlosch. »Wer. Ist. Er.«

Das war genug.

Ich griff nach Hectors Weste und zog ihn durch die Gitterstäbe an mich heran.

»Deacon hat nichts hiermit zu tun«, schleuderte ich ihm ins Gesicht. »Du bist schon lange tot und selbst wenn nicht, dann würde ich niemals zu dir zurückkommen und du weißt genau warum. Du weißt genau, was du mir angetan hast. Ich werde dir nie verzeihen. Nicht in diesem und nicht im nächsten Leben.«

Dass in Hectors Miene kein Hauch von Reue lag, bestärkte mich nur in meinem Entschluss.

Ich war so dumm gewesen. So dumm und naiv.

Und ich war so verliebt gewesen. So verliebt, dass ich ihm alles verziehen hatte, bis er eines Tages zu weit gegangen war und die unbändige Magie in meinem Inneren entfesselte.

Der Vorfall hatte sich tief in mein Gedächtnis gebrannt und schon die Erinnerung daran fühlte sich an, als würde ich diese Momente erneut durchleben: Als ich an jenem Morgen aufstand, war ich glücklich. Sogar ein Lächeln lag auf meinen weichen Gesichtszügen, als ich mich zur leeren Bettseite drehte und Hectors herben Geruch nach Olivenöl und Rauch einatmete.

Irgendwann schlüpfte ich aus dem Bett, um eine Kleinigkeit zu frühstücken. Ich hätte schon misstrauisch werden müssen, als es viel zu dunkel war. Wir lebten in einem kleinen Häuschen mit zwei Etagen, welches einst Hectors verstorbenen Großeltern gehört hatte. Wie so viele Häuser waren die Fenster winzig, damit es im Inneren schön kühl blieb. Doch selbst in tiefster Nacht hatte ich mich an der Wand entlangtasten müssen, um in die Küche zu gelangen. Die viertletzte Stufe war kürzer als die anderen, weshalb ich beinahe das Gleichgewicht verlor und die restlichen Stufen hinuntersprang.

Ich erinnerte mich noch genau daran, dass ich mit mir selbst spaßte, ob Nyx höchstpersönlich mich besuchte. Doch der Schalk erstarb, als ich merkte, dass alle Fenster verbarrikadiert waren. Ich lief zur Tür, aber auch diese war abgeschlossen.

Sofort griff ich an meine Hüfte, wo ich mein Athame in einem Ledergurt stets mit mir herumführte, doch die Klinge war weg.

Kraftlos sank ich auf die Knie, als mir bewusst wurde, dass Hector vor ein paar Stunden auffällig an dem Gurt herumgespielt hatte, während er mich mit Küssen abgelenkt hatte.

Hector hatte mich eingesperrt.

»Wenn du dich nicht benimmst, sperre ich dich weg.«

Das war doch nur ein Scherz gewesen!

Oder etwa nicht?

Mein Athame war weg.

»Du brauchst das doch nicht. Du tust dir damit nur weh.«

Mit einem lauten Schrei streifte ich den letzten Hauch Menschlichkeit von meinem Körper, während ich mich an den wachsenden Schmerzen labte.

Als Hector nach drei Tagen auf seinem Fischerboot zurückkehrte, erwartete ihn nicht die Frau, die er verlassen hatte, sondern eine rachsüchtige Furie.

Hector war der erste Mann – oder viel mehr Junge, den ich in ein Schwein verwandelte. Ich würde nie die Angst in seinen Augen vergessen können, als er merkte, dass er sich mit einer wahren Halbgöttin angelegt hatte.

Die schmerzhafte Erinnerung an jenen schicksalhaften Tag machte mir bewusst, dass es nur einen einzigen Weg aus meiner Situation gab. Unter Tränen in den Augen setzte ich auch in diesem furchtbaren Albtraum meine Magie in Hunderten von weißen Blüten frei, weil ich genau wusste, was jetzt passieren würde.

Und ja, vielleicht weil ich auch die junge und naive Euryale betrauerte, die an diesem Tag gestorben war.

Ich dachte, dass ich mich besser fühlen würde, wenn ich ihn bestrafte. Stattdessen tat es sogar nach all den Jahren noch verdammt weh.

Der Schmerz war so überwältigend, dass es sich so anfühlte, als würde ich das Bewusstsein verlieren.

Im nächsten Moment fand ich mich in den Armen von Tante Meggy wieder. Sie wiegte mich hin und her, einen ihrer lederartigen Flügel wie eine Decke um mich gewickelt, während sie mit ihrer schrillen Stimme ein altes Kinderlied sang. Es klang wahrlich schauerlich und führte nur dazu, dass ich mich noch unwohler in meiner eigenen Haut fühlte.

Mit zitternden Fingern betastete ich mein Gesicht, das sich seltsam aufgeschwemmt anfühlte. Die Tränen waren trocken und verkrustet, aber der Schmerz in meinem Inneren wuchs mit jeder Sekunde.

»Unser armes Kind«, sagte die ältere Furie und streichelte über meine Haare. »Für Menschen wirst du nie mehr als eine Trophäe sein, du armes Kind.«

Sie klang belustigt über das, was mir passiert war. In ihrer Stimme lag kein Funken Mitleid oder Sorge.

Das war nicht real.

Bald würde ich aufwachen.

Aber es änderte nichts daran, dass es damals genau so geschehen war. Das hier war ein Albtraum und eine Erinnerung.

Ganz nah an meinem Ohr flüsterte Tante Meggy: »Kein Mensch akzeptiert dich so, wie du bist, armes Ding.«

Sie hatte recht. Kein Mensch nahm mich mit all meinen Makeln und Marotten, mit all der Wut und dem Schmerz.

Ich sah goldene Augen vor mir aufblitzen. Der warme Geruch nach Büchern hüllte mich ein und meine Mundwinkel zuckten leicht nach oben.

Deacon.

Ich klammerte mich in diesem Moment an eine Erinnerung von ihm, die gefühlt Äonen zurücklag: unsere erste Begegnung, bei der er ungewöhnlich forsch aufgetreten war und immer wieder das Gespräch gesucht hatte.

»Ich würde mich nur zu gerne mit ihr unterhalten«, hatte er nach seinem letzten Fehlversuch, mich in meiner Muttersprache anzusprechen, auf Englisch gewispert und mir war schlussendlich der Kragen geplatzt: »Vielleicht will *sie* sich nicht mit Ihnen unterhalten, Lord Harschorth.«

»Der Name lautet Haworth«, musste er mich gleich verbessern, bis er merkte, dass ich ihn gerade beleidigt hatte. Wohlgemerkt auf Englisch und mit einem Wort, das feine Damen der Gesellschaft nicht einmal denken sollten.

Sein belämmerter Gesichtsausdruck von damals brachte mich selbst im Traum zum Prusten. Wahrlich: Bei Lord Deacon Haworth handelte es sich um einen Idioten.

Der Schmerz ließ nach. Meine angespannten Glieder wurden weicher.

Deacon.

Deacon umarmte eine Furie ohne Furcht.

Megaira lag im Unrecht: Er akzeptierte mich so, wie ich war.

»Deacon«, wimmerte ich leise. »Wo ist Deacon?«

»Deacon?«, wiederholte Meggy. »Wer soll das sein?«

Bevor ich ihr antworten konnte, wurden wir unterbrochen.

»Das Essen ist angerichtet!«, verkündete meine Tante Tisiphone lautstark.

Ich wollte liegen bleiben, aber Tante Meggy hob mich hoch und setzte mich an den Tisch, der nichts anderes war als ein großer, flacher Stein. Zwischen den Spalten hatten sich Spinnen mit ihren Eiern eingenistet und eine Hornotter lag zusammengerollt in einer Kuhle und schlief.

Ich hob den Kopf – ein großer Fehler.

Das Spanferkel auf der Tischplatte blickte mich anklagend an.

»Nein. Nein!« Ich sprang auf. »Ich dachte, ihr wollt mir helfen!«, schrie ich die drei an.

»Das haben wir doch«, meinte Alecto mit kalter Stimme. Sie legte eine Hand auf meine Schulter und drückte mich gewaltvoll auf den Boden. Sie schob mir Fleisch zu. »Und jetzt iss. Du musst bei Kräften sein, wenn wir mit dem Prozedere beginnen.«

»Ich ...« Galle stieg in meiner Kehle hoch. »Ich kann nicht.«

Alectos vor Wut verzerrtes Gesicht tauchte direkt vor mir auf. »Du wirst.«

Sie hielt mein Gesicht mit Daumen und Zeigefinger fest, während Megaira und Tisiphone ihr Fleisch reichten. Das Gekreische der drei Furien wurde von den Steinwänden der Höhle zurückgeworfen.

Dann erstarb das Gelächter.

Als ich mich umblickte, war ich ganz allein. Das Einzige, was mir geblieben war, war meine vertraute Wut. Ich wickelte sie wie einen Pelz um meinen schmerzenden Körper, ließ mich von der Dunkelheit wärmen.

Gerade, als ich in die Finsternis stampfen wollte, fand ich etwas in meiner Wut, was ich meinte, schon vor Jahren verloren zu haben. Dort versteckt lag ein gebrochenes Herz, welches kaum noch schlagen wollte. Es mühte sich so ab.

»Armes Ding«, sagte ich abschätzig und bereute meine Worte zugleich zutiefst.

Die Wut verflüchtigte sich, als ich mich zu dem hell leuchtenden Herzen hinunterbeugte, um es näher zu betrachten. Ein rotes Band reichte aus dem Organ und reichte in die Dunkelheit. *Was, wenn ich dem Faden folgte? Wohin würde er mich führen?*

Mit einem Keuchen schreckte ich aus dem Schlaf hoch.

»Euryale!« Deacon kniete vor mir. »Endlich bist du wach«, sagte er und wirkte erleichtert.

Jetzt erst bemerkte ich, dass er eine Hand an meine Wange gelegt hatte. Sein Daumen bewegte sich in Halbkreisen über meine Haut. Aus reinem Reflex legte ich meine Hand auf seine.

Mehrere Augenblicke lang betrachtete ich ihn stumm, während mein Geist den Traum verarbeitete. Das alles war nur ein Traum gewesen!

Ich befand mich immer noch in einer Kutsche auf dem Weg zu Callistos Anwesen.

Sein Name war nur ein Hauch auf meinen Lippen. »Deacon.«

»Geht es dir gut?«, fragte er mich besorgt.

»Wie ... Wie lange habe ich geschlafen?«

Es fühlte sich so an, als hätte der Albtraum Tage gedauert. Ich senkte den Arm, hielt Deacons Hand dabei weiter fest.

»Nur etwa eine halbe Stunde«, antwortete er mir. »Ich wollte dich eigentlich nicht wecken, aber du hast dich im Schlaf so gequält. Hast du schlecht geträumt?«

Bei den Göttern. Ich fühlte mich wie ein Schatten meiner selbst.

Hector. Meine Tanten. Das Herz.

Die Erinnerungen wirbelten zwar nur in meinem Kopf herum, aber es fühlte sich so an, als hätten sie sich in der Realität manifestiert. Es fühlte sich so an, als würden Tausende von Schlangen sich um meinen Körper winden.

Mir war übel. Mein Herz hämmerte immer noch so laut in meiner Brust, dass ich das Blut in meinen Ohren rauschen hörte.

Ich entzog Deacon meine Hand.

»Mir geht es hervorragend«, log ich, während ich versuchte, all die verdrängten Erinnerungen beiseitezuschieben. »Kutschen sind nur furchtbar unbequem zum Schlafen.«

Deacon zog die Brauen misstrauisch zusammen. Zeit für weitere Fragen blieben ihm ohnehin nicht, da die Kutsche zum Stillstand kam.

Dieses Mal war ich froh darüber, dass Deacon wie ein Gentleman die Tür öffnete und mir beim Aussteigen half. Die Welt schwankte vor meinen Augen, doch wenn ich Glück hatte, schaffte ich es noch ins Innere, ehe mein Körper seinen Dienst versagte.

Um bei Bewusstsein zu bleiben, fixierte ich Deacons Lippen – die sich bewegten. »Was?«

»Ich hoffe, dass wir das bald wiederholen.«

Heute war ich nicht mehr in der Lage zu erkennen, ob Spott oder Hohn in seinen Worten lagen.

Es entging mir nicht, dass Deacon sich nicht abwendete.

Er wollte nicht gehen – und ich wollte ihn nicht gehen lassen.

Bleib. Bleib. Bleib.

In dem Moment, als sich seine Lippen teilten und ich schon hören konnte, wie er mich fragte, ob er bleiben sollte, nickte ich rasch zum Abschied und flüchtete ins Innere des Herrenhauses.

19. Kapitel

DER HELDIN GEHT ES NICHT GUT

Kein einziger Dienstbote begrüßte mich, als ich in blutiger Kleidung durch die Tür schritt. Nicht einmal die alte Haushälterin Mrs Culver, die mit Argusaugen über die anderen – sprich jüngeren – Hausangestellten wachte und ihre Befehle ausschließlich schnaubend oder zischend von sich gab.

Das war gut.

So sah zumindest niemand, wie ich mich mit dem Rücken gegen die geschlossene Tür lehnte und kurz danach weinend davor zusammenbrach. Tränen rannen unkontrolliert über meine Wangen, wuschen das Blut und den Dreck meiner letzten Mission von meiner Haut. Doch aus irgendeinem Grund verstärkten die Tränen das Phantomgefühl von Deacons Händen an meiner Haut.

Fünf Jahre waren seit Hectors grausamen Tod vergangen und ich hatte die Erinnerungen an sein Leben – und vor allem an seinen Tod – tief in mir verschlossen. Sie dienten als Nährboden für meine Wut und Zorn, meine essenzielle Kraftquelle als Furie.

Und nun?

Nun gab es da ein Mann, der schon wieder dieses unerträgliche Sehnen in meinem kaputten Herzen auslöste.

197

Ich schluchzte leise.

Wenn ich Deacon noch mehr in mein Leben ließ, dann wusste ich nicht, ob ich es ertragen konnte, ihn jemals zu verlieren.

Und ich würde ihn verlieren.

Das war unausweichlich, wenn ich zur Furie wurde und dadurch die Fähigkeit zu lieben verlor, denn Liebe war eine Emotion, die den Sterblichen gehörte. Liebe war der schlimmste menschliche Makel.

Götter verspürten Begehren. Auch Eifersucht. Selbst Neid, ja. Aber Liebe? Kein Gott war fähig zu lieben, wie Menschen es taten.

»Wütend zu sein ist einfach«, sagte ich und wischte mir mit den Handballen übers Gesicht. »Aber zu lieben ist schwer.«

Apropos Wut: Wir Furien vergaßen niemals – und es gab noch eine Person in diesem Haus, die meinen Zorn auf sich gezogen hatte.

Wie ein Furcht einflößendes Schreckgespenst stieg ich in meiner zerrissenen und verdreckten Kleidung die Stufen empor. Wenn mich die Hausangestellten in einer solchen Verfassung erblickt hätten, wäre womöglich eine weitere Schauergeschichte entstanden.

Ich stürmte in Callistos Schlafgemach, wo ich einen verwaisten Raum vorfand. Es sah nicht mal so aus, als hätte die Hausherrin heute Nacht in ihrem Bett geschlafen. Schließlich traf ich sie erneut in ihrem Arbeitszimmer an. Statt der Hunderten von Papierzetteln brütete sie heute über einem Buch.

»Ich habe schon Leichen erblickt, die besser aussahen als du«, kommentierte sie spitz, ehe sie sich wieder dem Buch widmete. »Leichen, die tagelang von der griechischen Sonne ausgetrocknet worden sind.« Sie warf einen kurzen Blick auf die Uhr. »Die Angestellten stehen erst in drei Stunden auf. Ich werde sie dann sofort beauftragen, ein Bad für dich einzulassen.«

Ihre Worte befriedigten die Wut in meinem Bauch nicht.

»Ich hasse dich.«

»Warum das denn? Hattest du keine angenehme Nacht?« Als Antwort schubste ich eine Porzellanfigur in einem rosaroten Stoffkleid vom Kaminsims. Die Figur zerschellte in Dutzende kleiner Teile.

Callistos Augen formten sich zu Schlitzen. Eine viel zu harmlose Reaktion, die ich so nicht erwartet hatte. Warum verlor sie die Fassung nicht?

»Das waren Erbstücke von der Familie meines Mannes«, erklärte sie mir. »Ich fand sie schrecklich kitschig. Dennoch würde ich es begrüßen, wenn du die anderen heil lässt.«

»Was dachtest du dir bloß?«, schrie ich Callisto an. »Hast du vollkommen den Verstand verloren?«

»Eine kleine Prüfung, um zu sehen, wie Lord Haworth und du zusammenarbeitet, aber das weißt du bereits.«

Die nächste Figur – ein Mann mit einem Pudel – flog quer durch den Raum.

»Was erlaubst du dir?«, fuhr ich sie an. »Wenn Deacon etwas passiert wäre, dann weiß ich nicht, wie –«

Ich brach ab, als ich mich daran erinnerte, wie er dem Elefanten seinen Stock ins Auge gerammt hatte. Deacon war stark und schnell.

»Ja. Was dann, Euryale?«, fragte mich Callisto.

Ich biss mir auf die Lippe. Allmählich sollte ich mehr nachdenken, bevor ich meinen Mund vor Callisto so weit aufriss. Ich war es nun einmal nicht gewohnt, dass man meinem Klagen wirklich Gehör schenkte.

Mein Schweigen sprach Bände und dennoch bohrte die andere Halbgöttin weiter. »Du bist so vertraut mit ihm. So als würdest du ihn schon sehr lange kennen.«

»Ich habe dir bereits erklärt, dass wir uns öfters unterhalten haben. Für die Londoner Gesellschaft bin ich eine heiratswillige Frau und Deacon ist ein heiratswilliger Mann. Mehr oder weniger. Die abgesagte Heirat hatte sicherlich Auswirkungen auf seine gesellschaftliche Stellung.«

Bei der Erwähnung von Deacons Verlobung blitzten Callistos Augen auf. »So langsam beschleicht mich ebenfalls die Vermutung, dass ich den jungen Lord falsch eingeschätzt habe.«

Von was sprach sie da gerade?

Bevor ich diese Frage an sie richten konnte, stand sie auf. Ich wich überrumpelt einen Schritt nach hinten aus, als sie nach meinem Arm griff.

»Bleib hier.« Mit einem großen Lächeln im Gesicht drückte sie meine Hand. »Dieses Anwesen bietet genug Platz für noch mehr Leute. Mein verstorbener Mann wollte immer, dass es sich mit Leben und lautem Gelächter füllt. Mit Freude und Freunden.« Sie wedelte mit der Hand und ein paar rote Augen blitzten in der Dunkelheit. »Nicht mit Tod und noch mehr Tod.«

Das Blut rauschte in meinen Ohren. »Was willst du damit sagen?«

»Du musst keine Furie werden, Euryale. Du musst kein Monster werden, wenn du es nicht möchtest. Du kannst ein normales Leben führen.«

»Ein normales Leben?«, echote ich.

Callisto nickte. »Ich habe genug Geld. Zu viel, um es in einem oder sogar mehreren Leben auszugeben. Du kannst bei mir bleiben, wenn du willst.«

Eine Stimme, die sich wie ein bekanntes Zischen anhörte, lachte hämisch in meinem Kopf. Das war absurd! Völlig absurd ...

Sie deutete meinen Zwiespalt mit mir selbst als zögerndes Schweigen und erklärte mir: »Du musst dir keine Sorgen machen, dass wir irgendwann dieses Haus hier verlieren. Jeder denkt, dass der Cousin meines Mannes uns alleinstehende Frauen aus Gutwillen hier wohnen lässt und sich nebenbei um die Geschäfte kümmert. Doch ich habe ihn ausbezahlt und er wird auch dich in Ruhe lassen.« Sie grinste. »Er hat zu viel Angst vor uns.«

»Ich kann mir nichts Schöneres vorstellen, als bis an mein Lebensende eine unverheiratete Frau zu spielen.«

Fragend zog Callisto eine Augenbraue hoch. »Deacon würde dich doch heiraten.«

»Deacon heiratet niemanden«, rief ich ihr in Erinnerung.

Sie lachte, was mich verwirrte. »Du ... Das kann nicht dein Ernst sein.« Kopfschüttelnd ging sie zu ihrem Tisch zurück. »Seit dem Besuch bei Lord Haworth habe ich in meinen Tagebüchern ein paar Dinge nachgeschlagen. Er hat seine Verlobung einen Tag nach eurem ersten Treffen gelöst. Ich würde mal sagen, dass das ziemlich eindeutig ist.«

Sie faltete die Hände auf dem Tisch und wartete gespannt auf meine Reaktion.

Ich lachte bellend auf. »Ich habe ihn bei unserer ersten Begegnung Harschorth genannt und ihn für den Rest des Abends ignoriert«, erklärte ich ihr. »Ich kann dir versichern, dass dies nur ein seltsamer Zufall ist.«

Natürlich war das nur ein Zufall. Wer wäre so dämlich und würde seine Verlobung für eine Frau lösen, mit der man nur wenige Worte gewechselt und von der man direkt beleidigt worden war? Eine Frau, die am gleichen Abend noch mit einem anderen Herrn in enger Umarmung entschwunden war?

Deacon würde niemals so impulsiv handeln. Er war ein gebildeter junger Herr. Ein gebildeter junger Herr, welcher sich mit einer Furie abgab und untoten Tieren ein Auge ausstach, wie ich mir in Erinnerung rief.

»Überlege es dir, Euryale«, sagte Callisto mit einer solch sanften und einfühlsamen Stimme, die mein Herz zum Schmerzen brachte. »Sterbliche mögen vielleicht nicht so viel Zeit wie Götter haben, aber dafür ist sie umso kostbarer.«

»Ich«, zischte ich, verlor aber bei Callistos unerwartet freundlichen Gesichtszügen sofort jegliche Schärfe.

Sie meinte das ernst.

All den Ärger, den ich ihr bereitet hatte – und sie wollte, dass ich bei ihr wohnte? In den letzten Monaten erinnerte ich mich an kaum einen Tag, an dem wir uns nicht gestritten hatten – und trotzdem wollte sie, dass ich noch länger hierblieb?

»Natürlich müssen wir uns zunächst um den Riss kümmern«, fuhr Callisto fort. »Aber danach steht es dir frei zu gehen – oder zu bleiben.«

Ich war nur noch fähig, ein Wort zu formen: »Warum?«

»Du bist wohl die unfähigste junge Lady auf dieser ganzen Insel«, schleuderte sie mir schonungslos entgegen, was ich mit einem Knurren quittierte. »Gleichzeitig sehe ich so viel von mir selbst in dir.«

Mein Wortschatz hatte sich immer noch nicht von Callistos plötzlichem Nettsein erholt: »Warum?«

Sie schnaubte, während ihre Mundwinkel nach oben zuckten. »Glaubst du, dass ich jemals gedacht habe, in London zu leben? Ich, eine Tochter der Hekate? Meine Ziehmütter waren die Sterne und meine einzigen Freunde Untote.«

»Befolgen Untote nicht gehorsam all deine Befehle?«

»Ich habe nie behauptet, dass sie gute Freunde waren.« Callisto seufzte. »Was ich eigentlich sagen will, ist, dass du dich nicht schämen musst, wenn du Liebe wählst. Ich weiß, dass die Götter diese Emotion wie eine Krankheit behandeln, aber dem ist nicht so. Du bist nicht schwächer, weil du dich für deine menschliche Seite entscheidest. Glaub mir, du bist sogar stärker.«

Ein zufriedenes Seufzen kam über ihre Lippen, als sie sich mit geschlossenen Augen im Stuhl zurücklehnte und einen großen Schluck Alkohol trank.

Noch nie hatte ich Callisto derart leidenschaftlich erlebt. Ihre sonst so fahlen Wangen waren rot gefärbt – und ganz sicher nicht von dem Brandy, den sie sich gerade einverleibt hatte.

War es Stärke, wenn ich mich entschied, wieder jemanden in mein Leben zu lassen? Bisher hatte ich es wirklich als eine Art Schwäche betrachtet, weil ich wieder in ein altes Verhaltensmuster zurückfiel.

Jetzt bereute ich es, dass ich Deacon nicht gebeten hatte, die restliche Nacht bei mir zu bleiben.

Ich hätte ihn fragen und nicht wie ein Feigling vor meinen eigenen Gefühlen weglaufen sollen.

»Überlege es dir gründlich«, riet Callisto, als sich mein Schweigen ausdehnte. »Denn es wird auch schmerzhaft sein. Das ist die Kehrseite dieses menschlichen Gefühls.«

»Ich gehe ins Bett«, murmelte ich.

»Gut. Nur noch eine Sache, meine Liebe. Ich habe ein paar

Fragen an unseren jungen Lord, wenn ich ihn das nächste Mal sehe. Lass ihn das doch bitte wissen.«

»Was denn?«

Sie tippte mit einem Finger auf ein dünnes Büchlein, welches so aussah, als wäre es schon einige Jahre alt. Die Seiten waren vergilbt und das Leder abgetragen.

»In dem Tagebuch seines Vaters fehlen ein paar Seiten und sie erscheinen mir sehr wichtig.«

»Hast du Deacon etwa bestohlen?«

»Er hat doch gesagt, dass ich mich an der Bibliothek bedienen darf und da wir ohnehin bald eine Familie si–«

Ich knurrte so laut, dass sie ihren Satz nicht beendete.

»Ich will mich einfach mit ihm darüber unterhalten.«

Ich nickte, bevor ich den Weg zu meinen Gemächern antrat. Mein Kopf war so voll mit Gedanken, dass ich mich schrecklich ausgelaugt fühlte, als ich durch die Tür trat.

Ich bemerkte zu spät, dass im Kamin noch knisternd ein Feuer brannte.

»Wo warst du?«, dröhnte eine dunkle Frauenstimme.

»Tante Alecs!«, kreischte ich.

Sie fauchte mich unwirsch an.

Die Erinnerung an das »Festmahl« war so frisch wie seit Jahren nicht mehr. Übelkeit stieg in mir hoch und ich musste mich am Bettpfosten festhalten, damit ich nicht kraftlos zur Seite kippte.

»Unsere – und somit auch *deine* – Herrin wird ungeduldig«, sagte sie. »Hast du den Riss immer noch nicht gefunden?«

Ich konnte nur den Kopf schütteln. »Nein.«

»Gut, das dachten wir uns schon«, erklang nun auch die Stimme von Tisiphone. »Pack deine Sachen zusammen.«

Das Blut rauschte laut in meinen Ohren. »Ich … Warum?«

»Wir wissen nicht, ob wir Callisto wirklich trauen sollen und deshalb haben wir beschlossen, dass du zu uns zurückkehren wirst.«

Wie seltsam. Noch vor einigen Tagen wäre ich augenblicklich zum Hafen aufgebrochen und hätte ein Schiff nach Hause genommen.

Doch nun konnte ich nur den Kopf schütteln. »Ich werde hierbleiben«, verkündete ich meinen Tanten.

»Wie bitte?!«

Alectos Kreischen hallte durch das Zimmer.

»Ich … Ich vertraue Callisto.« Ich hob das Kinn. »Und ich werde nicht gehen, ehe ich meine Aufgabe wie eine richtige Furie erledigt habe.«

Die Gesichter meiner Tanten glommen stark, bis sie ohne weitere Worte an mich verschwanden. Nur der Geruch von verbranntem Holz füllte den Raum, als ich wieder einmal allein war.

20. Kapitel

DIE HELDIN MACHT, WAS SIE WILL

Ich konnte nicht schlafen.

Wenn ich meine Augen schloss, sah ich entweder Hectors eiskaltes Gesicht oder die wütenden Fratzen meiner drei Tanten vor mir.

Mein Körper flehte meinen Geist um Ruhe an, aber nachdem ich mich über eine Stunde im Bett unruhig herumgewälzt hatte, beschloss ich, schon mal in den Tag zu starten. Ich benötigte dringend ein Bad, nur war mir nicht danach, es in einer beengten Wanne einzunehmen.

Also legte ich den Fetzen ab, der mir einmal als Nachthemd gedient hatte und schlüpfte schnell in ein altes Kleid. Ich verzichtete ausnahmsweise auf Unterhemd, Petticoat und Korsett, um nicht noch mehr Zeit zu verplempern. Kurz bevor ich aufbrechen wollte, fiel mein Blick auf Deacons Mantel. Ich hatte ganz vergessen, ihm das Kleidungsstück zurückzugeben.

Die kalte Morgenluft prickelte in meinem Gesicht und dennoch ließ ich mich von der Kühle nicht von meinem Plan abbringen.

Ich eilte mit angehobenem Rock durch die fast leeren Londoner Straßen. Draußen begrüßten mich nur ein paar Ratten und vereinzelt starrten mir Betrunkene nach. Ich war ihnen nicht böse, weil ich immer noch schmutzig war und sicher nicht angenehm duftete. Oder sie waren neidisch auf meinen fabulösen Mantel. Wenn ich ehrlich sein durfte, musste ich noch überlegen, ob ich ihn Deacon überhaupt wieder zurückgeben wollte. Ich mochte den bequemen Schnitt – und dass er nach Deacon roch. So fühlte es sich an, als wäre er in meiner Nähe und würde gleich sagen: »Lady Kalos! Sie können doch nicht um sechs Uhr morgens im Hydepark schwimmen gehen!«

Woraufhin ich erwiderte: »Ich kann es nicht nur tun. Ich werde es auch.«

Bei den Göttern! Vermisste ich etwa Deacons ständige Kritik an meinem Verhalten? Pah! Sein ständiges Mäkeln, dass ich nicht von diesem Balkon hüpfen dürfte oder mit diesem einen Viscount flirten sollte ...

Mein Herz setzte einen Schlag aus, weil mir entfallen war, dass er das nur gesagt hatte, weil er wusste, dass der Adelige von der Chimäre getötet werden würde.

Seine Sorge galt mir. Er wollte mir nichts verbieten.

Mein Herz zog sich nahezu sehnsuchtsvoll zusammen. Wie hatte das nur geschehen können? Nach Hector hatte ich angenommen, dass mein Herz längst zu Stein erstarrt worden war. Doch gerade hüpfte es jedes Mal, wenn mir Deacons vertrauter Geruch durch ein Morgenlüftchen in die Nase geweht wurde.

In Gedanken war ich bei Deacon, dennoch merkte ich sofort, dass sich jemand mit einer ordentlichen Alkoholfahne und Tabakgeruch an mich heranschlich. Ohne stehen zu bleiben, griff ich nach hinten und brach seinen Arm, bevor er mir noch eine Minute meiner kostbaren Zeit stahl und ließ ihn nach Hilfe schreiend zurück.

Wenigstens war ich als rachsüchtige Furie noch nicht ganz eingerostet.

Kurz darauf konnte ich mein Ziel schon fast erkennen. Die Säulen nach griechischem Vorbild waren schwer zu übersehen. Schon bald wichen die dicken Betonwände und hohen Schornsteine zahlreichen Blumenbeeten und riesigen Bäumen.

Beim Hyde Park handelte es sich um eine wunderschöne Grünanlage inmitten der ansonsten recht grauen Stadt. Zumindest auf den ersten Blick. Die Natur wurde hier zu sehr gezähmt. Beschnitten. Eingepfercht. Jeder Baum wuchs auf dem für ihn vorhergesehenen Platz und jede Blume, die außerhalb ihres Beetes wuchs, wurde von dem Gartenpersonal ausgegraben. Das Gras war fast schon penibel auf die gleiche Höhe getrimmt.

Dennoch war dies ein Ort, den ich gerne aufsuchte, denn es gab ein Fleckchen, das die Menschen nicht ganz unterjochen konnten.

Ein paar noch schlafende Enten und Schwäne zierten meinen Weg über den mit Morgentau benetzten Rasen, als ich den großen Teich inmitten des Parkes ansteuerte. Bis auf die zahlreichen Wildtiere war ich völlig allein. Rasch entkleidete ich mich und tauchte kopfüber in das kalte Wasser ein, bevor ich es mir noch anders überlegte.

Im ersten Moment war die Kälte überwältigend. Der Schock war so einnehmend, dass ich alles um mich herum vergaß und allein die Macht der Urgöttin Gaia spürte. Das war ein kurzer Moment völliger Klarheit. Ein Moment absoluter Ruhe.

Das Teichwasser wusch nicht nur Dreck und Schmutz von meinem Körper, sondern auch ein paar Sorgen, die sich wie böse Geister unsichtbar an meinem Körper festgekrallt hatten.

Auch die Müdigkeit war verschwunden, als ich aus dem Wasser auftauchte.

Drei Teichfrösche und eine Kreuzotter sahen mir beim Baden zu. Einer der Frösche schwamm sogar eine Runde mit mir und unterhielt sich ausschweifend über ihre drei Dutzend – jetzt wohl nicht mehr – Kaulquappen, die den Teich schon verlassen hatten.

»Interessant«, sagte ich und nickte brav, wie auf einem Ball, wenn ein Edelmann mir von seiner uninteressanten Pferdezucht erzählte. Ich brauchte dringend ein anderes Thema, da ich mich nicht über Froschlaich unterhalten wollte. »Ihr seid nicht zufällig mit den verschiedenen Bezeichnungen der Liebe im Griechischen vertraut, oder etwa doch?«, fragte ich die Amphibie.

Nein.

»Gut, dann kann ich euch davon erzählen, ohne euch zu langweilen.«

Ich zupfte ein paar Blätter der Seerosen und rieb mir damit über Hals und Handgelenk, um besser zu duften und in der Zwischenzeit meine Erinnerungen zu sortieren. Ich musste ungefähr 13 Jahre alt gewesen sein, als ich das erste Mal das Worte »Liebe« gehört hatte: *Agape* – und dann gleich sieben weitere Bezeichnungen für etwas, das die meisten Menschen tagtäglich erlebten.

Meine Tanten hatten mich ohne große Bedenken nach Athen geschickt, um einen Mann zu verfolgen, der so viele Schulden angehäuft hatte, dass er am Ende seine eigene Mutter viel zu früh ins Grab getrieben hatte. Die ruhelose Seele der Frau entrichtete ihren Obolus an meine Tanten. Die Frau wurde zu einem rastlosen Schatten und meine Tanten freuten sich über einen »leichten« Auftrag, um meine Fähigkeiten zu testen.

Die drei Tage in der Hauptstadt hatte ich mich unwohl gefühlt, so als würde Athena als Schutzgottheit der Stadt mich die ganze Zeit mit Argusaugen beobachten. Als allwissende Göttin war sie sicher auch im Bilde, warum ich mit Groll und Hass durch die Straßen zog.

Ausgerechnet in diesem Zustand lief ich in eine Menschenversammlung, die einem Dichter lauschte. Der Dichter verwendete Worte, die ich damals nicht verstand. Manche davon hatte ich in den letzten Jahren mit großem Leid verbunden.

»Es gibt insgesamt acht Arten der Liebe«, erzählte ich meinem kleinen Publikum. »Eros, Philia, Storge, Pragma, Philauta, Ludus, Mania und«, ich zögerte etwas, »Agape.«

Ich drehte mich auf den Rücken und blickte gen Himmel. Ich fragte mich, ob wir Griechen so viele Bezeichnungen dafür hatten, weil die Götter das Konzept der Liebe nicht erleben und deshalb nur schwer begreifen konnten.

»Eros ist die leidenschaftliche Liebe«, fuhr ich meine Erklärung fort. »Sie trägt den Namen des Gottes der Liebe, den Sohn der Aphrodite und des Ares, der sich in die Sterbliche Psyche verliebte. Eros' Liebe war wie ein Wahn. Er wollte diese wunderschöne Frau unbedingt zu seiner Braut machen und er nahm sie sich. Die Tochter der beiden ist Hedone, die Göttin der Lust.«

Die Liebe in Form von Eros hatte ich mit Hector zum ersten Mal erlebt.

Ich wollte ihn und er wollte mich. Manchmal blieben wir den ganzen Tag im Bett und liebten uns.

Doch Hector sah in mir nicht mehr als sein Eigentum, das genau das machte, was er wollte. Hatte er mich geliebt? In seiner verqueren Vorstellung wahrscheinlich schon. Seitdem hatte ich mit sehr vielen Männern geschlafen, weil mir Sex gefiel. Man könnte es fast Eros für eine Nacht nennen. Dann war da natürlich noch Deacon, dessen Berührungen in mir ein brennendes Verlangen auslösten, obwohl wir uns noch nicht einmal geküsst hatten. Ich sah sehr oft Deacons Gesicht vor mir, wenn ich mich selbst berührte.

Es war wohl nicht abzustreiten, dass ich mich immer noch nach Eros sehnte.

Und die anderen?, unterbrach die Kreuzotter meine Gedanken.

»*Philia* ist die freundschaftliche Liebe«, fuhr ich fort. »Dieses warme Gefühl, das ich bei meiner Freundin Cecilia empfinde, ist wohl genau das. Es verzehrt nicht so stark wie Eros, sondern spendet Wärme in dunklen Stunden. – *Storge* ist mir fremd«, gab ich offen zu. »Die Liebe von Eltern zu ihren Kindern. Meine Ziehmütter sind zwar Monster, aber auch Kinder von Göttern. Es ist fraglich, inwieweit sie überhaupt lieben können. Darum bin ich mir nicht sicher, was diese familiäre Liebe ausmacht. *Pragma* ist die beständige Liebe und *Philauta* die Selbstliebe. Bei *Ludus* handelt es sich um eine spielerische Liebe. *Mania* ist eine rasende Liebe. Bliebe nur noch eines: *Agape*.« In meinem Kopf klang Deacons *agápi mou* wieder. »*Agape* ist ... Sie ... Liebe ist eine ...« Frustriert ließ ich mich in das kalte Wasser zurücksinken. Doch die Kälte verschaffte mir dieses Mal keine Klarheit. »Ich versteh einfach nicht, was das bedeuten soll.«

Und welche Art von Liebe ist die beste?, fragte der kleinere Teichfrosch.

»Keine Art ist besser oder schlechter«, erklärte ich meinen tierischen Zuhörern. »Alle können heilend oder vergiftend sein.«

Eine Erkenntnis zuckte durch meine Gedanken: Oder war *Agape* diese vollkommene Form von Liebe?

Ich versuchte mich erneut an den Dichter und seine Ode an die Liebe zu erinnern, doch ich wurde in meinen Gedanken durch lautes Geschrei unterbrochen.

»Was tun Sie da?«, brüllte ein Mann aus voller Kehle. »Wollen Sie sich ertränken?«

Ich seufzte schwer.

Das war es dann wohl mit der morgendlichen Ruhe.

»Nun denn.« Ich nickte meinen braven Zuhörern dankend zu. »Es sieht wohl so aus, als müsste ich aufbrechen. Wir sollten das unbedingt in nächster Zeit wiederholen, meine Herren und Dame. Am besten bevor der Teich zufriert und ihr alle Winterschlaf haltet.«

Während ich meine Haare auswrang und ein paar schmierige Algen von meiner Haut wischte, eilte der aufgebrachte Zuschauer herbei. Konnte dieser aufdringliche Mann nicht eine andere junge Dame stören?

Die Ader an meiner Schläfe pulsierte.

»Sie! Geht es Ihnen gut! Wollten Sie sich etwa im Schwimmteich ertränken?«, wiederholte er die gleiche Dummheit von eben.

Wenigstens drehte er sich weg, als ich mich in meine Kleidung zwängte. Es war dumm gewesen, kein Handtuch zum Abtrocknen mitzunehmen.

»Wenn ich mich ertränken wollen würde, würde ich wahrscheinlich nicht vorher meine Kleidung ablegen. Ich habe lediglich ein Bad genommen«, erklärte ich dem unhöflichen

Herrn im höflichsten Ton. »Wie Sie festgestellt haben, handelt es sich um einen Schwimmteich. *Schwimm*. Teich.«

»Baden? Bei diesen Temperaturen?«

Ich zuckte mit den Schultern.

»Eine Frau, die in aller Öffentlichkeit badet?«

»Oh! Entschuldigen Sie bitte.« Gespielt riss ich meine Augen auf und schlug die Hände vor dem Mund zusammen. »Ich wusste nicht, dass man einen Penis benötigt, um Baden zu gehen. Ich wünsche Ihnen noch einen wahrlich schrecklichen Tag. Hoffentlich werden Sie wie Aeschylos von einer Schildkröte erschlagen.«

Wütend stampfte ich nach Hause.

Ich hätte nicht zurück zu Callisto stampfen sollen – oder es wäre ratsam gewesen, vorher einen Blick auf die Uhr zu werfen. So erschien ich nahezu pünktlich zum Frühstück.

»Lady Kalos, ich dachte, Sie wären unpässlich und können deswegen dem Frühstück nicht beiwohnen«, begrüßte mich Mrs Balfour mit erstauntem Gesichtsausdruck. »Warum sind denn Ihre Haare nass?«

Callistos Miene nach zu urteilen, hätte sie mir am liebsten mit einem ihrer untoten Tierchen die Augen ausgehackt.

Ich trat an den Esstisch, wich aber sofort einen Schritt zurück, als der Geruch in meine Nase stieg. Mir drehte sich bei dem Gedanken an Essen immer noch der Magen um.

»Ich war baden«, erklärte ich den beiden Frauen.

»Baden?«, fragte die Gouvernante, als hätte sie dieses Wort noch nie gehört.

»Meine liebste Schwester macht doch nur ein dummes

Späßchen.« Callisto redete sich gerade um Kopf und Kragen. »Wie es im alten Griechenland üblich war, hat unsere liebe Euryale nur um ihrer Gesundheit willen ein warmes Bad mit Ölen genommen. Solche Bäder wirken wahre Wunder!« Das Gute an Mrs Balfour war, dass sie keine weiteren Fragen stellte. In ihrem Kopf ergab selbst noch die allergrößte Lüge Sinn. Sie beendete das Frühstück und ich wollte mich ihr gerade anschließen, als Callisto mir befahl, stehen zu bleiben.

»Wenn du das öfters tust, stecken sie dich noch nach Bedlam!«, zischte mich Callisto von der Seite an. »Wie oft habe ich dir erklärt, dass du vorsichtig sein sollst?«

»Bedlam?«, wiederholte ich verwirrt. »Ach, meinst du das Bethlehem Royal Hospital? Da wollte man mich bereits hinbringen. Wenn es dich beruhigt: Man hat mich nicht einmal einfangen können.«

Belämmert starrte mich Callisto an. Ich erwartete einen Wutanfall, aber der kam nicht, stattdessen seufzte sie nur: »Nun gut. Wenigstens scheint diese Sorge damit unbegründet zu sein.«

Ihre Worte überraschten mich, aber viel unerwarteter war das Gefühl, das in meinem Herzen flatterte: *Philia*.

21. Kapitel

DIE HELDIN MACHT EINEN SCHRITT NACH DEM ANDEREN

Ich konnte immer noch nicht schlafen.

Deshalb erachtete ich es als gute Idee, ein paar Schwerter und Dolche zu schärfen. Die Rettungsmission am Abend würde wie geplant stattfinden und ich wollte bestens vorbereitet sein.

Nach dem Schärfen testete ich die Waffen an meiner Zimmertür aus – bis diese plötzlich geöffnet wurde. Eine Hausangestellte – ich glaube, sie hieß Catherine? – starrte mich entsetzt an, weil ich meine Hand zum Wurf erhoben hatte.

»Sie müssen besser aufpassen, sonst steckt ein Messer das nächste Mal in Ihrem Schädel«, erklärte ich ihr. »Es wäre ratsam zu klopfen.«

»Ich ... Ich habe geklopft«, sagte sie mit piepsiger Stimme.

»Und was wollen Sie nun von mir?«

»Sie haben Besu–«

Weiter kam sie nicht, da ich schon freudestrahlend an ihr vorbeistürmte. Meine Rüschen raschelten aufgeregt, als ich den Gang entlanglief und das Treppengeländer hinunterrutschte. Mein Herz klopfte mir bis zum Hals.

Ich eilte in den Salon. Das laute Lachen hätte mich stutzig werden lassen müssen. Doch ich verbannte mein Grinsen, schloss die Augen, hob mein Kinn und trat mit einem »Haben Sie mich nach gestern Nacht etwa so schrecklich vermisst, Lord Haworth?« ein.

Stille.

Langsam öffnete ich meine Lider und erblickte eine staunende Cecilia.

Sie saß mit Callisto zusammen auf einer burgunderroten Chaiselongue. Auf dem Tisch vor ihnen hatten die Bediensteten ein Tablett mit Tee und Keksen platziert.

Mein Blick blieb an Callisto hängen, die ungewöhnlich entspannt wirkte und ihre Augen nicht von meiner Freundin lösen konnte. Sieh mal einer an ...

Cecilias Lippen kräuselten sich zu einem Lächeln. »Wie es aussieht, hat Euryale wohl jemand anderen erwartet. Ich will dann gar nicht länger stören. Ich sollte dann wohl gehen.«

»Nein! Bleib!«

Der Aufschrei kam nicht von mir. Callisto streckte geradezu flehentlich beide Hände nach Cecilia aus.

Nun lag es an mir, das ganze Augenbrauen-Hochziehen-und-Fragende-Blicke-Schauspiel vom Treffen mit Deacon zu wiederholen.

»Euryale setzt sich zu uns«, sagte Callisto bestimmend. »Falls Lord Haworth uns später Gesellschaft leisten will, kann er das gerne tun.«

»Euryale setzt sich zu euch«, wiederholte ich Callistos Anweisung und nahm auf der Longue genau gegenüber den beiden Frauen Platz. »Was führt dich denn in mein Zuhause?«, richtete ich meine Worte an Cecilia.

Callisto räusperte sich. »*Unser* Zuhause.«

Ich verdrehte genervt die Augen. Mit dem sprichwörtlichen Pfeil des Eros in ihrer Brust schien Callisto noch unerträglicher zu sein als sonst. Mit glitzernden Augen schenkte sie Cecilia Tee ein und reichte ihr sogar Kekse.

Mir reichte sie niemals Kekse.

»Ich habe schon zu Hause gegessen«, lehnte Cecilia mit ihrem strahlenden Lächeln dankend ab, was Callisto enttäuscht zusammensinken ließ. Danach wandte sie sich an mich: »Heute ist so gutes Wetter. Da wollte ich dich besuchen kommen. Wir haben uns schon lange nicht mehr gesehen.«

Skeptisch runzelte ich die Stirn. Durch die Fenster des Salons hatte ich eine gute Sicht nach draußen und dort herrschte das genaue Gegenteil. Heute Morgen war es noch richtig schön und sonnig gewesen, nun war der Himmel mit dunklen Regenwolken verhangen. Ich meinte sogar, leises Donnergrollen in der Ferne vernehmen zu können.

»Hast du von dem Brand im Stewart Anwesen nach dem letzten Ball gehört?«, fragte sie mich. »Furchtbar! Ich bin schon gut eine Stunde vorher abgereist. Warst du noch länger dort?«

»Ich war gar nicht auf dem Ball.«

Solche Ausflüchte rutschten mir stets vorschnell über die Lippen, weil ich bei solchen Vorfällen meistens die Schuld trug.

Wer soll eine Statue der Athena zerstört haben? Sicherlich nicht ich. Wer soll diese »Athena« überhaupt sein? Ich weiß von nichts. Ich bin nur eine schwache Frau – und jetzt verschwinde oder ich breche dir die Nase.

»Nur ein kleiner Scherz«, sagte ich und lachte. »Was? Ein Feuer? Ein *brennendes* Feuer? Wie schrecklich! Ist jemand dabei gestorben? Ich habe nichts davon gehört.«

Cecilias Lächeln verrutschte. Callisto schlug nur die Hände

vor dem Gesicht zusammen. Was behagte ihr denn jetzt schon wieder nicht?

Zum Glück tauchte in diesem Moment ein Hausangestellter auf. »Lady Smythe, der Grundstücksverwalter aus Derbyshire wartet in Ihrem Schreibzimmer auf Sie.«

»Oh.« Sie blickte zwischen ihrem Angestellten, mir und Cecilia hin und her. Am längsten verweilten ihre dunklen Augen auf Cecilia. »Ich will –« Sie schüttelte den Kopf und erhob sich. »Ich habe das ganz vergessen. Ihr müsst mich bitte entschuldigen.«

Mit hängenden Schultern verließ sie den Salon. Cecilia sah Callisto noch lange nach. Ich beobachtete jede kleine Bewegung genau: Wie sich ihre Finger in den Stoff ihres Kleides gruben, die Falte zwischen ihren Augenbrauen und wie sie ihre Unterlippe einsaugte.

Da schärfte man mal ein paar Minuten seine guten Messer und verpasste gefühlt alles. Wie die verzierte Einladung auf dem Tisch.

»Oh! Ganz vergessen!« Cecilia griff danach, nur um sie mir persönlich in die Hand zu drücken. »Ich denke, dass ich mit deinem Erscheinen rechnen darf?«

EINLADUNG

Lady Kalos wird eingeladen, Miss Baileys Ball auf
Bailey House am Grosvenor Square am Mittwochabend
der letzten Augustwoche um 9 Uhr
mit Ihrer Anwesenheit zu beehren.

»Du veranstaltest einen Ball?«, fragte ich.

Cecilia nickte energisch und ihre Augen funkelten aufgeregt.

»Unsere erste Saison ist nun schon seit einigen Wochen vorüber und viele der jungen Damen – und natürlich auch die Herren – werden sich bald auf ihre Landsitze zurückziehen. Ich wollte noch einen allerletzten Ball veranstalten. Er wird allerdings kleiner sein – und hoffentlich nicht in einem Brand enden.«

»Das kann ich leider nicht versprechen«, murmelte ich.

»Wie bitte?«

»Ich freue mich darauf!«, sagte ich und drückte die Einladung an mein Herz. »Planst du, auch Lord Haworth einzuladen?«

Cecilia kicherte. »Nach unserer letzten Unterhaltung selbstverständlich nicht, aber mir scheint es so, als hätte sich deine Meinung über ihn verändert.«

Ich spürte, wie ich rot im Gesicht wurde. »Es sind gewisse Dinge passiert.«

»Soll ich die Einladung in meinem Namen an Lord Haworth verschicken?«

Ich schüttelte den Kopf. »Adressiere sie bitte mit meinem Namen. Deacon soll wissen, dass *ich* seine Anwesenheit wünsche.«

Ich war mir fast sicher, dass er sonst den Wink mit dem Zaunpfahl nicht verstand.

»Liebend gern«, flötete Cecilia. »Du musst mir unbedingt erzählen, wie das passieren konnte.«

Nun, meine liebste Freundin, nachdem ich mein Leben lang nur das Ziel hatte, eine unsterbliche Furie zu werden, um meine Ziehmütter, Tanten und meine Herrin zufriedenzustellen, lernte ich hier in London – auf meiner letzten Mission – Lord Deacon Haworth kennen. Ich weiß nicht wieso, aber es zieht mich immer und immer wieder zu ihm. Nachdem wir dann gemeinsam eine Chimäre und einen untoten Elefanten bekämpft haben, denke ich, dass ich diesem verschütteten Gefühl in meinem Inneren noch mal eine Gelegenheit geben sollte.

Stattdessen sagte ich nur: »Ich meine, dass ich mich in Deacon Haworth geirrt habe.«

»Hach, das ist ja wie in *Stolz und Vorurteil*! Wie romantisch!«

Ich nickte – bis ihre Worte zu mir durchdrangen. »Elizabeth erwählt doch nicht allen Ernstes Mister Darcy!«, kreischte ich so laut, dass wahrscheinlich sogar die Queen mein Entsetzen vernahm.

»Wie dachtest du denn, dass das Buch endet?«

»Sie entscheidet sich, allein zu bleiben und lebt mit anderen Frauen im Wald. Wie eine Gefährtin der Artemis.«

»Nun, so etwas würde mir gefallen!«, lachte Cecilia. »Nur der Teil mit dem Wald klingt nicht sehr angenehm.«

22. Kapitel

DIE HELDIN IST EIN SCHLECHTER UMGANG

Klack.

Klack-Klack.

Zuerst schenkte ich dem Geräusch keine Aufmerksamkeit. In meinen ersten Tagen in diesem Anwesen hatte ich auf jedes Geräusch empfindlich reagiert und dadurch drei oder vier Hausangestellte ein Schwert an die Kehle gehalten.

Zudem war ich schwer damit beschäftigt, mein Buch zu lesen. Gerade war aus mir nicht verständlichen Gründen Mister Darcy bei Elizabeths Familie aufgetaucht.

Klack.

Ich straffte Schultern und blätterte die Seite um.

Klack. Klack. Klack.

Um ein Haar hätte ich so energisch umgeblättert, dass ich die Seite unbeabsichtigt beschädigt hätte.

Klack.

»Es reicht!«, schrie ich und sprang von meinem Stuhl auf.

Mein Gehörsinn führte mich zum Fenster. Die Sonne war vor einer Stunde untergegangen und die Nacht jung. Der Himmel trug verschiedene Farben: Dunkelblau – wie das Kleid an meinem Körper –, finsteres Grau und Schwarz. Ein paar Sterne funkelten mir im hellsten Weiß entgegen.

Ich fragte mich, ob es sich bei den Himmelskörpern, die so hell strahlten, um Callistos Tanten handelte. Ich fragte mich, ob sie sich netter verhielten als meine Tanten.

Ich öffnete das Fenster und streckte meinen Kopf raus. Weit und breit keine Krähen, die gegen das Fenster pickten. Erst danach senkte ich den Blick und bekam prompt einen kleinen Stein gegen die Stirn.

Was zum Tartaros?

Ich stieß ein wütendes Brüllen aus.

»Entschuldige!«, rief eine viel zu bekannte Stimme. »Geht es dir gut?«

Ich rannte zurück ins Innere, schnappte meinen Ledergürtel mit den frisch geschliffenen Messern vom Bett, nahm Anlauf und sprang aus dem Fenster.

Ich schloss die Augen und riss die Arme nach oben.

Die kalte Nachtluft peitschte für einen Moment um mich, dann spürte ich schon die weiche Erde unter meinen Füßen und einen warmen Körper vor mir.

Ich öffnete die Augen und lächelte mein Gegenüber an. Deacon war nicht zusammengezuckt. Stattdessen lag ein Ausdruck in seinem Gesicht, den ich als Bewunderung deuten wollte, aber den Gedanken verwarf ich schnell. *Warum sollte er mich bewundern?*

Ich räusperte mich, drückte meine Fingerspitzen aneinander und versuchte, möglichst sittsam zu wirken – trotz des Ledergurtes mit dem halben Dutzend Messern an meiner Hüfte.

»Lord Haworth, es schickt sich nicht, Steine gegen das Fenster einer unverheirateten Frau zu werfen. Sind Sie etwa ein Flegel? Oder schlimmer: ein Lustmolch? Ein Lebemann, das sind Sie!«

»Ich ... Nein!« Er hob abwehrend die Hände. »Ich wollte doch nur ... *Euryale.*«

Mein Grinsen bemerkte er erst viel zu spät. Lange trug ich es nicht in meinem Gesicht, da ich ihn nun mal zu belehren hatte: »Du hast mir einen Stein direkt ins Gesicht geworfen und –«

»Entschuldige vielmals.«

»Und mich danach gefragt, ob es mir gut geht. Ich bin eine Furie. Ein kleiner Kieselstein macht mir doch nichts aus.«

»Es tut mir trotzdem leid«, sagte er und seine Worte erstickten die Wut in meinem Bauch. Mit dem Daumen streichelte er über die Stelle, an der er mich getroffen hatte. »Ich wollte dich nicht treffen.«

»Woher wusstest du eigentlich, dass das mein Zimmer ist?«, fragte ich ihn. »Wenn du das bei Callisto getan hättest, hätten dir ihre Krähen die Augen ausgepickt und die Ratten deine Organe gefressen.«

Er erschauderte leicht bei der Vorstellung. »Ich wusste es einfach«, antwortete er sanft. Bevor er seine Hand zurückzog, ließ er sie sachte über mein Kinn gleiten.

Wir unterbrachen für keine Sekunde den Augenkontakt. Dafür fühlte es sich aber so an, als würde mein Herz kurzzeitig aussetzen, nur um dann mit einem noch stärkeren Trommeln zurückzukehren.

Nicht einmal ein ganzer Tag war seit unserer letzten Begegnung vergangen – warum fühlte sich dann alles so anders an?

Mein Oberkörper sackte nach vorne und sofort umfingen mich Deacons Arme.

»Guten Abend, meine wunderschöne Furie«, säuselte er in mein Ohr.

»Guten Abend, Lord *Hawthorne*.«

Deacon schnaubte – aber ein kaum merkliches Kichern war darin zu hören.

Einen Moment vergönnte ich es mir, in seinen Armen zu liegen.

Nur nicht *zu* lange.

Wenn ich bei ihm war, lief ich Gefahr zu vergessen, wer ich eigentlich war. Nein. Das war es nicht. Die Furien-Wut brannte selbst bei ihm wie eine schwache Flamme in meiner Seele. Doch wenn wir beide vereint waren, dann fühlte ich mich wie so viel mehr.

Ich stieß ihn sanft, aber bestimmt von mir weg. »Was machst du überhaupt hier? Außer junge Frauen beim Lesen zu stören.«

Deacon nickte in Richtung seiner Kutsche. »Ich wollte dir ein Gefährt bereitstellen, wenn du die Tiere befreien willst. Damit du nicht wieder in deinem leichten Nachtkleid durch die Gegend laufen musst.«

Ich rümpfte pikiert die Nase. »Hat dir das etwa nicht gefallen?«

Deacon war ein miserabler Lügner, aber ich verzieh ihm. Er musste nicht wie ein Trottel herumstottern. Ich erkannte es an der Art, wie sein Atem sich beschleunigte und seine Pupillen sich weiteten.

Um das Thema des Gespräches zu ändern, nickte ich Richtung Kutsche. »Wollen Sie sich wirklich einer Straftat mitschuldig machen, Lord Haworth?«, neckte ich ihn.

»Dafür müsste man uns doch erst mal erwischen.«

Das Lächeln zupfte so stark an meinen Gesichtsmuskeln, dass ich unweigerlich grinsen musste.

Ohne zu zögern nahm ich Deacons Arm und ließ mich zur Kutsche führen. Bei dem Kutscher handelte es sich um den gleichen wie gestern und in seinem Gesicht erkannte ich fast genau die gegenteiligen Emotionen wie die von Deacon.

Ich verwendete die Anreisezeit, um mich etwas auszuruhen. Deacon sollte nicht merken, dass ich mich meinen körperlichen Grenzen näherte. Ich hatte nun seit über vierzig Stunden nicht länger als eine halbe Stunde geschlafen und auch wenn mich so ein Zeitraum normalerweise nicht störte, schwächte mich mein leerer Magen zusätzlich.

Dennoch versuchte ich vor Deacon, meine Bestform zu mimen. Die Nacht war jung und in mir loderte ein Feuer, welches ausnahmsweise mal nicht nur aus Zorn und Wut geboren worden war.

Der Kutscher ließ uns ein paar Straßen entfernt vom Zirkus aussteigen. Ich zückte mein Athame und Deacon hatte seinen Gehstock bei der Hand.

Während ich nicht schlafen konnte, waren meine Gedanken immer wieder zu der heutigen Mission gewandert. Nachdem meine letzten Begegnungen mit der Hydra, Chimäre und dem Elefanten alles andere als glattgelaufen waren, hatte ich das ungute Gefühl, dass es auch jetzt Probleme geben würde.

Bis betrunkenes Gelächter und Geschrei an meine Ohren drang. Ein gieriger Ausdruck erschien auf meinem Gesicht. Meine Tanten bestanden darauf, dass Rache besser mundete als Ambrosia. Ich konnte dies schwer beurteilen, aber der Rachedurst stimmte mich zumindest jetzt schon ekstatisch.

»Glaub mia doch!«, schrie der Mann laut und betrunken, wenn auch nicht so stark alkoholisiert wie gestern. »Der wa wieda lebendig!«

Mein Opfer saß an einem improvisierten Tisch aus Kisten

und spielte mit vier anderen Gestalten Karten. Es roch nach Tabak und Alkohol, bei ein paar anderen roch es überdies nach Opium und Schweiß.

Ich zückte ein Messer und trat aus den Schatten. »Ich bin hier, um die Strafe der Götter auszuführen.«

Was denn?

Ich zählte mich selbst auch einfach mal als Göttin. Außerdem würde meine Mutter es nicht gutheißen, wenn ihre geliebten Löwen ein solches Dasein fristen mussten.

Die fünf Männer starrten mich lange an. Mein auserkorenes Opfer wurde bleich, als es mich erkannte. Die anderen Männer wurden gierig. Allein wie sie mich angafften, schrie nach einer Bestrafung.

»Lauft«, befahl ich ihnen aus Gnade und richtete mein Messer auf den Mann mit den Schlüsseln. »Von euch will ich nichts.«

Selbstverständlich lachten sie mich aus.

»Eine Frau will uns also Befehle erteilen!«

Deacon stand in einigem Abstand zu mir, trotzdem konnte ich seine Mordlust auf meiner Zunge schmecken.

»Nicht«, sagte ich zu ihm. »Ich schaffe das alleine.«

Ich packte einen Mann am Hinterkopf. Er wehrte sich, aber selbst ein erwachsener Mann war mir kräftemäßig weit unterlegen. Mit dem Bruchteil meiner Kraft schleuderte ich ihn mit der Stirn voran gegen den improvisierten Tisch. Er blutete, war aber noch bei vollem Bewusstsein.

»Ich will mich nicht noch einmal wiederholen müssen.«

Die anderen Männer zogen mit Angst in den Augen endlich ab.

Ich ließ meinen Kopf kreisen. »Wir machen das jetzt auf die einfache – sprich: schmerzfreie – oder auf die harte

Weise. Für was entscheidest du dich?«, fragte ich mein Opfer.

Ich schritt langsam auf ihn zu. Er war so betrunken, dass er einen unüberlegten Schritt nach hinten torkelte und über eine Kiste fiel. Er kroch vor mir im Dreck und der Zorn in meinen Adern frohlockte.

»Du Hexe! Hure! Hexenhure!«, schleuderte er mir ein paar einfallslose Beleidigungen an den Kopf.

Ich war Beleidigungen gewohnt und doch war es mir im Beisein von Deacon unangenehm. Er wusste, wer ich war, trotzdem hatte ich Angst, dass er sich schlussendlich von mir abwandte. Dass er irgendwann merkte, mit welcher Kreatur er sich abgab.

So wie Odysseus bei meiner Mutter Circe.

»Du hast den Zorn einer Furie auf dich gezogen«, zischte ich mein Opfer an. »Die meisten dieser Tiere sind gegen ihren Willen hier.«

Blitzschnell sprang ich nach vorne.

Ich ließ ihn absichtlich bei Bewusstsein, als ich ihn mit zwei Messern durch die Handflächen am Boden festnagelte. Seine Schreie blendete ich aus. Ich wollte nur die Schlüssel an seinem Gürtel in meinen Besitz bringen.

»Hilf mia!«, wandte sich der Mann über meine Schulter verzweifelt an Deacon. »Dieses Weib is doch verrückt!«

Ich knurrte laut. Eigentlich wollte ich Gnade walten lassen, aber dieser Mann hatte es nicht verdient.

Plötzlich schob sich Deacons Gehstock in mein Blickfeld. Wollte er mich von dem Mann wegziehen? Der Gedanke verschwand sofort, als er mein Opfer in die Brust stach und ihn so auf den Boden drückte.

»Wage es nicht, nur noch ein weiteres schlechtes Wort

über meine Frau zu verlieren«, knurrte Deacon. »Ich muss mich jetzt schon zusammenreißen, nicht die Beherrschung zu verlieren.«

Mit offenem Mund starrte ich zu Deacon hoch. Er bemerkte nicht, wie ich ihn mit roten Wangen betrachtete. Ebenso durfte ihm entgangen sein, dass er mich gerade als »seine Frau« bezeichnet hatte.

Meine Frau.

Ich hatte niemals gedacht, dass ich dem Mann, der mich wieder so nennen würde, nicht das Herz herausreißen und auf einen Pfahl stecken würde.

»Euryale?«, fragte Deacon mich und tippte mir vorsichtig gegen die Schulter. »Geht es dir gut?«

»Natürlich.«

Diese Gefühle hatten nur im Moment keinen Platz.

Ich nahm die Peitsche, die der Mann neben den Schlüsseln bei sich trug und stand auf. Mit Angst in den Augen verfolgte er jede meiner Bewegungen.

»Meine Tante Megaira benutzt so eine Waffe auch sehr gerne«, erzählte ich ihm und zog an dem Strang. Der lederne Griff war durch die häufige Verwendung richtig abgenutzt. »Sie ist eine rachsüchtige Furie und dennoch hat sie die Waffe nie gegen mich erhoben. Sie pflegte immer zu sagen, dass man Waffen nie gegen Schwächere einsetzen dürfte. Das zeuge nur von Schwäche auf der eigenen Seite.« Erleichterung stahl sich in das rötliche Gesicht des Mannes. »Natürlich ist die göttliche Art der Bestrafung eine Ausnahme. Wie viele Käfige mit Tieren zählst du?«, fragte ich Deacon.

Er benötigte etwas Zeit sie alle auszumachen: »Zwölf.«

»Wie passend!«, rief ich fast schon freudig aus. »Wie die zwölf olympischen Götter. Somit ist diese Bestrafung wahrlich von den Göttern selbst gesegnet. Nicht, dass ich in diesem Moment auf sie hören würde.«

Ich ließ die Peitsche einmal in der Luft laut knallen, bevor sie mit voller Kraft nach unten schoss. Wieder und wieder. Laute Schreie erfüllten die Gassen und dazwischen knallte die Peitsche elf weitere Male.

Ich lachte nicht. Ich lächelte nicht einmal.

Tatsächlich erweckte der reine Akt der Bestrafung keinerlei Freude in mir. Rache zu nehmen und zu bestrafen war eine heilige Pflicht, die ich wie meine Tanten ernst nahm. Das hier war mein Lebenszweck. Es gab nichts, das ich sonst machen konnte. Das Furiendasein war in meiner Seele verwurzelt.

Nach der Bestrafung schleuderte ich die Peitsche weit von mir weg. Ein Blick auf mein Opfer verriet mir, dass es noch am Leben war. Gut.

Ich schüttete den restlichen Alkohol über meinem Opfer aus. Der Fusel musste in seinen offenen Wunden wirklich schlimm brennen, allerdings war er bereits zu weggetreten, um zu schreien.

Danach schloss ich ein Gehege nach dem anderen auf. Ein paar der Tiere waren auf meine Magie angewiesen, weil sie zu schwach waren, aus ihren Käfigen zu hüpfen. An einigen erkannte ich frische Wunden.

Nicht alle Tiere nahmen ihre Freiheit an und ich würde sie selbstverständlich nicht zu irgendetwas zwingen. Mir ging es nur darum, dass sie alle eine Wahl hatten.

»Euer Peiniger liegt in dieser Richtung«, sagte ich zu den Tieren. »Nehmt euch eure Rache selbst. Er kann euch nichts mehr tun, dafür habe ich gesorgt.«

»Du hast doch sicher einen Plan, was wir mit fast zwanzig Wildtieren machen«, wandte sich Deacon mit einem hoffnungsvollen Lächeln im Gesicht an mich. Doch dann traf ihn die Erkenntnis. »*Euryale!*«

»Die Giraffen, Kamele und Elefanten kriege ich schon irgendwie auf ein Schiff nach Afrika«, sagte ich zu ihm, bevor ich mit Gastfreundschaft auftrumpfte: »Ansonsten seid ihr im Smythe-Anwesen stets willkommen.«

Die Löwin stupste mich mit ihrer feuchten Nase in die Handfläche. *Willst du mir einen Namen geben?*, fragte sie mich.

Ich hockte mich vor ihr hin und tätschelte ihren Kopf. »Besitzt du etwa keinen?«

Ich wurde in Gefangenschaft geboren. Meine Mutter habe ich nie kennengelernt.

Da waren wir schon zwei ...

»Was will sie von dir?«, fragte mich Deacon.

»Einen Namen«, wisperte ich ihm zu. »Ich bin aber schlecht darin. Meinen eigenen Namen habe ich mir von meiner Ziehmutter abgeschaut, weil ich nicht immer nur ›Mädchen‹ genannt werden wollte.«

»Ziehmutter«, wiederholte Deacon und stöhnte leise. »Ziehmutter!«

»Was ist denn?«, fragte ich schnippisch.

»Ich ... Wie wäre es, wenn du ihr einen Namen aus einer Geschichte gibst? Du kennst doch viele Geschichten.«

»Wie wäre es mit Kitty? Dann trägst du denselben Namen wie eine Figur aus dem Buch, das ich gerade mit Freude lese.«

»Kitty?«, warf Deacon kritikfreudig wie eh und je ein. »Du willst eine Löwin ›Kitty‹ taufen?«

»Hör nicht auf ihn«, raunte ich der Großkatze zu. »Er kann so furchtbar engstirnig sein. Kitty ist ein fabelhafter Name.«

Wir sehen uns sicher wieder, richtete die Löwin ihre Abschiedsworte an mich und drückte ihren Kopf so energisch gegen meinen Bauch, dass ich fast umfiel.

Jetzt waren Deacon und ich praktisch allein.

Die Gewissheit, dass wir jetzt wieder Zeit nur für uns hatten, ließ meinen Herzschlag in die Höhe schnellen.

»Ich werde Sie wissen lassen, wenn ich wieder plane, eine Straftat zu begehen«, sagte ich zu Deacon. »Ich hoffe, Sie stehen auf Abruf bereit.«

Ich wollte, wie die Nacht davor, vor Deacon und meinen Gefühlen für ihn Reißaus nehmen, doch er streckte seine Arme nach mir aus.

»Bitte warte. Es gibt da etwas, das ich schon länger tun wollte.«

Ich horchte auf. »Ja?«

Deacon trug auch heute einen Mantel. Aus einer Tasche zog er etwas, das in ein hellblaues Tuch gehüllt war.

Er nahm meine Hände und bettete das Geschenk darin. Es fühlte sich überraschend leicht an.

»Ich bin nicht gut darin, also ...« Er sah verlegen zur Seite. »Das ist für dich, *agápi mou.*«

Mit den Fingerspitzen schob ich den Stoff beiseite: Ein wunderschöner Haarkamm verziert mit einer weißen Blume lag in meiner Hand. Goldene Ranken gingen von ihr aus. Ein paar Diamanten funkelten mir wie Sterne entgegen.

Eine unsichtbare Schwere legte sich auf meinen Brustkorb.

»Es passt zu mir, weil ich Circes Tochter bin. Das wolltest du doch sagen«, murmelte ich. »Weil ich wie sie bin.«

Mein Gesicht war ganz heiß. Natürlich. Was für eine Närrin ich doch war, wenn ich dachte, dass Deacon mehr in mir sah.

»Nein. Er passt zu dir, weil du du bist. Ich habe diesen Haarkamm schon vor Monaten entdeckt und trage ihn seitdem mit mir herum. Ich habe damals noch nicht einmal geahnt, dass du göttlichen Blutes bist. Es war ein ... Gefühl. Ein Gefühl, dass er perfekt für dich sei.«

»Seit wann ...?«

»Erinnerst du dich an die Soiree von Lord und Lady Brown?«

»War das nicht der Abend, an dem wir uns kennengelernt haben?«

Deacon nickte. »Ich habe ihn am nächsten Tag auf dem Weg zur Universität in einem Schaufenster gesehen.«

»Du warst damals noch verlobt!«

Das ergab alles keinen Sinn! Callistos abwegige Spekulation kam mir in den Sinn: Dass Deacon seine Verlobung für mich beendet hatte.

Er war doch so klug – warum sollte er dann sein Leben für mich wegwerfen?

»Aber nicht mehr lange«, sagte er. »Miss Bentley war ... Sie *ist* eine liebliche und gütige junge Dame. Ich wünsche ihr, dass sie einen Ehemann findet, der sie zu würdigen weiß. Nur kann ich nicht dieser Mann sein.«

»Sie wäre die perfekte Frau für dich gewesen.«

Was für eine närrische Aussage. Ich kannte sie nur von ein paar vagen Erzählungen durch Cecilia und sie übertrieb bei ihren romantisierten Beschreibungen oft.

Dennoch: Es gab nichts, was mich besser dastehen ließ.

Deacon war ein Lord und er würde irgendwann ein Earl werden. Er brauchte eine Frau, die ihm einen Erben schenken konnte. Unbewusst strich ich über meinen Bauch. Etwas, zu dem ich nicht mehr in der Lage war.

Deacon nahm mir den Haarkamm aus den Händen und sofort bereute ich meine Worte zutiefst. Ich wollte ihn behalten. Noch nie hatte mir jemand so ein schönes Geschenk gemacht. Ich wollte nicht undankbar klingen, aber so hatten sich wohl meine Worte für ihn angehört.

»Jeder definiert den Begriff ›perfekt‹ anders.«

»Perfekte Frauen sind keine Furien wie ich«, sagte ich zu Deacon. Ich war fassungslos, dass das nicht in seinen Kopf wollte, obwohl er so klug war. »Sie werden nicht von Wut oder Rache angetrieben. Sie peitschen keinen Mann aus. Sie gehen nicht im Hyde Park Nacktbaden –«

»Was war das?«

»Sie befreien keine Löwen und«, meine Stimme brach, »s-sie ve-verwandeln nicht ihren ehemaligen Liebhaber in ein Schwein und lassen ihn dann von den Furien verspeisen.«

Die letzte Aussage schockte Deacon. Wen würde das nicht verunsichern? Ich hatte Hector tagelang den Tod gewünscht – und nun war ich damit bestraft, seinen Tod für immer zu bereuen. Das war meine Strafe aus dem Tartaros selbst.

»Willst du mich auch in ein Schwein verwandeln?«, fragte Deacon.

»Ich weiß nicht.« Ich hob das Kinn. »Das kommt ganz auf dich an. Willst du mir mein Athame wegnehmen? Mich tagelang wegsperren?«

Ich zuckte überrascht zusammen, als sich Deacons behandschuhte Hände an meine Wangen legten.

»Das ist dir also passiert?«, fragte er und ich nickte. Ich spürte die Tränen in meinen Augenwinkeln, und zwang sie mit aller Macht zurück. Ich wollte mir nicht die Blöße geben, vor Deacon zu weinen. »Gut, dass er bereits tot ist.«

»Was ... Was meinst du damit?«

»Dass ich ihn sonst getötet hätte, natürlich«, sagte Deacon leichtfertig.

Er löste sich von mir und ging um mich herum, bis ich ihn in meinem Rücken spüren konnte. Er strich mir über das Haar.

»Du bist Euryale, die Furie, und für mich bist du die schönste Frau, der ich jemals begegnet bin«, sagte er, während er mir den Kamm in die Haare steckte. »Wenn man mir den goldenen Apfel überreichen würde, ich würde keinen Moment zögern, ihn dir darzubieten.«

Ich weiß nicht, wie wir es zurück zur Kutsche schafften, aber als ich wieder klar denken konnte, saß ich Deacon gegenüber.

»Bitte bringen Sie uns zu Lady Smythes Residenz zurück«, befahl er dem Kutscher.

»Nein. Fahren Sie umgehend zum Anwesen der Haworths.«

Ich schnellte von meinem Sitz hoch und schoss auf Deacon zu. Meine Finger legten sich um sein Kinn. »Und jetzt zu dir.«

23. KAPITEL

DIE HELDIN UND IHR NÄRRISCHES HERZ

»Und jetzt zu dir.«

Selbst in dieser Situation kam Deacon nicht einmal auf die Idee, zusammenzuzucken oder mich abzuwehren.

Deacon sah mich mit seinen goldenen Augen abwartend an.

Ich kratzte mit dem Fingernagel meines Daumens über die warme Haut an seiner Wange und er erschauerte kaum merklich. Nicht aus Furcht, wie ich anmerken will.

Dieser Mann ...

»Du hast mich vorhin als ›deine‹ Frau bezeichnet.«

»Ich habe −«, wollte er schon einwenden, verstummte jedoch.

»Willst du mich als ›deine‹ Frau?«, fragte ich ihn direkt.

Mein Tonfall ließ keine Ausflüchte seinerseits zu.

»Es gibt weniges, das ich will«, wiederholte er die Worte von letzter Nacht und hielt meinen Blick. »Aber ja. Ja. Ich will dich. Ich will dich, seit ich dich bei den Browns in deinem goldenen Kleid gesehen habe. Ich will dich, seit sich unsere Blicke gekreuzt haben und du mir den Atem geraubt hast. Ich will dich, seit wir das erste Mal miteinander gesprochen haben und ich mir wünschte, dass diese

Nacht niemals vorbeigeht, weil ich dich nicht gehen lassen wollte.« Er legte seine Hand auf meine. »Ich will dich – und nur dich, *agápi mou*.«

Deacons Geständnis löste in mir vielerlei Reaktionen aus: Zum einen wurde mir ganz heiß und ich fühlte mich schwach, weil seine Ehrlichkeit mich vollkommen entwaffnet hatte. Es gab nichts, das ich ihm an den Kopf werfen konnte.

Zum anderen versetzte es mich an genau diesen Abend zurück.

Ich sah an jenem Tag wirklich fabulös aus, wie Cecilia mir beipflichten würde. Das Kleid war das Meisterwerk einer französischen Näherin, die es mir unter tagelanger Arbeit perfekt auf den Leib geschneidert hatte. Ich trug auch zum ersten Mal eine Tournüre und nachdem ich mich nicht mehr wie jemand mit einem dicken Pferdehintern fühlte, fand ich auch etwas Gefallen an der Polsterung.

Und dann war da auf einmal dieser Mann.

Dieser Mann, den ich an diesem Abend noch beleidigen und verletzen würde, weil sein bloßer Anblick mich etwas Verbotenes fühlen ließ. Etwas *Unmögliches*, da mein Herz eigentlich längst zu Stein erkaltet sein durfte.

Ich mochte seinen fremdartigen Geruch. Seiner dunklen Stimme hätte ich stundenlang lauschen können, insbesondere weil er Griechisch wie seine Muttersprache beherrschte.

Ich wollte es, aber ich durfte nicht.

Um nichts zu empfinden, hatte ich mir die Erinnerungen an Hectors Taten wie einen Dorn ins eigene Herz gerammt.

»Warum hast du nicht früher etwas gesagt?«, hauchte ich mit zittriger Stimme. »Warum, Deacon? Warum?«

Er lächelte sanft. »Weil ich weiß, dass deine Freiheiten dir alles bedeuten.«

»Du würdest mich aufgeben, nur damit ich weiterhin ungebunden bin?«

Deacon nickte. »Ja. Ich will, dass du glücklich bist.«

Warum konnte er nicht ein bisschen egoistischer sein?

Aus diesen Gründen schaffte es Deacon immer wieder, mir unter die Haut zu gehen.

»Es gibt viele Dinge, die ich als absolut närrisch und dumm empfinde, aber das schlägt dem Fass wirklich den Boden aus!«, schrie ich meine Frustration heraus. »Du warst sogar verlobt, Deacon. Und du hast sie für eine Frau aufgegeben, die du kaum kanntest!«

Er machte eine wegwerfende Handbewegung. »Es war nur eine arrangierte Ehe, der ich aus der Not heraus zugestimmt habe.«

»Aus Not?«

»Mein Vater war in meinem Alter bereits verheiratet und er ist krank. Er hat vielleicht nicht mehr lange auf dieser Welt. Er hat gesagt, wenn ich keine Frau finde, dann suchen Mutter und er nach einer respektablen Braut für mich und ich habe sie machen lassen, weil es mir egal war. Das ist die ganze Geschichte. Mir tut es nur leid um Miss Bentleys Ruf, der dadurch beschädigt wurde. Die Hochzeit hätte auch ihre gesellschaftliche Stellung verbessert. Aber ihr selbst ginge es nicht gut, wenn wir eine lieblose Ehe führten. Davon gibt es schon zur Genüge. Ich konnte sie nicht heiraten, weil es nicht gerecht gewesen wäre, wenn gleichzeitig eine andere Frau meine Gedanken beherrscht.«

Ich benötigte etwas Zeit, um meine Sprache wiederzufinden. »Du willst also eine Ehe aus Liebe?«

»Ich habe mir so etwas auch nie vorstellen können«, gestand er. Er drehte eine meiner losgelösten Locken zwischen seinen Fingern. »Ich weiß auch nicht, ob ich als Ehemann etwas tauge. Darum verzeih mir, dass ich manchmal einfach nicht weiß, wie ich meine Gefühle in Worte ausdrücken soll. Ich wollte dich niemals kritisieren oder kleinreden.«

»Ich weiß nicht, ob ich Liebe – *Agape* – überhaupt empfinden kann«, sagte ich. »Aber ich würde es gerne mit dir herausfinden.«

Einen Moment hing die Anziehung schwer wie Opiumrauch zwischen uns beiden. Ich konnte riechen und auf meiner Zunge schmecken, wie sehr Deacon mich begehrte. Oder war das mein eigenes Verlangen?

Es war ein wahrlich ungestümer Kuss. Unsere Lippen trafen wie zwei Blitze aufeinander. Die pure Macht, die sich dabei entlud, löste ein Prickeln in meinem ganzen Körper aus. Weiße Flecken tanzten vor meinen geschlossenen Lidern. Ich meinte, ein lautes Donnergrollen zu hören. Meine Hand glitt zwischen unsere Körper und als meine Handfläche über seinen Brustkorb strich, merkte ich, dass dieses tiefe Geräusch von ihm stammte.

Deacons Hand fuhr in meine Haare. Er neigte seinen Kopf und dann ...

Die Kutsche ruckelte und ich krallte mich Halt suchend an Deacons Kragen fest und zerrte ihn damit fast auf den Boden.

»ARGH!«, schrie ich frustriert auf. »Das gibt es doch nicht!«

»Geht es dir zu schnell?«, fragte Deacon.

Sein goldener Blick war glasig, seine Wangen rot und seine Lippen geschwollen.

Ich lachte laut auf. Wenn es nach mir ginge, würde ich jetzt schon schweißgebadet seinen Namen schreien.

Ich fand die Kleider in diesem Land ja wirklich schön. Ich mochte die große Auswahl an Farben, die mich an das antike Griechenland erinnerte. Nur änderte es nichts daran, dass sie manchmal furchtbar unpraktisch und viel zu zugeknöpft waren. Die mit zahlreichen Unterröcken waren ganz praktikabel, wenn man betrunken einen Grasabhang hinunterstürzte und die gefühlt hundert Unterröcke Knochenbrüche verhinderten. Mit der Tournüre hatte ich schon mehrmals lästige Menschen einfach aus dem Weg geschubst.

Für ein leidenschaftliches Stelldichein in einer Kutsche waren diese Kleider allerdings gänzlich ungeeignet.

Mit einem Finger deutete ich ihm zu warten. »Einen Moment, ja?«

Ich griff nach hinten, lockerte hastig mein Mieder und schlüpfte aus dem schweren Brokatstoff. Erleichtert seufzte ich auf, als mindestens zehn Pfund von mir herunterglitten.

Ich trug jetzt nur noch meine leichte Chemise und das Korsett. Das fühlte sich viel besser an und erinnerte mich auch an die Kleidung, die ich in meiner Heimat mit Vorliebe getragen hatte. Außerdem gab es mir die Bewegungsfreiheit, nach der ich mich im Moment am meisten sehnte.

»Viel besser«, seufzte ich, als ich meine Beine links und rechts von ihm in die gepolsterte Sitzbank drückte.

Ich wollte ihn küssen, als mir sein Blick auffiel.

»Du bist so schön«, hauchte er fast schon ehrfürchtig.

Obwohl das Verlangen in mir brannte und meine inneren Organe versengte, ließ ich es zu, dass er mich berührte. Ich ließ ihn meinen Körper in seiner Geschwindigkeit erkunden.

Oh, und er nahm sich diese Zeit.

Gewissenhaft wie der Forscher, der er nun mal war, studierte er jede meiner Rundungen mit seinen Fingern.

Ich biss mir auf die Unterlippe, um mein Stöhnen zu unterdrücken. Mein Oberkörper kippte nach vorne und ich versenkte meine Zähne in seinem Hals, saugte an seiner Haut, bevor ich die Stelle mit sanften Küssen bedeckte.

Seine Finger waren an meinem Bauchnabel angelangt. Er umkreiste ihn mit dem Zeigefinger, ehe er sie weiter nach unten gleiten ließ.

»Willst du deine Handschuhe nicht ablegen?«, fragte ich ihn. »Ich bin mir sicher, dass es sich so für uns beide besser anfühlt.«

Eine noch nie gesehene Art der Verletzlichkeit huschte über Deacons Züge, bevor er nickte. »Du musst wissen, dass ich die Handschuhe nicht freiwillig trage.«

Ich nahm seine Hand und zog den Handschuh herunter. Eigentlich wollte ich nachahmen, was ich bei einem verliebten Pärchen beobachtet hatte, aber Spitzenhandschuhe glitten nun einmal leichter von der Haut.

Seine Hand sah ganz normal aus. Haare am Handrücken. Spitze Knöchel. Gepflegte Fingernägel. Ich hatte Schlimmeres erwartet.

Deacon schüttelte den Kopf. »Ich meinte das hier.«

Er zeigte mir seine Handflächen. Ein Netz von rötlichen Narben zog sich über die Innenflächen. Es sah aus wie eine nicht verheilte Wunde. Und noch etwas stach mir ins Auge: die Narben besaßen alle die Form von Fäden.

»Willst du wissen, woher ich weiß, dass ich die Lebensfäden von Menschen nicht durchtrennen kann? Ich habe es auf die schmerzhafte Art gelernt«, erzählte er mir mit dunkler Stimme, die keine Zweifel zuließ, dass er seine Tat bereute. »Ich trage die Narben, seit ich zehn Jahre alt war. Sie schmerzen immer, aber ich bin es gewohnt.«

Ich sagte nichts. Stattdessen nahm ich seine Hand und küsste die Narben.

»Ich habe lange geglaubt, dass du mich verabscheust, weil du mich nur selten und dann mit Handschuhen berührst«, sagte ich.

»Nein!«, rief Deacon. »Ich wollte dich nur nicht berühren, weil ich wusste, dass ich dann nicht aufhören könnte, deine Locken aus dem Gesicht zu streichen oder deine Hand zu suchen.«

»Nun. Es wird Sie freuen zu hören, dass Sie mich nun berühren dürfen, wo Sie wollen.«

Das ließ er sich nicht zweimal sagen.

»Professor Ha-ah!«

Ich warf meinen Kopf in den Nacken, während ein hoher Schrei meiner Kehle entschlüpfte. Obwohl ich die Augen geschlossen hielt, wusste ich, dass mich Deacon mit forschendem Blick beobachtete, während er mit Zeige- und Mittelfinger über meine Mitte rieb. Ich zog den Stoff mit meinen Händen hoch.

»Wenn du mich willst, dann nimm dir alles«, raunte ich in sein Ohr. »Denn ich werde auch alles von dir nehmen.«

»Ich ... Ich habe das noch nie getan«, gestand er mir mit vor Lust angerauter Stimme.

»Dafür machst du das schon gut«, lobte ich ihn. Ich griff nach seiner Hand und führte sie zurück. »Achte einfach darauf, wie mein Körper reagiert. Sei nicht scheu. Ich bin eine Halbgöttin. Du kannst mir nicht wehtun.«

Er schob einen Finger zwischen meine Falten, was ich mit einem tiefen Stöhnen gut hieß. Angetrieben von meiner Zustimmung verwendete er seinen Daumen und fand zielstrebig meine empfindlichste Stelle.

Ich grub meine Finger fest in seine Schultern, während ich meine Hüften in einem Rhythmus bewegte, der mich immer näher zur Erlösung brachte.

»Immer, wenn ich mich selbst berührt habe, habe ich mir vorgestellt, dass du es bist«, offenbarte ich Deacon. »Du bist so ein pedantischer Besserwisser und dennoch muss ich immerzu nur an dich denken. Was machst du nur mit mir?«

Mein Geständnis schien ihn noch weiter anzutreiben. Er erhöhte die Geschwindigkeit und dann –

Dann überrollte mich eine Flutwelle. Ich schrie laut seinen Namen, als sich meine Muskeln um seine Finger zusammenzogen.

Er murmelte ein paar unverständliche Worte, während er mir abwechselnd Küsse auf die Chemise hauchte. Mein Körper war so empfindlich, dass ich selbst seine Lippen durch den Stoff hindurch spürte.

Völlig erschöpft sank ich auf ihm zusammen. Mein Atem brauchte einige Augenblicke, um sich zu beruhigen.

Deacon zog seine Finger aus mir zurück und legte einen Arm um meine Taille, um mich enger an sich heranzuziehen. Mit der freien Hand strich er meine Haare zurück.

Ich wollte schon einen Witz darüber machen, dass er mir nur dafür den Haarkamm geschenkt hatte, als er plötzlich mein Kinn anhob und seine Lippen auf meine senkte.

Es war ein träger Kuss.

Es war der beste Kuss meines Lebens.

Ich lag eng an ihn geschmiegt, während wir uns mit geschlossenen Augen küssten. Er streichelte mit seinem Daumen über meine Wange und ich massierte mit meinen Fingern seinen Hinterkopf.

Beinahe wäre ich auf ihm eingenickt.

Ich zischte leise, als er sich von mir löste: »Mir geht es nicht anders, aber wir stehen nun schon eine ganze Weile. Auch wenn es jeder Faser meines Körpers widerstrebt: Wir sollten reingehen.«

Ich reckte meinen Kopf.

Verdammt. Deacon hatte recht. Wir waren zum Stehen gekommen. Draußen war es mucksmäuschenstill. Nicht mal ein Luftzug wehte um die Kutsche.

Oh Götter! Ob man uns beziehungsweise mich gehört hatte?

Egal. Es sollte jeder wissen, dass Deacon zu mir gehörte.

»Oder hast du es dir anders überlegt?«, fragte er, weil ich mich, statt einer Antwort, noch fester an ihn schmiegte.

»Ich bleibe bei dir«, nuschelte ich gegen seinen Hals. »Hast du vergessen, dass Furien nur im seltensten Fall von ihrem Opfer ablassen? Das hast du nun selbst zu verantworten.«

Das schien Deacon so sehr in Ekstase zu versetzen, dass er die Tür der Kutsche aufstieß, seine Hände unter meinen Körper schob und mich hochhob.

»Ich bin viel zu schwer!«, schrie ich, obwohl Deacon nicht einmal ächzte.

Wie als wäre ich seine neuangetraute Braut, stieg er mit mir aus der Kutsche und ich schlang mein Arme um seinen Hals.

»Wenn du morgen unter Muskelschmerzen leidest, dann gib nicht mir die Schuld.«

»Das werde ich nicht.«

Ich schnaubte laut.

Weit kamen wir jedoch nicht, weil ich aus den Augenwinkeln eine Bewegung wahrnahm. Mein Athame befand sich an der gewohnten Stelle an meinem Oberschenkel, weshalb ich nur mein Kleid hochschieben musste, um es nach dem Störenfried zu schleudern. Und ich erwischte wieder einmal nur die Luft.

»War da nicht etwas?«, fragte ich Deacon und deutete ihm, mich runterzulassen, weil ich meinen Dolch holen musste. »Und antworte jetzt ja nicht mit einem schwülstigen ›Ich sehe nur dich‹.«

»Die Dienstboten sind alle längst im Bett«, erklärte er mir. »Und der Kutscher muss noch das Pferd im Stall versorgen. Wir sind allein.«

Ich schob es auf die Müdigkeit und den Hunger, dass ich anfing, Dinge zu halluzinieren.

24. Kapitel

DIE HELDIN IST FURCHTBAR AUFGEREGT

Das hier war bei Weitem nicht das erste Mal, dass ich das Schlafgemach eines Mannes betrat, aber ich war furchtbar aufgeregt.

Deacon hielt die ganze Zeit über meine Hand – ohne Handschuhe!, während er mich durch das dunkle Anwesen führte. Wir entzündeten keine Kerzen und verzichteten auch auf das elektrische Licht, um niemanden zu wecken. Deacon erzählte mir, dass dieses Anwesen eines der ersten in ganz London war, das man mit elektrischem Licht ausgestattet hatte.

»Damit du bis in die Nacht Bücher lesen kannst und keine Angst vor den Flammen haben musst?«, riet ich und traf damit genau ins Schwarze.

Er hatte wirklich Glück, weil seine Familie genügend Geld für solche Annehmlichkeiten besaß.

Deacon führte mich hoch in den ersten Stock und vorbei an Gemälden und Vasen zu der letzten Tür im linken Flügel.

»Bitte tritt ein«, sagte er, verneigte sich und bedeutete mir, sein Zimmer zu betreten. Er betätigte einen Schalter und erhellte damit den ganzen Raum.

Deacons Zimmer war riesig! In Fläche sicherlich größer als Callistos Salon. Das war mit Abstand das größte Schlafzimmer, das ich jemals gesehen hatte. Auch hier reihte sich ein Bücherregal an das andere. Da war kein Platz für hässliche Tapeten, wenn Abertausend lederne Buchrücken den Raum verschönerten.

Der Schreibtisch war klein, aber ich nahm an, dass er auch noch über ein eigenes Studierzimmer verfügte. Und eines war nicht klein, nämlich das Riesenchaos darauf: verschiedenes Briefpapier, offene Tintenfässer, Zettelchen mit Notizen.

Deacon wollte den Holzladen herunterziehen und das Chaos verstecken, aber ich kam ihm dazwischen.

Neugierig untersuchte ich seinen Schreibtisch und stolperte prompt über mehrere angefangene Briefe. Den Empfänger fand ich schnell heraus:

Meine liebste Euryale ...

Euryale, ich will ...

Verehrte Eur–

Lady Euryale ...

Mein Licht und –

Den letzten halbfertigen Satz, hatte er mehrfach heftig durchgestrichen, sodass die Tinte über das Pergament gespritzt war. Ein Glück für ihn, denn ich empfand ihn als besonders kitschig.

»Was ist das?«, fragte ich Deacon trotzdem.

Er zögerte. »Ich wollte dir einen Brief schreiben«, gab er zaudernd zu. Er schob mich leicht zur Seite. Eine Hand verharrte auf meiner Hüfte, wo seine Finger Halbkreise malten. »Doch ich wusste nicht, wie ich ihn formulieren sollte.«

»Was wolltest du mir denn schreiben?«

»Dass ich sehr oft an dich denke und dich gerne auf ein Picknick im Park einladen würde, aber ich nicht weiß, ob du an solchen Treffen interessiert bist.«

In meiner Brust flatterte ein Gefühl in die Höhe. Ein Treffen im Park klang nach etwas, das verliebte Pärchen miteinander unternahmen.

»Nun denn.« Ich räusperte mich. »Ich erwarte bald einen Brief von Ihnen, Lord Haworth.«

Er lachte leise.

Ich war noch nicht fertig mit der Begutachtung des Raumes.

Im Zimmer befand sich außerdem eine Sitzgelegenheit aus sandbraunem Stoff und ein Tisch, auf dem ein seltsames Ding stand.

Interessiert steuerte ich das unbekannte Objekt im Raum an. Dabei handelte es sich um eine hölzerne Box mit einem goldenen Trichter.

»Das ist ein Phonograph«, sagte er und ließ dieses Mal die Erklärung weg, weil ich sie einmal benötigte.

»Natürlich. Ein Phonograph. Wer kennt es nicht?«

»Man kann damit Musik abspielen.«

»Natürlich kann man das. In dieses kleine Gerät passt nämlich ein ganzes Orchester, das nur darauf wartet, ein Konzert zu starten. Ich warte auf die richtige Erklärung, Professor Haworth.«

Statt zu kontern, drehte Deacon an der Kurbel. Auf einmal erschallte aus dem Trichter ein aufregendes Gefiedel und sogar eine Frauenstimme hatte man in das Gerät gebannt. Ein überraschter Schrei befreite sich aus meiner Kehle. *Das war so aufregend!*

»Ist das ein technisches Gerät?«, fragte ich Deacon. »Für mich wirkt es nämlich wie Magie.«

»Keine Magie«, verneinte er. »Tatsächlich ist es ein relativ einfacher technischer Vorgang, bei dem man die Schallschwingungen der Instrumente und Gesänge auf einem Metall zuerst mit einer Nadel einkerbt und sie dann mit einer anderen Nadel wieder abspielt.«

Er kurbelte erneut und ließ mich durch die Gesänge direkt in den Trojanischen Krieg eintauchen.

»Stell dir vor, dass sich diese Systeme gerade rasend schnell weiterentwickeln«, erzählte er. »Irgendwann werden wir vielleicht sogar in der Lage sein, Ton *und* Bild einzufangen.«

»Glaubst du, dass die Götter ihre Macht verloren haben, weil wir durch Wissenschaft und Technik ihre Gaben nach und nach ersetzen?«, fragte ich. »Mit dem elektrischen Licht werden wir Prometheus' Feuer selbst in abgelegene Orte tragen. Wir können die Musikkunst von Apollo und auch die anderen Künste auf Papier – und das, was du gerade erklärt hast – bannen und weitergeben. Brauchen Menschen dann noch Götter?«

Deacon verschränkte die Arme vor der Brust, senkte den Kopf und dachte nach. Während er grübelte, betrachtete ich ihn ausgiebig. Sein dunkles Haar fiel ihm in die Stirn und ich hatte Lust, die Strähnen wegzuschieben, meine Hände an seine Wange zu legen und ihn zu einem langen Kuss heranzuziehen.

Was hielt mich davon ab? Genau: Nichts.

Ich schritt auf Deacon zu und tat genau das. Er war etwas überrumpelt, aber sofort wurden seine Lippen weicher.

Nicht einmal im Traum hätte ich gedacht, dass ich das Zusammensein mit Deacon so dermaßen genießen würde.

Ich konnte mir sogar vorstellen, öfters hier zu verweilen. In Büchern zu lesen, der Musik zu lauschen und mit Deacon bei Tee und Kuchen über alles und nichts zu plaudern: Geschichte, Technik, Götter, ob Mister Taylor wirklich ein Toupet trug und ob Veilchenblau die neue Modefarbe werden würde. Danach könnten wir uns küssen und lieben.

Aber ...

Mein Herz wurde unsagbar schwer und ich unterbrach den Kuss. Ich schmiegte mein Gesicht stattdessen an seinen Hals, damit er nicht sah, wie ich eine einzelne Träne von seiner Wange wischte. Ich konnte nicht seine Ehefrau werden.

Ich sollte es ihm sagen, aber ich wollte nicht gehen.

Stattdessen verdrängte ich den Gedanken und nestelte mit zittrigen Fingern an seinem Kragen und versuchte seine Fliege zu lösen. Meine Sicht verschwamm leicht, sodass auf einmal zwei Deacons vor mir standen.

Ich schüttelte den Kopf, aber mein Unwohlsein wurde nicht besser. Dafür war gerade nur keine Zeit.

Er war hier. Ich war hier.

Natürlich mussten wir uns heute noch einander hingeben. Warum sonst hatte er mich in sein Schlafzimmer geführt? Es war an der Zeit.

»Bei der Korsage musst du mir helfen«, sagte ich zu Deacon. »Versuch gar nicht erst die Schnür–«

Bevor ich den Satz zu Ende sprechen konnte, kippte ich um.

Die Ohnmacht war schnell vorüber. In einem Moment

stand ich noch bei Deacon – im nächsten lehnte ich an der hübschen Longue.

Verdammt! Warum verließen mich ausgerechnet jetzt meine Kräfte? Dieser menschliche Körper war wahrlich zu nichts zu gebrauchen!

»Euryale! Geht es dir gut?«

Deacon streckte seine Hand nach mir aus und im ersten Moment wollte ich sie wegschlagen. Doch ich ließ meinen hochroten Kopf nur nach vorne kippen.

»Es könnte sein, dass ich heute weder geschlafen noch etwas gegessen habe«, gestand ich ihm leise. Wer hätte denn auch ahnen sollen, dass ich mich am selben Tag noch in seinem Schlafzimmer wiederfinden würde?

»Kein Grund zur Beunruhigung!«, sagte ich schnell. »Ich bin Schlimmeres gewohnt. Als ich mal eine Hydra erlegen musste, habe ich fast drei Tage nicht geschlafen und mich nur von rohem Froschfleisch ernährt. Wir können uns noch miteinander vergnügen. Wenn auch nicht besonders ausgiebig. Das willst du doch, oder?«

»Aber warum hast du heute nichts gegessen und nicht geschlafen?«

Hatte er den Teil mit dem ›Vergnügen‹ überhört?

Andere Männer wollten mich immer nur so schnell es ging in ihr Bett kriegen – oder auf eine Chaiselongue.

»Ich habe seit gestern Albträume. Von meinem ehemaligen Liebhaber und wie er gestorben ist. Du kannst dir vorstellen, dass dies auf den Magen schlägt.«

»Ich werde dir etwas zu essen holen«, verkündete er und ignorierte meinen Protest. »Ich bin mir sicher, dass noch Reste vom Nachmittagstee in der Küche stehen. Ruh dich in der Zwischenzeit aus. Es ist spät.«

»Aber –«

»Lass mich das für dich tun.«

»*Deacon*.«

Mehr sagte ich nicht. Er musste mich nicht umsorgen. Ich kam auch so gut zurecht.

»*Euryale*.« Er seufzte schwer. »Ich habe dir schon einmal gesagt, dass ich nicht mit ansehen kann, wenn es dir schlecht geht. Leg dich ins Bett. Ich bin gleich wieder da.«

»Mir geht es –«

Deacon ließ nicht mit sich reden. Oh nein. Stattdessen packte er mich und trug mich ins Bett.

»Das gefällt dir, hm?«, sagte ich.

»Das gefällt *dir*, meinst du wohl.«

Er bettete mich fast schon beleidigend vorsichtig, was ihm natürlich meinen berüchtigten giftigen Blick einbrachte.

»Alles gut?«

»Nein. Ich bin nämlich ein schwacher Mensch. *Hust. Hust.* Ich sterbe.«

»Dein beißender Sarkasmus hat schon einmal nicht gelitten. Ich bin gleich wieder bei dir.«

Wie versprochen blieb Deacon nicht lange weg. Ich hatte kaum Zeit, vom Bett aus die zahlreichen Buchrücken zu begutachten, als er mit einem vollen Kristallteller und Gläsern zurückkam.

»Ich habe hier Sandwi–«

Deacon konnte den Satz nicht einmal beenden, da hatte ich schon drei Sandwiches in meinen Mund gestopft.

»Schmecken sie dir?«

Ich nickte, weil ich zu beschäftigt war, das Brot hinunterzuschlucken.

»Ich hoffe, du magst auch Limonade.«

Ich war es nicht gewohnt, dass man sich um mich kümmerte. Aus Reflex wollte ich ihn jedes Mal, wenn er mir ein neu aufgefülltes Glas reichte, anzischen, dass ich das auch selbst erledigen konnte.

Die Limonade schmeckte herrlich erfrischend. Weder zu sauer noch zu süß. Man merkte sofort, dass sie, wie die Sandwiches, selbst und mit Liebe gemacht worden war.

»Unsere Haushälterin – Mrs Gray – bereitet seit zwanzig Jahren jeden Tag Sandwiches und Limonade für mich zu, obwohl das alles nicht mal in ihren Aufgabenbereich fällt«, erzählte er mir. »Sie wollte letztes Mal schon wissen, wer die junge Frau ist, die ich zu mir eingeladen habe.«

»Ich ... Es tut mir leid.«

»Dass meine Haushälterin zu neugierig ist?«

»Nein. Ich meine, dass ich manchmal so kratzbürstig zu dir bin, obwohl du dich nur um mich sorgst. Ich bin so etwas nicht gewohnt.«

Deacon lächelte verschmitzt. »Du meinst, dass du dich wie eine Furie aufführst?«

Ich stöhnte laut und drückte ihm Glas und Teller in die Hand, damit er sie wegräumen konnte.

Plötzlich tat Deacon etwas völlig Unerwartetes. Er beugte sich über mich und küsste meine Nasenspitze. Dies war eine solch liebevolle Geste, dass ich die Gefühle, die aus meinem Brustkorb herausbrachen, nicht richtig verarbeiten konnte.

Ich stieß ihn von mir weg, wodurch er überrascht ein paar Schritte nach hinten taumelte.

»Komm ins Bett, aber zieh dich zuerst aus«, wies ich ihn an. »Zieh dich vor mir aus«, spezifizierte ich meinen Wunsch mit Gier in den Augen und leckte mir lasziv über die Lippen. In den meisten Fällen legte ich keinen Wert auf das Kleiderablegen. Ich mochte schnellen Sex, der mich zum Höhepunkt brachte und mich zumindest für einige Momente wie eine Göttin auf Erden fühlen ließ. *Eros.*

Doch bei Deacon wollte ich alles in vollen Zügen genießen. Deacon tat wie ihm geheißen. Für einen Gelehrten war er sehr gut gebaut, aber vielleicht lag es auch an der sportlichen Erziehung, die die meisten Adelssprösslinge genossen.

Und dann war da noch ... Meine Mundwinkel kräuselten sich beim Blick auf seine Leistengegend. Er war sichtlich erregt, was ich als Kompliment auffasste.

Mein Unterleib zog sich in Erwartung schmerzhaft zusammen.

»Komm zu mir«, wies ich ihn an.

»Du hattest einen Schwächeanfall«, sagte er. »Du bist erschöpft. Wir sollten es gut sein lassen.«

»Und dennoch hast du dich ausgezogen.«

Er wich meinem Blick aus. »Ich wollte dich nur wissen lassen, dass das hier alles vollkommen neu für mich ist. Deshalb weiß ich noch nicht recht, wie ich auf bestimmte Situationen reagieren soll.«

»Mhm. Was genau?«

Meinte er das Zusammensein mit mir? Das war doch auch für mich ein neues Erlebnis. Ich ließ mir normalerweise nie so viel Zeit, einen Mann kennenzulernen.

»Mit einer Frau das Bett zu teilen.«

Das Lachen fand keinen Weg aus meiner Kehle, weil ich seinen ernsten Blick bemerkte. »Ich habe es dir vorhin schon gesagt.«

»Ich dachte ... Du meintest nur das mit den Fingern und in einem fahrenden Wagen ...«, stotterte ich herum. »Aber eben in der Kutsche ... Das war nicht schlecht.«

»Nun ich lese sehr viel und –«

»Sag das jetzt nicht.«

»Und ich fand schon immer alles interessant, was ich nicht verstehe. Zudem hast du mir gezeigt, was ich tun soll.«

»Aber warum?«, fragte ich ihn.

Deacon hatte schon immer zu den beliebtesten Junggesellen gezählt. Er war gut aussehend und besaß neben dem Titel, den er erben würde, eine Menge Geld. Schon einer dieser Faktoren reichte normalerweise aus, um scharenweise Frauen anzulocken.

»Ich hatte vor dir nie das Bedürfnis, mit einer Frau intim zu werden.«

»Oh. Und bei mir schon?«

»Heute Nacht natürlich nicht, aber ja.« Er legte eine Hand auf sein Herz. »Fühl dich nicht zu irgendetwas gezwungen.«

»Komm«, wiederholte ich. »Lass uns im Bett weiterreden.«

Man merkte seine Unentschlossenheit in jedem seiner Schritte. Sobald er in meiner Nähe war, packte ich ihn am Handgelenk und zog ihn zu mir ins Bett.

»Du weißt, dass ich keine Jungfrau mehr bin.«

Er nickte.

»Findest du das schlimm?«

»Nein.«

»Warum?«, bohrte ich nach.

»Auch wenn ich erst ein Mal im Bordell war, weiß ich, wie viele andere Männer es aufsuchen – vor und nach ihrer Hochzeit. Ich finde es nicht gut, dass Frauen anders behandelt werden.«

»Du warst also schon mal im Bordell?«

Er zuckte mit den Schultern. »Das war nach meinem Hochschulabschluss. Wir waren eine Gruppe reicher, volljähriger Männer und es wäre auffällig gewesen, wenn ich die Einladung ausgeschlagen hätte. Selbstverständlich habe ich die Dame bezahlt.«

»Und was habt ihr getan?«

»Ich habe ihr Ovids *Liebeskunst* vorgetragen. Sie war schwer begeistert.«

Ich blinzelte einmal – dann brach das Gelächter so laut aus mir heraus, dass ich sicherlich selbst den Titanen Chronos im Elysium dadurch aufweckte.

»Wirklich?«, fragte ich nach Luft japsend nach.

»Was sollte man sonst tu– … Dein Grinsen ist wirklich schamlos.«

»Oh, glaub mir, selbst mir fallen hundert Sachen ein, die ich tun würde.«

Die Enthüllung veränderte nicht viel. Deacon hatte schon in der Kutsche bewiesen, dass er gut einschätzen konnte, was ich im Bett wollte.

Allerdings: »Ich bestehe darauf, dass du mir sagst, ob es dir gefällt, wenn ich dich berühre.«

Er lachte rau. »Glaub mir, ich habe schon längst gemerkt, dass ich es mag.«

»Du musst mich übrigens auch noch ausziehen«, flüsterte ich ihm helfend zu und knabberte an seinem Ohrläppchen.

Er löste die Metallhäkchen meiner Korsage und warf sie dann übers Bett. Ungeduldig zerrten wir mein Unterkleid über meinen Kopf.

Nun waren wir beide endlich nackt.

Es war ein unbeschreibliches Gefühl, ihn endlich Haut an Haut zu spüren. Ich stöhnte verzückt auf, als meine steifen Brustwarzen sich gegen seine feste Brust drückten.

Ich schlang ein Bein um seine Hüfte und drehte ihn mit einer Bewegung zur Seite.

Wir küssten und streichelten uns lange. Trotz seiner Erregung, die sicher unangenehm war, wurde er nicht aufdringlich.

»Ich mag es, wenn du diese Geräusche machst«, sagte er.

Sein Mund schloss sich um meine Brustwarze und ich sog die Luft scharf ein, während ich mich ihm entgegenwölbte. »*Dieses. Dieses mag ich bis jetzt am liebsten.*«

Meine Finger suchten derweil einen Weg von seiner muskulösen Brust über seine definierten Bauchmuskeln dort hinunter, wo die feine Haarspur dichter wurde.

Meine Finger schlossen sich um sein Glied. Langsam bewegte ich meine Hand auf und ab, während ich den Blickkontakt zu ihm hielt.

»Gut?«

Seine Antwort war ein kehliges Stöhnen.

Seine Hände glitten über meine Brüste, über meinen Rücken, hin zu meinem Po, wo er beherzt zugriff.

»Schon wieder ein neues Lieblingsgeräusch gefunden«, brummte er an meinem Hals.

Er küsste mich tief und innig, während wir einen gemeinsamen Rhythmus fanden. Ich nutzte meine freie Hand, um mich selbst zu seinem lustvollen Stöhnen und Keuchen zu berühren.

Seine Bewegungen wurden schneller.

»Euryale«, hauchte er meinen Namen. Er drehte sich zur Seite und seine Hüften zuckten in das Bettlaken.

Nur zu gern hätte ich ihn jetzt in mir gespürt.

Er fuhr sich durch die Haare. Seine Brust glänzte vor Schweiß. »Das war *überwältigend*.«

Ich lächelte ihn träge an. Und dabei hatten wir noch nicht mal richtig angefangen. »Falls ich das mit meinem Mu–«

»Schlafe«, unterbrach mich Deacon. »Du kannst doch kaum noch deine Augen offen halten. Ich bin hier bei dir, falls es dir hilft.«

»Und wehrst die Albträume ab?«, höhnte ich spitzzüngig.

»Wenn es sein muss. Egal, ob sie von Hypnos, Morpheus, Phobetor oder Melinoe stammen. Niemand wird dir schaden, wenn ich bei dir bin.«

»Melinoe«, wiederholte ich mit bebender Stimme.

»Melinoe ist die Tochter von Persephone und Zeus«, erklärte er mir unnötigerweise. Ich kannte diese Göttin leider nur zu gut. »Ich kann dir gerne eine Geschichte über die Göttin der Albträume und Geister erzählen, wenn es dir beim Einschlafen hilfreich ist.«

»Heute Nacht nicht«, lehnte ich ab. »Kannst du mich einfach nur halten?«

Er küsste meinen nackten Bauch, eher er sein Gesicht fest an mich schmiegte. Ein paar kleine Bartstoppeln kitzelten meine Haut. Seine Arme umschlangen meinen Oberkörper.

Eine Nacht.

Nur eine Nacht in seiner Umarmung.

Dann würde ich Deacon den Rest über mich offenbaren.

25. KAPITEL

DIE HELDIN HAT DEN KAMPF GEGEN IHRE GEFÜHLE VERLOREN

Obwohl ich dieses Mal einen Albtraum erwartete, geschah nichts. Ich wachte am nächsten Morgen ausgeruht auf.

Und das wieder mal in einem fremden Bett.

Oder war es wirklich so fremd, wenn ich den Duft kannte? Wenn ich mich sofort an die Berührungen der letzten Nacht erinnerte, die sich auf meiner Haut eingebrannt hatten?

War es ein fremdes Bett, wenn ich zufrieden seufzte und mich tiefer in die Laken kuschelte.

»Guten Morgen«, murmelte ich und streckte meinen Arm aus. Jedoch griff meine Hand ins Leere.

»Deacon?«, fragte ich.

Meine Augenlider flatterten. Ich lag vollkommen allein im Bett.

Mein Herz schrumpfte unter Schmerzen auf die Größe einer Olive. Ich setzte mich im Bett auf und bedeckte mich mit dem Laken. Bis auf den Haarkamm trug ich nichts am Leib.

Ich schwang die Füße aus dem Bett und tappte ein paar Schritte nach vorne, da stach mir ein großer Teller mit Kuchenstückchen sofort ins Auge. Ich zückte mein Athame und spießte ein Stückchen auf.

Auch, wenn es sich nur um einfachen Pfundkuchen handelte, schmeckte er hervorragend.

»Iss mich«, stand auf einer kleinen Karte. Daneben stand ein Krug mit der Limonade vom Vortag. »Trink mich«, lautete der Spruch auf diesem Kärtchen.

»Danke, Professor Besserwisser, ich weiß, was man isst und trinkt.«

Am Kuchen naschend blickte ich mich im Zimmer um: Jemand hatte den Kamin im Zimmer entfacht und mein Kleid auf einem Stuhl fein säuberlich zusammengelegt.

Jemand? Nein. Es musste Deacon gewesen sein.

Nur bei ihm konnte mein Körper sich so entspannen.

Nur wo war er dann?

Wehe, er hatte sich in die Bibliothek zurückgezogen, während ich nackt im Bett lag und auf ihn wartete.

Nach meinem Frühstück war Deacon immer noch nicht zurückgekehrt. Im Haus herrschte reges Treiben und ich wollte es vermeiden, nackt wie Aphrodite durch die Flure zu spazieren, weshalb ich das angrenzende Badezimmer für eine leichte Morgentoilette benutzte. Natürlich öffnete ich auch ein paar der Schränkchen und wühlte darin herum, roch an jedem Parfümflakon und schnupperte an jedem Puderdöschen. Am besten gefiel mir die frei stehende Badewanne, welche genug Platz für Deacon und mich bieten würde.

Zurück im Schlafgemach schlüpfte ich in mein Unterkleid. Gerade, als ich meine Korsage schloss, öffnete sich die Tür hinter meinem Rücken. Das sehnende Ziehen in meinem Brustkorb verriet mir, dass Deacon endlich zurückgekehrt war.

»Guten Morgen«, raunte er in mein Ohr. Seine Arme schlossen sich um meine Taille und zogen mich an seinen warmen

Körper. Seine Berührungen waren zunächst behutsam, nahmen aber rasch an Selbstsicherheit zu. Seine rechte Hand rieb über die Unterseite meiner Brust. Die andere Hand schob sich langsam meinen Bauch hinunter über meinen Oberschenkel. Ich stöhnte leise, was er mit einem zufriedenen Grummeln quittierte.

Er saugte an meinen Hals, während ich mich mit meinem Hintern an ihm rieb.

Eigentlich hatte ich gehofft, dass wir uns wieder ins Bett legen würden, aber ich spürte einen Hauch von Anspannung in jeder seiner Berührungen.

»Was ist los?«, fragte ich und drehte mich zu ihm um.

Er blickte zur Seite, überlegte wohl zu lügen, bevor er den Kopf schüttelte. »Meine Eltern sind überraschenderweise von ihrem Landsitz zurückgekehrt und das Haus ist dementsprechend in Aufruhr. Du hörst es vielleicht.«

Ich spitzte meine Ohren und tatsächlich konnte ich dank meines feinen Hörsinns am Tohuwabohu teilhaben: »Earl Haworth will nur Decken mit Daunenfedern!«, schrie ein Hausmädchen lautstark. Kurz darauf ertönte lautes Schluchzen.

Was zum Hades war hier denn nur los? Waren alle auf einmal verrückt geworden?

»Letztes Jahr hat mein Vater ein Hausmädchen nur deswegen gefeuert«, erklärte er mir. »Amelie war fast zehn Jahre bei uns. Nur einen Monat vorher hat es Bianca getroffen, weil mein Vater sie an einem Tag drei Mal zu Gesicht bekommen hatte und das als ein für Dienstboten untragbares Verhalten einstufte.«

Seine Eltern waren hier.

Das war das, was in meinem Kopf widerhallte.

Wenn man in Erwägung zog, jemanden zu umwerben,

dann musste man die Familie des anderen kennenlernen. Bei mir fiel dieses Prozedere weg, weil ich nicht wusste, ob Deacon ein Treffen mit meinen Ziehmüttern oder Tanten unbeschadet überstehen würde.

Aber ich musste seine Eltern kennenlernen. Ich war schließlich seine ...

Seine *was* eigentlich?

Zu seiner Ehefrau konnte er mich nur schwer machen. Ich war nicht dafür qualifiziert, die Ehefrau eines zukünftigen Earls zu werden.

Damit blieb mir nur der Platz einer ewigen Geliebten.

»Willst du ... Soll ich sie kennenlernen?«, fragte ich trotzdem.

Die Unsicherheit in meiner Stimme war ungewohnt.

»Nein«, antwortete Deacon unerwartet schroff und verzog seinen Mund.

»Natürlich.« Ich nickte und wandte mich von ihn ab. »Eine Furie will doch keiner den eigenen Eltern anpreisen. Ich gehe besser.«

Die Verschmähung schmerzte mehr als eine Ohrfeige.

Ich machte einen fliehenden Schritt nach vorne – und wäre fast in Deacon reingerannt. Wie konnte er nur so schnell sein?

»Du verstehst das falsch! Es ist nicht so, dass ich nicht will, dass Vater und Mutter dich kennenlernen, sondern ich will nicht, dass du meine Eltern kennenlernst.«

»Ich ... Ich verstehe nicht.« War das nicht exakt das Gleiche?

»Es ... Ich ...«

Vor meinen Augen brach ein Teil von Deacons Fassade. Er sackte kaum merklich in sich zusammen. Seine goldenen Augen waren fast schwarz.

Ohne ein Wort der Erklärung streckte er mir seine Hand aus. Er trug seine Lederhandschuhe, weshalb ich sofort verstand, was er von mir wollte. Behutsam zog ich den Stoff ab. Er streckte mir seine Handflächen entgegen und ich drückte meine Hände gegen seine. Die vernarbte Haut fühlte sich ungewöhnlich warm, beinahe heiß an.

Seine Stirn legte er an meine.

Erst dann sprach er wieder:»Meine Narben«, sagte Deacon zögernd.»Sie stammen von den Lebensfäden meines Vaters.« Diese Enthüllung traf mich völlig unvermittelt. Ich zuckte zusammen, ehe ich meine Finger zwischen seine schob und sie fest drückte.

»Und das war kein Versehen«, riet ich.»Du wolltest deinen Vater töten.«

»Er ist ... Er *war* ein noch viel grausamerer Mann. Ein Tyrann. Wenn etwas nicht nach seinem Willen geschah, hat er getobt. Wenn er nicht Sachen nach den Dienstboten geworfen hat, hat er sie einfach so zerstört. Ich erinnere mich an kaum einen Tag, an dem seine Stimme nicht durch dieses Haus gehallt hat. Selbst in seinem jetzigen Zustand haben die Dienstboten riesige Angst vor ihm. Auf unserem Landsitz bleibt kein Angestellter länger als ein Jahr.«

»Hat er dir etwas angetan?«, fragte ich mit einem Knurren in der Stimme.»Oder deiner Mutter?«

»Er hat nie Hand an mich gelegt und das Verhältnis zu meiner Mutter ist bizarr, um es milde auszudrücken. Doch es braucht nicht immer körperliche Gewalt, um Menschen zu brechen.«

»Das heißt, er ist ganz anders als du.«

Er lachte humorlos auf.»Er ist ja auch wahrlich ein abschreckendes Beispiel. Das Einzige, was uns verbindet, ist die Bewunderung für die griechische Geschichte. Wobei ich mich den Erzählungen gewidmet habe, um ihm zu entfliehen. Nichts ist wohltuender für die Seele, als in Ruhe ein Buch zu lesen.«

»Es tut mir so leid, dass du das durchmachen musstest.«

Ich war kaum in der Lage, ihm in die Augen zu blicken. Wie oft hatte ich mich über seine Liebe zu Büchern lustig gemacht, ohne zu wissen, dass sie für ihn die einzige Möglichkeit waren, der Welt zu entfliehen.

»Mir tut es leid, dass ich vorerst darauf verzichten möchte, dass du sie kennenlernst. Ich wünschte, wir hätten ein besseres Verhältnis.«

»Verzeih die Neugier, aber wie genau wirken sich diese beschädigten Lebensfäden aus?«

»Mein Vater leidet unter einer Krankheit, die keiner heilen kann. Nichts hilft. Kein Medikament und keine Therapie. Er ist die meiste Zeit über sehr geschwächt, als würde alles, was er tut, an seiner Lebenskraft selbst zehren. Je länger er sich schont, desto mehr Kraft besitzt er. Seine Lebensfäden sind dennoch stark beschädigt. Sie können jederzeit reißen.

»Weiß deine Mutter, was du getan hast?«

»Wie du dir denken kannst, rede ich nicht viel mit ihnen. Aber ich glaube nicht. Mein Vater verschweigt meiner Mutter eine Menge.«

Er meinte damit sicher die Fähigkeit, die Lebensfäden zu sehen.

Bevor ich Deacon fragen konnte, was wir tun sollten, rannte jemand hörbar den Flur entlang.

»Lord Haworth! Lord Haworth!« Nicht nur die Stimme, sondern auch das Klopfen des Hausangestellten klang nach purer Verzweiflung. »Ihr Vater verlangt nach Ihnen. Bi-Bitte kommen Sie.«

»Sieht so aus, als müsste ich gehen. Du willst sicher nicht erklären, was eine fast unbekleidete, junge Frau in deinen Gemächern treibt.«

Ich kleidete mich schnell ein und riss das nächstliegende Fenster auf.

»Warte!«, rief er aus. »Ich will dich bald wiedersehen. Auch wenn meine Eltern anwesend sind, werde ich nicht die ganze Zeit in diesem Haus versauern.«

»Dann wäre es ganz schicklich, wenn Sie mir einen Brief schreiben.«

Bevor ich aus dem Fenster sprang, legte ich meine Hand in Deacons Nacken und zog ihn zu einem leidenschaftlichen Kuss heran.

26. KAPITEL

DIE HELDIN FINDET IHRE FAMILIE

Kaum hatte ich das Anwesen der Haworths verlassen, überkamen mich Zweifel: Hätte ich bei Deacon bleiben sollen?

Allerdings ziemte es sich nicht, dass eine junge Dame ihre Schwiegereltern mit einem Dolch bedrohte, weil sie ihren Liebsten beschützen wollte. Jedoch konnte ich mich bei so etwas nicht zurückhalten. Deacon würde das schließlich auch bei mir tun.

Ich musste unbedingt aufhören, von ihnen als meine »Schwiegereltern« zu denken. Ich blieb gerne an Deacons Seite, doch zur Ehefrau taugte ich nicht. Nichtsdestotrotz behagte mir der Gedanke nicht, er könnte sich eine andere zur Frau erwählen, nur um seine gesellschaftliche Stellung zu sichern.

Ich musste es ihm dringend sagen, aber ich wollte nicht das riskieren, was gerade zwischen uns erblühte.

In Gedanken noch bei Deacon, traf ich bei Callisto ein. Es war zu spät für das Frühstück und noch zu früh für das Mittagessen, weshalb es ruhig im Anwesen war.

Ich war gerade dabei, mich in mein Gemach zurückziehen, als ein mittelalter Dienstbote nach mir rief.

»Lady Kalos, wie gut, dass ich Sie sehe.« Er verbeugte sich

und streckte mir ein Tablett entgegen. »Sie haben einen Brief bekommen.«

Deacon war ... schnell.

»Danke schön, ... Äh.«

»James«, half er mir auf die Sprünge.

»James, ich wollte Sie nur wissen lassen, dass es mich nicht stört, wenn ich Sie öfter als dreimal am Tag zu Gesicht bekomme.«

»Vielen Dank?«

Ich zog mein Athame hervor und als meine Klinge durch das Papier glitt, bemerkte ich, dass es sich beim Absender nicht um Deacon, sondern um Cecilia handelte.

Ob es ihr gut ging?, schoss es mir durch den Kopf. Gestern hatte sie auf jeden Fall sehr gesund gewirkt.

Ich entfaltete den Brief. Cecilia besaß wahrlich die schönste Handschrift: Jeder Buchstabe war dünn und fein, jede Schwingung und Kurve unfassbar elegant. Kein unerwünschter Tintenklecks verunstaltete das Papier.

»Nun. Mal sehen, was meine Freundin von mir will«, sagte ich und las:

Liebste Callisto,
niemals hätte ich gedacht, dass ein einziger Blick
ausreicht, um ein Feuer in meiner Brust zu
entfachen, welches bis in untere –

Mit hochrotem Blick brach ich ab. Das war viel zu privat!

Nach dem ersten Schock schnaubte ich pikiert. Cecilia besaß das Gesicht eines Engels, aber ich war mir sicher, dass dieser Brief noch viel expliziter werden würde.

Ich drehte das Kuvert um. Dort stand eindeutig Lady C. Smythe als Empfängerin notiert.

Nun. Es war höchste Zeit, das Schreiben der richtigen Person zuzustellen.

Ich fand meine »Schwester« natürlich im Arbeitszimmer. Das Erste, was mir auffiel, waren ihre offenen Haare. Ihre dichten Locken fielen ihr über die Schulter. Plötzlich wirkte sie um Jahre jünger.

»War es schön bei Lord Haworth?«, fragte sie mich.

»Sehr schön.«

Das Geplänkel war damit vorbei.

Sie fuhr sich mit beiden Händen übers Gesicht und als sie mich wieder anblickte, war ihr Gesicht rot wie eine Erdbeere.

»In unserem Garten steht eine kleine Giraffe, die behauptet, dass du sie befreit hast.«

»Nun ja, ich habe noch nie gehört, dass eine Giraffe gelogen hat, also muss es wohl der Wahrheit entsprechen.«

»Du«, sagte sie und hob drohend einen Finger, »hast Glück, dass ich mit ein paar Kapitänen befreundet bin. Sie – und zwei ihrer Kamelfreunde – werden heute noch mit Fracht nach Afrika gebracht. Dann ist sie weg, bevor die Morgenzeitung über die entflohenen Tiere berichten kann.«

»Perfekt.«

»Ich kann nicht glauben, dass du das getan hast!«

»Apropos: Wurde eine Leiche gefunden?«

»Eine ... eine Leiche?!« Callisto war derart aufgebracht, dass sie wie ein Fisch auf dem Trocknen nach Luft schnappte. Ihre Fingernägel hinterließen Spuren im Holz des Schreibtisches. »Ich kann nicht glauben, dass Lord Haworth das zugelassen hat. Ich habe ihn für vernünftig gehalten, aber wie es aussieht, macht Liebe auch die Schlausten zu Dummköpfen.«

Ich fauchte in ihre Richtung. »Nenn ihn nicht Dummkopf!«, herrschte ich sie an. »Und ich würde an deiner Stelle nicht so abfällig über die Liebe reden.«

Ich ließ Cecilias Brief auf ihren Tisch segeln.

Mit einer hochgezogenen Braue nahm sie ihn und las. Innerhalb weniger Sekunden tanzten viele verschiedene Emotionen über ihr Gesicht: Neugier, Freude und natürlich Lust.

»Du hast *meinen* Brief gelesen?«

»Nur ein Versehen. Der Angestellte hat wohl unsere Namen durcheinandergebracht und ich habe den Empfänger erst im Nachhinein überprüft. Du solltest da nicht so nachlässig sein.

Ich will nicht, dass du einen Brief von Deacon öffnest, der für mich bestimmt ist.«

Obwohl er wahrscheinlich nur die *Liebeskunst* als literarisches Vorspiel zitieren würde. Ich schätzte seine liebevollen Worte auf Papier, aber noch lieber war es mir, wenn er mir in trauter Zweisamkeit zeigte, wie sehr er mich begehrte.

»Das wäre wirklich besser«, sagte sie und verstaute den Brief in einer Schublade. »Ich finde Miss Bailey wirklich liebreizend, wenn du das hören willst. Ich hege die Absicht, unseren Kontakt zu vertiefen.«

»Kennt ihr euch schon länger?«, fragte ich Callisto direkt und ohne Umschweife. »Gestern wirktet ihr so vertraut miteinander.«

Callisto lehnte sich in ihrem Stuhl zurück und schüttelte den Kopf. »Mir war sie nur aus deinen Erzählungen bekannt. Ich wusste nicht, dass sie ... sie so ...« Man merkte ihr an, dass sie versuchte, die richtigen Worte zu finden. »Sie hat eine ganz besondere Aura. Ich kann nicht anders, als völlig verzaubert von ihr zu sein.«

»Cecilia überstrahlt wirklich alles und jeden.«

Callisto lachte rau.»Nein. Das ist es nicht. Nicht direkt. Es sind die Schatten, die ihr Strahlen, wie du es nennst, erzeugt. Ich giere nach der Dunkelheit.«

»Wie ... schön.«

Was auch immer das bedeuten mochte: Wenn es Callisto und Cecilia glücklich machte.

»Falls Miss Bailey keinen Mann findet«, Callisto strafte mich mit einem bösen Blick, als ich hüstelte,»würde ich gerne ihre Eltern wissen lassen, dass ich mich ihrer annehmen würde. Sie soll wissen, dass sie nicht allein ist.«

»Das klingt schön.«

Cecilia und ich redeten nicht oft über das Thema, weil es immer eine Schwere mit sich brachte. Aber auch ohne es offen auszusprechen, wusste ich, dass sie unter den strengen gesellschaftlichen Normen litt.

Der nächste Satz war nicht an mich gerichtet und ich war mir sicher, dass er Callisto nur aufgrund ihrer Emotionalität über die Lippen kam:»Ich werde meinen Mann und mein Kind wohl doch nicht so früh wiedersehen.«

Mein ganzer Körper versteifte sich.»Was war das?«

Callisto schreckte hoch.»Nichts.«

»Nein! Ich habe ganz genau gehört, was du gerade gesagt hast«, zischte ich sie an.»Du sagtest schon vor ein paar Tagen, dass es deine letzte Aufgabe als Orakel ist und ich dachte einfach, dass du aufhörst, diesen Visionen Beachtung zu schenken, aber das meintest du damit nicht. Oh nein.«

»Ich wollte mit dir den Riss finden und dann alles hinter mir lassen.«

»Du wolltest dich umbringen?!«, schrie ich Callisto fassungslos an. »Wie konntest du an so etwas nur denken?« Am liebsten hätte ich ihren Schreibtisch umgestoßen, hinter dem sie sich immer versteckte, damit niemand an sie herankam.

Callisto stand auf und wandte sich den Fenstern zu, brachte Abstand zwischen uns beide. Sie wagte es nicht einmal, mich anzusehen!

»Ich habe die letzten Wochen sehr viel auf deinen Namen umschreiben lassen. Du hättest trotzdem in England leben dürfen. Egal, ob Lord Haworth dich ehelicht oder nicht. Auf dem Papier bist du meine Schwester und meine Erbin.«

»Tu nicht so, als würdest du mir einen Gefallen tun. Ich dachte, du magst mich. Ich dachte du willst, dass ich bleibe, weil du mich trotz unserer Differenzen liebgewonnen hast. Aber wie sich herausstellt, hast du mich nur belogen. Du hast nie beabsichtigt, mit mir weiterhin zusammenzuleben.«

Sie neigte den Kopf leicht nach hinten. »Du hast Deacon.«

»Stell dir vor, ich kann mit Deacon zusammen sein *und* dich weiterhin schätzen.«

Stille breitete sich zwischen uns aus.

»Und was meinst du mit Kind?«

Meine Stimme war leise, weil ich ahnte, was sie mir gleich offenbaren würde.

»Ich war schwanger, als Thomas starb. Ich habe es kurz nach seinem Tod verloren.«

»Das tut mir sehr leid.«

Auch wenn mir selbst so etwas nicht passieren konnte, konnte ich mir dennoch vorstellen, wie schmerzhaft es für

Callisto war. Ihr Mann war gestorben und das Einzige, was ihr auf dieser Welt von ihm geblieben war, hatte dasselbe Schicksal ereilt.

Die andere Halbgöttin riss sich vom Fenster los und marschierte mit ihrem normalen – sprich: grimmigem – Blick Richtung Tür. Ich rechnete damit, dass sie das Gespräch für beendet erklärte und mich stehen ließ. Doch noch bevor sie es an mir vorbeischaffte, sackten ihre Beine weg. Die Tochter der Hecate brach vor meinen Augen zusammen. Wie ein Häufchen Elend krümmte sie sich auf dem Perserteppich, während laute Schluchzer ihren Körper beutelten.

Die Geräusche, die sie von sich gab, waren herzzerreißend. Sie murmelte ein paar Worte auf Altgriechisch, die sich nach einem alten Kinderlied anhörten und wiegte sich vor und zurück.

Ich stand vor ihr und wusste nicht, was ich tun oder sagen sollte.

»Ich … Ich habe mein eigenes Kind getötet«, schluchzte sie und schlug mit der Faust auf den Teppich ein. Ihre Stimme war rau. Sie hustete nach jedem dritten Wort. »Ich wollte doch nur meinen Mann zurück.«

Ich kniete mich zu ihr auf den Boden und versuchte sie zu trösten, doch sie wich scheu wie ein Reh sofort vor meiner Berührung zurück. »Du kannst nichts dafür«, sagte ich. »Gib dir nicht die Schuld.«

»Thomas starb bei einem Reitunfall«, erzählte sie mir zusammenhangslos. »Es war so plötzlich. Am Morgen haben wir uns noch geliebt. Er hat mich zum Abschied geküsst und mir versprochen, mich am Abend in die Oper zu begleiten. Nur zwei Stunden später brachte man ihn ins Haus. Er war auf dem Weg zu unserem Landsitz in Derbyshire vom

Pferd gestürzt und unglücklich mit dem Kopf auf einem Stein aufgeschlagen. Man schickte noch nach einem Arzt, aber es war bereits zu spät. Er war blass. Er war kalt. Seine Seele war bereits bei Charon, aber er war noch nicht im Elysium.«

Mein Blick glitt zu ihrer Reliquie auf dem Tisch. Die Waage glomm unheilvoll. »Du hast doch nicht ...«

»Doch. Das tat ich – und ich werde es für immer bereuen. Was ich damals erweckte, war nur ein Leib ohne Seele. Ich habe versucht, meiner Reliquie mehr als Blut zu geben und Magie zu wirken, die ihn mir ganz zurückgeben würde. Ich dachte, dass ich nur einen Teil meiner Lebenskraft opferte. Als Halbgöttin habe ich doch genug davon. Ob ich nun ein Alter von 90 Jahren allein erreiche oder noch dreißig Jahre mit meinem Mann leben kann, die Wahl erschien mir klar. Leider lag ich falsch. So falsch.«

Ich schlug die Hände entsetzt vor dem Mund zusammen.

»Hecate selbst erschien vor mir und schalt mich ein ›dummes Kind‹. Das war das erste und einzige Mal, dass meine Mutter auftauchte. Sie kappte meine Magie, bevor ich auch noch meine eigene Lebensenergie für eine unmögliche Wiedererweckung verwendete.« Sie schluchzte. »Die Hausangestellten fanden mich ein paar Stunden später ohnmächtig in einer riesigen Blutlache.«

Stille breitete sich im Raum aus. Callisto lag auf dem Teppich und rührte sich kaum noch.

»Kannst du aufstehen?«

Sie schüttelte den Kopf.

»Willst du aufstehen?«

Ein kurzes Zögern – dann ein zustimmendes Nicken.

Ich seufzte, griff mit meinem Arm unter ihren Bauch und

zog sie auf die Beine. Sie stützend führte ich sie aus ihrem Schreibzimmer.

»Ich bin übrigens stinksauer«, sagte ich zu Callisto. »Dass du dachtest, dass es mir egal wäre, wenn du nicht mehr da bist.«

»Es tut mir leid.« Sie lehnte ihren Kopf gegen meine Schulter. »Ich war die letzten Jahre so einsam und wütend auf mich selbst.«

Mit Einsamkeit und Wut war ich sehr gut vertraut ...

»Soll ich dir ins Bett helfen?«, fragte ich sie und steuerte ihr Schlafgemach an.

»Es ist doch noch nicht einmal Mittagszeit.«

»Na und? Wenn es mich nicht täuscht, hast du die letzten Wochen Hunderte Vorkehrungen getroffen, damit ich im Falle deines Todes was-auch-immer erbe. Ich denke, dass du es dir erlauben darfst, ausnahmsweise früher ins Bett zu gehen.«

Callisto wandte nichts ein, weshalb ich ihr Schweigen als »Ja« auffasste.

»Der Haarkamm ist schön«, sagte sie unvermittelt und streckte ihre zittrigen Finger aus. »Er passt perfekt in dein dunkles Haar. Stammt er von Deacon?«

Ich nickte.

»Ich wünsche dir, dass deine Liebesgeschichte mit einem Lord nicht so endet wie meine«, sagte sie. »Ich wünsche euch viele glückliche Jahre.«

Wut war einfach.

Liebe war schwierig.

Aber ich würde es riskieren.

Noch an diesem Abend erreichte mich ein Eilbrief von Deacon.

Mit einem freudigen Aufschrei drückte ich das Kuvert an mein Herz und wirbelte einmal im Kreis herum. Mir fiel dabei nicht auf, dass nicht nur James mein Glück hautnah miterlebte. Sondern zu allem Überfluss auch Callisto, die mit einem Glas Brandy und einer Zigarre durch das Anwesen wandelte und bester Laune war. Sie zitierte die ganze Zeit Sapphos berühmtes Gedicht und ich selbst konnte es inzwischen beinah auswendig rezitieren.

Ich wollte nicht sagen, dass der Zusammenbruch sie gestärkt hatte, aber sich jemandem anzuvertrauen und einmal schwach zu sein, schien ihr sichtlich geholfen zu haben.

»Ich steche dir die Augen aus«, knurrte ich sie trotzdem unfreundlich an.

»Tu das, *Schwesterherz*, gesehen habe ich es trotzdem.« Sie tippte sich mit dem Finger an die Stirn. »Und vergessen kann ich es auch ni– Was soll das!?«

Mein Athame steckte im Holz neben ihrem linken Ohr.

»Du nervst mich!«

»Hier.« Sie schleuderte das Messer zurück. »Das brauchst du, um deinen Liebesbrief zu öffnen.«

Ich stieß einen frustrierten Schrei aus und marschierte in mein Zimmer zurück.

Meine Wut war längst wieder verklungen, als ich mich auf mein Bett fallen ließ und den Brief mit laut klopfendem Herzen öffnete.

Meine herzallerliebste Euryale,
es ist mir eine große Freude, dich morgen um 15 Uhr
zu einem Picknick im Hyde Park einzuladen.
Meine Kutsche wird dich pünktlich eine halbe
Stunde vorher abholen.

In stiller Erwartung dein dir treuergebener
Deacon Haworth

P. S. Bitte informiere deine Anstandsdame über
das Treffen.

P. P. S. Ich meine das ernst, Euryale, du musst
deine Anstandsdame mitnehmen, wenn wir uns in der
Öffentlichkeit treffen.

P. P. P. S. Ich habe auch die Sache mit dem
Nacktbaden nicht vergessen. Ich würde dich das
nächste Mal gerne begleiten, aber morgen steht nur
ein einfaches Picknick an.

Ohne nur einen Augenblick verstreichen zu lassen stürmte
ich in Mrs Balfours Zimmer. Die ältere Dame lag laut schnar-
chend im Bett – zumindest bis ich die Tür aufriss.

»La-Lady Kalos?«

»Lord Haworth und ich gehen morgen picknicken«, verkündete ich. »Sie müssen uns deshalb unbedingt begleiten. Und bitte benehmen Sie sich.«

27. KAPITEL

DIE HELDIN GEHT PICKNICKEN

»Ich bin so richtig aufgeregt!«

»Mhm.«

»Sind Sie nicht aufgeregt?«

»Hm.«

»Das ist vielleicht auch besser so. Aufgeregt sein ziemt sich nicht für eine junge Dame ihres Standes.«

Ich hatte mich auf das Picknick gefreut, bis mir bewusst geworden war, dass sich Mrs Balfour den ganzen Nachmittag in unserer Nähe aufhalten und jede unserer Annäherungen mit Argusaugen verfolgen würde. Ich würde mich nicht so verhalten dürfen, wie ich es wollte. Durch Mrs Balfours Anwesenheit musste ich mich um halb drei vor dem Haus einfinden. Pünktlich fuhr Deacons Kutsche vor. Der Kutscher auf dem Bock strafte mich mit einem bösen Blick, was ich mit einem unbewegten Gesichtsausdruck hinnahm. In den letzten Tagen hatte er wegen mir Überstunden arbeiten dürfen.

Die Kutschentür wurde geöffnet und Deacon trat – adrett wie eh und je – heraus: Er trug einen feinen Anzug mit einem weißen Hemd. Den Krawattenschal hatte er in einer herausstechenden hellblauen Farbe gewählt. Sein Zylinder und der Gehstock waren auch heute wieder mit von der Partie – so wie seine Lederhandschuhe.

Als sich unsere Blicke trafen, lächelten wir uns beide sofort an.

Da war wieder dieses warme Gefühl in meiner Brust und das dringende Bedürfnis, mich in seine Arme zu werfen. Ich wollte mich an ihn schmiegen und ihn küssen. Ihm sagen, dass ich ihn vermisst hatte. Am liebsten wäre es mir, wir verzögen uns in die Kabine und wiederholten das Tête-à-Tête vom Vortag. Ich wollte ihn wieder *spüren*.

»Ich wünsche Ihnen einen schönen Nachmittag, Lady Kalos«, sagte Deacon. »Danke, dass Sie meiner Einladung gefolgt sind.«

Er verneigte sich vor mir. Beim Hochkommen schoss sein Kopf nach vorne.

»Du siehst zum Niederknien aus, *agápi mou*«, flüsterte er an meine Ohrmuschel.

»Bei dir würde ich mich auch hinknien«, lautete meine Antwort, die ihn zum Erröten brachte.

»Was turteln Sie beide denn da?«

Wir beide zuckten zusammen. Ach ja, da war ja noch unsere Anstandsdame ...

»Mein lieber Lord Haworth«, grüßte sie ihn überschwänglich. »Ich glaube, wir hatten das Vergnügen noch nicht. Mein Name ist Mrs Balfour und ich bin die Gouvernante von Euryale. Es freut mich, Sie endlich kennenzulernen. Euryale hat von Ihnen so leidenschaftlich gesprochen.«

Mrs Balfour drängte sich zwischen uns und ich musste mit aller Kraft das Bedürfnis unterdrücken, sie anzuspringen oder gleich umzurempeln.

»Das Vergnügen ist ganz auf meiner Seite«, entgegnete er

und verneigte sich auch vor ihr. »Was hat Ihr Schützling Ihnen denn berichtet?«

»Wie stattlich Sie sind!«, log die Gouvernante schamlos und kicherte gackernd. Sie griff nach seiner Hand und fuhr mit den Fingern seinen Arm entlang.

Ich musste mich abwenden, weil es mir zu peinlich war. Ich blickte zu Callisto hoch, die von ihrem Fenster aus alles beobachtete.

»Töte mich«, formte ich lautlos mit den Lippen, woraufhin sie den Kopf in den Nacken legte und lachte.

»Viel Spaß«, las ich von ihrem Mund.

»Wollen wir aufbrechen?«, fragte Deacon, dem die Lage mitunter ebenfalls unangenehm erschien.

Deacon nutzte jede Chance, um mich zu berühren. Er nahm meine Hand, um mich zur Kutsche zu führen und legte seine andere auf meinen Rücken. Meine Augen glitten sofort zu seinem Gesicht hoch, wo ein sanfter, fast schon liebevoller Ausdruck auf seinen attraktiven Zügen lag.

Ich wollte ihm die Beleidigung »Lord Blödgesicht« an den Kopf werfen, aber je länger ich darüber nachdachte, desto mehr musste ich mich für diese fast schon kindischen Gedanken schämen. Damals wollte ich mir nicht eingestehen, wie verboten gut er aussah mit seinen hohen Wangenknochen und dem dichten, dunklen Haar. Seine vollen Lippen, die perfekt waren, um mit meinen Zähnen daran zu knabbern und –

»Sie setzen sich natürlich zu mir.«

Mit überraschend starken Armen zog meine Anstandsdame mich neben sich, bevor ich aus Sehnsucht noch den Platz auf Deacons Schoß einnahm.

»Wir sind immer noch ganz verzückt, dass Sie uns eingeladen haben, Lord Haworth«, schwärmte Mrs Balfour weiter.

»Ein Picknick ist so eine exzellente Idee, um die Beziehungen weiter zu vertiefen.«

Deacon nickte höflich.

Wie ich, wusste er nicht, wie er das Gespräch weiter am Laufen halten sollte. Wären wir allein, würde ich ihn küssen und ein paar Sachen in sein Ohr flüstern, um herauszufinden, wie rot sein Gesicht werden würde.

Doch Mrs Balfour war nicht hier, um Deacon und mir Zeit für tiefe Blicke zu geben. »Ich habe gehört, dass sie ein Gelehrter der Geschichtswissenschaft an der hiesigen Universität sind.«

Erneutes Nicken. »Übernächstes Jahr bekomme ich wahrscheinlich meinen Lehrstuhl.«

»Herzlichen Glückwunsch, Lord Haworth«, gratulierte die Anstandsdame. »Ich wollte als junges Mädchen ja auch immer die Universität wie meine Brüder besuchen, aber damals war das für Frauen noch undenkbar.«

»Wirklich?«, fragte ich erstaunt. »Sie wollten an die Universität?«

»Ich wollte auch Geschichte studieren.« Man konnte deutlich das Sehnen in ihrer Stimme heraushören. »Doch selbst wenn das damals möglich gewesen wäre, hätten meine Eltern die Kosten für ein weiteres Studium ohnehin nicht aufbringen können, schließlich mussten meine zwei Brüder bereits unterstützt werden. Ich durfte aber die Lehrbücher studieren, bis ich mich vermählte.«

Ein Knurren drang aus meiner Kehle.

Ich wollte ja wirklich hoffen, dass es für Frauen mit der Zeit hier in England besser wurde, aber ich hegte starke Zweifel.

Und in so einer Gesellschaft wollte ich leben?

»Das tut mir sehr leid, Mrs Balfour«, sagte Deacon. »Die Universität von London hat sich dahingehend sehr verändert. Ich selbst unterrichte auch einige Frauen. Leider gibt es immer noch Schwierigkeiten in anderen Fachbereichen.«

»Dürfte Euryale denn auch studieren?«, fragte sie Deacon unvermittelt.

»Selbstverständlich.« Er zwinkerte mir zu. »Ich hätte sie gerne zum Diskutieren in meinen Vorlesungen.«

Ich zwinkerte zurück. »Das behauptest du *noch*.«

»Aber sie sind ja noch nicht einmal verheiratet«, warf die Anstandsdame ein. »Sie machen Lady Kalos bis jetzt nur den Hof.« Eine Augenbraue schoss nach oben. »Oder gibt es da etwas, worüber ich im Bilde sein sollte?«

Wenn sie wollte, konnte die Gute ganz schön hinterlistig sein.

Deacon öffnete den Mund, als meine Anstandsdame noch eine Schippe drauflegte.

»Ich will Ihnen ja nicht zu nahe treten, aber Sie waren bereits einmal verlobt. Eine geplatzte Hochzeit würde nicht nur Euryale, sondern auch ihrer Schwester das Herz brechen. Die beiden sind ganz auf sich allein gestellt.«

»Mrs Balfour!«, zischte ich und fuhr mir über das Gesicht.

»Was, wenn sie *erneut* für eine andere Frau ihre jetzige Verlobte sitzen lassen?«

Deacon antwortete ihr – sah mir aber dabei direkt in die Augen. »Ich denke nicht, dass es auf dieser Welt nur einen Menschen gibt, der im Geringsten mit Euryale konkurrieren kann.«

Im Park herrschte heute – im Gegensatz zu meinem frühmorgendlichen Besuch vor ein paar Tagen – reges Treiben: Sehr viele Damen und Herren streiften mit ihren Hunden durch die Grünanlage, Aristokraten ritten auf ihren gestriegelten Pferden und stellten ihre feine Reitkleidung zur Schau und irgendwo fand eine rege Diskussion statt.

Und sehr viele schienen die gleiche Idee wie wir gehabt zu haben: In der Nähe des Teiches reihte sich eine Picknickdecke an die nächste, als handle es sich bei dem Ganzen um einen einzigen Flickenteppich.

»Sie dürfen sich gern bei Ihrem liebsten mit dem Arm unterhaken«, sagte Mrs Balfour. »Nur keine falsche Scheu. Es ist schicklich genug, selbst wenn sich eure Finger streifen.«

Wenn sie wüsste, wo Deacons Finger schon überall waren ...

»Es tut mir leid«, flüsterte er mir zu. »Ich wusste nicht, dass sie so penibel ist.«

»Du kannst ja nichts dafür.«

Seine Wärme zu spüren war dennoch schön.

Wir entschieden uns für einen schattigen Platz, der weit genug entfernt von den Spaziergängern lag. Getuschelt wurde trotzdem über uns. Man konnte sich noch so sehr die Luft wegfächern, mit meinem Gehör verstand ich jedes einzelne Wort:

»Ist das dort drüben nicht Lord Haworth? Aber wer ist die junge Dame?«

»Sie ist sehr ... gebräunt.«

»Ich habe sie schon mehrmals mit anderen Herren Partys verlassen sehen. Ich wette, sie trägt bereits ein Kind im Bauch und versucht es ihm unterzuschieben.«

Ich zuckte wegen der letzten Bemerkung zusammen.

»Ignorier sie«, flüsterte mir Deacon zu, als er mir den Picknickkorb in die Hand drückte. »Du hast nie etwas Falsches getan.«

Mit einem Kloß im Hals nickte ich.

Meine Affären waren nichts, das ich bereute. Vielmehr die Erinnerung daran, dass ich Deacon noch etwas über mich enthüllen musste, versetzte mich in Panik. Bis jetzt war er bei allem so verständnisvoll gewesen, dass ich fürchtete, sein Mitgefühl irgendwann zu überstrapazieren.

Deacon breitete die blau-gelb-karierte Picknickdecke auf dem Rasen aus, während ich geschnittenes Brot aus dem Picknickkorb stahl.

»Sie dürfen sich gerne zu Lord Haworth setzen«, meinte Mrs Balfour gönnerhaft. »Nur halten Sie eine Armlänge Abstand und bei Gott! Zeigen Sie doch nicht Ihre Knöchel!«

Sie kreischte fast den ganzen Hyde Park zusammen, weil meine Röcke unabsichtlich beim Hinsetzen hochgerutscht waren.

»Ich bin mir sicher, dass Lord Haworth den Anblick ertragen kann«, gab ich pampig zurück.

»Ich fürchte, ich falle in Ohnmacht«, spaßte er und legte seinen Handrücken an die Stirn.

Deacon hatte sich bei der Zusammenstellung des Korbes nicht lumpen lassen: Es gab drei verschiedene Sandwichsorten, Gurke, Schinken und Eiersalat; eine Wildpastete mit Preiselbeeren; geschnittenes Baguette; Kartoffelsalat und Obst wie Erdbeeren, Äpfel und Trauben.

Jemand hatte sich sogar die Mühe gemacht und kleine Törtchen mit Zuckerglasur gebacken.

Zu trinken gab es warmen Tee und die Limonade, deren Geschmack ich für immer mit meiner ersten Nacht in Deacons Bett in Verbindung bringen würde.

»Meine Angestellten haben sich extra viel Mühe gegeben, weil sie gehört haben, dass ich eine junge Dame ausführe«, verriet mir Deacon mit hochgezogenen Mundwinkeln.

Schon wieder durchströmte mein Körper ein seltsames Gefühl. Das ganze Picknick linste ich zu Deacon, in der Hoffnung, ein Lächeln von ihm zu erhaschen.

Irgendwann waren wir ein Stück näher gerückt, sodass sein kleiner Finger über meinen streicheln konnte.

Das war unglaublich schön.

Diese kleinen Liebesbekundungen ließen mein Herz höherschlagen. Wie viel hätte ich jetzt gegeben, meine Beine um seine Hüfte zu schlingen und ihn ganz langsam zu küssen.

Ich konnte seine Hände spüren, die von meinen Hüften hoch zu meinen Schultern und wieder zurück wanderten.

Ich wollte ihn so sehr fühlen.

Deacon schien das zu spüren.

»Mrs Balfour, wollen Sie nicht die Enten füttern?«, fragte er und reichte ihr altes Brot.

Das hatte er doch von langer Hand geplant! Nicht, dass ich mich beschweren wollte ...

»Liebend gerne!«, nickte die Gouvernante. »Das mache ich auch immer mit den Kindern meiner Nichten und Neffen.«

Kaum war sie entschwunden, wandte ich mich Hilfe suchend an die Tierwelt.

»Könnt ihr die alte Dame für mich ablenken?«, fragte ich ein Entenpärchen neben mir. »Stehlt ihr das Brot aus der Hand oder was auch immer euch gefällt.«

Quakend setzten sie sich in Bewegung.

Sie hatte Glück, dass hier keine Gänse waren. Gänse konnten richtig fiese Biester sein.

»Endlich allein«, seufzte ich und rückte noch näher an Deacon heran.

Mit der Hand streichelte ich über seine Wange und seinen Hals, während ich seine Nase an meinen Haaren spürte. Mir war es egal, was die anwesenden Damen und Herren sahen. Dann sollten sie eben darüber lästern, dass Lady Kalos Lord Haworth im Hyde Park durch das Haar fuhr. Sollen sie doch tratschen, dass sie ihr Gesicht gegen seine Brust drückte, während er seine Hand in ihren Haaren vergrub.

Sie konnten nicht darüber lügen, dass zwischen den beiden irgendeine besondere Verbindung zu bestehen schien.

Deshalb musste ich es Deacon sagen.

»Es gibt noch etwas, das ich dir sagen muss«, nuschelte ich gegen sein Hemd. »Ich habe es das letzte Mal nicht übers Herz gebracht.«

Warum befand ich mich überhaupt in einer solch prekären Lage?

»Was denn?«

»Ich kann keine Kinder bekommen«, brachte ich hervor, den Kopf von ihm abgewandt. »Das wollte ich dir schon längst gesagt haben.«

»Das tut mir leid für dich.« Er drückte meine Hände.

»Oh nein, das verstehst du falsch«, wehrte ich schnell ab. »Ich habe beschlossen, dass ich keine Kinder haben will, und deswegen entsprechende Maßnahmen getroffen. Das war meine Entscheidung.«

Die blutigen Details wollte ich Deacon an dieser Stelle ersparen. Meine Tanten waren bestens mit der menschlichen Anatomie aus Asclepius' Schriften vertraut, aber das änderte nichts daran, dass sie eigentlich nur dazu ausgebildet waren, größtmöglichen Schmerz auszulösen. Mein Körper hatte das Betäubungsmittel aus Fliegenpilz viel zu schnell abgebaut. Wenigstens war ich während des Prozederes ein paarmal ohnmächtig geworden.

»Bereust du es?«

»Nein.«

»Das ist gut.«

Warum fiel es mir nur so schwer, darüber zu sprechen? Ich bereute es nicht. Wirklich nicht. Ich wollte das damals so. Und vor allem: Ich wollte es immer noch.

Sosehr mir auch schöne Kleider gefielen, auch wenn ich leckere Törtchen von Kristalltellern aß: Ich war eine Kriegerin. Eine Hexe. Furie. Mutterschaft hatte mich noch nie interessiert.

»Du wirst keinen Erben mit mir zeugen können«, erklärte ich Deacon langsam, weil ich vermutete, dass er nicht verstand, was das für ihn bedeutete. »Weil ich es nicht kann und nicht will. Man erwartet von dir, dass du dir eine Ehefrau suchst und Kinder mit ihr in die Welt setzt. Das kann ich dir nicht bieten. Und ich will keine andere Frau an deiner Seite akzeptieren müssen.« Ein tiefes Knurren konnte ich beim besten Willen nicht unterdrücken. »Ja, ich bin eifersüchtig. *Rasend* eifersüchtig. Ich will dich für mich allein. Ich will nicht, dass eine Mätresse dir Kinder gebärt. Du kannst mich egoistisch nennen, aber so bin ich nun einmal.«

»Wirst du denn andere Männer haben?«, fragte Deacon.

»Was?«, rief ich aus. »Natürlich nicht! Warum sollte ich?«

»Du weißt, dass ich keinerlei Erfahrung im Bett habe«, antwortete er. Er kratzte sich mit dem Daumen am Nasenrücken. »Ich weiß nicht, ob ich dir ... genüge.«

»Nun. Das Gute an Erfahrung ist, dass man sie sammeln kann und das in der Kutsche war schon gut«, ließ ich ihn wissen. »Du hast doch gemerkt, wie mein Körper erschaudert ist. Nur die wenigsten Männer haben das bis jetzt bei mir geschafft. Die meisten interessieren sich nur für ihre Befriedigung.«

Ein selbstgerechter Ausdruck erhellte Deacons Züge und ich ließ ihm dieses Gefühl.

»War es das, was dir Sorgen bereitet hat?«, fragte er und wirkte erheitert. »Dass ich dich von mir stoße, weil du keine Kinder bekommen kannst?«

»Tu nicht so, als wäre meine Sorge unberechtigt«, sagte ich scharf. »Jeder, der hier von der klassischen Lebensweise abweicht, wird als Feind stilisiert. Cecilia wird ihre aufkommende Liebe für Callisto nie öffentlich ausleben können. Und das Schlimmste? Sie kann sich glücklich schätzen, wenn sie dafür nicht verfolgt oder zu etwas gezwungen wird, was sie nicht will.«

»Ich verstehe das. Wirklich. Sich ›falsch‹ fühlen, das kenne ich nur zu gut«, sagte er. Sein Blick schweifte in die Ferne. »Aber das ist mir jetzt egal.«

»Warum?«

»Weil du jetzt in mein Leben getreten bist und ich denke, dass wir gemeinsam alles schaffen können.«

Es dauerte, bis seine Worte zu mir durchdrangen, aber dann erfasste ich sie zur Gänze. Es fühlte sich an wie ein Schock, meine Haut wurde sogar merklich kälter.

Wir.

Ein einfaches Wort, das ich schon so oft gehört hatte.

Aber auf einmal hatte es eine neue Bedeutung: Deacon und ich, das war jetzt Wir.

Unsere Köpfe trennte nur noch ein geringer Abstand, den jeder von uns überwinden konnte.

»Mit dir zusammen sein. Das ist alles, was ich will.« Deacon rutschte noch näher an mich heran. »Es gibt nur eins, das ich mehr begehre.« Seine Lippen verharrten quälend lange über meinen.

»Was?«, brummte ich mit klarer Eifersucht im Ton.

»Ich wünsche mir, dass du es auch willst.«

»Wie?«

»Dass du auch ein Leben mit mir willst. Das ist das, was ich am meisten will.«

»Lord Haworth, Sie sind wahrlich –«

Ich warf die Hände in die Luft und verharrte in meiner Bewegung und auch in meiner Tirade.

Das war also *Agape* – nicht?

Nichts hatte sich verändert.

Alles war anders.

»Lord Haworth, Sie sind ein Schwerenöter«, beschuldigte ich ihn. »Aber es ändert nichts daran, dass ich Ihnen vollkommen verfallen bin.«

Deacon grinste mich nur an.

Ein kleiner Blitz durchzuckte meinen Körper, als er meine Hand anhob und den Stoff von meinem kleinen Finger zog, bevor er zum nächsten Finger wanderte.

Zupf.

Nächster.

Zupf.

Nächster.

Seine goldenen Augen waren abwartend auf mich gerichtet.

Er wusste es.

Aber er wollte es aus meinem Mund hören.

»Deacon.« Ich musste mich räuspern. Meine Zunge klebte

am Gaumen fest und mein Herz trommelte so laut, als würde es mich anfeuern wollen. »Ich lie–«

»Sie können einer unverheirateten Frau doch nicht einfach so mir nichts, dir nichts den Handschuh ausziehen!« Fast schon hysterisch stürzte sich Mrs Balfour zwischen uns. Ihre Rockfalte schlug mir auf die Nase. »So etwas gehört ins Ehebett!«

»*So etwas* passiert im Ehebett?«, fragte ich verdattert.

Deacon fand offensichtlich keine Worte, um sich zu verteidigen.

»Ich nehme an, dass das Picknick beendet ist, wenn Sie Zeit gefunden haben, Lady Kalos Avancen zu machen.«

»Ich habe nicht –«

Deacon verstummte, weil er der Anstandsdame gerade die schlechteste Lüge aller Zeiten auftischen wollte.

»Ich werde nichts sagen«, sagte Mrs Balfour. »Ich kann verstehen, dass Sie ganz verzückt sind, weil unsere liebe Euryale eine gute Partie ist, aber das gibt Ihnen nicht das Recht, Ihre gute Erziehung zu vergessen. Wir können froh sein, wenn niemand gesehen hat, wie Sie dem armen Mädchen den Kopf verdrehen.«

Man konnte sich vorstellen, wie unangenehm sich die Kutschfahrt zurück zu Callistos Anwesen gestaltete. Niemand sprach auch nur ein Wort.

Ich vermied es, in Deacons Augen zu blicken, weil mich niemand hätte aufhalten können, mich in seine Arme zu flüchten.

Zu Hause wartete bereits Callisto vor der Tür. Sie sah, wie Deacon mir aus der Kutsche half und ich eine Schmierenkomödie veranstaltete, die meine Vorfahren sich im Grab umdrehen ließ.

»Sie haben da einen Käfer!«, schrie ich auf und griff nach Deacons Schulter. »Warten Sie!«

»Lass dein Zimmerfenster heute unverschlossen«, flüsterte ich ihm ins Ohr. »Nach dem Abendessen bin ich bei dir.«

Kaum merklich nickte er.

»Willkommen zurück«, sagte Callisto und breitete die Arme aus. »Wie war der Ausflug?«

»Lord Haworth ist nach wie vor verzaubert von Euryale!«, berichtete die Anstandsdame mit so viel Begeisterung, dass ich darüber nur die Augen verdrehen konnte.

Um sie aus dem Weg zu räumen, wandte ich mich an Callisto und versuchte Unschuld zu mimen: »Schwesterchen, was zieht man sich im Ehebett aus?«

»Wie bitte?«

»Ich glaube, Lord Haworth hat sich heute an mich herangemacht, denn er wollte meine Hand entkleiden.«

Meine »Schwester« massierte ihre Schläfe. »Entspricht das den Tatsachen, Mrs Balfour?«

»Es ist nichts passiert!«, verteidigte sich die Anstandsdame.

Callisto packte mich am Arm. »Ich werde wohl mit meiner Schwester ein klärendes Gespräch führen. Und wir werden uns später auch noch mal unterhalten.«

In meinem Zimmer angekommen, schlüpfte ich sofort aus meinem Kleid und zog mir stattdessen Deacons Mantel über.

»Schick«, kommentierte die andere Halbgöttin.

»Ich bin nach wie vor begeistert darüber, dass du von allen Anstandsdamen im Land ausgerechnet die gefunden hast, die so leichtgläubig ist, zu denken, dass ich noch unberührt bin.«

»Sie würde dich selbst dann noch für eine Jungfrau halten, wenn Lord Haworth unter deinem Rock hervorgekrochen käme«, sagte Callisto und lachte leise.

»Apropos: Ich verbringe die Nacht bei Deacon«, ließ ich Callisto wissen. »Oder wäre es dir lieber, wenn ich zu Hause bleibe?«

Sie schüttelte sofort den Kopf. »Du musst dir um mich keine Sorgen machen, Euryale. Mir geht es … Nun. Gut wäre zu euphemistisch, aber es wird besser. Danke, dass du dir meine Geschichte angehört und mich nicht verurteilt hast.«

»Weißt du, als ich hier ankam, da habe ich dich verachtet«, gestand ich ihr ehrlich. »Eine ehemalige Plejade, die ihr Leben für einen Mann aufgegeben hat? Wie närrisch müsste sie sein. Jetzt verstehe ich, dass du nichts aufgegeben hast. *Ich* habe nichts aufgegeben. Wir haben nur unsere Prioritäten geändert. Ich trage nach wie vor die Verantwortung für meine Aufgabe, doch Deacon wird immer wichtiger in meinem Leben. Ich weiß noch nicht, wohin genau mich meine Gefühle leiten werden. Ich habe immer noch Probleme, das alles zu verstehen. Aber ich muss mich für meine Gefühle nicht schämen.« Ich atmete stockend aus. »Ich muss mich nicht für meine Menschlichkeit schämen.«

Statt etwas zu sagen, lächelte mich Callisto nur an und zog mich in eine liebevolle Umarmung. Sie umfasste meinen Hinterkopf mit einer Hand und streichelte meinen Nacken.

»Aber sag mal: Hast du mit Deacon über die Tagebücher seines Vaters geplaudert?«

Etwas grob stieß ich sie von mir. »Warum sollte ich das tun?«

Ich dachte an die schlimmen Narben an seiner Hand und sofort kochte die Wut in meinem Bauch hoch. Eigentlich müsste ich seinen Vater bestrafen. Ich müsste ihn dafür bestrafen, dass er Deacon keine Wahl gelassen hatte, als ihn töten zu wollen.

Irgendetwas sagte mir, dass Deacon unschuldig war.

»Weil wir immer noch nicht wissen, was auf den fehlenden Seiten steht.«

»Was kann da schon so Interessantes geschrieben sein?«

»Warum sollte man sonst Seiten aus einem Buch reißen?«

»Was weiß ich? Peinliche Frauengeschichten? Betrunkene Abenteuer?«

Ich wusste, dass sie mir das Buch geben würde, als sie den Raum für eine kurze Zeit verließ.

Eigentlich hätte ich aufbrechen sollen, aber ich suchte noch nach einem bestimmten kleinen Gegenstand. Wo befand sich denn nur mein Lippenstift?

»Lies es«, forderte sie mich auf und drückte mir den Ledereinband gegen den Arm.

»Ich habe kein Interesse daran.«

»Warum?«

»Gut. Wenn du es unbedingt wissen willst: Deacon hasst seinen Vater.«

»Das wundert mich nicht. Er klingt nicht wie ein angenehmer Zeitgenosse.« Sie schlug eine Stelle auf. »Lies. Es ist wichtig, Euryale.«

Widerwillig grummelnd tat ich wie mir geheißen.

21. April

Ich weiß nicht, wie lange ich noch in Griechenland bleiben kann, wenn meine Grabungen nicht mehr finanziert werden. Meine Kollegen haben das Interesse an unseren Unternehmungen längst verloren. Zwei sind bereits wieder *nach England aufgebrochen und ich denke, dass drei weitere ebenfalls bald das Weite suchen werden.*

Kein Wunder! Ein deutscher Archäologe behauptete doch tatsächlich, das sagenhafte Troja gefunden zu haben und mit jeder ausgegrabenen Säule wird er mehr zum Helden stilisiert, obwohl er nur über Totenmasken und Säulen gestolpert ist. Troja! Dass ich nicht lache!

Dennoch stürzen sich die Zeitungen wie hungrige Wölfe auf jeden neu entdeckten Stein.

Ein anderer seiner Landesvertreter gräbt schon seit einigen Jahren in Olympia.

Und was finde ich in diesem gottverdammten Loch? Ein paar Krüge und Münzen!

Mein Vater hatte recht: Ich hätte in England bei meiner Frau bleiben sollen. Unsere Vermählung ist erst drei Wochen her und es könnte sein, dass sie bereits ein Kind von mir unter dem Herzen trägt.

Ich wünschte, ich hätte die Vermählung nach hinten verschoben und den Grabungsplan besser ausgearbeitet. Jetzt laufe ich Gefahr, dass ich mit nichts außer einer lebenslangen Schmach nach Hause zurückkehre.

Mein Bruder wird zum nächsten Earl und ich habe nichts. Nichts.

Fragend hob ich den Kopf. »Bruder?«

Callisto nickte. »Deacons Vater hatte einen Bruder, der vor ungefähr zehn Jahren verstorben ist. Ich wusste auch nichts davon. Er starb wohl völlig unerwartet. Niemand weiß woran.«

Unerwartet klang ja mal gar nicht mysteriös.

Ich schob den Gedanken beiseite und las weiter.

22. April

Wir haben überraschenden Besuch auf der Grabungsstelle bekommen. Ich kann meinen Blick nicht eine
Sekunde von ihr lösen.

Danach fehlten einige Seiten.

25. Mai

Meine Frau erwartet mit ziemlicher Sicherheit ein Kind
von mir. Diese Ausgrabung ist von den Göttern selbst verflucht.

28. Mai

Ich werde Vater und ich –

Auch hier war der Rest einfach herausgerissen worden. Die
übrigen Einträge setzten fast ein Jahr später an.

30. März

Es ist Zeit, mit meinem Kind nach England zurückzukehren. Ich werde ihn Deacon nennen. Ein Name, der sowohl
im Griechischen und Englischen verwendet wird. Er bedeutet „Bote" oder „Diener".

An dieser Stelle endete das Tagebuch abrupt. Ich blätterte herum, aber bis auf eine vergilbte Postkarte fand ich nichts mehr. Die Karte stammte von einer Lady Elena Haworth – Deacons Mutter, wie ich vermutete. Einige Buchstaben waren vergilbt, doch die Worte »in freudiger Erwartung« waren noch klar zu entziffern.

»Das Tagebuch ist absolut nichtssagend«, tat ich meine Meinung kund und gab es zurück. Es fühlte sich nicht gut an, es länger als nötig bei mir zu behalten. So als würde ich Deacon verraten. »Hier steht nichts über einen Gott, der ihn mit seiner Gabe gesegnet hat.«

Stattdessen war meine schlechte Meinung von ihm noch weiter gefestigt worden. Wer dachte, dass »Diener« ein guter Name für ein Kind sei?

»Mehr sagst du nicht?« Callisto klang fassungslos. »Fragst du dich nicht, woher sein Kind – Deacon – kommt?«

»Muss ich dir ernsthaft erklären, wie das vonstattengeht? Deacons Vater ist verheiratet und es steht deutlich hier geschrieben, dass er meinte, dass seine Frau schwanger ist und er Besuch bekommen hat. Auf den fehlenden Seiten ist er sicherlich seiner Frau fremdgegangen.«

»Euryale, er könnte –«

»Wir haben über die andere Option schon mal gesprochen.«

Ich spürte Callistos Blick lange auf mir verweilen. Sie wartete darauf, dass ich brach.

Ich hüpfte auf die Fensterbank. »Wir sehen uns dann morgen.«

28. Kapitel

DIE HELDIN BEGEHT HAUSFRIEDENSBRUCH

Das Wasser fühlte sich angenehm warm an.

Ich war immer noch ganz verzückt davon, dass ich nur mit der Bewegung einer Hand Wasser einlassen konnte, welches fast die Temperatur einer Thermalquelle hatte.

Seufzend lehnte ich meinen Kopf gegen das Becken, konzentrierte mich auf meinen Gehörsinn und lauschte, was im Haus vor sich ging.

Zwei Frauen redeten über etwas, was mich sofort aufhorchen ließ:

»Der junge Herr hat die Frau eingeladen, die vor ein paar Tagen im Haus war. Man munkelt schon, dass er sie heiraten wird.«

»Die mit dem finsteren Blick oder die, die krank aussah?«

»Die mit dem finsteren Blick. Was ist denn los?«

»Ich ... Sag es niemandem, ja? Mir war so, als hätte ich sie gestern früh gesehen. Ich war gerade im Keller, als eine Gestalt aus dem Himmel auf den Boden stürzte und dann verschwand.«

»Ein Geist!«

Blubbernd ließ ich mich im Wasser absinken. Ich musste endlich mal besser aufpassen.

Nach ein paar ereignislosen und stillen Minuten schritt jemand schnell den Gang entlang. Ein Mann.

Deacon.

Mein Gehörsinn war ausgezeichnet, aber ich spürte es mit dem Herzen.

Die Tür zum Zimmer wurde geöffnet. Die Schritte wurden unsicherer, bis sie verstummten. Er blieb genau vor dem Badezimmer stehen.

»Euryale?«

»Öffne die Tür und du erfährst es.«

Das ließ er sich nicht zweimal sagen: Er trat ein und erstarrte bei meinem Anblick.

Ich rekelte mich in der großen Porzellanbadewanne. Das Wasser reichte mir genau zum Brustansatz. Ich war vollkommen nackt, bis auf den Haarkamm und den roten Lippenstift auf meinen Lippen.

»Guten Abend, Lord Haworth«, grüßte ich ihn. »Ich habe es mir schon mal bequem gemacht.«

»Bequem?«, echote er.

»Ich dachte, wir verlegen das Nacktbaden an einen privaten Ort.«

Ein kleines Lächeln erschien auf seinen Lippen. Er schlüpfte aus seiner Jacke und legte sie neben dem Waschbecken ab.

Etwas Enttäuschung machte sich in mir breit, weil er sich nicht auch des Rests der Kleidung entledigte. Nein, stattdessen holte er einen Glasbehälter aus einem Schrank heraus und ließ etwas ins Wasser rieseln.

»Das sind Badesalze mit Rosenblättern«, erklärte er mir.

»Sie riechen wirklich gut«, sagte ich und wusch mir mit

einer Hand über die Brust. Meine Augen ließ ich unentwegt auf ihm und beobachtete, wie er sich mit der Zunge über die Oberlippe leckte.

Deacon stieg immer noch nicht zu mir ins Wasser. Er kniete sich neben die Wanne und zog seine Handschuhe aus. Zumindest eine Hand steckte er ins Wasser.

»Jeder der Hausangestellten spricht über das Picknick«, erzählte er mir und spielte mit einem Rosenblatt. »Sie würden nur zu gerne wissen, welche Frau mein Herz im Sturm erobert hat. Wenn sie wüssten, dass du hier bist.«

»Und deine Eltern?«

Es war ein großer Fehler, das Gespräch auf seine Mutter und seinen Vater zu lenken. Er zerdrückte die getrockneten Blätter zwischen den Fingern.

»Ich wurde erneut daran erinnert, dass ich schon meine letzte Verlobung gelöst habe. Natürlich *muss* ich diesen einen Fehler jedes Mal wiederholen.« Ich spürte, wie er in sich zusammensackte. »Hätte ich mich doch niemals auf diese dumme Verlobung eingelassen.«

Callisto konnte mich mal kreuzweise.

Ich würde nicht in Deacons Wunde herumbohren, indem ich fragte, was sein Vater vor seiner Geburt in Griechenland getrieben hatte. Er musste genug unter ihm leiden.

»Jeder macht Fehler«, sagte ich. »Du wusstest es nicht besser.«

Deacon sagte nichts.

Er schob sein Gesicht nach vorne und begann abwechselnd an meinem Hals zu knabbern und zu saugen. Seine großen Hände schlossen sich um meine Brüste, seine Daumen umkreisten meine festen Brustwarzen. Sie zogen sich zusammen, bis sogar ein Lufthauch schmerzte.

Mit einem leisen Schrei wollte ich aus Reflex nach unten rutschen, aber Deacon hielt mich fest.

»Ich werde mir Zeit lassen«, sagte er mit rauer Stimme. Seine Hände wanderten zu meinem Bauch, dann gleich wieder hoch zu meinen Nippeln. »Bereite dich darauf vor.«

»Um mich zu quälen«, wimmerte ich.

»Um zu lernen.«

»Sie sind so verdammt pedantisch, Lord Haworth.«

Unter halb geschlossenen Lidern beobachtete ich, wie er seine Ärmel nach oben rollte und es sich am Rand der Badewanne bequem machte.

Ich hielt den Atem an, als seine Hand ins Wasser tauchte. Er begann fast schon keusch damit, meinen flachen Bauch zu streicheln. Doch ziemlich schnell fanden seine Finger die Stelle, die verzweifelt nach seinen Berührungen lechzte.

Beim letzten Mal hatte er mir nicht alles gegeben und es hatte trotzdem für einen Höhepunkt gereicht. Nur wollte ich mich dieses Mal nicht mit weniger zufriedengeben.

Wie eine Seeschlange wand ich mich im Wasser hin und her. Ich wollte mich an ihm festhalten, ihn kratzen und beißen, während ich auf die süße Erlösung wartete. Ich wollte ihn spüren und schmecken.

»Brauchst du mich?«, fragte er mit dunkler Stimme. »Willst du mich so sehr, wie ich dich begehre?«

»Ja. Ja. Bitte.«

»Das ist keine zufriedenstellende Antwort.«

Dieser Mistkerl!

»Ich brauche und ich will dich – und jetzt komm ins Wasser, bevor ich mein Athame hole und meine Antwort in deine Haut ritze.«

Sein Grinsen verrutschte für einen Moment.

»Komm ins Wasser«, wiederholte ich viel sanfter. »Dann werde ich auch nicht wüten.«

Das ließ sich Deacon nicht noch einmal sagen. Er entledigte sich seiner Kleidung und stieg zu mir in die Wanne.

Trotz der Größe hatten wir Probleme, richtig ineinanderzupassen, bis ich auf die geniale Idee kam, meine Beine über den Beckenrand hängen zu lassen.

Ich grub meine Fingernägel in seinen Rücken – und schreckte sofort zurück, als er laut aufkeuchte.

»Tue ich dir weh?«

Wenn ich zu ungestüm wurde, dann konnte ich meinen Liebhabern schon mal die Schulter auskugeln.

»Nein.«

»Aber vorher –«

»Es überrascht mich selbst manchmal noch, wie stark mein Körper auf deinen reagiert«, erklärte er etwas schüchtern, was ihm ein Lächeln von mir einbrachte. Ich küsste ihn liebevoll, bevor ich meine Fingernägel umso kräftiger in seine Schultern bohrte. Eine gute Entscheidung, denn er berührte mit dem Finger so präzise einen Punkt in mir, dass ich atemlos aufkeuchte und mich um ihn zusammenzog.

Es fühlte sich noch viel besser als beim letzten Mal an. Seine Finger drangen tiefer ein und fanden bald einen Rhythmus mit meinem Becken.

Er krümmte einen Finger und –

»Ist es das?«, fragte er und wiederholte die Bewegung.

Meine Beine begannen unkontrolliert zu zucken.

Ich wollte ihm eine Antwort geben, aber ich war viel zu sehr damit beschäftigt, das hier in vollen Zügen zu genießen.

Doch Deacon verstand auch ohne Worte, wie er mich berühren musste.

Mit einem zufriedenen Brummen stießen seine Lippen gegen meine. Ich stöhnte in seinen Mund, meine Hüften zuckten immer und immer wieder ihm entgegen.

Ich versuchte dieses bittersüße Gefühl hinauszuzögern, aber bald verlor ich den Kampf gegen meinen eigenen Körper. Schreiend und zitternd kam ich in der Wanne, während Deacon ungestört weitermachte und meinen Höhepunkt verlängerte. Der Schweiß auf meinem Körper wurde sofort von dem Wasser weggespült.

»Lass uns ins Bett gehen«, sagte Deacon, nachdem sich mein Atem und Herzschlag beruhigt hatten und ich nickte. Das Wasser wurde langsam kalt.

Deacon trocknete mich mit einem feinen Baumwoll-Handtuch ab, welches so schön bestickt war, dass es mir fast leidtat, was ich mit dem zweiten Stoffstück vorhatte.

Wie versprochen sank ich vor ihm auf die Knie. Seine goldenen Augen glänzten vor neugieriger Aufregung, als ich seine Hüfte küsste und dann sein halberigiertes Glied mit dem Handtuch abtrocknete, bis ich beschloss, dann doch lieber selber Hand anzulegen. Ich streichelte seine Spitze.

Er schloss die Augen und sog die Luft scharf ein. Sein Kopf kippte leicht nach hinten.

»Gut?«, fragte ich.

Zittrig atmete er wieder aus. »Perfekt.«

»Dann bin ich gespannt, wie dir das hier gefällt.«

Deacons Neugier surrte spürbar auf meiner nackten Haut. Ich leckte mit der Zunge über seine empfindlichste Stelle. Ich schmeckte ihn salzig auf meiner Zunge, was mir einen animalischen Laut entlockte. Langsam nahm ich ihn in meinen Mund, genoss die Geräusche, die er nun von sich gab, während ich meinen Kopf langsam vor und zurück bewegte.

»Was ... Was soll ich mit meinen ... ah! Händen machen?«
Ich griff nach oben und wies seine Hand auf meinen Kopf.
Seine Finger verflochten sich in meinen Haaren.

Ein Lächeln erschien in meinem Gesicht, als er seinen
Daumen über meinen Nacken bewegte.

Lange dauerte es nicht, bis die Bewegungen stoppten und
sich sein ganzer Körper anspannte.

»Euryale«, stöhnte er meinen Namen. »Steh auf. Bitte.«
Kaum war ich aufgestanden, schoss seine Hüfte nach
vorne. Ich stieß mit dem Rücken gegen die Wand des Bade-
zimmers und legte meine Finger um ihn. Er kam in meiner
Hand, das Gesicht an meinem Hals vergraben. Ich hielt ihn
während seines Höhepunktes, biss spielerisch in sein Ohrläppchen.

Danach blieben wir immer noch eine Weile so stehen.
Sein Herz wummerte gegen meine Brust. *Bummm! Bummm!*
Bumm! Mein Herz raste. *Bummm! Bummm! Bumm!* Sein
Herzschlag wurde langsamer. *Bumm. Bumm.* Meiner auch.
Bumm. Bumm.

Deacons Augen wurden groß, als ihm das auffiel. »Spürst
du das auch?«

Ich nickte.

»War das schon immer so? Und wie kann das überhaupt
sein?«

Ich zuckte nur mit den Schultern.

»Ich muss meine Hand waschen«, erklärte ich ihm und
drängte mich an ihm vorbei. »Geh doch schon mal ins Bett.
Dann reden wir.«

Als er mir kurz den Rücken zuwandte, merkte ich, dass ich
keinerlei Kratzspuren darauf hinterlassen hatte.

Deacon wartete im Bett auf mich. Ich schlüpfte unter die

Decke und schmiegte mich an seine Brust, lauschte seinem Herzschlag, der in meiner Brust widerhallte.

Ich wusste nicht, warum es so wirkte, als würden unsere Herzen im gleichen Takt schlagen.

Ich wusste es nicht.

Es gab nur eine dumme Vermutung, die lächerlich und albern klang. Je öfters ich daran dachte, desto absurder erschien es mir.

»Bist du mit Platons Werken vertraut?«, fragte ich dennoch.

»Selbstverständlich.«

»Kennst du«, begann ich leise, aber stoppte.

Die Geschichte hörte sich so dumm an, dass ich mich nicht traute, Deacon davon erzähle: Früher sollten zwei Menschen nur eine einzige Seele besessen haben. In Platons Erzählung fehlte das genau Vergehen, aber Zeus war so erbost über diese Form von Mensch, dass er ihre Seele in zwei spaltete. Seit diesem Zeitpunkt suchten sie nach ihrer anderen Hälfte, um sich endlich wieder ganz zu fühlen.

»*Das entspricht der Wahrheit*«, sagte Tante Tisiphone mal zu mir. »*Zeus war eifersüchtig auf diese Kreaturen, weil sie zufrieden waren. Sie waren sterblich, aber sie lebten ihr begrenztes Leben mit einer solchen Hingabe, dass der Gott der Götter rasend vor Eifersucht und Wut wurde. Durch die Trennung erschuf er den Makel, den die Menschen Liebe nennen.*«

»Euryale?« Deacon schob eine Hand in meinen Nacken. »Wolltest du noch etwas sagen?«

»Nichts. Ich wollte nur wissen, ob Sie den Lehrstuhl wirklich verdient haben, Lord Haworth. Erwarten Sie weitere Prüfungen.«

Er lachte leise, dann vergrub er sein Gesicht zwischen meinen Brüsten.

In der Nacht wachte ich ein paarmal auf. Jedes Mal schien Deacon ebenfalls wach zu sein, denn er zog mich in seine Arme und wir küssten uns schläfrig, bis ich wieder wegdämmerte.

Bevor am nächsten Morgen die Dienstboden ins Zimmer kamen, war ich entschwunden. Einzig ein mit Lippenstift verstärkter Kuss auf Deacons Hals zeugte von meiner Anwesenheit.

Zu Hause erwartete mich der Anblick von Cecilias Kutsche. Ihre blasse – fast schon blutlose – Anstandsdame saß einsam auf einem Stuhl vor dem Salon und strickte an einem wirklich hässlichen Schal.

»Miss Bailey führt mit Lady Smythe ein Gespräch«, erklärte sie mir, was verdammt verdächtig klang.

»Was für ein Gespräch?«

»Das wurde mir nicht gesagt.«

»Ich führe mit Lord Haworth auch immer Gespräche«, murmelte ich. »Oft sind wir nackt dabei.«

Da ich nicht unhöflich erscheinen wollte, wenn ich Cecilia nicht grüßte, aber auch nicht in eine unpassende Situation platzen wollte, lauschte ich kurz ins Innere des Salons.

»Deine Hände sind ja ganz kalt«, sagte Callisto mit schwerer Zunge.

Cecilia antwortete ihr: »Du musst sie wohl wärmen.«

Ich hörte Röcke rascheln, ein dunkles Kichern folgte. Ein kleines Stöhnen.

»Deine Lippen aber auch. Sie sind eisig.«

»Ach, dann bin ich wohl auch hier auf deine Fürsorge angewiesen.«

Wieder einmal lief mein Gesicht dunkelrot an. Bei den Göttern! Callisto und Cecilia ließen wirklich keine Sekunde ungenutzt verstreichen.

»Die junge Miss Bailey kann sehr viel von einer erfahrenen Frau wie Callisto lernen, also stören Sie sie ja nicht«, sagte ich mit Nachdruck zu der Anstandsdame. »Ich werde inzwischen zur Schneiderin fahren, um mein Kleid für den übermorgigen Ball Ihrer Herrin abzuholen.«

Schließlich gab es da einen jungen Lord, dem ich an diesem Abend den Atem rauben wollte.

29. Kapitel

DIE HELDIN BESUCHT EINEN BALL

»Du bleibst also hier?«

Zu meiner großen Überraschung verneinte Callisto die Frage, ob sie zu Cecilias Ball kommen würde.

Und das, obwohl die beiden gestern geschlagene sechs Stunden den Salon für »ihr Gespräch« in Beschlag genommen hatten.

Als ich mit meinem Ballkleid zurückkam, strickte die arme Anstandsdame nach einem Schal und einer Mütze schon an einem zweiten Fäustling.

»Die Trauerzeit beträgt hier achtzehn Monate und auch wenn seit Thomas' Tod nun fast zwei Jahre vergangen sind, gibt es genug Leute, die meinen ersten gesellschaftlichen Auftritt nach seinem Ableben genau beäugen würden«, erklärte mir Callisto. Seufzend nahm sie einen Schluck Brandy. »Ich war schon immer schlecht darin, meine Gefühle zu verbergen. Jeder würde wissen, dass ich mich für Cecilia interessiere. Ich muss dir nicht erklären, was für ein riesiger Skandal das wäre. Die nächsten Jahre wird es nur heimliche Treffen für uns geben.«

»Das ist doch eine Frechheit«, brauste ich auf, was Callisto ein müdes Lächeln entlockte.

»Genieße den Ball mit deinem Liebsten und werfe für mich ein Auge auf Cecilia.«

»Bist du eifersüchtig?«, fragte ich.

Die andere Halbgöttin schüttelte den Kopf. »Ich habe nur so ein Bauchgefühl«, erklärte sie. »Aber vielleicht verwechsle ich das auch mit diesem aufregenden Kribbeln.« Sie lächelte verträumt. »Sie ist ein ganz besonderer Mensch.«

»Ich …« Ich zögerte kurz. In diesen wenigen Augenblicken schlug mir mein Herz bis zum Hals. »Ich glaube, ich liebe Deacon.«

Nach diesem Satz sprang ich von meinem Stuhl auf, riss der anderen Hexe das Glas mit dem Alkohol aus der Hand und stürzte ihn herunter.

»Sehr fruchtig«, merkte ich an. »Aprikose und Zimt?«

Callisto nahm das leere Glas und legte eine Hand auf meine Schulter. Sie drückte sanft zu.

»Das freut mich für dich, Euryale«, sagte sie und lächelte warm. »Wirklich.«

»Es … Es fühlt sich anders an als bei meinem letzten Liebhaber.«

»Das ist normal.« Callisto füllte ihr Glas auf – und reichte mir auch eines. »Mach dir keine Gedanken.«

Sollte ich ihr das mit diesem seltsamen gleichzeitigen Herzschlag erzählen? Oder dass ich Deacon spüren konnte?

Hatte das mit mir zu tun? Mit ihm? Mit uns?

War es meiner Magie geschuldet?

Es gab vieles, was ich über meine Kräfte nicht wusste. Meine Mutter war die Einzige, die mir dahingehend helfen könnte, aber sie hatte sich mir noch nie gezeigt.

Callisto missverstand mein Grübeln, denn sie begann ausladend über ihr Liebesleben zu berichten:

»Mit dreizehn war ich heillos in Mara verliebt. Sie war eine Halbgöttin, aufgezogen von den Harpyien. Sie war drei Jahre älter und ein totaler Wildfang. Sie hatte etwas an sich, was mich verzaubert hat. Mit ihr kam ich mir mächtig vor. Allerdings war das alles eine Wunschvorstellung: Wenn sie bei mir war, ertrug ich sie nicht und nur wenn sie weg war, dachte ich, dass ich sie vermisste. Thomas hingegen ...« Sie seufzte betrübt und hob ihr Glas in einem stillen Toast zum Porträt ihres Mannes. »Er war der wohl herzlichste Mensch, den ich jemals kennenlernen durfte. Das zwischen uns war nicht sofort die große Liebe, aber wir wuchsen zusammen. Mit ihm nach London durchzubrennen war etwas überstürzt, das gebe ich im Nachhinein zu, doch ich hatte keine Wahl.« Sie machte eine wegwerfende Handbewegung. »Ich hielt es in Griechenland nicht länger aus.«

»Und Cecilia?«

»Cecilia ist wieder ganz anders. Wir lernen uns erst kennen.«

»Hast du ihr schon gesagt, was du bist?«

»Hast *du* ihr schon gesagt, was du bist?«, wiederholte Callisto.

»*Du* hast schon ihre Lippen gewärmt.«

»Und du bist ihre Freundin. Warte – Was?« Callisto wurde rot. »Wie viel hast du gehört?«

»Nur das. Das hat mir gereicht.«

»Ich werde es ihr bald sagen.«

»Hast du Angst, dass sie dich ablehnt?«

»Nein. Das wird sie nicht. Sie wird es verstehen.« Callisto seufzte schwer. »Bei Cecilia wünschte ich mir nur, wir hätten uns in einer anderen Zeit an einem anderen Ort kennengelernt.« Mit einer schnellen Handbewegung deutete sie mir aufzustehen. »Und jetzt trink aus. Die Kutsche wartet bereits auf dich.«

Natürlich begleitete mich Mrs Balfour zum Ball, aber sobald ich Deacon erspähte, würde ich sie loswerden. Also nicht auf die Weise, dass ich ihren Körper in einem Wald verscharrte, sondern mit reichlich süßem Alkohol und einem schlechten Vorwand.

»Ist Lord Haworth vor Ihnen schon auf die Knie gegangen?«, fragte mich die ältere Dame wie aus dem Nichts.

»Nein, aber ich.«

»Wie bitte?«

Ich blinzelte. »Was war die Frage?«

»Ob Lord Haworth sein Heiratsinteresse Ihnen gegenüber bereits bekundet hat.«

»Das letzte Treffen ist nicht einmal zwei Tage her.«

»Na und? Wenn er in Leidenschaft zu Ihnen entbrannt ist, dürfte das keine Rolle spielen. Hat er ein Treffen mit Ihrer Schwester vereinbart?« Sie wirkte furchtbar aufgeregt. »Glauben Sie mir, er wird Ihnen sehr bald einen Antrag machen. Es gibt auch Hochzeiten im Herbst. Machen Sie sich keine Sorgen, nur weil die Hochzeitssaison so gut wie vorüber ist.«

»Wenn Sie das sagen.«

Meine Stimme klang reichlich angesäuert.

Ich blickte auf meine nackten Finger.

Als ich hierherkam, verbreitete Callisto die Lüge, dass ich auf der Suche nach einem Ehemann sei, und jetzt war jemand in mein Leben getreten, dem ich es erlauben würde, mir einen Ring zu überreichen.

Wenn er es wollte.

Denn ... Ich wollte es ebenso.

»Das ist so verdammt verwirrend«, murmelte ich.

Mir blieb allerdings kaum Zeit zum Grübeln, da wir das Anwesen von Cecilia bereits erreichten. Dutzende von kleinen Fackeln zäunten die Straße und ließen jeden wissen, dass heute eine Nacht voller Tanz und Musik bevorstand. Es reihte sich eine prachtvolle Kutsche an den nächsten schmucken Wagen. Die Gäste, die herausströmten, trugen nur die feinsten Kleider und exquisitesten Fräcke zur Schau. Viele der Frauen hatten sich Federn oder Blumen in die Haare stecken lassen.

Ich war überrascht, wie viele Leute sich hier tummelten, aber Cecilia war nun mal mit fast jedem bekannt – und sie war auch in der Lage, sich die Namen der Leute zu merken.

Die Gastgeberin wartete mit ihrer Anstandsdame in der Eingangshalle auf ihre Besucher. Sie trug ein zinnoberrotes Kleid. Eine Farbe, die ich noch nie an ihr gesehen hatte, welche aber ihre blonden Haare und blauen Augen betonte.

»Cecilia!«

Es schickte sich nicht, dennoch fiel ich meiner Freundin vor allen Versammelten mitten in der Eingangshalle um den Hals. Sie war wieder einmal so kalt wie der Tod selbst.

Callisto vernachlässigte ihre Rolle mit dem Wärmen wirklich sträflich.

»Callisto vermisst dich«, flüsterte ich ihr ins Ohr.

Ihre Arme legten sich um meinen Rücken und sie drückte mich. »Ich vermisse sie auch.«

»Lady Kalos, seien Sie doch nicht so emotional«, tadelte mich meine Anstandsdame. Ich spürte ihre Finger an meinen Arm und ich ließ Cecilia los.

»Vielen herzlichen Dank für die Einladung, Miss Bailey«,

bedankte sich die Gouvernante. »Aber verzeihen Sie meine Frage: Sind Ihre Eltern nicht anwesend?«

Cecilia verlor für einen kurzen Moment ihr Strahlelächeln. »Sie befinden sich gerade in Amerika. Mein Vater hat in den Staaten eine neue Firma gegründet.«

»Und da lassen Sie Ihre Tochter während der Saison allein? Was, wenn Sie einen Ehemann finden?«

Ich schenkte mir reichlich Punsch ein und nahm mir jetzt vor, jedes Mal einen Schluck zu trinken, wenn die Anstandsdame das Wort »Ehemann« fallen ließ.

Mal sehen, wie lange es dauerte, bis eine Halbgöttin betrunken unter dem Klavier lag.

»Ich fürchte, das Liebesglück ist mir nicht hold«, lächelte Cecilia gequält. »Es werden wohl noch einige Saisons an mir vorüberziehen. Womöglich finde ich gar keinen Partner.«

»Was sagen Sie denn da! Sie sind so eine bildhübsche junge Dame. Jeder Mann, der sie nicht ehelichen will, ist ein Narr.«

»Das zählt«, sagte ich und nahm einen großen Schluck.

»Wie bitte?«, fragte Mrs Balfour.

»Ich sagte, dass auch noch andere Gäste Cecilia begrüßen wollen. Wir können später sicher noch miteinander plaudern.«

»Natürlich!«, nickte Cecilia.

Ich zog meine Anstandsdame weiter.

Wo war denn nur Deacon? Hatte er die Einladung nicht bekommen?

Ich versuchte mich von dem Gefühl in meiner Brust leiten zu lassen, doch es gab jemanden, der mich dabei störte.

»Wie schön!«, kommentierte Mrs Balfour das Blumenarrangement im Inneren des Hauses. »Habe ich Ihnen schon erzählt, dass ich die Anstandsdame der Cousine der Halbschwester von Mrs Baileys Tante war?«

Ich ließ mich von dem verwirrenden Verwandtschaftsverhältnis für einen Moment ablenken – und prompt wurde mir eine Tanzkarte gereicht.

»Nein«, stöhnte ich und wollte gerade ablehnen, da brachte Mrs Balfour sie an meinem Handgelenk an und schnalzte mit der Zunge. »Perfekt.«

Letztes Mal hatte ich mich ohne Tanzkarte auf den Ball geschlichen, aber nun hatte ich dieses unsäglich nervige Kärtchen an der Hand, das mir nicht nur den Partner, sondern auch die Art der Tänze diktieren wollte.

Bumm. Bumm. Bumm.

Mein Herz wummerte laut in meinen Ohren. Er war hier.

»Lord Haworth! Juhu! Wir sind hier!«, schrie Mrs Balfour und fuchtelte wild mit den Armen.

Ach so? Ich durfte Cecilia nicht tröstend umarmen, weil ihre Freundin nicht erscheinen wollte, aber für die Gouvernante war es akzeptabel, Deacons Namen durch den halben Saal zu plärren?

Obwohl Deacon in seinem dunklen Frack nicht unter den anderen Männern hervorstach, fand ich seinen goldenen Blick sofort.

Mein Name lag auf seinen Lippen und seine Gesichtszüge wurden augenblicklich weicher. »Euryale.«

Erst dann fiel ihm das goldene Kleid auf, das ich als meine heutige Ballgarderobe auserkoren hatte – und ich sah, aber vor allem spürte ich, wie ich ihm nicht nur sprichwörtlich den Atem raubte. Hierbei handelte es sich um das gleiche Kleid, das ich bei unserem ersten Treffen getragen hatte, allerdings hatte die Schneiderin auf meinen Wunsch hin ein paar Änderungen vorgenommen, damit es auch als Ballkleid eine gute Figur machte. Durch einen Reifrock war das Kleid nun unterfüttert. An den Ärmeln und am Dekolleté gab es zusätzliche Stickereien in Form von Blumen. Nur wenn man ganz genau hinsah, bemerkte man, dass die Blüten weiß waren. So weiß wie der Kamm in meinen Haaren, den ich wie mein Athame immer bei mir trug.

Deacon bahnte sich einen Weg durch die anderen Gäste. Als er vor mir stand, ergriff er meine Hand und küsste meinen Handrücken. Ich schauderte durch die Berührung seiner Lippen wohlig auf.

»Er will auf jeden Fall ihr Ehemann werden«, flüsterte Mrs Balfour und ich genehmigte mir den nächsten Schluck Punsch.

»Nun, Lord Haworth. Das war lange genug. Treten Sie einen Schritt zurück. Die junge Frau ist solche überschwänglichen Liebesbekundungen nicht gewohnt.«

Jetzt trank ich einen Schluck Punsch, während ich mir in Gedanken ganz andere Liebesbekundungen mit dem Lord ausmalte.

»Wollen Sie mit der lieblichen Euryale als Erster tanzen oder sollen wir Ihnen einen späteren Tanz reservieren?«, fragte Mrs Balfour.

Sein Blick blieb an der dämlichen Tanzkarte hängen. In seinen Augen blitzte kurz Enttäuschung auf.

»Ich wäre gerne der Erste.«

Drei andere Männer standen bereits neben Deacon. Sie geierten auf das Stück Papier, als wäre es eine anzügliche Fotografie.

»Mrs Balfour, wären Sie so freundlich, mir meinen Fächer

aus der Kutsche zu holen? Mir ist so warm. Ich fürchte, ich falle sonst bei einem Tanz in Ohnmacht.«

Nachdem ich meine Anstandsdame weggeschickt hatte, wandte ich mich an meine interessierten Tanzpartner.

»Meine Tänze sind heute und in nächster Zeit alle für Deacon Haworth reserviert«, ließ ich die anderen Männer wissen. »Gerne tanze ich mal eine schnelle Polka mit Cecilia«, warf ich ein. »Aber das ist die einzige Ausnahme.«

»Sie können doch nicht den ganzen Abend mit einem Herren tanzen«, regte sich einer der vornehmen Herren nicht gerade vornehm auf. »Wie würde das denn auf Ihrer Karte aussehen?«

Ich nahm das Stück Papier und hielt es über eine Kerzenflamme, bis nur noch ein mickriges Aschehäufchen übrig war.

»Ich weiß nicht, worüber die Herren da reden.«

Deacon lachte leise.

»Lord Haworth, können wir dann?«

»Liebend gerne.«

Ich stellte mein Punschglas ab und führte Deacon zur Tanzfläche. Ein paar der Musiker spielten schon, die anderen werkelten noch an ihren Instrumenten herum, weshalb die meisten Pärchen auf der Tanzfläche unsicher herumstanden und nicht recht wussten, was sie miteinander machen sollten.

Der riesige Kronleuchter über uns tauchte den ganzen Saal in warmes Licht.

In einem mannshohen Wandfenster entdeckte ich unser Spiegelbild: Ein Mann und eine Frau standen auf der Tanzfläche. Eine dunkle Hand umschloss ihre, die andere lag an ihrem unteren Rücken. Sein Daumen strich genau über die Stelle, wo der außergewöhnliche Ausschnitt ihres Kleides endete.

Die Frau wandte den Blick ab – und sah den Mann mit einem glücklichen Lächeln an. »Danke, dass du meiner Einladung gefolgt bist.«

»Als könnte ich ablehnen.«

»Natürlich kannst du das«, sagte ich. »Du hättest nicht kommen müssen, wenn du etwas für die Universität erledigen musst. Ich hätte sonst den ganzen Abend mit Cecilia verbracht, oder –«

Ich verstummte, weil Deacon sich vorbeugte. Vor allen Menschen knabberte er mit seinen Zähnen an meiner Ohrmuschel.

»Ich wollte nicht ablehnen«, hauchte er, »weil ich mich nach dir gesehnt habe.« Er führte meine Hand an seine Brust. »Hörst du, wie freudig es schlägt, weil ich dich sehen kann?«

Danach legte ich seine Hand an meinen Brustkorb. »So wie ich mich freue.«

Wenn Leute mir und Deacon beim Turteln zusahen und Kommentare darüber abließen, ignorierte ich sie geflissentlich. Ich wollte einfach die Zeit mit ihm genießen. Das hier war schließlich ...

»Wir haben noch nie miteinander getanzt«, stutzte ich. Die Erkenntnis hatte wirklich lange auf sich warten lassen. »Wir haben noch nie miteinander getanzt!«

Sechs Monate und ich hatte sicher mit nahezu jedem Junggesellen auf der Insel ein Tänzchen gewagt. Mit nahezu jedem, aber nicht mit Deacon.

Er nickte. »Ich bin ehrlich gesagt etwas aufgeregt.«

»Ernsthaft? Nachdem wir einander so vertraut sind?« Ich strich mit der Rückseite meines Zeigefingers über seinen Hals. »Nachdem ich deinen Körper bereits ausgiebig mit meinen

Händen erforscht habe? Und du mich zum Schreien gebracht hast?«

»Tanzen kann eine rein körperliche Aktivität sein, aber das muss sie nicht.«

»Was meinst du denn damit?«

Genau jetzt beendete das Orchester die Proben und stimmte einen Walzer an. Deacon wirbelte mich herum und wir reihten uns zwischen den anderen Pärchen ein.

Ich spürte forschende Blicke auf mir, aber ich war zu gebannt von Deacon, um mich davon beirren zu lassen.

Die langsamen Eröffnungstänze übersprang ich meistens, indem ich mich den Getränken und Speisen widmete, aber mit Deacon als Partner wollte ich diesem Tanz doch noch einmal eine Chance geben.

Deacons rechte Hand wanderte nach vorne zu meiner Taille und ich legte meine linke auf seine Schulter. Zu keinem Zeitpunkt unterbrachen wir den Blickkontakt.

Ich ließ mich von Deacon über das Parkett führen. Seine Bewegungen waren fließend und anmutig.

Ich schloss die Augen und genoss einfach dieses gluckernde Gefühl von Glückseligkeit in meiner Brust, als ich Hand in Hand mit Deacon schwerelos durch den Saal rauschte.

»Willst du die Nacht wieder bei mir verbringen?«, fragte Deacon.

»Wenn du mich nicht gefragt hättest, dann hätte ich mich ganz einfach selbst hereinlassen.«

Deacon lachte kurz, bevor er wieder ernst wurde. »Es gibt noch etwas, das ich dir erzählen will. Erzählen *muss*.«

»Du musst mir nichts erzählen, was du nicht willst«, sagte ich. Dass es um seinen Vater ging, war mir sofort klar.

»Du musst es erfahren.«

Zum ersten Mal, seit der Tanz begonnen hatte, öffnete ich meine Augen. Der Ausdruck in Deacons war todernst.

Und dann endete das Stück.

»Was?« fragte ich. »Schon vorbei?«

Deacon räusperte sich und seine nächsten Worte klangen wieder mehr wie er: »Willst du etwas trinken?«

Der Punsch forderte nun seine Aufmerksamkeit ein. »Ich geh mich ganz kurz frisch machen und ich hoffe, dass ich Cecilia irgendwo sehe.«

»Warum?«

»Calisto will, dass ich auf sie aufpasse.«

»Ich werde Ausschau nach ihr halten, während ich auf dich warte.«

Die meisten Gäste befanden sich im Saal oder im Garten, weshalb der Gang zur Toilette und selbige fast verwaist waren.

Darum erspähte ich den Mann, der bei Deacon stand und auf ihn einredete, sofort.

Gerade noch rechtzeitig konnte ich um die Ecke verschwinden, weil ich dieser Person am allerwenigsten begegnen wollte: Es war Jonathan ... Jonathan Blackhall? Blackthorn?

Ich war einfach schlecht darin, mir Namen zu merken.

Ich wusste nur, dass ich eine leidenschaftliche Nacht mit ihm verbracht und ihn um ein Haar in ein Schwein verwandelt hätte. Letzteres schien mir im Moment eine Fehlentscheidung gewesen zu sein, denn er unterhielt sich gerade mit Deacon.

»Lord Haworth, wie geht es Ihnen?«, fragte er und neigte den Kopf leicht.

»Mister Blackthorn. Wie schön.«

Mit einem Schnauben überspielte ich das schadenfrohe

Kichern, das über meine Lippen schlüpfen wollte. Man merkte Deacon an, dass er keine Lust auf sein Gegenüber hatte. Er beantwortete nicht einmal die Frage nach seinem Wohlbefinden.

»Es gibt keinen Grund, warum wir uns so unpersönlich anreden«, fuhr Deacon fort. »Schließlich sind wir alte Schulkameraden.«

»Das stimmt, alter Freund.«

»Nun, so vertraut waren wir auch nicht miteinander, Jonathan.« Deacon wurde ungeduldig. »Was gibt es nun so Dringendes, dass du mich auf einem Ball damit belästigen musst?«

»Stimmt es, dass du Euryale Kalos den Hof machst?«

Warum hatte ich nur von Anfang an so ein Gefühl dafür gehabt, dass es um mich ging?

»Gerüchte sind Gerüchte. Manche sind wahr, andere nicht.«

»Dir ist klar, dass sie ... nun ja. Wir sind alte Freunde, weshalb ich es dir direkt sagen kann: Sie ist nicht mehr unberührt. Das weiß ich aus sicherer Quelle.«

»Die da wäre?«

Er selbst, dachte ich und verdrehte die Augen.

»Tut das etwas zur Sache? Solche Gerüchte entstehen ja nicht aus dem Nichts.«

Deacons Stimme war schneidend. »Sei einfach still, Jonathan.«

»So viele zerreißen sich bereits jetzt den Mund über euch. Willst du wirklich beschädigte Ware heiraten? Ich sicher nicht.«

»Ich wusste nicht, dass du noch Jungfrau bist.«

»Was ... Wie kommst du jetzt darauf?«

»Wenn es dir so wichtig ist, dass deine Frau noch unberührt ist, dann sollte das auch für dich gelten.« Jonathan wollte etwas einwerfen, aber Deacon ließ ihn nicht zu Wort kommen:»Vielleicht wäre es ganz hilfreich, wenn du aufhörst, alles mit zweierlei Maß zu messen.«

Die Hoffnung, dass Jonathan sein dreckiges Schandmaul hielt, wurde zerschlagen:»Du willst sie also wirklich ehelichen.«

»Hör mir zu: Wenn Euryale es will, dann ja, dann nehme ich sie liebend gerne zu meiner Frau.«

Im letzten Moment konnte ich die Hände vor meinem Mund zusammenschlagen, bevor ein verräterischer Laut mir entkam.

»Aber du wärst das Gespött der Leute! Dein Ruf wäre ruiniert.«

»Mir ist es egal, was die anderen sagen, weil die Heirat nur zwischen ihr und mir stattfindet.«

»Weißt du überhaupt, was sie ist? *Was* du dir da ins Haus und Bett holst?«

Ja, ich hätte ihn in ein Schwein verwandeln und ihn Cecilia als Gastgeschenk mitbringen sollen. Gut durchgebraten und mit einem Apfel im Mund wäre Deacon all diese Schmach erspart geblieben.

Deacons Schweigen verriet ihn:»Du weißt es also«, sagte Jonathan. »Sie ist gefährlich!«

»Da stimme ich dir zum ersten Mal zu. Ich habe allerdings keine Angst vor ihr.«

»Sie ist eine Hexe! Warte. Hat sie dich verzaubert? Natürlich muss sie das getan haben.«

»Ja, sie ist eine Zauberin und ich habe lange genug gedacht, sie hätte mich mit ihrer Magie verzaubert. Jetzt weiß ich, dass ich mir nur nicht eingestehen wollte, dass ich sie will.«

So langsam schienen Jonathan die Argumente auszugehen.

Ich entspannte mich ein wenig.

»Würde es dir etwas ausmachen zu verschwinden?«, zischte Deacon. »Ich würde gerne zu ihr zurückkehren.«

»Du wirst noch bereuen, dass du dich mit so einem Teufelsweib eingelassen hast.«

Ein Schrei ließ mich mit gezücktem Athame aus meiner Deckung hervorspringen. Es war allerdings nicht Deacon, der auf dem Boden lag und wimmerte, sondern Jonathan.

Deacon hatte einen seiner Handschuhe abgelegt, sein Zeigefinger hing in der Luft und schien irgendetwas zu berühren. »Euryale ist nicht die Einzige, vor der du dich in Acht nehmen solltest«, drohte Deacon ihm. »Sie ist –«

Er verstummte, als er mich erblickte. Ich rannte zu ihm und vergrub meinen Kopf an seinem weißen Hemd. Er schlang die Arme um meinen Körper und sofort fühlte ich mich geborgen. Die harschen Worte von Jonathan waren fast schon wieder vergessen, ausgelöscht durch Deacons Hingabe.

»Das werdet ihr beide noch bitter bereuen«, drohte Jonathan mir und Deacon wenig erfolgreich.

»Du willst also wirklich als Schwein enden?«, raunte ich giftig, was ihn dazu bewog, Reißaus zu nehmen und mir und Deacon Zeit zu zweit zu geben.

Ich nahm seine große Hand und küsste die neue Narbe auf seinem Finger. »Das hättest du nicht tun sollen.«

»Doch. Er hat deinen Namen durch den Dreck gezogen. So etwas erlaube ich nicht. Was hast du alles mit angehört?«

Alles. »Genug.«

»Ich habe mit ihm geschlafen, wenn du dich fragst, warum er mich kennt«, gestand ich Deacon. Ich konnte ihm im Moment nicht in die Augen sehen, weil ich sauer auf mich selbst war, mich auf so einen Mistkerl eingelassen zu haben.

»Er wollte es wiederholen und weil ich keine Lust darauf hatte und er sich aufgedrängt hat, habe ich ihm einen Ringelschwanz verpasst.«

Deacon schnaubte. »Dann hätte sein Äußeres einmal zu seinem Inneren gepasst.«

»Du kennst ihn scheinbar gut.«

»Er musste bereits in der Schule immer der Beste sein und hatte seine berühmt-berüchtigten Wutanfälle, wenn jemand ihn übertraf. Er erinnert mich an Vater, weshalb ich ihn nie leiden konnte.«

»Lass mich raten: Du warst besser als er.«

Deacon hüstelte. »Ich war meine ganze Schulzeit und an der Universität Klassenbester.«

»Natürlich warst du das.«

»Jonathan hat sich schon immer unmöglich aufgeführt. Dass ich als Lord – und zukünftiger Earl – auch noch gesellschaftlich über ihm stehe, hat ihn fuchsteufelswild gemacht. Aber er ist zu weit gegangen, als er dich mit reingezogen hat und das auch noch gegen uns beide verwenden wollte.«

»Wie meinst du das?«

»Das alles hat vor wenigen Wochen angefangen.« Er strich mir über meine Haare. Seine Finger ruhten auf dem Haarkamm, während er erzählte: »Ich dachte, ich hätte mir endlich ein Herz gefasst und wollte dir das Geschenk auf dem letzten Konzert von Verdi in der Royal Albert Hall endlich überreichen.«

»Das hast du aber nicht getan.«

Ich versuchte mich an jenen Abend zu erinnern. Wenn ich mich nicht täuschte, hatte ich in der Spielpause meine frühere Anstandsdame sitzen lassen, um in einem zwielichtigen Pub etwas Geld zu verspielen. Ich mochte Musik, wenn man dazu tanzen konnte, aber stundenlang dabei stillsitzen? Nein. Danke. Da zettelte ich lieber bei abgestandenem Bier eine Schlägerei an.

»Jonathan stand neben mir, als ich jemanden nach dir gefragt habe. Er musste gesehen haben, wie enttäuscht ich war, als ich erfahren musste, dass du nicht mehr anwesend bist. Dann kam die Mumienparty.«

»Erinnere mich nicht an die Mumienparty«, sagte ich. Ab jetzt würde die immer Erinnerungen an Jonathan hervorrufen.

»Aber warte. *Du* warst dort auch geladen?«

»Irgendjemand hielt mich wohl für einen Ägyptologen«, grummelte Deacon. »Ägyptologe. Es gab mehrere Hochkulturen in der Antike.«

Schuldig zuckte ich zusammen. »Ich habe dir das Herz gebrochen, weil ich mit Jonathan die Party verlassen habe.«

»Und ich war selbst schuld, weil ich so lange gebraucht habe, dir meine Gefühle zu gestehen.«

Dann gab es noch etwas, das mir auf der Seele lastete – und es war nicht Deacons leidenschaftliche Antwort, dass er mich heiraten wollte.

»Du dachtest also früher, dass ich dich mit meiner Magie bezirzt habe.«

»Eine These, die ich schnell verworfen habe, aber ja, ich glaubte, dass meine Gefühle für dich von Magie herrühren.«

»Was hat dich vom Gegenteil überzeugt?«

»Spätestens beim Kampf gegen die Chimäre waren all meine Zweifel ausgeräumt. Ich habe gemerkt, dass du auch etwas empfindest.« Er wickelte sich eine Strähne meiner Haare um den Finger. »Du wolltest mich beschützen – *und* du wolltest nicht, dass ich merke, dass du es willst. Als hättest du Angst davor, du selbst zu sein und zu deinen Gefühlen zu stehen.«

Eine überwältigende Welle der Zuneigung überrollte mich und hüllte mein Herz mit der Wärme von Zuneigung und Vertrautheit ein.

Er hatte recht. Warum kannte mich dieser Mann nur so gut?

»Was für hochtrabende Annahmen Ihnen da im Kopf herumspuken, Lord Haworth. Ich ...«

Seine Lippen streiften sanft meinen Hals und meine Neckereien versiegten.

Zumindest für einen kurzen Moment.

»Lord Haworth, wenn uns jemand erwischt, wie sie mir einen Handschuh ausziehen, dann lösen wir einen handfesten Skandal aus!«, lachte ich.

Ich zog sein Gesicht an meinen Ausschnitt, was die Sache natürlich verschlimmern würde. Aber seien wir ehrlich: Mir war es so egal, wer uns erwischte. Mir ging es hier um etwas anderes: und zwar wieder mit Deacon allein zu sein.

»Ich werde dir keinen Handschuh ausziehen«, raunte er und knabberte an meiner Brust. »Tatsächlich habe ich eine Idee, bei der ich gar nichts ausziehen muss.«

»Weil ich dich ausziehe?«

»Nein.«

»Ich bin verwirrt.«

Anstelle einer Antwort zog mich Deacon in den nächstbesten Raum, welcher wohl eines der Gästezimmer war: Zwar war es ausgestattet mit einem riesigen Bett, zwei Nachttischchen, einem Kleiderschrank, Schreibtisch, Stühlen und einer Chaiselongue um einen größeren Tisch, aber es fehlten persönliche Gegenstände.

Ich verriegelte die Tür mit einem Stuhl, den ich zwischen Türklinke und Boden klemmte.

»Cecilia wird mir das verzeihen«, sagte ich mehr zu mir als zu Deacon. »Nachdem sie und Callisto sechs Stunden den Salon okkupiert haben und ich die hässliche Strickmode einer Anstandsdame tragen musste, darf ich mich sicherlich in einem ihrer Gästezimmer etwas vergnügen. – Das Bett?«, fragte ich und wollte schon darauf zusteuern.

»Nein.«

Deacon wirbelte mich herum. Ich stieß mit dem Rücken gegen etwas. Womöglich gegen den Schreibtisch? Ich wollte keinen Gedanken daran verschwenden, weil er seinen Mund fordernd auf meinen drückte. Er vergrub eine Hand in meinen Haaren und neigte meinen Kopf. Seine Zunge umspielte meine Lippen. Mein Mund teilte sich und hieß ihn willkommen.

Eine Hand umfasste meine Pobacke und – oh!

Er hob mich auf die Tischplatte. Eine angenehme Position, weil ich so seine Hüften umschlingen und mich besser an ihm reiben konnte.

»Ich will nur dich«, flüsterte ich in sein Ohr. »So lange hatte ich Angst, dich zu wollen.«

»Mir ging es nicht anders.«

Deacon trat einen Schritt zurück, doch bevor sich die Enttäuschung kalt wie Eis in mir breitmachen konnte, umfasste er meine Unterschenkel und zog mein Becken näher an sich heran. Ich wollte nachrutschten, aber er hob eine Hand.

»Nein«, sagte er. »So ist es perfekt.«

Deacon kniete sich vor mich hin und steckte seinen Kopf unter meine Röcke. Sein warmer Atem streifte über meine intimste Stelle.

»Deacon!«, schrie ich, als er mich genau dort küsste. Er umfasste meine Hüfte und zog mich noch näher, legte meine Beine über seine Schultern.

Beim nächsten Kuss glitt seine Zunge in mich.

Ich stemmte mich mit den Fersen gegen ihn und wölbte meinen Rücken. Das fühlte sich gut an.

Gut und ...

Neu.

»Das ... Das habe ich noch nie mit jemandem getan«, gestand ich ihm. »Das ist mein erstes Mal.«

Er grummelte etwas, was sich nach »Perfekt« anhörte.

Er hielt mich an der Hüfte, während er mich abwechselnd küsste und seine Zunge in mich eindringen ließ. Er hielt sich nicht zurück und mein Stöhnen und Wimmern trieb ihn nur noch mehr an.

Als er merkte, dass ich kurz davorstand, die Lust herauszuschreien, wurden seine Zungenbewegungen langsamer. Nach Erlösung suchend ließ ich meine Hände über meine Brüste gleiten. Mit den Fingern kreiste ich um meine steifen Brustwarzen, die ebenfalls schmerzend nach Erlösung riefen.

Deacon quälte mich. Er quälte mich, weil er wusste, wie sehr mir seine Liebkosungen gefielen. Er gab obszöne Geräusche von sich, die meine Fingerbewegungen schneller werden ließen.

Und dann brach mein Höhepunkt wie ein Blitz krachend über uns herein. Meine Schenkel zuckten um Deacons Kopf, während ich seinen Namen aus voller Kehle schrie.

Deacon sprang auf und drückte mir einen hungrigen Kuss auf die Lippen. Dann schob er seine Finger in das immer noch empfindliche Fleisch und machte weiter.

»Du lernst wirklich schnell«, keuchte ich.

»Ich habe nun mal die beste Motivation«, erklärte er und knabberte an meiner Unterlippe.

Mein zweiter Höhepunkt fiel etwas weniger heftig aus. Dennoch beflügelte mich die Kraft, die sich von meinem Unterleib aus in meinem ganzen Körper ausbreitete.

Ich verschränkte die Arme in seinem Nacken und küsste seine Nasenspitze.

»Jetzt weiß ich endlich, warum alle Beinkleider diesen raffinierten Schlitz haben. Sehr praktisch.«

Mein Lachen war rau und dunkel. Ich klang befriedigt und das war ich auch.

Aber es lag nicht nur an dem Höhepunkt, den mir Deacon wieder einmal verschafft hatte, sondern daran, dass er *da* war.

»Willst du noch einmal tanzen?«, fragte Deacon. »Oder etwas essen? Trinken?«

Mit geschlossenen Augen schüttelte ich den Kopf. »Ich will nicht rausgehen, wenn Jonathan noch herumschleicht.«

Nicht, weil ich mich schämte. Oh nein, über Scham war ich hinweg. Allerdings standen die Chancen hoch, dass ich mein Athame durch einen Körperteil bohrte, der ihm am Herzen lag.

»Ich bringe ihn um«, knurrte er. »Ich bringe ihn für dich um.«

»Ich bin wie jede Frau hin und weg, wenn ein Mann mir sagt, dass er für sie einen absoluten Widerling töten will, aber tu es nicht.« Ich zog seine Lederhandschuhe aus und küsste erneut seine Narben, schmiegte meine Wange an seine Finger. »Du bist kein Krieger. Du bist nicht so wie ich. Mir macht das Blut auf meinen Händen nichts mehr aus.« Ich tippelte mit meinen Fingern auf seiner Brust. »Was machen wir nun in der Zwischenzeit?«

Ich sprang vom Schreibtisch und mein Kopf nickte zum Bett.

Deacon wollte mich wie immer tragen, aber dieses Mal war ich diejenige, die ihn herumwirbelte. Er blinzelte erstaunt, als er sich auf meinen Armen wiederfand.

»Ich bin doch viel zu schwer«, wollte er schon protestieren. Ich zog die Nase kraus. »Du weißt, dass du mich gerade beleidigst, oder? Ich bin eine Furie.«

Deacon legte mich immer behutsam ins Bett – nur ich war nicht er. Mit einem ordentlichen Schwung verfrachtete ich ihn in die Mitte der Matratze, bevor ich mich auf ihn stürzte.

Deacon zuckte nicht zusammen. Er hatte wirklich keine Angst vor der Furie, die ihre Krallen über seine nackte Haut streifen ließ.

»Willst du mich?«, fragte ich ihn.

»Natürlich.«

»Du könntest mich jetzt nehmen.«

»Ja.« Er bäumte sich unter mir auf und küsste mich auf die Lippen. »Wir könnten uns auch nur küssen.«

»Mache ... Mache ich etwas falsch?«, fragte ich ihn. Ich stützte mich mit den Händen auf seiner Brust ab. »Bin ich dir zu wild im Bett?«

Deacon lachte kurz – und das kränkte mich noch mehr.

Er bemerkte es, legte eine Hand auf meine Wange und zwang mich, ihn anzusehen: »Ich begehre dich, Euryale – auf hundert verschiedene Weisen. Darum würde ich gerne alle Arten erforschen, dich glücklich zu machen. Stört es dich? Mache *ich* es falsch?«

Ich hielt kurz inne und runzelte die Stirn. Es war mir gar nicht in den Sinn gekommen, dass er diese Gedanken auch haben könnte.

Zum ersten Mal seit Ewigkeiten hatte ich Zeit. Deacon und ich mussten nicht in einem Gästezimmer miteinander schlafen und dann hektisch die Sachen zusammenpacken, als hätten wir etwas Verbotenes miteinander getan. Das hier war keine kurzlebige Affäre.

»Warum sagen Sie immer so schlaue Sachen, Professor Haworth?«, neckte ich ihn. »Das heute ist wirklich nicht der beste Ort für unsere körperliche Vereinigung.« Ich verstärkte den Druck auf seine Brust und presste ihn auf die Matratze. »Außerdem werde ich dich beim ersten Mal erst nach ein paar Stunden gehen lassen«, ließ ich ihn wissen und biss ihm in den Hals, sodass ich sicher war, dass ich meine Zahnabdrücke hinterließ. »Du bist mein.«

Ohne etwas zu sagen, verstand Deacon die Einladung. Er biss zurück. »Und du bist mein.«

Er umschlang mich mit beiden Armen. Eingelullt von Deacons Wärme bei dem Geräusch seines stetigen Herzschlages dämmerte ich weg.

BUMM! Bum! Bum. Bum. Bum.

Hinter meinem Rücken knallte es laut. Ich erschrak so sehr, dass ich sogar über Deacons schlafenden Körper hinwegsprang.

Jegliche Müdigkeit wich sofort aus meinem Gliedern. Ich zog mein Athame heraus. Bereit, einem Angreifer die Kehle aufzuschlitzen und erst danach Fragen zu stellen. Ich wollte nicht noch einmal einen Fehler machen und so einen Taugenichts wie Jonathan von dannen ziehen lassen.

Meine Augen schnellten zum Fenster, wo Dutzende von Sternen funkelnd herabregneten und alles versengten.

»Die Welt geht unter!«, schrie ich aufgebracht.

Eine Furie fand die Liebe – und die Welt richtete sich selbst zugrunde.

»Du hast noch nie ein Feuerwerk gesehen?«, fragte Deacon mich. Er rieb sich den Schlaf aus den Augen und zog eine Taschenuhr hervor. »Wir haben übrigens den ganzen Ball verschlafen.«

»Professor Haworth, Sie dürfen gerne erklären.«

»Das ist nur Pyrotechnik.«

»Deacon, ich kann dir jeden Kieselstein der Unterwelt benennen, aber ich habe keine Ahnung, was da draußen gerade passiert und alles in mir schreit, Sachen, die ich nicht verstehe, abzustechen.«

Er lachte, als hätte ich einen Scherz gemacht.

»Du kannst es nicht abstechen.« Er kam zu mir und platzierte sich direkt hinter mich. Er deutete mit der Hand nach draußen. »Schwarzpulver sagt dir was, oder?«

Ich nickte.

»Man füllt es in ein Objekt namens Rakete, welches man dann per Zündschnur in den Himmel schießt.«

»Und wen will man damit töten? Es handelt sich schließlich um Schwarzpulver. Versuchen sie, Zeus umzubringen?«

»Es dient nur zur Unterhaltung.«

Skeptisch wanderte eine Augenbraue hoch. Die letzte Art der »Unterhaltung«, in der man wilde Tiere in Käfige sperrte, fand ich auch schon alles andere als unterhaltsam.

»Lass es uns von draußen beobachten«, sagte er und nahm

meine Hand. »Ich werde aufpassen, dass wir Jonathan nicht über den Weg laufen. Danach können wir gerne zu mir nach Hause fahren. Wo ist eigentlich deine Anstandsdame?«

Ich zuckte nur mit den Schultern. »Wer weiß das schon?«

Da ich nun im Bilde war, dass die Welt nicht unterging, schlichen Deacon und ich uns aus dem Zimmer. Zum Glück hatte das Feuerwerk die restlichen Gäste nach draußen gelockt. So sah niemand, wie wir händchenhaltend und mit zerknitterter Kleidung aus dem Zimmer schlichen.

Auf der weitläufigen Terrasse fielen wir unter den staunenden Gästen kaum auf. Ich versuchte, Cecilias Lockenkopf in der Menge auszumachen, entdeckte sie jedoch nirgends.

»Ihr geht es gut«, sagte Deacon. »Um Cecilia brauchst du dir keine Sorgen machen.«

Ich vertraute ihm dahingehend.

Außerdem hatte mich kurz darauf etwas anderes fest im Griff: Der Anblick des Himmels war atemberaubend!

Rot. Grün. Orange. Lila. Blau. Weiß.

Es war ein Anblick, der mich sofort in den Bann zog und meinen Mund staunend offen stehen ließ.

Ich drückte Deacons Hand, während ich das Farbspektakel mit großen Augen verfolgte.

Ich versuchte einen dieser fallenden Sterne mit der Hand zu fangen, aber das war natürlich vergebliche Liebesmüh. Sie verglühten, lange bevor sie den Boden überhaupt erreichten.

»Wunderschön«, hauchte ich nahezu sprachlos.

Die Farben und Formen, die die Raketen in die Luft malten, waren doch ganz hübsch anzusehen.

»Da stimme ich dir zu.«

Ein kurzer Seitenblick verriet mir, dass Deacon nicht in den Himmel sah. Sein Blick war auf mein Profil geheftet.

»Du siehst ja gar nicht hin.«

»Mhmm.«

Er schob die Haare an meinem Hals zur Seite, so als würde er mich dort küssen wollen. Als wollte er mich vor den anderen Lords und Ladys, Edelmännern, Anstandsdamen und Hausangestellten küssen.

»Lord Haworth ... Deacon, wenn sie sehen, dass du mich berührst, dann wird jeder wissen, dass du dich für mich interessierst.«

»Sollen sie«, raunte er. »Mir wäre es sogar egal, wenn sie gehört haben, wie du meinen Namen geschrien hast. Jeder darf wissen, dass du zu mir gehörst.«

»Deacon ...«

Gänsehaut überlief meinen Körper – und es hatte nichts mit Deacons Zärtlichkeiten zu tun.

Eine schwarzgekleidete Person raste auf einem Pferd die Straße entlang. Über ihr glommen ein Paar roter Augen unheilvoll in der Nacht.

Callisto sprang noch im Galopp vom Pferd und stürmte direkt auf mich zu.

Bevor ich sie fragen konnte, was ich jetzt schon wieder falsch gemacht hatte, stürzte sie sich mit einem schmerzverzerrten Schrei in meine Arme.

»Beruhige dich!« Sie schrie auf, als ich sie berühren wollte.

»Was ist denn los?«

Ihre Fingernägel gruben sich tief in mein Fleisch. Sie keuchte mehrere Sekunden lang, bevor sie einen einzigen Satz formte, der mir sämtliches Blut in den Adern gefrieren ließ: »Cecilia ist tot!«

30. Kapitel

DIE HELDIN IST NICHT SCHULD AM BLUTBAD

»Cecilia ist tot!«

Callisto schluchzte so laut, dass ich sie an einen weniger belebten Ort ziehen musste.

Ihr blasses Gesicht, welches durch die Tränen stark aufgedunsen war, verlieh ihr einen verletzlichen Ausdruck. Die schweißfeuchten Haare klebten ihr auf der Haut. Sie zitterte unkontrolliert am ganzen Körper.

Deacon reichte ihr ein besticktes Stofftaschentuch.

»Was ist passiert?«, fragte ich.

Callisto schniefte, trocknete ein paar Tränen und sagte: »Ich wollte durch Rauch eine Vision des Risses erzeugen, aber stattdessen sah ich Cecilia. Sie ist tot!«

Sofort brach das Geheule in voller Lautstärke wieder los.

Ich legte meine Hände auf die Schultern der anderen Halbgöttin und brachte sie so dazu, mich anzusehen. »Du hattest eine Vision. Das heißt, wir haben noch Zeit sie zu retten! Wir brauchen mehr Details. Reiß dich zusammen. Dann können wir sie gemeinsam retten.«

»Nein …«, hauchte Callisto. »Uns bleibt keine Zeit mehr.«

»Warum?«

»Weil ich Dinge sehe, die bereits passiert sind.«

»Wie bitte!«, rief ich aus und sprang auf. »Ich dachte ... Aber der Riss! Du hast gesehen, dass der Riss geöffnet wird!«

»Ich habe gesehen, dass er geöffnet *wurde*. Der Riss zwischen den Welten steht auch offen. Sonst wäre die Chimäre niemals durchgeschlüpft.« Sie sah mich mit durchdringendem Blick an. »Dein Auftrag lautete von Anfang an, den Riss zu finden und nicht zu verhindern, dass er geöffnet wird.«

»Dass eine Vision ein Zukunftsbild ist, ist nur eine von vielen Definitionen«, mischte sich nun auch Deacon ein.

Callisto schüttelte den Kopf. »Nein. Das ist mehr als das. Das ist mein persönlicher Fluch. Apollo hat mir diese Kraft gegeben, doch statt wie bei Cassandra, der niemand geglaubt hat, kann ich nichts gegen die Dinge unternehmen, die ich sehe.«

Ich biss mir auf die Unterlippe und verschränkte die Arme grübelnd vor der Brust. Im Gegensatz zur Tochter der Hecate ließ ich nicht zu, dass Trauer mich beherrschte. Cecilia konnte nicht tot sein. Erst vor wenigen Stunden hatte ich sie gesehen und sogar noch mit ihr geredet. Zudem hatte ich Callisto das Versprechen abgenommen, mich um sie zu kümmern.

Das war einfach nicht möglich.

Hier stimmte irgendetwas nicht.

»Was genau hast du gesehen?«, fragte ich Callisto. »Jedes Detail ist wichtig. Also lass nichts aus.«

Callisto wischte sich mit dem Taschentuch Tränen aus dem Gesicht und bemühte sich, ihre Emotionen unter Kontrolle zu bringen.

Sie schloss die Augen und erzählte mit fester Stimme: »Cecilia lag am Boden. Ihr goldenes Haar umrahmte ihre weiße Haut wie ein strahlender Heiligenschein. Sie sah friedlich aus, so als würde sie schlafen, aber in ihrer Brust ragte ei-ein Messer.«

Ich atmete zischend aus.

»Wo lag sie?«

»Ich weiß es nicht. Ich ... weiß ... es ... nicht!«

Callisto verlor erneut die Nerven und wippte aufgewühlt mit dem Oberkörper vor und zurück. Deacon legte eine Hand auf ihre Schulter und sprach ihr gut zu.

Nun lag es an mir, Herrin der Situation zu bleiben.

»Ich denke nicht, dass sie von ihrem eigenen Ball verschwunden ist«, sagte ich und mein Blick ging zum Gebäude zurück. »Das heißt, sie muss sich noch in ihrem Haus befinden.«

»Wir müssen sie suchen«, stimmte mir Callisto zu. Sie machte ein paar wackelige Schritte nach vorne. »Ich werde nicht zulassen, dass mir Thanatos noch mal jemanden entreißt.«

Callisto erinnerte mich an jemanden, als sie ins Innere des Anwesens stampfte und jeden ungemütlich anknurrte, der ihr im Weg stand.

Sie erinnerte mich an ... mich.

Deacon tippte mir an den Arm. »Ich muss dir etwas sagen, Euryale. Deine Freundin ... Sie ist nicht der Mensch, für den du sie hältst.«

Ich blieb stehen, drehte mich um und stach mit meinem Finger in Deacons Brust. »Wag es ja nicht, so über Cecilia zu reden, wenn wir uns nicht sicher sein können, ob sie noch am Leben ist.«

»Aber −«

»Callisto ist in sie verliebt«, erklärte ich ihm. »In ihren Augen ist sie nahezu perfekt. Ist es nicht egal, was sie getan hat? Ich bin doch auch nicht unschuldig und du magst mich trotzdem.«

Deacon nickte. »Ihr geht es gut, ja? Denke an meine Worte.«

Mit einem Lächeln nickte ich. Innerlich fürchtete ich das Schlimmste, aber das wollte ich nicht zeigen.

»Wir teilen uns auf«, sagte ich zu Callisto und Deacon. »Deacon übernimmt den Ostflügel, Callisto den Westflügel und ich werde den Rest absuchen. Ich bin schneller und wendiger und kann dementsprechend mehr Räume durchsuchen. Wenn jemand etwas findet, dann reicht ein Schrei.«

»Und was ist mit den Gästen?«, fragte Callisto. »Es sind noch einige Menschen anwesend.«

»Cecilia ist wichtiger, oder?«

Da es keine weiteren Fragen mehr gab, teilten wir uns auf. Ich nahm mir den weitläufigen Keller vor. Ich entzündete eine herumstehende Petroleumlampe an einer Kerze und wanderte in der Dunkelheit herum. Die einfachen Bodenplatten knirschten bei jedem Schritt. Gespenstisch echoten meine Schritte von dem Kellergewölbe zurück.

Der erste Raum stellte sich als Vorratsraum heraus, der gut mit Speis und Trank gefüllt war. Bei den ganzen Regalen war es unmöglich, dass ich Cecilia nicht sofort entdeckte. Der Heizraum stellte sich leider ebenfalls als Niete heraus.

Der nächste Raum war ... seltsam. In der Tür steckte ein Schlüssel, der an einer hübschen Goldkette befestigt war. Ich fasste das als Einladung auf und ließ mich selbst herein. Begrüßt wurde ich von undurchdringlicher Schwärze. Jemand hatte das kleine Kellerfenster im Raum mit Holzläden verschlagen.

»Was zum – Ah!«

Ich machte einen Schritt nach vorne und stolperte beinahe über ...

Über einen Sarg.

Mein Herz schlug mir bis zum Hals, als ich eine Hand auf den Deckel legte und ihn mit einer schnellen Bewegung aufklappte.

Erleichterung durchfuhr meinen Körper, weil im Inneren kein Körper lag. Aber leer war der Sarg bei Weitem nicht: Da drin fand ich eine hübsche Bürste, ein relativ neues Buch mit dem Titel *Dr. Jekyll und Mr Hyde* und ein Foto. Ich erkannte Cecilia sofort an ihrem riesigen Lächeln, auf der Fotografie war sie vielleicht dreizehn Jahre alt. Bei den zwei Personen rechts und links von ihr musste es sich um ihre Eltern handeln.

Selbst das Lächeln auf dieser Abbildung war so einnehmend, dass ich auch grinsen musste. Ich drehte das Foto um und erstarrte bei der Handschrift:

*Du bist nicht unsere Tochter.
Du bist ein Monster.*

»Was ist hier nur los?«, fragte ich.

Nur zögernd konnte ich mich von all diesen seltsamen Sachen lösen. Ich wiederholte mich ungern, aber: Irgendetwas stimmte hier nicht. Wer bewahrte seine persönlichen Gegenstände in einem Sarg auf? Das waren doch Cecilias Habseligkeiten – oder nicht?

Und dann noch diese teure Fotografie ...

Ich wollte gerade den Keller verlassen, als ich plötzlich einen scharfen Schmerz im Bauch spürte, der mich abrupt innehalten ließ. Ich japste verzweifelt nach Luft, als die unsichtbare Klinge durch meine Gedärme drang. In purer Agonie drückte ich meine Hände krampfhaft auf die unsichtbare Verletzung.

Kurz darauf drang Deacons Schrei mit meinem Namen zu mir durch und ich wusste, dass dies nur eines bedeuten konnte.

»Callisto!«, schrie ich laut.

Ich schleuderte die Lampe zu Boden, raffte eilig meine Röcke und lief die Treppenstufen hinauf.

Der quälende Schmerz in meinem Bauch ebbte langsam ab, aber statt Erleichterung wuchs nur meine Unruhe. Mit jedem dumpfen Pulsieren wuchs die Erkenntnis in mir, dass es sich um Deacons Schmerz handeln musste, der sich in meinem Körper widerspiegelte.

»Deacon!«

Durch eine offen stehende Tür erspähte ich seine dunkle Hose und seine polierten Schuhe. Er schien aufgeregt mit jemandem im Raum zu gestikulieren. Seine ganze Haltung war angespannt, als könnte er jeden Moment zusammenbrechen.

Meine Furieninstinkte übernahmen die Führung über meinen Körper, als ich den Angreifer nach hinten schubste und ihn so von Deacon trennte.

Mit einem schmerzerfüllten Stöhnen lehnte sich Deacon Halt suchend an den Türrahmen und glitt langsam zu Boden. Dort blieb er schwer atmend sitzen. Sein rasender Herzschlag wütete auch in meiner eigenen Brust.

Sofort fiel ich neben ihm auf die Knie. »Was ist los?«, fragte ich besorgt und legte eine Hand an seine Wange. Seine Lider flatterten kurz auf. Meine Hand glitt über seine Brust nach unten. Warmes Blut sickerte durch meine Finger.

Er konnte mir keine Antwort geben, weil in diesem Moment eine Hand auf uns herunterschoss.

»Pass besser auf!«

Callisto sprang in den Raum und rammte mit vollem Körpereinsatz den Angreifer. Das Messer in seiner Hand landete klirrend auf dem Boden.

Messer?

Meine Augen wanderten zu Deacon zurück.

Die Klinge hatte ihn direkt in den Bauch getroffen. Wie eine Knospe entfaltete sich der Blutfleck zu einer immer größer werdenden Blüte auf seinem Hemd.

Entsetzt schlug ich die Hände vor dem Gesicht zusammen.

»Alles ist gut.« Deacon biss die Zähne aufeinander, als er versuchte sich aufzurichten. »Es tut höllisch weh, aber ich wurde nicht tödlich verletzt.«

Seine Gesichtsfarbe war so weiß, dass sie mich an eine Wachsfigur erinnerte. Schweiß glänzte auf seiner Haut.

Nein.

Nein.

NEIN!

»Du ... Du kannst nicht sterben«, hauchte ich ungläubig.

»Nicht so. Nicht jetzt.« Ich presste meine Hand verzweifelt auf die Wunde. »Wir hatten doch erst wenige Tage miteinander. Ich ... Ich habe meine Ewigkeit für die Jahre mit dir aufgegeben«, gestand ich ihm, während das Blut aus der Wunde quoll. »Ich will nicht ohne dich sein.«

»Euryale.« Er streckte seine Hand nach mir aus und wischte mir die Träne weg. »Mir geht es gut.«

»Lüg nicht!«, schrie ich ihn an. »Menschen können an so etwas sterben.«

»Aber ich nicht. *Ich nicht.* Kümmere dich um Jonathan«, sagte Deacon und schenkte mir ein Lächeln, welches nur noch mehr Tränen herbeibeschwor. »Ich verspreche dir, dass ich nicht sterbe. Vertrau mir, *agápi mou.* Ich habe dich noch nie angelogen.«

Ich drückte ihm einen nahezu verzweifelten Kuss auf die Lippen.

»Falls du stirbst, gehe ich persönlich in die Unterwelt und lege auf dem Weg alles in Schutt und Asche«, ließ ich ihn wissen. »Die Hölle wird diese Furie zu fürchten wissen.«

Schwankend kam ich auf die Beine. Callisto hatte einen anderen Herren im Frack an der Kehle gepackt und ließ ihn mehrere Inches über dem Boden schweben.

Es war Jonathan.

Er strampelte verzweifelt mit den Beinen, doch gegen Callisto war er absolut machtlos. Die Wut verlieh ihr ungeahnte Kraft.

Meine Augen sprangen zu einer anderen Gestalt weiter. Am Boden lag Cecilia. Sie sah aus, als würde sie schlafen. Blut konnte ich nirgends entdecken, aber ihr Brustkorb hob und senkte sich nicht mehr.

Die Gewissheit über Deacons schwere Verwundung und ihren Tod brach über mich herein. Ich trug die Schuld an alldem, weil ich nicht auf sie aufgepasst hatte. Auch Deacons Verletzung war allein meine Schuld, weil ich darauf bestanden hatte, uns aufzuteilen.

Ich war schuld.

Nur ich.

Dieses Mal entschied ich mich nicht für die Liebe, sondern griff nach der Wut in meinem Brustkorb und ließ sie frei aus mir herausströmen.

»Geh zu Cecilia«, sagte ich zu Callisto und deutete auf ihren Körper. »Lass sie den Weg zu Charon nicht allein antreten. Ich bin mir sicher, du kannst mit ihr sprechen.«

Die mir so vertraute Wut entschwand aus Callistos Gesicht und ließ sie nackt und verletzlich zurück.

»Nein. Nein. Nein«, krächzte Callisto und brach in Tränen aus. »Nicht auch noch sie.«

Es zerriss mir das Herz, als ich mit ansah, wie Callisto aufgelöst zu ihrer Liebsten rannte und völlig zusammenbrach. Sie küsste sie immer und immer wieder und entschuldigte sich dafür, sie heute allein gelassen zu haben.

Keine Zeit für Trauer.

Nur für Wut.

Wut.

Wut!

Jonathan krümmte sich hustend auf dem Boden. Er bemerkte gar nicht, wie ich mich ihm näherte. Ich schleuderte ihn auf den Rücken und packte sein Bein. Der Knochen brach mit einer solchen Wucht, dass er sich wie ein Zahnstocher durch das Fleisch bohrte.

Seine Schmerzensschreie waren Musik in meinen Ohren.

Diese Rache war persönlich – und sie schmeckte so gut!

Ich leckte mir über die Lippen. Ich konnte mit seinen Händen das Gleiche veranstalten. Wenn ich mich geschickt anstellte, vielleicht auch mit seinem Rückgrat.

»Lass ihn uns richten«, sagte Callisto mit dunkler Stimme.

Sie war wieder an mich herangetreten. Ihren Schmerz versteckte sie unter ihren Rachegelüsten.

»Du kannst mich umbringen«, sagte Jonathan. Er versuchte uns anzuspucken, doch der Speichel tropfte nur in einem dickflüssigen Faden von seinem Mund. »Aber es wird jemand nach mir kommen. Diese Stadt ist voller Huren und Hexen. Irgendjemand wird mein Werk fortsetzen.«

»Was soll das denn bedeuten?«, fragte ich Callisto.

»Ich nehme an, dass es sich bei diesem Häuflein Abschaum tatsächlich um den Ripper handelt. Er war vor ein paar Jahren schon aktiv.«

»Wen?«

»Es ist egal«, sagte Callisto. Ihr Gesicht war eine harte Maske. »Wir werden seine Leiche irgendwo verscharren. Niemand wird wissen, was er getan hat. Aber zuerst werden wir ihm einen Teil der Schmerzen heimzahlen.«

»Willst du ihm ein Ende bereiten oder soll ich?«, fragte ich die andere Halbgöttin.

Sie konnte nicht antworten, denn ein schriller Schrei fegte wie ein Sturm durch das ganze Zimmer. Cecilia sprang kreischend auf und krallte sich in Jonathans Rücken fest. Sie riss die Halsschlagader mit ihren Zähnen heraus.

Ich brauchte etwas, um zu verstehen, dass die Feuchtigkeit an meiner Wange Jonathans Blut war, das aus der Ader spritzte und alles in ein dunkles Rot tauchte.

Die Attacke hatte Jonathan so überrumpelt, dass er nicht einmal daran dachte, zu schreien oder sich zu wehren. Er starb einen leisen, aber hoffentlich schmerzvollen Tod.

Mit einem zufriedenen Brummen schlängelte sich Cecilia bäuchlings am Boden entlang und leckte das Blut mit ihrer langen Zunge auf.

Ich wurde Zeugin, wie eine der freundlichsten Menschen, die ich kannte, das Blut eines Mannes, den sie ermordet hatte, vom Boden schleckte. Ihr goldenes Haar war an mehreren Stellen orange verfärbt von dem ganzen Blut.

»Deine Freundin ist schon seit Monaten tot«, sagte Deacon zu mir. »Ihr Lebensfaden ist so schwarz wie die Nacht.«

Ich drehte mich um.

Deacon stand aufrecht hinter mir und –

Mit einem lauten Schluchzen warf ich mich in seine Arme.

»Geht es dir gut?«, fragte ich und mir stockte der Atem. Erst jetzt bemerkte ich die Veränderung.

Deacon sah ... Er sah aus wie vorher. Die Farbe war in sein Gesicht zurückgekehrt.

Selbst wenn das Messer keine Organe verletzt hatte, so müsste er dennoch stark angeschlagen sein.

Er nickte grimmig. »Es gibt aber noch etwas, das du wissen solltest ... Ich ...«

Ich ließ ihn nicht ausreden, sondern zerriss sein Hemd mit einer Handbewegung.

»Euryale! Lass das! Heb dir das fürs Schlafzimmer auf!«

Ich ignorierte Callistos Tadeln.

Auf seinem weißen Hemd befand sich immer noch Blut. Zum Glück, sonst müsste ich ernsthaft an meinem Verstand zweifeln.

Deacons Wunde war nur noch eine hellrote Narbe.

Ich strich mit den Fingern darüber und auf einmal war auch die Narbe verschwunden.

Während Jonathans Blut die Fliesen rot färbte, wurde mir klar, dass mich Cecilia, meine beste Freundin, für die ich *Philia* empfand, und Deacon, der *Agape* für mich verkörperte, all die Monate angelogen hatten.

31. KAPITEL

DIE HELDIN FÜHLT SICH VERRATEN

Als eine Furie ihren Geliebten anblickte, dessen Wunde innerhalb weniger Minuten verheilt war, fühlte sie sich auf eine noch nie da gewesene Weise mit der Plejade verbunden, die ihre Geliebte gerade noch betrauert hatte, bis diese von den Toten auferstand und nun das Blut ihres vermeintlichen Mörders gierig vom Boden aufleckte.

Cecilia war tatsächlich die Erste, die nach langem Schweigen etwas sagte. Sie stand vom Boden auf und faltete die Hände vor der Brust. »Ihr müsst verzeihen. Ich bin wahrlich eine schlechte Gastgeberin.«

Ihre Pupillen waren zu Schlitzen verformt. Als sie ihre Hand hob, leckte sie sich mit einer langen, reptilienartigen Zunge Blut vom Ellbogen. Ihre Lippen zuckten und entblößten zwei lange Reißzähne.

»Bist du ... Bist du das wirklich?«, fragte Callisto mit bebender Stimme.

Sie zitterte schon wieder am ganzen Leib. Ich eilte zu ihr und hielt sie fest, damit sie nicht noch in Ohnmacht fiel.

»Oh ja.« Cecilia nickte. »Zuerst lasse ich mich von so einem Flegel in ein Zimmer führen, weil er sagte, dass ihm übel sei und er sich kurz ausruhen wollte, und dann lasse ich mich auch noch von ihm erstechen! Ich mache euch nur Scherereien.«

»Ich habe gefragt, ob du *du* bist, Cecilia«, grollte Callisto. Sie fuhr sich durch das dunkle Haar. Ein tiefes Schluchzen befreite sich aus ihrer Kehle. »Du warst tot! Dein Herz hat nicht mehr geschlagen! Wie um alles auf dieser Welt kannst du jetzt vor mir stehen?«

Cecilia blinzelte einmal – und ihre Pupillen waren wieder rund. Mit stumpfen Zähnen biss sie sich auf die Unterlippe.

Deacon räusperte sich: »Ich würde sagen, dass sie ein Vampyr ist. Ihr kennt sie in Griechenland womöglich besser unter der Bezeichnung Lamia. Geschichten über solche Wesen existieren seit jeher in jeder Kultur. Mal sind es Untote, die aus ihren Gräbern entsteigen, dann Rachegeister ohne physischen Körper und manchmal andere Monster, die kleine Kinder fressen.«

»Du wurdest nicht gefragt«, zischte ich Deacon an, der schulbewusst zusammenzuckte.

Ich schnaubte laut und suchte weiterhin Zuflucht bei Callisto, die nicht wusste, ob sie erleichtert oder wütend sein sollte.

Ein Gefühlswirrwarr, welches ich im Moment sehr gut nachvollziehen konnte.

Ich hatte für kurze Zeit wirklich gedacht, dass ich Deacon verlieren würde. Ein Messerstich genügte, um Menschen früher oder später zu töten. Sie waren zerbrechliche Geschöpfe.

Natürlich war mir bereits aufgefallen, dass Deacon schneller und robuster gebaut war als ein Mensch. Sei es nun im Kampf gegen einen Elefanten oder im Schlafzimmer. Er war wendig, stark und ja, spätestens das Fehlen von

Kratzspuren, nachdem wir uns geliebt hatten, hätte mir die Wahrheit vor Augen führen sollen – doch ich hatte ihm blind vertraut.

Ich dachte, dass er mir niemals verschweigen würde, wenn er kein Mensch wäre.

»Wollt ihr Tee?«, fragte Cecilia. »Ihr müsst erschöpft sein.«

»Ich will Antworten!«, donnerte Callisto, bevor ein lautes Schluchzen sich aus ihrer Kehle befreite. »Ich dachte ... Ich habe schon meinen Mann bei einem schrecklichen Unfall verloren, Cecilia. Mein Kind ist im Mutterleib verstorben. Ich bin die einzige meiner Drillingsschwestern, die das Jugendalter überlebte, weil meine göttliche Mutter uns alle wissentlich in den Tod geschickt hat. Ich habe zu viele Menschen, die ich liebe, sterben gesehen.«

»Und du bist eine Halbgöttin«, sagte Cecilia geknickt. »Du hast mir das auch nicht gesagt. Ihr seid alle Halbgötter.«

Aus dem Augenwinkel sah ich Deacon zustimmend nicken.

»Und du wusstest ebenso, dass Cecilia tot ist?«, fragte Callisto Deacon.

»Ihr Lebensfaden ist schon seit Monaten so schwarz wie die Nacht. So schwarz wie die Fäden deiner Kreaturen, Callisto. Ich wollte es Euryale sagen, aber sie hat nicht zugehört.«

»Gib jetzt ja nicht mir die Schuld!«, brauste ich auf. »Ich war besorgt um Cecilia. Ich dachte ähnlich wie Callisto, dass sie tot oder schwer verletzt ist.«

»Ich weiß, warum es hier wirklich geht«, sagte Deacon und trat einen Schritt auf mich zu. Ich wich nicht zurück. »Nichtsdestotrotz war ich immer ehrlich mit dir, Euryale. Ich habe dir nur Dinge verschwiegen.«

Ich stieß ein humorloses Lachen aus. »Das ist so viel besser.«

»Das heißt, du willst jetzt ehrlich sein. Dann sage uns: Wer von den Moirai ist deine Mutter?«, fragte Callisto ungeduldig. »Atropos, Lachesis oder Clotho? Damit wir endlich wissen, wie mächtig du bist.«

Nein, nein, nein. Wenn er von den Moirai abstammte, dann war er einer der stärksten Halbgötter überhaupt. Man munkelte, dass die Schicksalsgöttinnen mächtiger als Zeus selbst seien.

Aber wer sollte es sonst sein? Deacon konnte die Lebensfäden sehen.

»Du irrst dich«, sagte ich so leise, dass es sofort in dem Zwiegespräch von Deacon und Callisto unterging.

»Ich weiß es nicht.« Er seufzte schwer. »Ich habe meinen Vater einmal gefragt und wie es ausging, weiß Euryale nur zu gut.« Unbewusst zog er an der Stulpe seiner Handschuhe. »Ich habe die letzten Wochen sehr viel über mich gelernt und trotzdem verstehe ich noch nicht alles.« Deacon holte aus seinem Jackett ein Buch hervor und schlug es auf. Er streckte mir mehrere lose Buchseiten entgegen. »Ich wollte sie dir schon länger geben, *agápi mou.* Ich weiß, dass ihr im Besitz des Tagebuchs meines Vaters seid und euch wahrscheinlich interessiert, was auf den restlichen Seiten steht.«

Nur zögerlich streckte ich meine Finger nach den Papieren aus. Ich wollte nicht schwarz auf weiß lesen, dass Deacon mich verraten hatte.

Doch ich musste es tun.

Die Tagebucheinträge begannen an der Stelle, an der Deacons Vater auf seiner Grabungsstelle Besuch bekam – und es war nicht, wie ich mir erhofft hatte, seine Angetraute ...

Ich kann meinen Blick nicht eine Sekunde von ihr lösen.

Sie ist von einer prometheischen Schönheit, die mich sofort in die Knie gezwungen hat. Sie hat mein _Leben_ in ein „vor ihr" und „nach ihr" geteilt.

Jedoch bin ich nicht naiv und weiß, dass sie gewartet hat, bis ich allein auf der Grabungsstelle bin, um sich mir zu zeigen. Mir ist bewusst, dass sie etwas von mir will, und ich kann nicht ablehnen, ihr alles zu geben, was sie von mir verlangt.

Sie ist schließlich eine griechische Göttin.

25. April

Die Göttin taucht fast täglich auf, wenn ich spätabends noch allein in den Gruben stehe und Staub von alten Büsten pinsele. Meine mühselige Arbeit scheint sie zu erheitern.

Ich habe ihr gesagt, dass ich weiß, was sie ist.

„Du bist eine Göttin."

„Und du bist interessant, Mensch", meinte sie abfällig und schenkte mir ein Lächeln, welches mich gleichermaßen erschauern ließ und erregte. „Vielleicht behalte ich dich."

28. April

Ich habe meine Frau betrogen, aber ich kann mich dieser Göttin nicht entziehen. Sie ist einfach so wunderschön – ihrer Gefährlichkeit tut dies keinen Abbruch.

Sie scheint wirklich von mir angetan zu sein, denn heute meinte sie: „Wenn du meinen Namen errätst, erfülle ich dir einen Wunsch. Aber wenn du mir einen falschen nennst, werde ich dich töten. Ich habe schon alles von dir, was ich will."

Ich sollte von dieser Halbinsel fliehen, nur: Ich kann nicht.

Ich will mehr über die Götter erfahren, die seit Jahrtausenden auf der Erde wandeln. Ich will mehr über ihre Macht wissen.

Ich will mehr.

Die nächsten Einträge setzten ab dem Zeitpunkt an, als Deacons Vater wusste, dass seine Frau ein Kind erwartete.

Ich ließ die Göttin wissen, dass in England meine schwangere Frau auf mich wartet.

Sie eröffnete mir, dass sie ebenfalls bereits ein Kind unter dem Herzen trägt.

„Dieses Kind wird ein mächtiger Halbgott", sagte sie und streichelte ihren Bauch. „Ich denke, die Hesperiden werden ihn zu einer interessanten Figur formen."

Ich fand keine Eintragungen für die nächsten Monate, außer einer kleinen Anmerkung darüber, dass Deacons Vater über die Weihnachtsfeiertage zu seiner Frau nach Hause reiste, welche hochschwanger war.

Doch dann las ich den letzten Eintrag …

15. Januar

Ich kenne den Namen der Göttin und mein Wunsch ist das Kind, das sie demnächst zur Welt bringen wird.

Mich erreichte gestern ein Brief von meiner Schwiegermutter, dass meine Frau kurz nach meiner Abreise nach dreißig Stunden Wehen endlich niedergekommen sei, aber das Kind keinen Schrei tat. Der Junge verstarb nur eine Stunde später.

Die Geburt war schwer und der Arzt hat erklärt, dass meine Frau nicht in der Lage sein wird, erneut ein Kind auszutragen.

Ich habe in der Zwischenzeit weiter geforscht und herausgefunden, dass es einige dieser Götterkinder gibt. Sie sind Menschen nahezu identisch, manchmal zeigt sich die göttliche Essenz in einer Augenfarbe oder einer besonderen Aura. Sie sind stark und schnell, können nicht krank werden und selbst tödlichsten Verletzungen trotzen. Ich würde sie gerne erforschen.

Beim letzten Satz drehte sich mir der Magen um. In den Augen seines Vaters war Deacon nichts anderes als ein neues Forschungsobjekt.

»Mein Vater hat mit einer Frau geschlafen, die eine Göttin war«, fasste er die Einträge für Callisto zusammen – aber auch für mich, die nicht so recht glauben wollte, was sie gerade gelesen hatte. »Sie brachte mich zur Welt und wollte mich den Hesperiden überlassen, aber er hat sie dazu gebracht, mich ihm mitzugeben. Meine Mutter – meine Ziehmutter, also Lady Haworth – erlitt nur Wochen zuvor eine

Totgeburt. Das kam meinen Vater wie eine Fügung vor. Er hat den Arzt und die Hausangestellten alle bestochen. Meine Geburtsurkunde ist falsch. Ich bin tatsächlich ein paar Wochen jünger.«

»Deacon«, seufzte Callisto. »Du hättest uns das ruhig erzählen dürfen.«

»Ich wollte es dir schon länger sagen«, begann Deacon erneut und sah mich flehentlich an. »Ich habe so sehr gehofft, dass du mich damit konfrontierst. Ich habe euch schließlich auch das Tagebuch überlassen.«

Ich blickte zu Boden.

Das, was er getan hatte, tat weh. Als würde er mir nicht vertrauen, während ich bereit war, die Unsterblichkeit aufzugeben, um mit ihm hier, in England, zu leben.

Ich fuhr mir mit einer Hand übers Gesicht. Ich wusste nicht, wie ich mich fühlen sollte. Da war weder Wut in meinem Bauch noch dieses warme Gefühl der Zuneigung.

Da war nichts.

Ich fühlte mich zum ersten Mal so richtig verloren.

»Wenn ich schon keinen Tee holen soll, dann lasst mich wenigstens ein neues Hemd für Lord Haworth bringen«, sagte Cecilia. »Ich werde hungrig, wenn sein leckeres Blut länger an seinem Hemd klebt.«

»Ich komme mit«, sagte ich und huschte hinter meiner bluttrinkenden Freundin aus dem Raum.

Deacon rief mir etwas hinterher, aber ich drehte mich nicht um. Stattdessen krümmte ich mich vor unsichtbaren Schmerzen.

Warum tat Liebe immer so weh?

Warum tat es immer weh, wenn *ich* liebte?

32. Kapitel

DIE HELDIN KNÜPFT ENGERE BANDE

Mit blutverklebten Haaren und Blut am Mund stolzierte Cecilia durch ihr Anwesen. Sie redete unentwegt. Einfach nur ihre helle Stimme zu hören, tat mir gut. »Habe ich wirklich das Feuerwerk verpasst, weil ich ohnmächtig war?« Sie schnalzte mit der Zunge. »Mein Kleid ist ruiniert und ich habe als Gastgeberin versagt. Kann es eigentlich noch schlimmer kommen?«

»Du hast gar kein Blut an deinem Kleid«, merkte ich an. »Steckte da nicht, nun ja, ein riesiges Messer in deiner Brust?«

»Das Gute am Todsein ist, dass man nicht mehr blutet«, beantwortete sie meine Frage. »Nicht, wenn man schon länger nicht mehr getrunken hat. Allerdings hat mein Kleid ein paar unschöne Löcher davongetragen. Dein Kleid wurde auch aufgehübscht, nicht? Ich brauche unbedingt die Adresse deiner Schneiderin. Dieses Kleid ist zu schön, um es gleich wieder wegzuwerfen.«

»Cecilia, pass auf!«

Ich wollte meine Freundin davor warnen, dass wir gleich einem ihrer Angestellten begegneten, aber sie hielt direkt auf ihn zu. »Wir müssen dann später das Lilien-Gästezimmer im Ostflügel reinigen«, sagte sie zu ihm. »Ich denke, dass einiges an Blut auf den Teppich und die Bettdecke gespritzt ist. Wir müssen das verbrennen. Ein Körper muss auch entsorgt werden.«

Der Angestellte verneigte sich. Ein Zittern in seiner Hand entging meinem Auge nicht. »Sehr wohl, Miss Bailey. Ich werde die anderen darüber informieren.«

Ich stutzte. »Deine Angestellten wissen über dich Bescheid?«

»Ja. Ich kann nur schwer verbergen, was ich bin. Es gab zu viele ... Vorfälle.«

»Ich wusste es nicht.«

Cecilia blieb stehen und fuhr auf der Stelle herum. Sie nahm meine Hände und drückte die Finger. »Ich denke, du wolltest es nicht wahrhaben«, sagte Cecilia und schenkte mir ihr lieblichstes Lächeln. »Erinnerst du dich an deinen ersten Besuch vor ein paar Wochen? Ich fühlte mich so schlecht, weil das Sonnenlicht mir nicht guttut, und du hast keine Fragen gestellt. Auch nicht, als ich am Abend wie durch Wunderheilung wieder genesen war. Du hast es einfach hingenommen.«

»Ich ... Ich meinte ... Menschen essen hier etwas Falsches und sterben daran. Sie schneiden sich an etwas – und sterben!« Ich stöhnte über meine eigene Naivität. »Ich bin schon vielen anderen Wesen begegnet, aber noch nie einem Vampyr oder einer Lamia. Ich wusste nicht, dass so etwas überhaupt existieren kann. Callistos untote Tierchen sind das einzige Vergleichbare, das ich bis jetzt kennengelernt habe.«

Fühlten sich die beiden deswegen so zueinander hingezogen?

Ach. Es war nicht meine Aufgabe, über anderer Liebesleben zu spekulieren. Insbesondere da ich gerade mit meinem eigenen zu kämpfen hatte.

Cecilia horchte beim Namen ihrer Geliebten sofort auf. »Was ist mit Callisto?«

Ich biss mir auf die Innenseite meiner Wange. »Ich will nicht zu viel sagen, weil es an ihr ist, mit dir darüber zu reden, aber es wundert mich kaum, dass ihr euch gefunden habt. Durch ihre Mutter steht sie dem Totenreich sehr nahe.«

»Schicksal«, lächelte Cecilia. »So scheint es bei dir und Deacon doch auch zu sein.«

»Ich will nicht über Deacon reden«, schnappte ich in ihre Richtung. »Nicht jetzt.«

»Ach, Euryale –«

»Ich will auch kein Mitleid«, sagte ich noch eine Spur schärfer. »Ich will ...«

Was? Was wollte ich?

Auch wenn ich die Zeit zurückdrehen könnte, änderte es nichts daran, dass Deacon ein Halbgott war.

Cecilia zog gekränkt ihre Hände zurück. »Ich wollte nicht ... Es tut mir leid.«

Dass hier vor wenigen Stunden noch ein Ball stattgefunden hatte, war mir beinahe entfallen. Deshalb war ich umso überraschter, dass wir auf dem Weg in die Gemächer einer Gruppe Gäste über den Weg liefen.

Cecilia eilte in ihrem Zustand auf die Gäste zu, die im ersten Moment erschrocken vor ihr zurückwichen. Darunter befand sich auch Mrs Balfour, die deutlich angeheitert wirkte.

»Es würde mich freuen, wenn Sie mein Anwesen nun verlassen«, sagte Cecilia höflich. »Der Ball hat Ihnen sichtlich Spaß gemacht und Sie sind müde.«

Ein Ruck ging durch die Menschen, als sie geistesabwesend nickten und in Reih und Glied durch die Tür spazierten.

Zu sagen, ich sei verblüfft, war eine Untertreibung. »Das kannst du?«

Cecilia nickte. »Allerdings nur, wenn ich getrunken habe. Und ich trinke nicht oft.«

»Warum?«

Sie zuckte zusammen.

»Wenn es dir unangenehm ist, dann –«

»Nein. Du sollst solche Dinge wissen. Ich will es dir nicht länger verschweigen. Es ist leider so, dass ich mich nicht beherrschen kann, wenn ich einmal trinke.« Sie schluckte schwer. »Bis jetzt haben das nur wenige überlebt.«

»Deine Anstandsdamen?«, riet ich.

»Ja. Ich fand Frauen schon immer sehr anziehend. Doch der Duft ihres Blutes ist noch einmal eine ganz neue Art der Verführung.« Sie stöhnte verzückt auf. »Männerblut ist nicht so exquisit.«

»Würdest du mich auch gerne beißen?«

»Ich würde dein Blut trinken. Da bin ich nicht wirklich wählerisch. Du musstest leider mit ansehen, wie ich mich verhalten kann, wenn ich hungrig bin.«

»Aber du würdest mich nicht beißen?«

»Nun. Beißen ist etwas ... intimer.« Sie zog ihren Fächer hervor und wedelte sich frische Luft zu. »Wenn meine Reißzähne durch das Fleisch gleiten, dann fühlt sich das an wie ...«

»Wie Sex«, beendete ich ihren Satz. »Die meisten meiner Anstandsdamen sind wegen meiner Promiskuität geflüchtet, also würde ich sagen, wir sind uns sehr ähnlich. Und ja, du darfst gerne einen Witz über griechische Götter und ihre Affären machen.«

Cecilia kicherte.

»Überrascht hat dich die Enthüllung nicht, oder irre ich mich da?«

Meine Freundin schüttelte den Kopf. »Du hast dich schon immer wie jemand bewegt, der kein Mensch ist. Ich habe im letzten Jahr ein gutes Gespür für andere Kreaturen wie mich entwickelt. Ich erkenne, ob die junge Dame aus dem Arbeiterviertel jeden Vollmond ihre menschliche Haut abstreift oder ein junger Herr unter seinem Frack Schuppen trägt.«

»Wie genau habe ich mich bewegt?«

»Wie jemand, der mit einem einzigen Fingerschnipsen alles und jeden in die Knie zwingen könnte.«

Cecilia ließ mich mit einer einladenden Handbewegung in ein großes Schlafzimmer eintreten. Der Geruch nach Toilettenwässerchen und Zigarren hatte sich in das ganze Interieur eingebrannt.

Sie schritt auf einen Schrank zu und wühlte sich durch viele Männerhemden. Sie nahm einige heraus, legte den Kopf schief und warf sie dann aufs Bett oder streckte die Zunge heraus und schleuderte sie auf den Boden.

»Deacon ist größer und schlanker als Vater«, sagte sie. »Ich hoffe, ich finde ein Hemd, das ihm zumindest ein wenig passt. Ich lasse ihn sicher nicht als modische Sünde durch die Straßen wandern.«

Während Cecilia nach dem richtigen Hemd suchte, sah ich mich im Zimmer um. Der Kamin im Raum war von einer ordentlichen Staubschicht bedeckt. Hier hatte schon Monate oder Jahre keiner mehr ein Stück Brennholz verheizt. An den Tapeten befanden sich dunklere Stellen, als hätte jemand Porträts abgehängt. Von Neugier getrieben begab ich mich zum Schreibtisch. Dort lagen Dutzende von

Fotografien mit ein und demselben Motiv: Cecilias Familie. Ihre Eltern wirkten auch auf diesen Bildern freundlich und liebevoll. Doch etwas ließ mich stutzen: Ein paar der Fotografien wiesen dunkle braune Flecken auf, die getrocknetes Blut sein mussten.

Du bist nicht unsere Tochter. Du bist ein Monster.

Die Bildunterschrift hallte durch meine Gedanken.

»Ich habe im Keller einen Sarg gefunden«, erzählte ich Cecilia, die immer noch mit der Kleiderauswahl beschäftigt war. »Das war nur ein Versehen. Ich wollte nicht herumschnüffeln.«

Ihr Kopf schoss in meine Richtung. »Steckt im Türschloss mein Schlüssel?«

»Ja.«

Erleichtert seufzte sie auf und legte eine Hand an die Brust. »Bevor dieser Flegel mir ein Messer ins Herz gerammt hat, war mein letzter Gedanke nämlich: Wo habe ich diesen dämlichen Schlüssel nur jetzt schon wieder hingelegt?«

»Schläfst du in diesem Sarg?«

»Ja. Er hält das Sonnenlicht exzellent fern. Außerdem ist er bequemer, als man es vermuten mag.«

»Ich habe ihn geöffnet und da war ... Das Foto deiner Eltern. Ich habe die Nachricht gelesen.«

Meine Freundin wandte den Blick traurig von mir ab. »Meine Eltern wissen natürlich, was ich bin, und sie haben beschlossen, mich zurückzulassen«, sagte sie und ihre Stimme zitterte. »Sie werden aus den Staaten nicht zurückkehren. Sie haben Angst vor mir und ich kann es ihnen beim besten Willen nicht verdenken.«

Cecilia pfefferte ein weiteres Hemd auf den Boden. »Ich ... Ich kann das nicht mehr.« Sie konnte ihre Fassung nicht länger wahren und stürzte sich in meine Arme. »Ich vermisse meine Eltern so sehr«, brach es aus Cecilia hervor. Ihre Stimme bebte vor unterdrücktem Schmerz. Sie vergrub ihr totenkaltes Gesicht an meinem Hals. »Ich vermisse, wie meine Mutter mir immer die Haare gebürstet hat, und dass mein Vater mir kitschige Puppen geschenkt hat, obwohl ich schon viel zu alt dafür war. Ich werde sie nie wiedersehen.« Statt Tränen lief Blut ihre Wangen entlang. »Ich will nicht so sein, wie ich bin. Ich will wieder wie ich sein«, schniefte sie. »Ich will wieder bei Sonnenschein im Garten Cricket spielen und im Sonnenlicht picknicken oder spazieren gehen. Ich will nicht dauernd daran denken, wie verlockend sich jemandes Blut in meiner Kehle anfühlen würde.«

»Ich bin schlecht im Trösten«, gestand ich Cecilia. Ich versuchte es trotzdem, indem ich ihren Rücken streichelte, während sie ihre blutigen Tränen weinte. »Es tut mir so leid. Ich wollte keine alten Wunden aufreißen.«

»Scho-schon in Ordnung. Es tat gut, diese Dinge mal auszusprechen.« Ihre Stimme klang zittrig, aber auch dankbar. »Ich konnte noch nie mit jemandem darüber reden.«

»Mit niemandem? Aber ... Woher stammt eigentlich dein Lamia-Blut? Deine Eltern sind Menschen.«

Da ich merkte, dass Cecilia immer noch aufgebracht und dementsprechend geschwächt war, nahm ich ihre zittrige Hand und dirigierte sie mit mir zum Bett. Erschöpft ließ sie sich auf die Matratze fallen und legte ihren Kopf an meine Schulter. Nach einigen Minuten begann sie mir endlich ihr Herz auszuschütten: »Vampyre – oder Lamien – werden nicht geboren. Sie werden dazu gemacht.«

»Wie bei einem Zauber?« Dabei dachte ich natürlich an Callistos untote Tierchen.

Sie schüttelte den Kopf. »Nein. Wie bei einer Krankheit, mit der man infiziert wird.«

»Das heißt, dass es eine Heilung gibt!«, meinte ich optimistisch.

Cecilia nickte. »Natürlich gibt es die. Wenn man meinen Kopf säuberlich vom Körper trennt. Dann sterbe ich ein zweites und letztes Mal.«

»Ich ... Das ...«

»Schon gut, meine Freundin.« Cecilia tätschelte aufmunternd meine Hand. »Es gibt keine Heilung, weil ich bereits tot bin. Es ist schwer, damit zu leben. Inzwischen habe ich mich damit so gut es geht arrangiert. Aber ich wollte nie so sein. Ich wusste von all dem nichts. Ich wusste nicht, dass es Kreaturen gibt, die in der Nacht ihre Opfer suchen. Ich war nur ein junges Mädchen, das sich um nichts anderes kümmern musste, als um ihre Ballkleider und Unterrichtsstunden bei ihrer hübschen Gouvernante. Alles war wie immer. Bis meine Eltern vor ungefähr einem Jahr einen ähnlichen Ball wie heute veranstaltet haben, auf dem ich mich nach einem geeigneten Ehemann umsehen sollte. Keine Frau in meiner Familie suchte länger als eine Saison nach ihrem Gatten, weshalb ich in dieser schicksalshaften Nacht in die Gesellschaft reinschnuppern sollte.«

»Du magst Männer doch gar nicht.«

»Ich mag Männer«, wandte Cecilia ein. »Nur kann ich keine romantischen Gefühle für sie entwickeln und erst recht kann ich mir nicht vorstellen, meinen ehelichen Pflichten mit ihnen nachzukommen. Aber das konnte ich meinen Eltern natürlich nicht sagen. Deshalb dachte ich, dass ich am besten mit jemandem flirte, den ich nicht kenne und nie wieder sehe. Meine Wahl fiel auf einen stattlichen jungen Herrn, der sich als Lord Orlock vorstellte. Wahrscheinlich war das nicht sein richtiger Name und es ist auch nicht mehr wichtig. Er hat mich infiziert und danach allein gelassen.«

»Hat er dir etwas angetan?«, fragte ich sie.

»Nein. Zumindest nicht auf diese Weise. Er hat mich in den Hals gebissen. Er hat mich gebissen und ich habe aus purer Verzweiflung zurückgebissen. Ich werde nie vergessen, wie metallisch und salzig sich das Blut damals in meinem Mund angefühlt hat. Denn seitdem schmeckt es sehr viel besser. Es ist schließlich das Einzige, was ich zu mir nehmen kann. Es tat mir so leid, als ich Callistos Plätzchen ablehnen musste.«

»Du verpasst etwas.«

»Ich weiß.« Sie lächelte gegrämt. »Wo waren wir stehen geblieben? Ach ja.« Mit einer Hand fuhr sie sich durch die blonden Locken. Sie blieb an den verfilzten Strähnen hängen. »Nach dem Biss sind meine Erinnerungen wirr. Ich erinnere mich nur noch an diesen schlimmen Schmerz, der meinen ganzen Körper heimgesucht hat. Ich denke, dass sich Sterben angenehmer anfühlen muss. Ich verbrannte, obwohl ich nicht in Flammen stand. Ich erstickte, obwohl meine Lungen schon ihren Dienst quittiert hatten. Ich verdurstete – das ist der einzige Schmerz, der mir bis heute geblieben ist. Ich erwachte drei Tage später in einem flachen Grab. Ich hatte einen Wurm im Mund. Einen lebendigen Wurm!«

»Das klingt ekelhaft.«

»Das war so ekelhaft!«, kreischte Cecilia und brachte mich zum ersten Mal seit Stunden zum Kichern.

Doch sie wurde schnell wieder ernst: »Ich werde nie vergessen, wie ich mit einem mit Blut und Dreck beschmierten Kleid nach Hause wankte. Mein Herz schlug kaum noch und ein einziger Gedanke trieb mich an: Ich wollte Blut. Ich erspare dir die Details. Wie ich während des Dinners fast alle Dienstboten ausgesaugt habe. Du siehst das Endergebnis hier sitzen: Ich wurde von allen verlassen und warum? Weil ich einfach nicht zu mir stehen konnte.«

»Ach Cecilia«, sagte ich und strich ihr ein paar Haarsträhnen aus dem Gesicht. Ich mochte es, wenn Deacon das bei mir tat, also hoffte ich, dass auch sie diese Geste schätzte.

»Ich habe mich in Callisto verliebt – und auch ihr habe ich verschwiegen, wer ich wirklich bin. Warum mache ich immer und immer wieder denselben dummen Fehler? Bin ich verflucht, mich auf ewig im Kreis zu drehen?«

Das fragte ich mich auch: Ich hatte Deacon vertraut – und ich musste lernen, dass er mir nicht im gleichen Maß Vertrauen entgegenbrachte.

Ich fragte mich, ob es an mir lag. Hatte ich ihm das Gefühl gegeben, dass er mir nicht vertrauen konnte?

»Ich werde mich bei Callisto entschuldigen«, entschied Cecilia und hüpfte vom Bett auf. »Wenn sie mich nicht mehr sehen will, dann muss ich das wohl oder übel akzeptieren.«

»Und ich gebe das hier Deacon«, sagte ich und hob das hässlichste Hemd vom Boden auf. Ich war mir sicher, dass Rüschen Deacon *blendend* stehen würden.

Wir hatten noch nicht einmal die Türschwelle überquert, als Callisto auf Cecilia zustürmte. Sie schlang ihre Arme um die andere Frau und drückte sie zärtlich an sich. »Es tut mir leid, wenn ich eben so böse klang. Ich bin nur froh, dass du noch am Leben bist.«

»Technisch gesehen ist sie das nicht.«

Die beiden Frauen zischten Deacon an und ich kicherte etwas schadenfroh.

»Verzeihst du mir meine Garstigkeit, mein Herz?«, fragte Callisto und legte eine Hand in Cecilias Nacken.

»Ich würde dir alles verzeihen.«

Ich wandte den Blick ab, als Cecilia und Callisto sich ausgiebig die Lippen »wärmten«.

Konnten sie sich nicht eins der Dutzenden freien Zimmer in diesem gigantischen Anwesen nehmen?

Ich reichte Deacon das frische Hemd. »Zieh dich um«, wies ich ihn an. »Bevor Cecilia noch an dir herumleckt.«

»Ich denke, dass ich dich jetzt nicht zu fragen brauche, ob du die Nacht bei mir schlafen willst«, sagte er, während er sich das geliehene Hemd zuknöpfte.

»Ich brauche Zeit«, sagte ich. »Die letzten Tage waren wie ein Rausch und ich habe sie sehr genossen, aber nun ist es wohl an der Zeit, nüchtern zu werden.«

In Deacons Augen blitzte Enttäuschung auf. Meine Worte hatten ihn verletzt, aber es tat mir selbst auch schrecklich weh.

»Ich akzeptiere das«, sagte Deacon. »Ich habe dich enttäuscht.«

Ich atmete aus – und spürte zum ersten Mal, wie ein vertrautes Gefühl in mir zurückkehrte.

»Warum hast du es dann getan?«, brüllte ich Deacon an. »Du weißt, wie viel du mir bedeutest! Ich dachte, dass wir uns alles anvertrauen!«

Selbst Callisto und Cecilia fuhren bei meinem Wutausbruch auseinander.

»So wie du mir anvertraut hast, dass du deine Unsterblichkeit für mich aufgegeben hast?«, warf mir Deacon vor die Füße.

»Von diesem närrischen Entschluss von mir musstest du

nichts wissen. Denn sobald ich mir meiner Gefühle klar war, gab es für mich nur noch eine richtige Entscheidung: Du. Deacon. Ich habe mich für dich entschieden. Ich habe mich *für uns* entschieden.«

Obwohl ich es kaum ertragen konnte, hielt ich Deacons Blick stand, der sich mit Reue füllte.

»Ich frage dich noch einmal: Warum hast du das getan?«, verlangte ich eine Antwort von ihm.

»Ich ... Ich weiß es nicht.«

»Das ist alles, was ich hören wollte.« Ich knickste vor ihm.

»Auf Wiedersehen, Lord Haworth.«

33. KAPITEL

DIE HELDIN BEKOMMT VIELE BRIEFE

Euryale,
es tut mir leid.
D.

Liebste Euryale,

ich hoffe, dir geht es gut.
Ich wollte dir nur sagen, dass ich es zutiefst
bereue, dich über mich im Unklaren gelassen zu
haben. Ich würde gerne behaupten, dass ich meine
Gründe hatte. Aber das wäre gelogen.
Ich denke, ich war einfach nur feige.

Mit unendlicher Zuneigung,
Dein ergebener
Deacon

Liebste Euryale,

ich weiß nicht, ob du momentan von mir überhaupt
Briefe empfangen willst. Falls du keine wünschst,
dann lass es mich bitte durch eine kurze Nachricht
wissen.

Mit unendlicher Zuneigung,
Dein ergebener
Deacon

Deacon,

schreibe, was du willst. Ich werde es vielleicht lesen.

Euryale

Liebste Euryale,

vielen Dank, dass du mir weiterhin dein Gehör
schenkst.
Bezüglich meiner letzten Briefe: Ich hatte nun
länger Zeit nachzudenken und ich denke, ich habe

es dir verschwiegen, weil ich es selbst lange nicht wahrhaben wollte. Es war leichter, alles zu leugnen und so zu tun, als wäre ich ein Gesegneter, als mit dir über meine göttliche Herkunft zu spekulieren.

Mein ganzes Leben habe ich mir eingeredet, dass ich der Mensch Lord Deacon Haworth bin, obwohl bereits meine Geburtsurkunde eine Fälschung ist.

Ich kam weder am 8. Januar zur Welt noch wurde ich in London geboren und Elena Haworth ist auch nicht meine Mutter. Ich weiß aber auch nicht, an welchem Tag meine unbekannte Mutter mich wo in Griechenland zur Welt brachte.

Ich bin nur ein Bastard.

Ein Forschungsobjekt meines Vaters.

Schon ironisch, dass ich mich wie in Frankenstein gegen ihn gewendet habe, aber trotzdem nicht von ihm wegkam. Ich weiß nicht, wer ich bin.

Oder besser gesagt: Ich wusste es nicht, bis ich dich traf.

Aber lass mich von vorne anfangen: Es war schon immer schwer für mich, die Lebensfäden zu sehen. Es war niederschmetternd, als ich lernte, sie zu deuten. Ich musste ungefähr vier gewesen sein, als ich eine Verfärbung bei meiner Nanny bemerkte. Sie starb eine Woche später an den Pocken.

Ich bin ein Forscher, aber diese Art von Wissen wollte ich nie haben. Niemand sollte dieses Wissen besitzen.

Dann traf ich auf dich und nicht nur, dass sich ein neues Gefühl in meinem Herzen regte, ich lernte auch, dass ich dank meiner Fähigkeit in der Lage war, jemandem zu helfen.

Ich wollte dir niemals wehtun. Aber mir ist klar, dass ich genau das getan habe.

Ich habe dir mein Herz anvertraut und ich würde dir auch mein Leben in die Hände legen.

Mit unendlicher Zuneigung,
Dein ergebener
Deacon

34. Kapitel

DIE HELDIN LEIDET UNTER LIEBESKUMMER

»Deacon hat dir schon wieder einen Brief geschrieben.«

Mein Herz beschleunigte sich augenblicklich. Dieser elendige Verräter! »Mhm.«

»Du siehst nicht gut aus, Riri.«

»Das muss ich zurückgeben.«

Cecilia ließ sich mit einem schweren Seufzer auf einen Stuhl neben mir sinken. Obwohl ich nun wusste, dass das Sonnenlicht ihr zusetzte, tat mir ihr Anblick in der Seele weh. Ihre Haut war aschfahl, die Haare hatten Volumen und Glanz eingebüßt. Am schlimmsten war jedoch ihr matter Blick.

Sie reichte mir mit zittrigen Fingern den Brief.

»Willst du dich nicht hinlegen?«, fragte ich.

»Die Sonne geht bald unter.« Sie schloss ihre Augen. »Nur noch gut eine Stunde.«

Sie legte den Kopf in den Nacken und rührte sich nicht mehr. Aufgrund ihres fehlenden Herzschlages und Atmung, wirkte sie wie eine Tote.

»Geht ... es dir gut?«

»Ich warte darauf, dass du den Brief deines Liebsten aufmachst.« Ihr Kopf schoss in die Höhe. Ihre Augen strahlten etwas mehr als noch zuvor. »Ich bin schrecklich neugierig.«

Seufzend zog ich mein Athame hervor. Ich setzte die Klinge an die obere Kante des Umschlages und hielt einen Moment inne. Ich spürte meine eigene Aufregung so klar wie das Metall in meiner Hand.

Seit zwei Wochen tauschten Deacon und ich uns nur per Brief aus, wobei ich mich stark zurückgehalten habe. In meinem Schlafzimmer fanden sich Dutzende von angefangenen Briefen.

Am Anfang waren meine Worte an Deacon scharf gewesen. Die Tinte war nur so aus der Feder hervorgequollen, war auf Kleidung und sogar in mein Gesicht gespritzt.

Ich hatte ihm schreckliche Dinge an den Kopf geworfen – die ich eigentlich nicht so meinte. Zum Glück hatte er nicht mit angesehen oder mit angehört, wie ich ihm jede kleine Verfehlung angekreidet hatte:

Ich hasse es, dass du dich um mich sorgst, weil ich niemanden in meinem Leben brauche. Seit 20 Jahren lebe ich praktisch für mich und nun hast du dich in mein Leben gedrängt. Wegen dir zweifle ich an allem, woran ich mich selbst in meinen dunkelsten Stunden geklammert habe. Ich wollte eine Furie sein, weil ich nichts anderes kannte als meine Wut und meinen Zorn. Doch dann meintest du, mir Agape zu zeigen und jetzt giere ich regelrecht nach diesem schrecklichen Gefühl.

Als ich auf diese Insel kam, wollte ich nur den Riss finden und zu meinen Tanten zurückkehren. Doch dann erlag ich den Verführungen der Groß-

stadt, aber es waren nicht die Partys und der Sex,
die mich hierbleiben ließen. Davon hatte ich in Grie-
chenland auch genug. Nein.
Du, Deacon.
Du warst es.
Auf jeder Soiree, jedem Ball und jeder Mumi-
enparty habe ich nach dir Ausschau gehalten. Seit
unserer ersten Begegnung konnte ich dich nicht ver-
gessen. Kommt dir das bekannt vor? Ja, mir ging es
nicht anders als dir. Nur habe ich versucht, meine
Gefühle durch die Gesellschaft von anderen Män-
nern zu verdrängen.
Ich wollte mir nicht eingestehen, dass ich mich
entgegen jeder Vernunft in dich verliebt habe.
Ich kann dir nicht mehr geben als das, Deacon.
Meine Liebe ist alles, was ich besitze, und ich habe
sie dir geschenkt. Warum hast du mir dann nicht al-
les von dir gegeben? Warum?
Liebst du mich nicht so, wie ich dich liebe?

Ich bereute alles Geschriebene sofort, zerknüllte die Papiere
und überließ sie dem Feuer im Kamin. Die Dinge, die ich ihm
vorgeworfen hatten, zeigten, dass die Angst vor zu viel emo-
tionaler Nähe mein Herz immer noch beherrschte.

Deacon hatte das nicht verdient. Er hatte einen Fehler gemacht und ich musste ihm verzeihen. Ich würde ihm verzeihen, aber ich wusste nur noch nicht wann.

Denn schlussendlich war ich zu der Erkenntnis gekommen, dass ich Deacon immer noch liebte.

Und weil ich ihn so sehr liebte, tat es weh, dass er mir

kein – oder nicht genug – Vertrauen entgegenbrachte. Zusammen hätten wir mehr über ihn und seine Mutter herausfinden können.

Er war immer für mich da. Er akzeptierte mich als rachsüchtige Furie, die sich einen feuchten Dreck um Gnade scherte. Er akzeptierte mich als Frau, die mit ihrer Art und Vorgeschichte in diesem Land keinen Ehemann finden würde.

Wenn er mir von sich aus eröffnet hätte, dass göttliches Blut in seinen Adern fließt, dann wäre ich nie so zornig geworden.

»Riri?«, fragte Cecilia vorsichtig. »Geht es dir nicht gut?«

Ich lächelte sie entschuldigend an. »Mir geht es –«

»Dir geht es *nicht* gut«, unterbrach sie mich. »Du musst den Brief nicht öffnen, wenn es gerade keine guten Gefühle in dir auslöst.«

»Es ist nur ein Brief«, spaßte ich. »Was soll mir ein Brief schon anhaben können?«

Doch natürlich hatte Cecilia recht: Deacons Briefe weckten in mir das Verlangen, alles stehen und liegen zu lassen und zurück in seine Arme zu laufen.

Nur ... Was wenn ich irgendwann dieses Gefühl nicht mehr verspürte? Das war das, was mir im Moment am meisten Angst machte.

Bevor sich noch mehr unsichtbare Ketten um meinen Brustkorb legten, ließ ich meine Klinge durch das Papier sausen.

Ich zog die sorgfältig gefaltete Notiz heraus – und sofort machte sich Ernüchterung in meinem Körper breit.

Liebste Euryale,

ich hoffe, dieser Brief erreicht dich bei bester
Gesundheit.

Mit unendlicher Zuneigung,
Dein ergebener
Deacon

Vor Enttäuschung schnaubte ich. Das war alles?

Als ich den Umschlag weglegen wollte, bemerkte ich jedoch, dass sich noch etwas darin befand. Ich zog eine getrock-
nete Blume und einen kleinen Zettel hervor.

P.S. Ich dachte bei der Blume an dich.

P. P. S. Die weiße Chrysantheme steht für Wahrheit.
Es tut mir leid, wenn du das schon wusstest.

P. P. P. S. Das heißt, dass ich immer ehrlich zu dir
war, agápi mou. Ich dachte nur, dass Schweigen für
uns besser wäre.

Ich schüttelte über Deacons Besserwisserei den Kopf, bis sich doch tatsächlich ein Lachen aus meiner Kehle befreite. Dieses Verhalten schrie so nach Deacon.

»Er ist ein Narr«, sagte ich und steckte mir die Chrysantheme ins Haar.

Cecilia beobachtete mich mit gerunzelter Stirn. »Ist das jetzt gut oder schlecht? Darf ich den Brief lesen?«

Da er keine intimen Details enthielt, überließ ich ihn ihr.

»Der Brief ist ... sehr kurz«, stellte sie fest. »Meinst du, er hat andere Absichten?«

»Nein.« Ich schüttelte den Kopf. »Ich weiß, dass Deacon wirklich nur besorgt um mich ist.«

»Aber du willst ihm noch nicht verzeihen.«

»Ich brauche Zeit, um das zu verarbeiten.«

»Mir hast du gleich verziehen«, erinnerte sie mich. »Du warst nie böse auf mich, dass ich dir verschwiegen habe, dass ich eine Lamia bin.«

»Du wusstest ja auch nicht, dass ich eine Halbgöttin bin. Wohingegen Deacon alles über mich wusste. Sogar wer meine Mutter ist. Er war nicht nur mein Geliebter, sondern auch mein Partner. Oder ... Er *ist* es besser gesagt noch.«

Cecilia schwieg.

Zum Glück blieb die unangenehme Stille nicht lange bestehen, dann Callisto kam in den Raum. Seit Tagen umgab sie eine besondere Aura, die ich darauf zurückführte, dass Cecilia nun Tag *und* Nacht bei uns verbrachte.

So wie Cecilia aufsprang und zu ihr eilte, erinnerten mich die beiden an Deacon und mich.

»Morgen kommt dein neuer Sarg«, verkündete Callisto freudestrahlend. Sie verschränkte die Finger mit denen ihrer

Geliebten. »Ich werde dich jeden Morgen darin betten«, versprach sie ihr und küsste sie auf die Stirn.

Die beiden blieben eine Zeit lang so stehen und ich musste den Blick abwenden. Ich nahm die Chrysantheme aus meinen Haaren und schnupperte daran.

Die Sehnsucht in meinem Herzen ließ mich schmerzhaft zusammenzucken. Ich wollte nicht, dass er mir Blumen per Brief schickte, sondern, dass er mir sie bei einem Spaziergang ins Haar steckte.

Ich fuhr von der Chaiselongue hoch, während im gleichen Moment meine Anstandsdame in den Salon geschlendert kam.

»Miss Bailey! Sind sie schon wieder unser Gast?«, fragte Mrs Balfour.

An ihrer veränderten Körperhaltung merkte ich, dass Cecilia ihre Kräfte einsetzen wollte, aber ich griff nach ihrem Arm.

»Spar dir deine Kraft«, flüsterte ich Cecilia zu. »Sie wird dich und Callisto für die *besten Freundinnen* halten. Sie meint auch, dass ich noch nie bei einem Mann gelegen habe.«

»Mrs Balfour, würden Sie nicht auch gerne Cecilias Anstandsdame werden?«, fragte Callisto mit zuckersüßer Stimme. »Ihrer Anstandsdame geht es nicht gut und ihre Familie sucht einen Ersatz.«

Die Augen der älteren Frau funkelten freudestrahlend und sie verschränkte ihre Finger vor ihrer Brust. »Das würde ich nur zu gerne tun! Lady Kalos wird ohnehin bald Lord Haworth als ihren Ehemann erwählen.«

»Wo ist der Punsch?«, murmelte ich.

Gerade als ich mich aus dem Raum schleichen wollt, merkte ich wie Callisto sich versteifte. Sie plumpste ungelenk auf einen Stuhl und starrte mit leeren Augen gerade aus.

»Geht es Ihnen gut, Lady Smythe?«, fragte Mrs Balfour wie immer etwas naiv.

»Schwächeanfall«, log ich für Callisto.

»Brauchen Sie Riechsalz?«

»Nein. Ich meine. Ja. Ja, das ist eine gute Idee. Holen Sie meiner armen Schwester etwas – holen Sie ihr viel Riechsalz! Und lassen Sie sich Zeit!«, rief ich ihr nach.

Mit Mrs Balfour aus dem Weg sanken Cecilia und ich links und rechts von Callisto zu Boden.

»Hörst du mich?« Ich berührte sie vorsichtig an der Hand.

»Hast du gerade eine Vision?«

Ein kleines Nicken. Ihre Pupillen waren fast so groß wie die Iris. Ihr Mund stand etwas offen und obwohl es warm im Raum war, drang bei jedem Atemzug sichtbarer Hauch heraus.

»Was siehst du?«

»Ich befinde mich in einem dunklen Raum.«

»Mehr, Callisto«, knurrte ich ungeduldig. »Das ist nicht hilfreich.«

»Es riecht feucht ... Wie ein Keller ... Ich komme näher – etwas näher ...«

»Was kommst du näher? Was ist dort?«

»Das Totenreich. Ich sehe ihn. Den Riss. Er klafft weit auf. Ich spüre die Macht des Hades, die Kraft meiner Mutter Hecate und der anderen chthonischen Götter. Da kommt jemand oder etwas heraus. Ich muss weg. Das Wesen ist wütend. So wütend.« Ihre Fingernägel krallten sich in die Polsterung des Stuhls und schlitzten den Stoff auf. »Da ist noch jemand ... Die Person hält etwas ...«

»Was hält sie?«

Callisto erstarrte. Sie riss den Mund zu einem lautlosen Schrei auf, dann klappte ihr Oberkörper erschlafft nach vorne. Sie war schweißgebadet, aber das hielt Cecilia nicht davon ab, ihr zahlreiche Küsse auf Stirn und Wange zu hauchen. Frustriert sprang ich auf die Füße. »Wir werden den Riss nie finden! Nie!«

»Was sagst du denn da?« Callistos Stimme war dünn. Als ich mich zu ihr umdrehte, wirkte sie immer noch leicht benommen. »Ich glaube, ich habe endlich das letzte Puzzlestück gefunden.«

»Du weißt, wo sich der Riss befindet? Dann müssen wir los!«

Sie schüttelte den Kopf. »Das Ganze wird sich schwieriger gestalten, als du denkst. Ich hatte schon immer eine Vermutung, aber es zu sehen.« Sie sah mich mitleidig an. »Es tut mir so leid, Euryale.«

»Was?«, fauchte ich, weil mir ihr Verhalten nicht behagte. »Wovon redest du? Könntest du endlich mal deine kryptischen Aussagen sein lassen?«

»Natürlich. Erlaube mir eine Frage.« Sie hielt meinen Blick mit ihren dunklen Augen fest. »Die Sache mit seiner Abstammung außen vor gelassen: Glaubst du, dass Deacon immer ehrlich zu dir war?«

»Was tut das zur Sache?«

»Euryale, *bitte*. Ich brauche eine ehrliche Antwort von dir.«

»Deacon würde mir sein Herz anvertrauen und ich tue dasselbe«, erklärte ich ihr und legte eine Hand auf meine Brust. Ich spürte dort mein Herz schlagen und es war irgendwie tröstlich zu wissen, dass es in Deacons Brust im selben Rhythmus widerhallte. »Ich vertraue ihm.«

»Dann musst du Deacon heute noch einen Brief schreiben«, sagte Callisto mit dünner Stimme. »Ich habe eine schlimme Vermutung.«

Mit Übelkeit im Bauch ließ ich noch in dieser Nacht meine Schreibfeder über das Papier gleiten. Meine Worte an Deacon wirkten vielleicht etwas unterkühlt, aber für Emotionen blieb keine Zeit.

Schon bald würden wir den Riss finden.

Doch zu welchem Preis?

35. KAPITEL

DIE HELDIN STELLT SICH IHRER AUFGABE

Meine liebste Euryale,

liebend gerne lade ich dich und deine Schwester
kommenden Samstag um 19 Uhr zu einem
gemeinsamen Abendessen in mein bescheidenes
Zuhause ein. Wie gewünscht werden auch meine
Eltern daran teilnehmen. Ich habe sie darüber
informiert, dass ich die Absicht habe, dich zu
ehelichen, und sie wollen dich als meine zukünftige
Ehefrau natürlich kennenlernen.

Dein dir treu ergebener
Deacon

P. S. Ich bin bereit.

Als wir am Samstag zu Deacon aufbrachen, fühlte ich mich nicht gut. Den ganzen Weg zum Anwesen ließ ich mich von Callisto halten. Fast schon mütterlich streichelte sie über meine Haare und flüsterte mir aufmunternde Worte zu.

»Ich bin erbärmlich«, murmelte ich.

»Nein«, stritt sie sofort ab. »Das bist du nicht.«

»Ich dachte, dass ich mich freuen würde, wenn wir den Riss finden, aber dem ist nicht mehr so.«

»Ich weiß.«

Meine Finger waren um Deacons Brief verkrampft. *Ich bin bereit*, schrieb er, aber ich wusste nicht, ob er die Ernsthaftigkeit der Lage begriffen hatte. Auf Callistos Wunsch hatte ich mein Schreiben an ihn kurz gehalten, aber eines müsste ihm klar sein: Das hier würde sein Leben auf immer verändern.

Ich würde alles verändern.

Die Kutschfahrt hätte an diesem Tag gerne Stunden andauern können. Viel zu früh hielten wir vor einem bekannten Gebäude.

»Hast du dich gefasst?«, fragte meine Begleitung. »Du darfst später nicht die Nerven verlieren.«

Ich atmete noch einmal tief ein, schloss die Augen und berührte mein Athame durch den Stoff. Es hatte wieder einmal seine üblichen verführerischen Klänge angestimmt. Nicht auszudenken, was mit Menschen passierte, die dem Sirenengesang länger ausgesetzt wären.

Callisto und ich glitten fast lautlos auf das Haus zu. Wir hatten uns dem vorgeschobenen Anlass entsprechend elegant gekleidet. Unsere Kleider waren aus feinem Brokatstoff und die Mäntel neu mit goldenen Knöpfen.

Arm in Arm stellten wir uns vor die Tür. Callisto griff

nach dem massiven Türklopfer und hämmerte kräftig ans Holz. Das dumpfe Geräusch hallte durch die stille Nacht.

»Du zitterst«, flüsterte sie mir zu. »Bei den Göttern, Euryale! Wir können das nicht absagen!«

»Ich weiß!«, schnappte ich zurück und presste meine Zähne fest aufeinander. »Ich weiß«, wiederholte ich und spürte, wie die Anspannung etwas abnahm, aber nur, weil ich meinen Körper dazu zwang. »Ich wünschte mir nur, er hätte nichts damit zu tun. Dann würde ich das alles hier gar nicht einmal überdenken. Die Götter haben recht damit, dass Agape ein Makel ist.«

Callisto konnte zu keiner Erwiderung ansetzen, da die Tür vor uns geöffnet wurde. Doch dieses Mal war es nicht der unhöflichste Butler der Welt, der uns grummelig begrüßte, sondern –

»Deacon«, hauchte ich.

Der Drang, mich in seine Arme zu stürzen, war nahezu überwältigend. Sein Duft umhüllte mich sofort, als würde er mich einladen, genau das zu tun. Mich in seine Arme fallen zu lassen und ihn so lange zu küssen, bis all die schlechten Gefühle nur noch eine vage Erinnerung auf meiner Seele wären.

Ein kleiner Schmerz durchzuckte mein Herz und ich wusste, dass es noch das Überbleibsel seines Verrates war.

»Guten Abend, Lady Kalos.«

Deacons höfliche Anrede brachte mich allerdings sofort wieder ins Straucheln. Hatte er verstanden, was die heutige Nacht mit sich brachte? Verstand er jetzt endlich, was es bedeutete, mit einer Furie das Bett zu teilen?

»Bitte tretet doch ein«, sagte er und öffnete uns die Tür. »Ihr müsst verzeihen, dass heute sehr viele der Angestellten nicht anwesend sind, weil eine ansteckende Krankheit um sich gegriffen hat.«

Krankheit, ja?

Das hatte Deacon doch von langer Hand geplant. Er wollte nicht, dass noch mehr Unschuldige ihr Leben ließen.

Callisto zog ihren Arm zurück – und dann spürte ich schon, wie mein Körper sich von selbst an Deacons presste.

»Geht es dir gut?«, fragte er. Seine Hände lagen an meinen Wangen und seine goldenen Augen waren voller Sorge auf mich gerichtet.

»Das sollte ich besser dich fragen.«

Deacons Pupillen weiteten sich, dann blickte er zur Seite.

»Ich würde lügen, wenn ich sagte, dass ich so etwas nicht schon längst kommen sah.«

»Das heißt, du wusstest auch davon?«

»Nein! Nein.« Er schüttelte den Kopf. »Ich wusste von all dem nichts. Ich wurde Geschichtsprofessor aus zwei Gründen: Einerseits, weil ich mich in meiner Einsamkeit in die Geschichtsbücher meines Vaters geflüchtet habe, aber auch, um mehr über meine leibliche Mutter herauszufinden. Bis du in mein Leben tratst, wusste ich nichts über Halbgötter und Reliquien. Alles, was ich darüber weiß, habe ich von dir. Ich lüge dich nicht an, Euryale. Das würde ich niemals tun. Dafür bedeutest du mir zu viel.«

»Aber ich bedeute dir zu wenig, um mir alles anzuvertrauen.«

Ich wich einen Schritt von ihm zurück. Ich hatte mich schon wieder viel zu sehr von seiner vertrauten Nähe einlullen lassen.

»Ich ... Das war ein Fehler«, sagte Deacon. »Ich bereue es zutiefst und ich werde es wiedergutmachen.«

Mit größter Anstrengung unterdrückte ich das Grinsen, das an meinen Mundwinkeln zupfen wollte.

Er wollte es wiedergutmachen? Das hörte sich sehr verführerisch an.

»Ich will nur ungern eure traute Zeit zu zweit unterbrechen, aber wir sollten hier nicht herumtrödeln«, sagte Callisto ungeduldig. »Du kannst auch gerne gehen, Deacon. Euryale und ich erledigen das sonst allein.«

»Nein. Auch wenn ich nichts davon wusste, fühle ich mich für die Geschichte verantwortlich.« Deacon streckte mir einladend seine Hand entgegen. »Will meine Zukünftige mir die Hand reichen, damit ich sie meinen Eltern vorstellen kann? Es würde mich sehr freuen, wenn wir noch etwas essen könnten, bevor wir zum ungemütlichen Teil übergehen. Der Koch hat sich sehr viel Mühe gegeben, obwohl er sich nicht gut fühlt. Er wird nach dem Hauptgang gehen. Wir werden also ungestört sein.«

Ich nickte und legte meine Hand in Deacons. Mit dem Daumen streichelte ich über sein Handgelenk. Da hörte ich ein leises Schluchzen, das seiner Kehle entkam.

»Alles gut«, sagte er sofort. Er legte den Kopf in den Nacken, als wollte er sich sammeln. »Ich stehe hinter dir.«

Er führte mich in ein großes Esszimmer. Elektrisches Licht strahlte von oben herab und beleuchtete den opulenten Raum. Die dunkle Tapete gemischt mit dem noch dunkleren Holz ließ den Raum zwar behaglich, aber auch unnötig düster wirken. Die bordeauxroten Vorhänge im Raum trugen auch nicht gerade zu einer auflockernden Stimmung bei. Bei dem zentralen Stück im Raum handelte es sich natürlich um einen riesigen Eichentisch, der mehr als einem Dutzend Leute Platz bot. Heute saßen dort ein älterer Mann und eine Frau.

Mein Herzschlag beschleunigte sich. Deacons Eltern.

Die Frau wirkte sehr zart und ausgelaugt. Das Kleid an ihrem Körper war am Ausschnitt und Taille viel zu groß, so als hätte sie in kürzester Zeit Gewicht verloren und hatte noch keine Zeit gehabt, ihre Garderobe anpassen zu lassen.

Eines stand aber fest: Mit ihrem weißblonden Haar, den blauen Augen und dem herzförmigen Gesicht besaß sie keinerlei Ähnlichkeit mit Deacon. Bei jedem Blick in seine goldenen Augen müsste sie sich immer wieder schmerzlich bewusst geworden sein, dass niemand glauben würde, dass sie seine leibliche Mutter war.

Und der Mann ...

Nur mit Müh und Not konnte ich ein Fauchen unterdrücken. Ein Blick von mir genügte und meine Furienwut entflammte hell und leuchtend in meiner Brust. Deacons Vater – Earl Haworth – stützte sich selbst am Tisch hockend an einem Gehstock ab. Obwohl er nicht einmal 50 Jahre alt sein durfte, war sein Haar schneeweiß. Seine Haut wirkte fast durchscheinend wie Pergament. Allerdings erinnerten mich seine hohen Wangenknochen sehr an den Mann, der mich gerade als seine zukünftige Braut vorstellte:

»Mutter. Vater.« Deacon räusperte sich. »Darf ich euch Lady Kalos und ihre Schwester Lady Smythe vorstellen? Lady Euryale Kalos wird meine Frau werden.«

»Euryale, ja?« Auch wenn sein Körper durch die von den kaputten Lebensfäden ausgelösten Krankheit litt, war sein Geist hellwach. Das erkannte ich an dem Funkeln in seinen grünen Augen. »Das ist der Name einer Gorgonin. Ich entnehme Ihrem außergewöhnlichen Vor- und Nachnamen, dass sie aus Griechenland stammen?«

»Ja. Das tue ich.«

Jedes Wort, das ich an ihn richtete, war eine Qual für mich. Deacon zog für mich und Callisto je einen Stuhl heraus und wir nahmen am Tisch Platz. Meine Finger glitten sofort über die Messerscheiden. Eigentlich sollte ich das Geplänkel sein lassen und ihm die Kehle sofort aufschneiden.

Nur Deacon zuliebe, hielt ich mich zurück.

»Woher kommen Sie denn?«, fragte Earl Haworth.

»Aiaia.«

Deacons Vater lachte. Es war mehr ein raues, kratziges und unangenehmes Geräusch, welches aus seiner Lunge zu stammen schien. Sein Lachen verwandelte sich schnell in einen Hustenanfall, der seinen ohnehin schon gebrechlichen Körper beutelte. Lady Haworth beugte sich zu ihm und reichte ihm fürsorglich ein Taschentuch, welches schnell mit rotem Blut besprenkelt war. Sie fragte nach seinem Wohlbefinden, was er mit einem genervten Knurren und einer wirschen Handbewegung abtat.

Lang hatte der Mensch vor mir nicht mehr zu leben.

»Ich wurde in Matala auf Kreta großgezogen«, erzählte ich ungerührt weiter. »Später wanderte ich dann weiter nach unten.«

»Ins Innere, meinen Sie wohl.«

»Wenn Sie das sagen.«

In der Luft hing so viel Feindseligkeit, dass ich sie auf meiner Haut fühlen konnte. Sie flehte mich an, zu wüten und zu zerstören. Wüten und zerstören. WÜTEN UND ZERSTÖREN.

Es kostete mich all meine Kraft, mir mit einem seelenlosen Lächeln die Schildkrötencremesuppe zu Gemüte zu führen. Auch der Fasan als Hauptgericht schmeckte wie Asche in meinem Mund.

Den größten Teil des Gespräches übernahm Callisto. Sie

erzählte Deacons Eltern von unserer erfundenen Kindheit in Matala und dem schrecklichen Tod unserer Eltern bei einem Schiffsunglück.

»Ich dachte, Ihre Eltern sind bei einem Kutschunfall verstorben«, sagte Lady Haworth. »Das hat man sich erzählt.«

»Als meine liebe Schwester zu uns kam, gab es viele Gerüchte. Vieles wurde hinzugedichtet oder weggelassen.«

Ein Diener servierte uns einen Fruchtsalat als Dessert. Danach beugte er sich zu Deacon und fragte, ob er für heute Schluss machen dürfte. »Ja. Und beeilen Sie sich«, sagte Deacon. »Wir würden gerne für uns allein sein.«

»Callisto«, wandte er sich dann an die Tochter der Hecate. »Erzähl meinen Eltern doch davon, was Euryale und du in England macht. Das würde sie brennend interessieren.«

Callisto nickte. Sie tat einen tiefen Atemzug und legte ihre Handflächen auf den Tisch. So angespannt hatte ich sie noch nie erlebt. »Haben Sie schon einmal von den Plejaden gehört?«, fragte sie seinen Vater.

Ich ließ den Löffel sinken. Es war also endlich an der Zeit. Die Muskeln in meinem Körper spannten sich an.

»Natürlich habe ich das. Sie waren Nymphen und nun sind sie Sternbilder.«

»Sterne sind Wegweiser.« Callisto lächelte. »Viele Menschen orientieren sich an ihnen, wenn sie sich verlaufen haben. Eine Plejade auf Erden müsste dann so etwas wie eine Wegweiserin für andere ihrer Art sein. Ich bin die Wegweiserin einer Furie.«

Ich atmete noch einmal tief ein und holte meine Wut hervor.

»Ich bin hier, um über euch zu richten«, sagte ich und richtete meinen Blick auf Deacons Eltern. »Ihr Sterblichen habt nicht nur den Riss zur Unterwelt geöffnet, sondern auch einem Halbgott seine Reliquie entwendet. Darauf steht als einzige Strafe der Tod.«

Deacons Vater stieß ein rasselndes Lachen aus. »Eine Furie, ja? Und eine Plejade? Was für ein unterhaltsames Abendessen uns doch geboten wird. Ich nehme an, ihr besitzt ebenfalls Kräfte wie mein missratener Sohn.«

Das war genug. Ich sprang über den Tisch und riss Earl Haworth zu Boden. Mein Athame glänzte an seinem Hals. Neben dem Blutrauschen in meinen Ohren, hörte ich nur noch, wie Deacon nach seiner Ziehmutter rief, die aus dem Raum türmte.

»Der einzige Grund, warum ich Sie nicht auf der Stelle töte, ist, dass Deacon seine Reliquie zusteht.«

Der Earl lachte. »Warum steht sie ihm zu?«

»Er ist ein Halbgott. Der Sohn von Atropos höchstpersönlich. Mit seiner Schere – der Schere, die Sie jahrelang benutzt haben, um andere Menschen zu töten und den Riss zu öffnen – kann er die Lebensfäden, die er sieht, durchtrennen. Diese Fähigkeit kann nur jemand wie Deacon verantworten, der sie niemals missbrauchen würde.« Ich schnitt in sein Fleisch und langsam quoll Blut aus der Wunde. »Ich will, dass Deacon endlich weiß, wer er ist. Ich will, dass mein Mann endlich seinen Platz findet.«

Mir missfiel, dass Earl Haworth keinerlei Furcht zeigte. Ich war aber in meiner Raserei so gefangen, dass ich erst bemerkte, in welcher Lage wir uns befanden, als es zu spät war. Deacon und Callisto schrien laut auf und auch aus meiner Kehle entkam ein lauter Schmerzensschrei, als sich Krallen in meine Schultern bohrten.

In Callistos Vision sah sie nicht nur Deacons Reliquie, sondern auch jemanden aus dem Riss entschlüpfen. Dieser »Jemand« riss mich von Lord Haworth weg. Die Kreatur schleuderte mich durch den Raum, doch ich wurde von jemandem abgefangen und zu Boden gedrückt. Deacon hüllte mich mit seinem Mantel ein.

»Wa-Was ist los? Was ist passiert?«

»Meine Eltern«, begann er und musste sich kurz fassen, »sie haben die Gorgone Medusa aus dem Riss befreit.«

36. KAPITEL

DIE HELDIN TRIFFT GEISTER DER VERGANGENHEIT

Nach meiner Geburt ließ meine Mutter Circe mich, eingewickelt in warmes Löwenfell mit nichts weiter als meinem Athame allein in der Wildnis zurück. In einer schicksalhaften Nacht stolperten dann die furchterregenden Gorgonen Euryale und Stehno über mich. Beim Anblick des Bündels regte sich etwas in ihren Herzen, denen man nachsagte, sie wären so steinern wie ihr Blick. Ohne zu zögern nahmen sie mich in ihre Höhle am Meer mit.

Die beiden Kreaturen waren sehr vertraut mit der Kindeserziehung, denn zwei Jahrtausende vor mir hatten sie schon mal ein anderes Kind großgezogen: ihre sterbliche Schwester Medusa.

Obwohl Medusa von Göttern abstammte, war sie weder unsterblich noch per Definition ein Monster. Das einzig Außergewöhnliche an ihr waren ihre weißen Schwingen, welche nur zu ihrer außergewöhnlichen Schönheit beitrugen.

Medusa liebte ihre Schwestern und sie liebten Medusa, so gut es Wesen wie die beiden Gorgonen vermochten. Doch da sie sterblich war, sagten sie ihr, dass sie ihr kurzes Leben genießen sollte. So entschloss sie sich, der Göttin Athene

387

in einem Tempel zu dienen. Medusa verehrte die Göttin der Weisheit und des Krieges. Sie eiferte ihr nach und wollte eine Kriegerin werden. Mit ihren Schwingen und ihren Heilkräften war sie fast so stark wie eine Halbgöttin. Das Einzige, was Medusa Athena im Gegenzug für ihre Ausbildung schwören musste, war, dass sie auf ewig jungfräulich wie die Göttin bliebe.

Doch alles änderte sich, als sie den Gott Poseidon in seiner Menschenform kennenlernte. Weder Stehno noch Euryale wussten, ob sie sich Poseidon freiwillig hingab oder ob er sie zu etwas zwang, aber Athena wurde wütend über den Bruch und verwandelte Medusa in ein Monster. Nun glich sie ihren Schwestern, bis auf das Schlangenhaar und den Schlangenleib. Doch sie war immer noch sterblich.

Und Athena würde niemals ihren Groll vergessen.

Ist es nicht komisch, dass wir Leute wie Perseus einen Helden nennen? Ihn, der sich durch eine Tarnkappe unsichtbar und feige an die drei Schwestern heranschlich und die einzig Sterbliche von ihnen köpfte.

Stehno und Euryale mussten mit ansehen, wie ihre Schwester vor ihnen Augen auf grauenhafteste Art und Weise ihr Leben verlor.

»Wir sind so froh, dass du in unser Leben getreten bist«, sagte Stehno zu mir, an dem Tag, an dem ich ihre Höhle in Kreta für immer verließ. *»Aber wir können es nicht ertragen, noch einmal jemanden sterben zu sehen.«*

Ich verließ meine Ziehmütter mit nur fünf Jahren und gab mir selbst den Namen Euryale. Den Namen der älteren Gorgonin, die bei unserem Abschied zwar kein Wort sagte, aber in deren Augen Tränen schimmerten.

Wie sollte ich da Medusa töten?

Meine Mütter würden alles tun, um ihre kleine Schwester noch ein allerletztes Mal in die Arme zu nehmen.

»Wir brauchen einen Spiegel«, sagte Deacon. Sein Gesicht war meinem so nahe, dass ich seinen warmen Atem auf der Haut spüren konnte. Seine Haare kitzelten mich an der Stirn. »Perseus konnte Medusa so den Kopf abschlagen.«

»Ich werde sie nicht töten.«

»Womöglich reicht eine Silberplatte vom Essen. Denkst du dein Athame reicht aus? Alternativ webe ich natürlich ihren Lebensfaden für dich.«

»Ich werde sie nicht töten!«

Ich schubste Deacon mit beiden Händen weg. Mit gesenktem Blick kniete ich mich auf den Boden. Durch meine Ziehmütter wusste ich, dass die Gorgonen jedes Lebewesen mit nur einem Blick zu Stein erstarren lassen konnten.

»Callisto!«, rief ich den Raum. »Sieh ihr ja nicht in die Augen. Bring dich in Sicherheit.«

Stille.

»Callisto?«

Ich klammerte mich fast verzweifelt an den letzten Funken Hoffnung in meiner Brust. Doch Deacon zerschlug ihn mit seinem nächsten Satz in hundert Einzelteile.

»Sie wurde bereits versteinert.« Er kniete sich neben mich. »Als Medusa reinkam, hat sie sich vor mich gestellt, damit ich ihr nicht in die Augen blicke. Callisto hat sich für mich geopfert.«

»Nein!«, schrie ich und krümmte mich vor Schmerzen. »Ich konnte sie doch endlich leiden.«

»Eure Hoffnungslosigkeit riecht so gut!«, höhnte die Gorgonin in der Sprache der alten Griechen, während sie gemächlich über den Boden glitt. »Aber ich verrate dir eines: Wenn du mich töten kannst, du Halbgott-Abschaum, dann erwacht deine Freundin wieder zum Leben.«

Ich biss mir auf die Unterlippe, bis ich mein eigenes Blut metallisch im Mund spürte.

Das wusste ich und ich war mir auch im Klaren, dass sie mich provozieren wollte, damit ich sie angriff und ihr die Chance bot, mich ebenfalls in Stein zu verwandeln.

Ich kroch über den Boden zum Tisch und zog die Tischdecke herunter. Mit meinem Athame schnitt ich blind zwei schlechte Augenbinden und reichte eine davon Deacon.

»Hier«, sagte ich.

»Wollt ihr wirklich die ganze Zeit mit geschlossenen Augen gegen mich kämpfen?« Medusa gackerte. »Lachhaft. So fange ich euch mit einem Mal.«

Medusa verhöhnte uns unentwegt. Eines musste man sagen: Euryale die Ältere hatte stark auf sie abgefärbt. Ganz ähnlich tönte meine Ziehmutter bei meinen ersten Jagdversuchen hochnäsig herum.

»Halte die Augen geschlossen und lass meine Hand nie los«, wies ich Deacon an und schloss meine Hand fest um seine. Ich ignorierte jegliches Flehen meines Herzens, mehr zu tun. »Lass uns deine Eltern finden.«

Wir sprangen beide gleichzeitig auf. Deacon konnte in puncto Schnelligkeit und Wendigkeit sehr gut mit mir mithalten, auch wenn er sich spürbar immer wieder selbst ausbremste.

»Vertrau mehr auf deine göttlichen Instinkte«, rief ich ihm zu. »Du müsstest ähnlich geschickt wie ich sein. Hör auf so zu denken wie ein gewöhnlicher Mensch.«

Deacon brummte missmutig.

»Wohin könnten deine Eltern geflohen sein?«

»Meintest du in deinem Brief nicht, dass sich der Riss in unserem eigenen Keller befindet? Ich würde sie dort suchen.«

Keller. Keller. Wo konnte der Zugang sein? Wir kamen gerade an der Küche vorbei, welche ich durch den immer noch in der Luft hängenden Geruch identifizierte.

»Was hast du wegen Medusa und Callisto vor?«

»Wenn wir deine Eltern meiner Herrin ausliefern, bitte ich sie, Callisto zu entzaubern. Das müsste für eine Göttin wie sie ein Kinderspiel sein.«

Mit der Nase in der Luft versuchte ich, den Keller zu identifizieren. Hinter uns schlängelte Medusa. Mit ihrem Schlangenleib war sie zum Glück langsamer als wir, außer –

»Zum Keller geht es hier entlang«, rief Deacon und blieb ruckartig stehen. Ich wurde durch sein abruptes Stehenbleiben nach hinten gerissen. Er fing mich mit einer Hand ab – und besiegelte so sein Schicksal.

»Hab. Ich. Dich!«, trällerte Medusa.

Deacon ließ meine Hand los.

»Nein!«, schrie ich panisch und griff ins Nichts.

Ich zog mein Athame hervor und versuchte Medusa aufgrund ihrer erhöhten Körpertemperatur zu finden.

»Wenn du auf mich einstichst, verletzt du nur deinen Liebsten«, sagte sie mit Bosheit in der Stimme. »Also los: Stich! Ich werde mich an seinem Leid ergötzen oder –« Laute Flügelschläge unterbrachen ihren Satz. Die Gorgone peitschte mir Luft ins Gesicht und kicherte hämisch, während sie sich mit Deacon in die Luft erhob. »Versuch mich jetzt zu erwischen, während meine Schlangen deinen Liebsten –«

Alles andere ging in einem roten Nebel unter, weil meine Wut wie ein zweites Herz in meiner Brust pulsierte. Wenn ich eine Furie wäre, dann könnte ich mich mühelos mit meinen Fledermausflügeln in die Lüfte schwingen und sie verfolgen. Ich ging in die Knie, mein Kinn zeigte in ihre Richtung. Plötzlich verlor ich den Halt unter meinen Füßen. Die Luft rauschte um mich, dann knallte ich schmerzhaft gegen einen schuppigen Körper.

»Was zum – Hattest du gerade Flü-Ah!«

Ich schrie und riss in wortwörtlich blinder Wut an ihren Schuppen. Meine Hände waren krallenbehaftet, als ich an ihrem Schlangenleib zog.

Kreischend stürzten wir zu Boden. Der Aufprall war schmerzhaft, aber glücklicherweise hatte ich mir nichts gebrochen. Meine einzige Sorge galt jemand anderem: »Geht es dir gut, Deacon?«

Ich versuchte mich trotz schmerzender Glieder über den kalten Boden an ihn heranzutasten.

»Was bist du?«, verlangte Medusa von mir zu wissen. Sie packte mich mit eisernem Griff am Kleiderkragen und riss mich brutal zurück.

»Euryale, rette dich«, schrie mir Deacon hektisch zu. »Ich bin egal. Find meine Eltern und versiegle endlich diesen verdammten Riss.«

»Das bist du nicht, du Idiot. Du bedeutest mir alles! Wie oft soll ich dir das noch sagen?«, schrie ich in seine ungefähre Richtung.

»Wie hast du sie gerade genannt?«, zischte Medusa.

Ich wollte zu Deacon eilen, doch die Gorgone drückte mich mit überwältigender Macht zu Boden.

»Nenn mir deinen Namen!«, forderte sie bedrohlich und riss mir die Augenbinde aus dem Gesicht. »Ich will ihn hören!«

Ihre Schlangen bissen mir in Hals und Wange. Die Bissspuren der giftigen Fänge brannten auf meiner Haut.

»Euryale!«, platzte es aus mir heraus. »Ich heiße Euryale. Ich trage den Namen deiner großen Schwester, weil sie meine Ziehmutter ist.«

»Lüge!«, fauchte sie, ihre Stimme voller bitterer Wut und Hass. »Meine Schwestern würden nie einen Halbgott aufnehmen. Nicht nach dem, was Perseus mir angetan hat.«

»Sie sagten, dass ich dir ähnlich wäre«, erzählte ich ihr. »Ein sterbliches Mädchen mit pausbäckigen Wangen und dunklen Augen. Sie erzählten mir, dass ich laut gelacht und versucht habe zu klatschen, als ich ihre Schlangenhaare sah. So wie du, als du deine Schwestern zum ersten Mal sahst.«

Ich kniff meine Augen zusammen, weil ich nicht in ihr Antlitz blicken und zu Stein erstarren wollte.

»Was hasst meine große Schwester am allermeisten?«, fragte Medusa. »Außer Perseus natürlich.«

»Die Seebrasse«, antwortete ich ihr. »Immer wenn sie eine Seebrasse im Meer entdeckt hat, hat Euryale, die Ältere, einen Stein nach ihr geworfen. Sie sagt, dass die Fische sie nahezu unentwegt anstarren.«

Eine ungewöhnliche Stille breitete sich zwischen uns aus. Medusa ließ mich ohne Vorwarnung los und ich robbte sofort über den Boden zu Deacon, der mich sofort in die Arme schloss. Ich vergrub meine Hand in seinem dichten Haar und küsste ihn leidenschaftlich auf den Mund. Ein einziger Kuss – und all die Angst, Verzweiflung und meine Wut lösten sich in Luft auf. Seine Hände legten sich auf meinen Rücken und er drückte mich noch enger an seine Brust, wo unsere Herzen im gleichen Takt schlugen.

Ein Schrei von Medusa ließ uns überrascht auseinanderfahren.

»Meine Schwestern leben. Meine Schwestern leben!«,

jauchzte die Gorgone fast vor Freude. Ihr Wesen hatte sich von einem Moment zum anderen komplett gewandelt. Sie glitt zu uns und aus reinem Instinkt wichen Deacon und ich vor ihr zurück.

»Sieh mich an, Euryale, die Jüngere. Sei versichert, ich würde nie jemandem etwas antun, der meine Schwester liebt.« Mit einem tiefen Atemzug drückte ich Deacons Gesicht beschützend an meine Brust, schlang meine Arme um seinen Kopf und öffnete die Augen.

Selbst mit den Schlangen, die sich träge um ihr Gesicht wanden, und trotz der unnatürlichen grünen Haut war Medusa noch von einer faszinierenden Schönheit, die Ehrfurcht in mir hervorrief.

»Wolltest du mich wegen meiner Schwestern nicht töten?«, fragte mich die Gorgone.

Ich nickte. »Euryale und Stehno vermissen dich. Jeden einzelnen Tag. Du musst zu ihnen zurückkehren.«

Medusa schüttelte den Kopf. »Ich bin längst tot. Und sieh mich doch an! Ich wollte meiner Nichte etwas antun, weil ich sie für einen lästigen Halbgott hielt.«

»Nun. Ich bin auch ein lästiger Halbgott, aber ich nehme es persönlich, wenn man Deacon etwas tun will.«

Medusas schlangenförmiger Körper beugte sich zu mir herunter. »Tötet mich. Dann wird die andere Halbgöttin aus ihrer Starre geholt.«

»Ich kann das nicht tun«, sagte ich und schüttelte vehement den Kopf, während ein Ausdruck purer Verzweiflung über mein Gesicht zog. »Hast du mich nicht verstanden? Ich liebe Stehno und Euryale. Ich kann doch nicht ihre kleine Schwester töten. Sie haben deinen Tod nie verwunden.«

»Dann versprich mir, dass du meine Schwestern aufsuchst und ihnen sagst, dass ich zwar ein kurzes Leben verlebt habe, aber eines voller Liebe und Zuneigung. Die Jahrzehnte mit meinen Schwestern waren die schönsten in meinem Leben und ich wünschte, ich hätte sie niemals für Athena verlassen. Ich bin mir sicher, dass wir uns eines Tages wiedersehen, aber dieser Tag ist nicht heute.«

»Ich kann das nicht tun«, wiederholte ich mich.

»Die andere Halbgöttin ist in Stein gefangen«, sagte Medusa. »Nur mein Tod kann sie erlösen.«

Es widerstrebte mir zu nicken, aber ich willigte schlussendlich ein.

»Deacon?«, fragte ich. Ich schluckte den Kloß in meinem Hals herunter. »Können wir ihr wenigstens einen schmerzfreien Tod bereiten?«

»Natürlich«, antwortete er und küsste die einsame Träne auf meiner Wange weg.

Deacon brauchte nicht lange, um mir Medusas Lebensfaden hinzuhalten.

»Vergiss dein Versprechen nicht«, sagte die Gorgone. »Ich verlasse mich auf dich.«

»Das werde ich nicht.«

Dann durchtrennte ich den unsichtbaren Faden und Medusa löste sich vor meinen Augen auf. Das Letzte, was ich von dem vermeintlichen Monster sah, war ein warmes Lächeln. »Danke.«

37. Kapitel

DIE HELDIN BEREUT IHRE MISSION

»Kümmern wir uns um den Riss«, sagte ich und ließ die Trauer über Medusas erneutes Ableben gar nicht erst mein Herz erreichen. Viel zu oft hatte ich mich schon von meiner eigentlichen Mission ablenken lassen und nun wurde es Zeit, sie endlich ein für alle Mal zu beenden.

Es war an der Zeit.

»Alles gut, *agápi mou*?«, fragte Deacon besorgt.

»Das könnte ich dich auch fragen. Du weißt, was deine Eltern erwartet«, sagte ich und streichelte liebevoll mit dem Daumen seine Wange. »Sie haben den Riss geöffnet – mit *deiner* Reliquie.«

»Sie haben wahrscheinlich noch so viel mehr getan«, seufzte er mit Schwermut in der Stimme. »Der Tod meines Onkels war seltsam und je länger ich darüber nachdenke: Mein Großvater war zwar alt und dem Alkohol nicht abgeneigt, aber sein Ableben kam auch sehr plötzlich.«

Ich hielt Deacons Gesicht mit beiden Händen fest. »Ich muss sie töten«, sagte ich zu ihm. »Ich muss sie bestrafen. Das ist meine Pflicht als Furie.«

»Ich weiß, Euryale. Ich weiß.«

Überraschend schlang er seine Arme um meinen Körper.

»Sie sind schreckliche Menschen, aber meine Mutter – Zieh-mutter – war nicht schlecht zu mir.«

»Wenn es geht, werde ich sie verschonen«, versprach ich ihm. »Schließlich war es zweifellos dein Vater, der mit dem Riss experimentiert hat.«

Deacon nickte zustimmend. »Das klingt nach ihm. Er sah in mir nie mehr als ein Experiment und er war auch der Einzige, der meine Reliquie an sich nehmen konnte.«

Deacon ging zu einem Schrank und holte zwei Kerzen hervor.

»Im Keller gibt es kein elektrisches Licht«, erklärte er und entzündete sie mit einem Streichholz.

Sein Blick glitt zu einer Stelle über meinen Kopf, aber bevor ich fragen konnte, führte er mich nach unten.

»Du hast nie bemerkt, dass der Riss sich in deinem Haus befindet«, bemerkte ich spitz an. »Ich bin enttäuscht Professor Haworth. Sie könnten niemals ein Detektiv werden.«

»Es existiert genau eine verschlossene Tür im Keller. Diese war schon seit meiner Kindheit abgesperrt«, erzählte Deacon. »Ich habe nicht gedacht, dass sich dahinter ein Tor in die Unterwelt befindet. Ich hielt es für den Weinkeller.«

Ich wusste nicht, ob ich prusten oder schnauben sollte, so entstand eine Mischung aus beidem.

Deacon führte mich schnurstracks zu besagter Kellertür. Ich rieb mit zwei Fingern über mein Athame. *Bitte. Leih mir die Macht, das alles zu beenden. Ich will einfach nur mit Deacon und meinen Freunden zusammenleben.*

Was das flackernde Kerzenlicht uns dann in dem Keller-raum enthüllte, schockierte selbst mich zutiefst: Deacons Vater stand dort, die Hand um eine silberne Schere geschlossen, an der frisches Blut glänzte. Zu seinen Füßen lag eine Gestalt, die sich röchelnd an die Brust fasste, während ihr Leben langsam aus ihr wich. Der metallische Geruch von Blut hing schwer in der feuchten Luft.

»Mutter!«, schrie Deacon voller Schmerz und stürzte zu ihr.

»Ihr seid alles Narren!«, rief Earl Haworth und hustete Blut auf den Boden vor seiner sterbenden Frau. »Besonders du, Elena. Ich habe dir immer alles gegeben, was du wolltest, und wie wolltest du es mir danken? Indem du mich hintergehst und meinem Sohn helfen willst.«

»Das reicht«, verkündete Deacon mit dunkler Stimme. »Du hast genug Leid verursacht.«

Er stand auf und riss seinem Vater die Schere aus der Hand. Der kränkliche Mann konnte keinen Widerstand leisten. Das hier war ein für alle Mal vorbei.

»Ich wünschte, ich hätte diese Kraft schon immer besessen.«

Dann durchtrennte Deacon den Lebensfaden seines Vaters mit einem einzigen Schnitt der Schere.

Das Licht erlosch in den Augen seines Vaters und er fiel tot zu Boden. Doch Deacon kümmerte sich nicht um die Leiche, stattdessen eilte er zu seiner Ziehmutter zurück und nahm ihre Hand.

»Es tut mir leid, Deacon«, sagte Elena. Sie streichelte mit ihrer letzten Kraft über seine Wange. »Du warst nicht mein richtiger Sohn, aber ich war gerne deine Mutter. Ich hätte all das verhindern sollen.«

»Ich danke dir«, sagte er und küsste ihre Stirn zum Abschied. »Das bedeutet mir viel.«

Danach wurde es still im Raum. Es waren nur noch zwei Herzschläge zu vernehmen.

Ich kniete mich zu Deacon und hielt ihn schweigend, während er den Schmerz über den Verlust seiner Eltern stumm ertrug. Die Last war schwer für ihn, auch wenn ihr Verhältnis angespannt gewesen war.

»Ich muss den Riss jetzt schließen und meine Tanten herrufen«, sagte ich zu ihm. »Nicht, dass noch jemand entkommt.«

Er nickte. In seiner Faust hielt er seine Reliquie verzweifelt umklammert.

Ich steuerte den Riss an. Wenn man nicht wusste, dass es sich um ein Tor zur Unterwelt handelte, hätte man es für einen gewöhnlichen Spalt in der Wand halten können. Allerdings glänzten die Ränder silbern. Aus dem Spalt drang eine Aura, die mich erschaudern ließ. Es war so, als würde man mir sämtliche Lebensfreude aus dem Körper entziehen.

Ich schlitzte mir mit dem Athame die Handfläche auf. Es reichte, wenn mein Blut in die Unterwelt tropfte. Meine Tanten wären in der Lage, den Riss nur anhand meines Blutgeruches überall zu finden.

»Ich rufe die Erinnyen herbei!«, schrie ich in die Unterwelt. »Megaira! Tisiphone! Alecto!«

Ein schrilles Kichern füllte den Raum. Dann schoben sich schon meine Tanten durch die Öffnung in den Keller. Sie erhoben sich in ihrer vollen Größe und reckten ihre schwarzen Schwingen.

»Vielen Dank, Euryale, das hast du gut gemacht.«

Ich zuckte zusammen, als ich eine mir allzu vertraute Stimme hinter meinem Rücken vernahm.

Deacon keuchte erschrocken auf. »Mutter! Aber wie?«

»Ich bin nicht deine Mutter, Sohn der Moira Atropos«, sagte die Göttin, die sich den toten Körper von Lady Haworth geliehen hatte. Etwas ungelenk in ihrem neuen Gefäß wankte sie zu den Furien.

»Was machst ausgerechnet du hier, Melinoe?«, knurrte ich.

»Mutter ist beschäftigt. Darum dachte ich, dass ich eine ihrer Furien etwas genauer beobachte. Es kommt selten vor, dass sich ihre Anzahl erhöht.«

»Du warst das also.«

Der Albtraum von Hector, die Schlangen, die ich überall wahrzunehmen schien – das alles schrie nach der Unterweltsgöttin, die mich mit dem fremden Gesicht ansah.

»Nun denn. Tötet ihn«, befahl Melinoe und deutete auf Deacon. »Er hat mit seiner Reliquie das Gleichgewicht der Unterwelt gestört. Wir müssen ihn richten.«

»Deacon hat absolut nichts damit zu tun!«, schrie ich sofort und sprang schützend vor ihn. »Er hat mich die ganze Zeit unterstützt. Er ist mein Partner. Er hatte seine Reliquie nicht! Die Schuldigen waren seine Eltern und über die habe ich bereits gerichtet!«

»Partner«, echote Tisiphone und zischte laut. »Euryale brauchte einen Partner!«

Alecto starrte mich an. Ich konnte ihren glühenden Blick fühlen, als ich mich vor Deacon positionierte, bereit, ihn gegen die drei Furien und eine Göttin zu verteidigen.

»Ich würde dir ja glauben, Euryale«, sprach die Göttin und rümpfte die Nase. »Aber du bist zur Hälfte ein Mensch. Du liebst – und ich weiß, dass du ausgerechnet ihn liebst. Du würdest für ihn lügen. Du würdest alles für ihn tun. Du bist nun einmal ein schwacher Mensch.«

»Ich bezeuge, dass Euryale die Wahrheit sagt.« Callisto trat aus den Schatten und reckte ihr Kinn kampfeslustig in

Melinoes Richtung. »Außer mein Wort als Tochter deiner Lehrmeisterin hat keinen Wert für dich.«

»Bist du nicht die Plejade, die mit dem ersten Mann nach England geflüchtet ist, weil Apollo Gefallen an ihr gefunden hat?«, höhnte Melinoe. »Ich bin eine Göttin und ich sage, dass dieser Halbgott für seine Verbrechen den Tod verdient hat.«

»Ja. Ich bin schuldig.«

Ich traute meinen Ohren kaum, als Deacon nach vorne trat und sich vor den Furien als Schuldiger bekannte.

»Was tust du denn da, Deacon?«, fragte ich und riss an seinem Arm. »Was redest du da für einen Blödsinn?«

»Ihr habt es gehö–« Melinoe stockte mitten in ihrem Satz. »Was zum –«

»Ich treibe dich aus diesem toten Körper«, knurrte Callisto und hob eine Hand. »Bevor du noch mehr Unheil stiftest.«

»Bringt alle drei um!«, rief Melinoe laut. »Los!«

Der Leichnam von Lady Haworth fiel wie eine Marionette, der man die Fäden durchtrennt hatte, zu Boden. Die Göttin der Geister war endlich aus dem Diesseits wieder in die Unterwelt getrieben worden, wo sie hingehörte.

»Was sollen wir nun tun?«, fragte Tante Meggy. »Das kann sie unmöglich ernst gemeint haben. Doch nicht unsere Euryale.«

»Nehmt mich«, sagte Deacon mit fester Stimme. »Ich nehme die Bestrafung hin. Meine Reliquie ist für all das hier verantwortlich. Aber lasst Euryale gehen.«

»Was redest du da?« Ich zog noch fester an ihm. »Du hast doch nichts getan.«

Deacon fuhr herum. Seine Hände umfassten zärtlich mein Gesicht, aber ich konnte die Berührung nicht genießen: Seine Augen waren schmerzerfüllt. »Wenn ich nicht gehe, dann passiert dir im schlimmsten Fall noch etwas. Lass mich gehen.«

»Das werde ich nicht!«

»Doch.« Er löste seinen Blick kurz von mir. »Denn jetzt kannst du wieder leben, Euryale«, flüsterte er mir zu. Seine Worte schnürten meine Kehle zu. »Dein Lebensfaden ist so golden wie immer. Ich verhindere hiermit, dass die Göttin dir etwas antut.«

Er gab mir einen letzten Kuss, der so zärtlich war, dass er mich zum Weinen brachte. »Ich liebe dich, *agápi mou*.«

Meine Tanten tauschten erstaunte Blicke aus.

»Ihr habt es gehört!« Tante Alecs packte Deacon am Hals und bevor ich überhaupt reagieren konnte, waren beide durch den Riss entschwunden.

Er war einfach so ... weg.

Nein. Nicht nur weg, er war ...

Ich fiel vor den uralten Rachegöttinnen weinend auf die Knie. Wahrscheinlich gab ich das mitleiderregendste Geschöpf ab, das sie in ihren langen Leben jemals erblickt hatten. Ich streckte meine zittrigen Arme flehend nach ihnen aus. »Ihr könnt mir Deacon nicht wegnehmen. Bitte!«, beschwörte ich meine Tanten, die mir beigebracht hatten, dass Flehen sie zutiefst anwiderte. »Ich ...«

»Du liebst also diesen Mann?«, fragte Tisiphone und konnte ihren Abscheu nicht verbergen. »Hast du aus dem letzten Mal nichts gelernt? Sei froh, dass er tot ist.«

»Komm mit!«, sagte Megaira und reichte mir eine Hand. »Du hast deine Mission beendet. Du kannst jetzt eine Furie werden. Komm mit uns und wir sehen über das gerade Geschehene hinweg.«

Ich schlug die Hand weg. »Ich komme nicht mit«, fauchte

ich mit dem letzten Fünkchen Wut in meinem Körper. »Ihr habt mir Deacon weggenommen und das werde ich euch niemals verzeihen können.«

Die beiden Furien verschwanden durch den Riss, der sich hinter ihnen schloss.

Für immer.

Erst durch die Stille drang die Situation zu mir durch: Deacon war tot. Höchstpersönlich in die Unterwelt gezerrt von meinen Tanten.

»Ich liebe dich. Ich liebe dich!«, rief ich und hoffte, dass meine Liebeserklärung Raum und Zeit überwand. »Deacon. Ich liebe dich!«

Meine verzweifelten Schreie wurden von den Kellermauern zurückgeworfen.

38. KAPITEL

DIE HELDIN ZERBRICHT

Ich schrie. Schrie. SCHRIE!

Aber es half nichts: Deacon war tot.

Und ich?

Ich blieb wieder einmal allein zurück ...

39. Kapitel

DIE HELDIN WIRD ZUR FURIE

Ich schrie, bis ich keine Stimme mehr besaß. Meine Beine
und Arme versagten mit dem letzten krächzenden Ton meiner Stimme und ich stürzte kraftlos zu Boden.

Danach eilte Callisto auf mich zu, schloss ihre Arme stark
und tröstend um mich und wiegte mich, während sie mir ein
altes griechisches Schlaflied für Kinder vorsang.

Ich kannte den Text nahezu auswendig. Da es von Generation zu Generation weitergegeben wurde, veränderten sich
oft einzelne Zeilen, aber diese trafen mich direkt ins Herz:
*Schlaf ein und ich habe den Göttern aufgetragen, dass sie dich
nicht mit Trauer, Leiden und Schmerzen lassen.*

»Nimm dir Zeit, Euryale«, sagte Callisto. Ich meinte, dass
sie fast eine Stunde bei mir gesessen hatte, als sie sich erhob. Sie gab mir einen liebevollen Kuss auf die Stirn. »Nimm
Abschied von ihm. Nimm dir alle Zeit, die du brauchst. Ich
werde im Salon ein paar Dinge arrangieren. Komm zu mir,
wenn du nicht allein sein willst.«

Die Worte drangen nicht zu mir durch. Selbst das leise
Murmeln der Diener, das gedämpfte Klappern von Geschirr
oder das ferne Knistern des Kaminfeuers verschwammen
zu einem undefinierbaren Klangteppich. Ich war nicht ganz

Herrin meiner Sinne, als ich durch das Herrenhaus streifte. Jeder Raum, jeder Gegenstand erinnerte mich an Deacon. Sein Lachen hallte in den hohen, mit Gemälden geschmückten Gängen wider, seine Gestalt schien in den schattigen Ecken zu lauern.

Der Schmerz, der mir das Herz umklammerte, war überwältigend. Es war, als hätte sich ein riesiges Ungeheuer in meiner Brust niedergelassen, mächtiger als eine Hydra, deren Köpfe ständig nach neuen Quellen der Pein suchten. Mächtiger als eine Chimäre, die aus den abstrusesten Ängsten geboren schien. So viel mächtiger als eine Gorgone, deren Blick selbst die stärksten Herzen zu Stein verwandeln konnte.

Ich durchstreifte die Flure und Säle wie ein Schatten, meine Schritte hallten gedämpft wider, als ob sie selbst Angst hätten, den Geistern zu nahe zu kommen, die mich umschwirrten. Jedes Bild an der Wand, jedes Stück Porzellan auf den Regalen, selbst die Vorhänge, die sanft im Zugwind flatterten, schienen mich zu bemitleiden.

Wenn ich gewusst hätte, wie wenig Zeit uns bleibt, dann hätte ich Deacon sofort verziehen. Mir erschien es nun so närrisch, dass ich mich mit ihm zerstritten hatte. Auch wenn wir uns nach Medusas Angriff nähergekommen waren, so brannten noch viel unausgesprochene Worte in meinem Herzen. Hatte er noch gehört, dass ich ihn liebte? Er konnte doch nicht gestorben sein, bevor er wusste, dass ich ihn liebte!

In seinem Zimmer hüllte mich sein Duft so willkommen heißend ein, dass ich erneut schreiend zusammenbrach. Ich musste ein jämmerliches Bild abgegeben haben, weil ich immer noch keine Stimme besaß.

Irgendwann schaffte ich es wieder auf die Beine. Warum war ich überhaupt hier? Was erhoffte ich mir davon? Hier war sein Geist nur noch präsenter durch all die Bücher. Als ich am Bad vorbeilief, kamen mir fast erneut die Tränen, weil ich an unseren wundervollen Abend dachte. Und daran, dass wir so etwas nie wieder erleben durften.

Ich wollte schon fast kehrtmachen, als mein Blick auf seinen Schreibtisch fiel. Er war ausnahmsweise aufgeräumt – und ein einsamer Brief lag dort. Mein Name stand in großen Lettern darauf.

Ohne zu zögern, öffnete ich ihn und entfaltete das Blatt Papier hastig:

Meine liebste Euryale,
mir ist bewusst, dass du dich in nächster Zeit für eine Sache aufopfern willst. Wenn ich richtigliege, dann für die Versiegelung des Risses. Die schwarzen Schlieren auf deinem Lebensfaden sind ein eindeutiger Beweis. Jeden Tag werden sie mehr. Jeden Tag wachsen meine Sorgen um dein Wohlbefinden.
Ich könnte es mir niemals verzeihen, wenn dir etwas zustößt, deshalb lass mich so selbstsüchtig sein und dich retten. Ich weiß, dass du nicht gerettet werden willst und wahrscheinlich hasst du mich für meine Tat, aber ich könnte keinen Tag mit der Schuld leben.
Lebe für mich.

Ich hoffe aus tiefstem Herzen, dass wir uns irgendwann wiedersehen werden.

Ich liebe dich.
Ich werde dich immer lieben.

In tiefster Liebe,
Deacon

Die Tinte verschmierte, als meine Tränen das Papier benetzten.

Im Umschlag befand sich noch etwas. Als ich sanft daran rüttelte, fiel ein goldener Ring direkt in meine Hand. Mir stach sofort die Gravur ins Auge: Ο έρωτας διακόπτει τη ζωή, αλλά η ζωή διακόπτεται από τον έρωτα.

»Liebe unterbricht das Leben, aber das Leben unterbricht die Liebe«, übersetzte ich.

Er hatte diesen Ring anfertigen lassen, obwohl er wusste, dass er mich nicht mehr heiraten konnte.

»Ich liebe dich«, sagte ich. »Ich liebe dich doch auch.«

Während ich das immer und immer wieder murmelte, brach etwas in mir. Doch dieser Bruch, der durch meinen ganzen Körper ging, löste keine Schmerzen aus. Stattdessen füllte sich alles mit überwältigender Wärme. Ich spürte Deacons Körperwärme, als befände er sich mit mir im Raum.

Mit hämmerndem Herzen sprang ich vom Stuhl hoch. Wurde ich etwa vor Trauer und Verzweiflung verrückt? Was geschah hier gerade?

Flatternd öffnete ich meine Augen. Durch das Fenster vor mir glitt ein glühend roter Faden.

Aus meiner Brust ragte ein leuchtend roter Faden. Das Ende verlor sich im Unbekannten.

»Was zum Hades?«

Vorsichtig berührte ich die seltsame Erscheinung und ein weiterer Ruck durchzuckte meinen Körper. Ich spürte ein weiteres schlagendes Herz und ein vertrautes warmes Gefühl in meiner Brust, welches jeden Winkel meines Körpers erfüllte und sofort die Tränen auf meiner erhitzten Haut trocknete.

»Unmöglich.«

Ich betastete den Faden erneut und nun brachte das Gefühl meine Mundwinkel zum Zucken.

Deacon befand sich vielleicht in der Unterwelt – aber er war immer noch am Leben. Deacon lebte! Ich konnte seinen Herzschlag fühlen, wenn ich dieses Band berührte.

»Es tut mir leid, Deacon«, sagte ich und legte den Brief weg und steckte mir den Ring an den Finger. »Aber ich bin eine Furie und ich werde dich nicht in Ruhe lassen.«

Die Unterwelt sollte sich vor mir in Acht nehmen, denn ich würde nicht eher ruhen, als bis ich wieder mit Deacon vereint war.

GLOSSAR

Monster, Götter, Helden, Pflanzen & Orte aus der griechischen Mythologie

Aiaia: Mythische Insel der Circe

Alecto: Rachegöttin, »die Unaufhörliche«; siehe Furien

Ambrosia: Speise der Götter; durch Verzehr werden Menschen unsterblich

Aphrodite: Göttin der Liebe und Schönheit; Geliebte von Ares; Mutter von Eros

Apollo: Gott des Lichts, der Musik und Weissagung; Zwillingsbruder von Artemis

Ares: Gott des Krieges; Geliebter von Aphrodite und Vater von Eros

Artemis: Göttin des Mondes, der Jagd und der Jungfräulichkeit; Zwillingsschwester von Apollo

Asclepius: Gott der Heilkunst

Asterion: Monster, siehe Minotaurus

Athena: Göttin der Weisheit und des Krieges

Atropos: Schicksalsgöttin; die »Durchtrennerin« der Lebensfäden; siehe Moirai

Bellerorphon: Held, der die Chimäre fliegend auf einem Pegasus bekämpfte

Caeneus: »unverwundbarer« Held; wurde von Baustämmen erdrückt

Callisto (die Ältere): Nymphe, die der Göttin Artemis nahestand; wurde in ein Sternbild verwandelt

Cassandra: Seherin, »gesegnet« mit der Gabe der Voraussicht durch den Gott Apollo, glaubte niemand ihren Weissagungen

Charon: Fährmann der Unterwelt; in Bezahlung gegen einen Obolus brachte er die Seelen der Verstorbenen über die Unterweltsflüsse

Chimäre: Mischwesen aus Löwe, Ziege und Schlange; kann Feuer speien

Chronos: Titan; Verkörperung der Zeit; Vater von Zeus, Poseidon, Hades und vielen weiteren Göttern

Cerberos: dreiköpfiger Höllenhund

Circe: Göttin der Magie

Clotho: Schicksalsgöttin; die »Spinnerin« der Lebensfäden; siehe Moira

Elysium: Paradies der Unterwelt

Eros: Gott der begehrlichen Liebe; Sohn von Aphrodite und Ares

Euryale (die Ältere): Monster, siehe Gorgonen

Eurydice: Dryade (Baumnymphe); Frau von Orpheus

Furien: auch Erinnyen genannt; drei Rachegöttinnen-Schwestern mit Schlangenhaaren und Fledermausflügeln; starke Verbindung zur Unterwelt

Gaia: eine der ersten Göttinnen; die personifizierte Erde

Goldener Apfel: taucht in verschiedenen Mythen auf; in dem wohl bekanntesten Mythos gab Paris den goldenen Apfel mit der Aufschrift »Der Schönsten« der Göttin Aphrodite und löste so den Trojanischen Krieg aus

Gorgonen: drei monströse Schwestern; Schlangenhaar und Blick, der alles in Stein verwandelt, die jüngste und einzig sterbliche von ihnen (Medusa) wurde von Perseus getötet

Hades: Gott der Unterwelt & zugleich Name der Unterwelt

Harpyie: Monster; Mischwesen aus Frau und Vogel; begleiten die Toten in die Unterwelt

Hecate: Göttin der Nekromantie & Hexerei

Hephaistos: Gott der Schmiedekunst

Herakles: Halbgott-Sohn von Zeus, berühmt für seine Stärke und weil er durch die Erledigung von zwölf Aufgaben zum Gott aufstieg

Hesperiden: Nymphen; Hüterinnen der Goldenen Äpfel

Hydra: vielköpfiges Ungeheuer; schlägt man einen Kopf ab, wachsen zwei weitere an der Stelle nach

Hypnos: Gott des Schlafes, Vater von Morpheus und Phobetos

Lachesis: Schicksalsgöttin; die »Bemesserin« der Lebensfäden; siehe Moirai

Lamia: griechische Version des »Vampyrs«; ein untotes Monster, das das Blut oder Fleisch seines Opfers verschlingt

Lethe: Fluss des Vergessens in der Unterwelt

Megaira: Rachegöttin; siehe Furien

Melinoe: Göttin der Geister & Albträume; Tochter von Persephone und Zeus

Midas: König von Phrygien; verwandelte alles, was er berührte, in Gold – auch seine eigene Tochter

Minotaurus: halb Mensch, halb Stier; der Minotaurus wurde im Labyrinth gefangen gehalten

Moirai: drei Schicksalsgöttinnen, die die Lebensfäden der Menschen weben, messen und schlussendlich auch durchtrennen

Moly: Pflanze mit weißen Blüten; wehrt die »bezirzende« Macht von Circe ab

Morpheus: ein Gott der Träume

Nymphen: weibliche Naturgeister; niedrige Gottheiten und üblicherweise Begleiterinnen von anderen Gottheiten

Nyx: Göttin der Nacht

Odysseus: König von Ithaka und Kriegsheld von Troja; ebenso Geliebter von Circe

Olymp: höchster Berg in Griechenland und »Heimat« der griechischen Götter

Orestes: wurde für den Mord an seiner Mutter von den Furien gejagt und in den Wahnsinn getrieben, bis er davon geheilt wurde

Orion: Held und Jäger der Artemis

Orpheus: Sänger und Dichter; er stieg in die Unterwelt, um seine tote Frau Eurydice zurückzuholen

Paris: löste durch seine Wahl den Trojanischen Krieg aus

Pegasus: geflügeltes Pferd

Perseus: Held, Sohn von Zeus und Danaë; tötete Medusa

Phlegethon: Flussgottheit und zugleich der Feuerstrom, der in den Tartaros fließt

Phobetor: ein Gott der Träume; Gott der Albträume

Plejaden: Sieben Nymphen-Schwestern, die in einen Sternhaufen verwandelt worden sind

Prometheus: Titan, der die Menschen erschuf und ihnen das Feuer brachte; wurde dafür mit ewigen Qualen bestraft

Psyche: Königstochter und Sterbliche; Geliebte von Eros; wurde später zur Göttin

Styx: Flussgottheit und zugleich der Fluss, der zum Hades führt

Tartaros: Strafort der Unterwelt

Teiresias: blinder Seher

Thanatos: Gott der Toten

Tisiphone: Göttin, siehe Furien

Zentaur: Mischwesen aus Mensch und Pferd

Zeus: oberster und mächtigster Gott

Zyklop: einäugiges Monster

Andere Begrifflichkeiten

Anstandsdame / Gouvernante: ältere Damen, die jüngeren unverheirateten Frauen der Gesellschaft zugesellt wurde, um vor allem bei Avancen von Männern moralisch integres Verhalten zu garantieren

Athame: Ritualdolch (gebräuchlich in der Hexerei)

Baldachin: »Himmel« aus Stoff über einem Bett

Bedlam: »Tollhaus«; auch: Bethlehem Royal Hospital, eine psychiatrische Klinik in London

Bouzouki: griechisches Saiteninstrument

Chemise: leichtes Unterkleid, welches man unter der Alltagskleidung trug

Chiton: Unterkleid aus dem antiken Griechenland

Fermeli: traditionelle griechische Weste

Foustanélla: traditioneller griechischer Männerrock

Kopis: Hiebschwert mit Ursprung im antiken Griechenland

Miasma: krankheitsverursachende Essenz

Obolus: Münze und Grabbeigabe; laut einem Brauchtum im alten Griechenland wurde dem Verstorbenen die Münze auf die Zunge gelegt, damit er den Fährmann der Unterwelt (Charon) bezahlen kann

Phonograph: Gerät zum Abspielen von Musik; wurde vom Grammofon abgelöst

Ridikül: beutelförmige Handtasche

Tanzkarte: Kärtchen, auf welchem Damen ihre Tanzpartner eintrugen

Tournüre: Betonung des hinteren Rockes durch eine Stoffmenge oder Polsterung

Typhus: schwere, fieberartige Krankheit

DANKSAGUNG

Erstens muss ich mich bei euch entschuldigen, denn der Cliffhanger tut mir richtig leid. Wirklich! Ich bin jemand, der so gut wie immer ein Happy-End braucht und sich über Cliffhanger auch immer lautstark aufregt. Aber umso mehr freut man sich dann auch, wenn endlich Band 2 erscheint, oder? Und ich verspreche euch ein würdiges Ende für Euryale, Deacon, Cecilia und Callisto!

Ich bin so froh, dass ich einen Verlag gefunden habe, der so viele meiner Ideen nimmt. Ich meine der Pitch: Das spielt im viktorianischen England. Sie ist eine Furie und meist ziemlich sauer. Und unser Liebespärchen sind – um passend aus dem *Stolz und Vorurteil*-Film zu zitieren – absolute Fools in Love.

Ein großes Danke geht auch an Christin, die dieses unsagbar schöne Cover entworfen hat, welches einfach die wichtigsten Elemente des Buches vereint, ohne dass man auf den ersten Blick weiß, warum diese Elemente wichtig sind. Schaut es euch nach dem Lesen noch mal an ;)

Goddess of Fury war eine schreiberische Herausforderung für mich, weil das Setting trotz meines Geschichte- und Germanistikstudiums jeden Tag neue Herausforderungen gebracht hat. Ich habe noch nie so viel recherchiert und nachgeforscht wie bei diesem Buch. Deshalb bedanke ich mich auch bei meiner langjährigen Lektorin Stefanie. Sie hat mich vor einem absoluten Nervenzusammenbruch bewahrt, weil ich meine Deadlines einfach so oft verschieben musste.

Meinen Testleserinnen gebührt wie immer ein großes

DANKE! Das waren dieses Mal Nora (die mich in den letzten Jahren bei allen Büchern unterstützt hat), Nati, Kate, Steffi, Selle, Franzi, Kimmy, Kim und Mandy.

Ein besonderer Gruß geht auch an meine Patrons, die mich unterstützen: Claudia, Linnea, Jasmin, Mareike, Isa, Franziska, Ann-Christin, Verena, Jessica, Melinda, Katharina, Julia, Maia, Conny, Jennifer, Sabrina, Jay, Svenja, Claudie, Corinna, Laura und Annabelle!

Studentin bei Tag – Bestsellerautorin bei Nacht

Teresa Sporrer
Unwritten Love

400 Seiten · Broschur
ISBN 978-3-522-50835-3

Unter dem Pseudonym A. Lovelace schreibt Livia supererfolgreiche Liebesromane. Und nun soll ihr Buch verfilmt werden! Einziger Haken: Ausgerechnet Julian Collins, der abgestürzte Star, soll die männliche Hauptrolle verkörpern. Für Julian ist es die letzte Chance, seine Karriere zu retten. Dass er dazu in einem »Kitschroman« mitspielen muss, schmeckt ihm gar nicht. Auch Livia hat wenig übrig für den arroganten Julian. Doch dann schlägt Julian die Rolle eiskalt aus und die Verfilmung steht auf der Kippe. Livia ist fest entschlossen, Julian von seinem Glück zu überzeugen. Sich in ihn zu verlieben, war allerdings nie Teil des Skripts …

Lieblingsbücher fürs Leben.
www.thienemann-esslinger.de

LESEPROBE

Unwritten Love
von Teresa Sporrer

PROLOG

Die morschen Bretter, die nicht die Welt bedeuten

*Man hört viel zu oft, dass Gegensätze sich anziehen – und trotz
dieses alten Klischees war das auch bei Carina und Nathan der
Fall: Was er zu wenig hatte, besaß sie im Überfluss. Wo sie
versagte, zeigte er sich von seiner besten Seite.*
Auszug aus dem 3. Kapitel von *One Last Kiss* von A. Lovelace

Livia

Im Angesicht meines bevorstehenden Ablebens fragte ich mich,
ob vor mir schon viele Menschen von Büchern erschlagen worden waren. Während meine Finger sich mit letzter Kraft an
dem lackierten Holz festkrallten und das Taubheitsgefühl mit
einem Kribbeln von meinen Zehen über meine Füße langsam
hochwanderte, musste ich ausgerechnet an die seltsamsten Tode
der Welt denken: Erst vor Kurzem hatte ich von einem Mann
im 16. Jahrhundert gelesen, dessen Leben ein jähes Ende fand,
weil sein Bart schlichtweg zu lang war. Bei einem Feuer war
er in aller Hektik auf ihn getreten und hatte sich beim darauf-
folgenden Sturz das Genick gebrochen. Dann gab es beispiels-
weise die große Biertragödie in London, die mehrere Leben
gefordert hatte. Wer wollte sein Leben schon in einer Bierflut-
welle aushauchen? In Anbetracht der wenig prickelnden Alter-
nativen wahrscheinlich gar nicht mal so wenige …

Bald würde auch mein Abgang zu den schrägsten Todesfällen der Welt zählen: Livia Scott. Eine Frau – einundzwanzig Jahre jung, tagsüber Aushilfe in einer prestigeträchtigen Bibliothek, nachts heimliche Bestseller-Autorin. Die Superheldin, die die Welt nicht brauchte, weil ihre magische Kraft lediglich darin bestand, Energydrinks und Muffins in Sekundenschnelle zu vernichten und jeden Paketboten anzuknurren, der sie an einem vorlesungsfreien Tag vor zehn Uhr morgens aus dem Bett klingelte. Die junge Schreiberin fand ein eher unrühmliches Ende, als ein riesiges Bücherregal unter ihr zusammenbrach und sie von jahrhundertealten Wälzern begraben wurde. Ihre platt gedrückte Leiche entdeckte man erst Tage später, als Netflix bemerkte, dass sie nicht wie gewöhnlich stundenlang koreanische Soaps gebinge-watched hatte – ihre emotionale Krücke, um durch den Tag zu kommen. Die Bibliothek bedauerte sehr, dass ihre Leichenflüssigkeit so viele Bücher ruiniert hatte, und würde es umso mehr begrüßen, wenn sie nicht als übernächtigter Poltergeist zurückkehrte. Es war nicht nur meiner morbiden Ader geschuldet, dass ich so viel über unnatürliche Tode wusste. Ich langweilte mich auf meiner neuen Arbeit in der John Rylands Bibliothek in Manchester auch ohne Lebensgefahr durch morsche Bretter manchmal halb zu Tode.

Ja – ich wusste, dass ich für die Anstellung in diesen historischen Gemäuern echt dankbar sein sollte. Dass es eine unglaubliche Ehre war, dass man mir diesen Posten überließ, nachdem all die anderen Praktikanten eine bessere Stelle angeboten bekommen hatten oder gerade hochschwanger waren. Normalerweise würde man eine völlig Universitätsfremde, wie mich, nie an die alten Bücher ranlassen.

Ja – das durfte ich mir nahezu wöchentlich von einigen der Kollegen anhören.

Das änderte aber wenig daran, dass ich meist nichts zu tun hatte und mir stinklangweilig war. Man traute mir einfach nichts zu: Ich musste die Bücher, die vom Personal oder anderen Ausleih-Befugten als mangelhaft abgegeben wurden, erneut kontrollieren und alle Mängel genau protokollieren, bevor sie an die Fachleute in der Restaurationsabteilung gingen. Meine Arbeit war ein unnötiger Zwischenschritt, aber weder ich noch mein Konto beklagten sich. Zumindest nicht oft. Das gerade war eine Ausnahme – und ich schwor bei meinem privaten Bücherregal, wenn ich es unversehrt hier runterschaffte, dann würde ich nie, nie, *nie* wieder irgendetwas Böses über meine Arbeit sagen!

Wenn ich dieses Unglück überlebte, würde ich mehr Fleiß und Elan an den Tag legen und meine Zeit nicht länger auf Internetseiten, welche mit reißerischen Titeln wie »Ein Student aß jeden Tag Instant-Nudeln – erfahre hier, was mit seinem Gehirn passiert ist« oder »Die zehn dümmsten Tode aller Zeiten – du wirst über Nummer 6 lauthals lachen« lockten, verplempern.

Eigentlich war das hier die perfekte Arbeitsstelle für mich: Ich mochte Bücher und war nicht gern unter Menschen. In der Schule hatte ich schon die Verwaltung der schuleigenen Bibliothek fast ganz allein gestemmt. Jede Pause, jede Freistunde und auch die Zeit vor und nach dem Unterricht versteck- äh, verbrachte ich dort. Einmal war ich so in meiner Arbeit versunken gewesen, dass mich die Schule über Nacht eingeschlossen hatte. Es war selbst am nächsten Tag niemandem aufgefallen …

Meine schier grenzenlose Buchliebe sollte mir nun aber zum Verhängnis werden.

Ich wusste nicht mehr, wie es passiert war und erst recht

nicht warum, aber mein Handy befand sich ganz oben auf einem der alten Bücherregale, welche gefühlte fünfzig Meter in die Höhe wuchsen. Seit einigen Minuten klingelte es – mit Unterbrechungen – munter vor sich hin. Meine Mutter hatte schon kurz nach Beginn meines Studiums aufgegeben, mich telefonisch erreichen zu wollen. Wenn mir danach war, schrieb ich ihr einsilbige Nachrichten und ließ sie wissen, dass ich noch lebte und keine gefährlichen Stunts in einer historischen Bibliothek ausübte.

Entweder waren das nervige PING-Anrufe aus dem Ausland oder mein Verlag, der mir etwas Wichtiges mitzuteilen hatte. *Sehr wichtig,* der Anrufhäufigkeit nach zu urteilen.

Beide Optionen fand ich wenig berauschend …

Ich schüttelte den Kopf.

Was hatte ich mir für dieses Jahr vorgenommen? Endlich ein bisschen aufgeschlossener zu sein und meine Probleme offensiv anzugehen, statt mir die nächstbeste Fluchtmöglichkeit zu suchen. Zum einen das und zum anderen nicht mehr so verplant zu sein. Die geografische Lage meines Handys bewies überdeutlich, dass ich das mit der Verplantheit noch nicht im Griff hatte.

Vielleicht brachte mich mein dämlicher Neujahrsvorsatz, den ich leicht beschwipst von Erdbeersekt meinem Spiegelbild geschworen hatte, echt noch ins Grab.

»Ganz ruhig, Livia«, sagte ich und versuchte möglichst gleichmäßig zu atmen. »Zuerst ein … und wieder a-aus.«

Eine Panikattacke konnte ich gerade nicht gebrauchen. Warum waren die Bibliotheksleitern nur so rutschig? Man brauchte hier dringend ein paar große Neon-Warnschilder für Vollidioten wie mich.

Solange das Regal nicht nach vorne kippte und meinen

Brustkorb zerschmetterte, würde mir nichts Schlimmes passieren, versuchte ich mich zu beruhigen. Ich kam auch ohne Leiter wieder von hier runter. Vielleicht würde ich mir nur den Knöchel verstauchen, wenn ich die fünf Regalbretter runterrutschte. Morgen würde ich über meine Ängste lauthals lachen. Zwar mit einem schmerzenden Knöchel, aber ohne gequetschte Organe.

Mit klopfendem Herzen wagte ich einen Blick nach unten. Die Leiter lag flach auf dem Boden. Es gab keine Möglichkeit, sie von meinem Standpunkt aus aufzurichten oder irgendetwas heranzuziehen. Um Hilfe rufen war auch keine Option, denn die Wände des historischen Gemäuers waren dick und deshalb nahezu schalldicht. Niemand würde mich hören. Jeden Mittwoch und Freitag kam jemand vorbei, um die Bücher mitzunehmen – und heute war erst Montag.

Ich wollte so gerne jemand anderem die Schuld an meiner misslichen Lage geben, aber das hatte ich mir ganz allein eingebrockt.

Als ich den Job letzten Monat angenommen hatte, war meine erste Aufgabe gewesen, die von der Bibliothek aussortierten Bücher umzuräumen und die Regalbretter zu erneuern. Nun standen die neuen Hölzer in der Ecke und verspotteten mich.

Ja, ich war in diesem Moment echt sauer auf mein unzuverlässiges Vergangenheits-Ich! Die faule Vergangenheits-Livia hatte nämlich angefangen, in den alten Büchern zu lesen und sie nach Zustand zu sortieren. Letzteres gehörte zwar auch zu meiner Aufgabe, aber nun verstand ich, warum es besser gewesen wäre, die morschen Bretter zuerst zu ersetzen.

Jeder kleine Schritt ließ das Holz unter meinen Füßen knarzen und ich spürte, wie es sich bedrohlich bog.

Bitte brich nicht. Bitte brich nicht. Ich habe doch einen Stapel ungelesener Bücher zu Hause. Bitte, bitte.

Normalerweise mochte ich den Geruch alter, in Leder gebundener Bücher, doch gerade jetzt verströmten die dicken Wälzer den ekelerregenden Duft des Todes.

Zu meinem Glück war ich schon immer die Kleinste und Schlankeste in der Klasse gewesen. Zu meinem Pech auch die Mieseste im Sportunterricht. Mir mangelte es nicht nur an Kondition, sondern ebenfalls an Koordination.

Ich hangelte mich also ganz langsam zu meinem Handy, bis ich nur noch meine Hand ausstrecken musste. Das fühlte sich wie ein kleiner persönlicher Sieg an!

Meine Freude verflog schnell, als ich aufs Display blickte. Das Bild einer jungen Frau mit großen silbernen Ohrringen ließ mein Blut in den Adern gefrieren, da konnten ihre blauen Augen noch so vor Freude glänzen.

Meine Lektorin war am Telefon – und sie schien mir irgendetwas Wichtiges mitteilen zu müssen, wenn sie es nicht bei einer Mail beließ.

Vor Aufregung wurde meine Kehle trocken. In meinem Kopf spielten sich zahlreiche Horrorszenarien gleichzeitig ab. Zum Beispiel, dass das Buch sich plötzlich sehr schlecht verkaufte oder ein Kritiker, der normalerweise keine Liebesromane las, auf einmal Interesse an meinem Buch hatte und es in seinem Blog aufs Übelste zerriss.

Eine Frage hallte aber am lautesten: *Weißt du schon, wann du fertig bist?*

»Hallo-o Emily«, ging ich ans Telefon. »Was gibt's denn?«

Ich telefonierte äußerst ungern. Kurz spielte ich mit dem Gedanken, aufzulegen und meiner Lektorin eine Mail mit der Ausrede zu schicken, dass ich auf der Arbeit schlechten Empfang hätte. Doch ich wollte nicht umsonst das riesige Regal todesmutig erklommen haben.

»Hallo Livia!«, begrüßte sie mich freundlich. »Wie geht es dir? Du hörst dich so aus der Puste an. Störe ich dich bei etwas?«

»Mörderisches Workout«, log ich. Mit letzter Kraft krallte ich mich am Holz fest. Lange würde ich das nicht mehr aushalten. Ich spürte meine Finger kaum noch!

»Du wirst es nicht glauben, aber bei uns überschlägt sich gerade alles!« Täuschte ich mich oder knallten im Hintergrund die Sektkorken? »Ich habe tolle Neuigkeiten für dich!«

Komm zur Sache!, dachte ich ungeduldig.

»Ach ja?«

»Der erste Schauspieler für die Verfilmung steht fest!«

Um mich herum verschwommen die Bücher zu einer braunen Masse, als mir auf einmal schwindelig und kotzübel wurde.

Die Buchverfilmung.

In mir war schon die Hoffnung gekeimt, dass es nicht so weit kommen würde – und vor allem nicht so schnell!

Meine Gedanken überschlugen sich und mir fiel es plötzlich schwer, einen einfachen Satz zu bilden. Meine Brust fühlte sich wieder so eng und beklemmend an wie damals zu meiner Schulzeit, wenn ich vor der Klasse etwas vortragen musste. Es war fast so, als könnte ich das höhnische Gelächter meiner Mitschüler hinter den Bücherregalen hören.

Hört auf! I-Ich …

»Ah– Un-Und wer?«, fragte ich nur, weil sie es anscheinend von mir erwartete.

»Julian Collins!«

Mein Mund klappte auf und das Handy fiel mir aus der

Hand. Es war völlig still im Raum, als das Gerät von Regalbrett zu Regalbrett hüpfte.

Und dann brach das Holz unter meinen Füßen krachend
entzwei.

VORSPANN

Für Trash TV reicht es immer noch

Seien wir ehrlich: Der Plot von After School Lessons *hat mehr Löcher als ein kaputtes Nudelsieb und trotzdem kann man nicht aufhören, wenn man einmal mit der Serie begonnen hat. Und das alles hat genau einen Grund: Julian – fucking – Collins. Er ist nicht nur heiß, sondern auch gut aussehend und attraktiv.*

3-Sterne-Rezension von *After School Lessons*

Julian

Jeder starrte mich an.

Natürlich.

Selbst ins letzte Dreckskaff hatten sich die neuesten unnötig reißerischen Schlagzeilen um meine Person verbreitet.

Ich musste nicht einmal hinhören, um zu wissen, was hinter vorgehaltener Hand über mich getratscht wurde.

»Ich habe das Gerücht aufgeschnappt, dass er einen Paparazzo krankenhausreif geprügelt hat«, flüsterte die Dame, welche hinter dem Tresen des Flughafencafés stand und einem Kunden gerade frischen Kaffee und einen mit weißer Schokolade glasierten Donut überreichte. »Natürlich entspricht das der Wahrheit! Die Medien pushen doch *nie* etwas hoch.«

»Er soll sein tolles Luxus-Apartment in L.A. verloren haben«, tratschten zwei junge Frauen mit frischer Bräune im Gesicht hinter vorgehaltener Hand. »Wundert dich das? Wann hat er das letzte Mal etwas anderes als ein entstelltes Mordopfer gespielt?«

»Ach, *er* war das? Durch das ganze Kunstblut habe ich das nicht bemerkt!«

Und dann war da noch ...

»Julian!«, schrie eine weibliche Stimme aufgekratzt und übertönte mit Leichtigkeit alle anderen Geräusche in der Flughafenhalle. »Juliaaan! Huhu! Hier bin ich!« Augenblicklich standen meine Nackenhaare zu Berge.

Eine junge blonde Frau hüpfte aufgeregt auf und ab. Einige Männer drehten sich nach ihr um, aber ich war mir nicht sicher, ob es daran lag, dass sie ehrliches Interesse an ihr hatten oder sie sich vor ihrem euphorischen Rumgehüpfe fürchteten. In ihrer rechten Hand hielt sie zu allem Überfluss auch noch ein Schild mit meinem Namen. Als würde ich meine eigene Schwester nicht wiedererkennen ...

»Ich habe das Gerücht aufgeschnappt, dass ihm nichts anderes übrig bleibt, als zu seiner Zwillingsschwester nach Derbyshire zu ziehen«, murmelte ich vor mich hin. »Dass sein Agent ihm eine einzige, *allerletzte* Chance gibt, bevor er nur noch bei *Dancing with the stars* oder in ähnlichen Trash-Shows auftreten darf.«

Es war nicht das erste Mal, dass meine Karriere zu scheitern drohte. Wenn man wie ich schon seit frühester Kindheit schauspielerte, waren Durststrecken vorprogrammiert.

Aber ich schaffte das. Ich schaffte es immer.

Ich musste nur die Zähne zusammenbeißen und diesen einen Kitschstreifen in London abdrehen. Dann konnte ich mich vor weiteren Angeboten kaum retten – sagte zumindest mein Agent. In einem Jahr würde mein Leben wieder in geregelten Bahnen verlaufen. Sofern man das Starleben als »geregelt« bezeichnen konnte.

»JULIAN COLLINS!«

Wie ein Echo hallte mein Name durch das gesamte Flughafengebäude. Nun waren mit Sicherheit alle Blicke auf mich gerichtet. Dieses Mal war das Gefühl keinem Funken Paranoia geschuldet.

»Was macht Julian Collins denn hier?«

»Ich will ein Autogramm!«

»Der soll voll der Arsch sein.«

»JULIAN COLLINS!«

Meine Zwillingsschwester Charlotte hatte ein beeindruckend lautes Organ. Als wir noch Kinder waren, wollte immer jeder, dass sie dem Chor beitrat oder die Hauptrolle in Schulaufführungen übernahm. Neben unseren hellblonden Haaren und grünen Augen war das unsere dritte Gemeinsamkeit.

Sie setzte zu einem weiteren Ruf an, als ich völlig entnervt und mit gesenktem Kopf auf sie zustürmte. Meine Wangen brannten vor Scham. Nur sie schaffte es, dass ich mit meinen fünfundzwanzig Jahren rot wie ein Schuljunge wurde.

Meine Schwester trug dieses breite Grinsen im Gesicht, welches ich noch aus meiner Kindheit kannte. Wenn ich jetzt das Falsche sagte oder tat, würde sie eine riesige Szene machen. Noch mehr ungewollte Aufmerksamkeit konnte ich echt nicht gebrauchen.

»Warum schreist du so —«

Weiter kam ich nicht, da sie mich in eine unglaublich feste Umarmung zog und mir ein paar Küsse auf die Wangen hauchte.

»Willkommen daheim«, sagte sie und legte eine Hand auf meinen Hinterkopf. »Ignorier mich das nächste Mal nicht. Das ist herzlos.«

»Ich habe dich nicht gesehen.«

In ihrer Stimme lag kein Groll, als sie mir ins Ohr flüsterte: »Vielleicht brauchst du dann eine Brille — oder du lernst, besser zu lügen.«

Sporrer, Teresa
Goddess of Fury 1 – Dein Herz so steinern
ISBN 978-3-522-50849-0

Umschlaggestaltung: Giessel Design
unter Verwendung von Bildern von Shutterstock.com:
Rawpixel.com/ Freedom-Photo/ Val_Iva/ Kotkoa/ HiSunnySky
Reproduktion: DIGIZWO Kessler + Kienzle GbR, Stuttgart
Druck und Bindung: CPI Books GmbH

MIX
Papier | Fördert
gute Waldnutzung
FSC® C083411
FSC
www.fsc.org

Content Warnings

- Explizite Szenen
- Mord, Blut und Tod
- Sexuelle Übergriffe
- Gewalt an Menschen und Tieren
- Suizidgedanken
- Homophobie
- Erwähnung einer Fehlgeburt & Totgeburt

PUNKIG, FRECH UND MIT VIEL FEUER GEHT ES WEITER ...

Teresa Sporrer
Goddess of Fury 2:
Deine Seele so golden

Erscheint im Februar 2025
400 Seiten · Softcover
ISBN 978-3-522-50850-6

Gerade als Euryale sich für ihre Liebe zu Deacon und gegen die Ewigkeit als Furie entschieden hatte, wurde er ihr entrissen und in die Unterwelt entführt. Verbunden mit einem seltsamen roten Lebensfaden, bricht sie mit Callisto und Cecilia auf, um ihren Geliebten zurückzuholen. Dazu muss sie sich nicht nur ihren Tanten, sondern auch ihrer Herrin – der dunkelsten Göttin der Unterwelt – stellen. Doch Euryale ist fest entschlossen, Deacon zu retten. Und die Hölle hat noch nie eine Furie aus Liebe wüten sehen ...

Lieblingsbücher fürs Leben.
www.thienemann.de

LOOMLIGHT